The Decameron

十日谈（上）

[意] 薄伽丘◎著　麦　芒◎译

天津出版传媒集团
天津人民出版社

图书在版编目（CIP）数据

十日谈 : 全2册 / (意) 薄伽丘著 ; 麦芒译. -- 天津 : 天津人民出版社, 2019.7
ISBN 978-7-201-12895-5

Ⅰ. ①十… Ⅱ. ①薄… ②麦… Ⅲ. ①短篇小说—小说集—意大利—中世纪 Ⅳ. ①I546.43

中国版本图书馆CIP数据核字（2018）第007410号

十日谈

SHI RI TAN

出　　版　天津人民出版社
出 版 人　刘　庆
地　　址　天津市和平区西康路35号康岳大厦
邮政编码　300051
邮购电话　（022）23332469
网　　址　http: //www.tjrmcbs.com
电子信箱　tjrmcbs@126.com
责任编辑　刘子伯
印　　刷　北京欣睿虹彩印刷有限公司
经　　销　新华书店
开　　本　880×1230　　1/32
印　　张　23
插　　页　6
字　　数　520 千字
版次印次　2019年7月第1版　2019年7月第1次印刷
定　　价　68.80元（全二册）

The plague extended it selfe to the excellent City, Florence.

(P2)

Rinaldo sat downe thereon very pensively. (P68)

The count and his two children, in the poore estate of beggars, entered into London. They craved every bodies mercy and almes.

(P136)

The cunning of the Magnifico being much commended, the Queene commanded Madame Fiammetta, to succede next in order with one of her Novels. (P205)

I love you, it is totally natural. (P265)

In no meane admiration, Chynon viewed her very advisedly.
(P332)

前　言

乔万尼·薄伽丘（1313—1375），意大利文艺复兴运动的杰出代表，人文主义杰出作家。他是一位才华横溢，勤勉多产的作家，在小说、诗歌等方面均成就卓著，与诗人但丁、彼特拉克并称为佛罗伦萨文学“三杰”。薄伽丘潜心研究古典文学，成为博学的人文主义者，主要作品有：传奇小说《菲洛柯洛》，故事集《十日谈》，长诗《菲洛斯特拉托》《苔塞伊达》《爱情的幻影》《菲埃索拉的女神》，及其他著作《异教诸神谱系》《但丁传》等，其中《十日谈》是他的代表作。他还翻译了荷马的作品，在搜集、翻译和注释古代典籍上做出了重要贡献。晚年，他致力于《神曲》的诠释和讲解，曾主持佛罗伦萨大学《神曲》的讨论。

《十日谈》，是欧洲文学史上第一部现实主义巨著，也是世界文学史上具有巨大社会价值的文学作品。意大利近代著名评论家桑克提斯曾把《十日谈》与但丁的《神曲》并称为“人曲”。作品讲述的是：1348年，意大利佛罗伦萨瘟疫流行，十名男女在乡村一所别墅里避难。他们在共聚的十天中，每人每天讲一个故事，共讲了一百个故事，把这些故事收集成册便叫《十日谈》。薄伽丘以丰富的生活知识和出色的艺术概括力，通过叙述故事，概括生活现象，描摹自然，叙写细节，刻画心理，塑造了国王、贵族、骑士、僧侣、商人、学者、艺术家、农民、手工业者等不同阶层的人物，以此来歌颂现实生活，赞美爱情，谴责禁欲主义及封建贵族、天主教会的荒淫无耻。展示出意大利广阔的社会生活画面，并抒发了文艺复兴初期的人文主义和自由思想。整本书散发着人性的自由之光。

目录 Contents

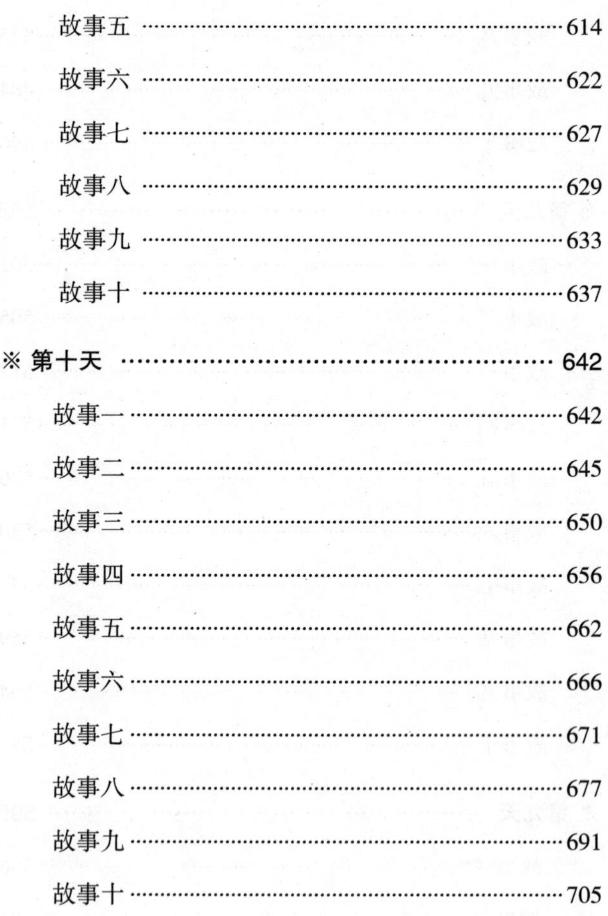

第一天

文雅的小姐们，你们一定会认为此书令人生厌，让人觉得压抑，甚至是有些恐惧。这我非常理解，我知道这是你们天生的同情心在起作用。这本书的开篇，令人不禁想起不久前发生的那场可怕的瘟疫，凡是亲眼见过或者耳闻其事的人，都不免会心中难受。不过我并不想让你们在读此书的时候哀伤叹息，或者吓得不敢再读下去。本书的开头虽然有点可怕，但只有短短的几页而已，后面可是一片欢乐呢。这就好比一片美丽的平原前，挡着一座险峻的高山，但只要你翻过这座山，迷人的原野就在眼前了。翻山越岭的确是件辛苦的事，但是付出的艰辛越多、收获的快乐也就越大。悲苦到了尽头，就会出现意想不到的欢乐。

要不是这样事先声明，只怕你们猜不出，苦尽之后还会有甘来。但话说回来，我是不愿你们为得到欢乐而付出那么多辛苦，走这条崎岖的山路的，可实在是别无选择。因为如果不回顾一下悲惨的过去，我就无法交代清楚，你们将要读到的这许多故事是在怎样的一种情景下发生的，所以我只好在这本书里写下这样的一个开端。

那是在我主降生后的一三四八年，在繁华的佛罗伦萨，这座意大利城市中最美丽的城市，发生了一场吓人的瘟疫。不知是受了其他天体的影响呢，还是威严的天主对作恶多端的人类加以惩处。这场瘟疫最初几年发生在东方，在不长的时间里，死去的人就难以计数，而且不断地一处处蔓延开来，后来竟不幸传播到了西方。大家都束手无策，一点对付的办法也没有。派人打扫过了城里各处污秽的地方，禁止病人进城的命令已经颁布了，也采用了保护健康的种种建议，甚至还有些虔诚的人成群结队或者零零星星地向天主祈祷过了。可是到了刚才说的那个年头的初春，奇特而可怕的病症还是出现了，而且状况迅速恶化起来。

在东方，只要病人的鼻孔一出血，就必死无疑。瘟疫在这里是另一种预兆：染病的男女，最初是在腹股沟或胳肢窝下突然红肿起来，到后来越肿越大，有的像普通苹果那么大，有的像鸡蛋那么大，一般人管这肿块叫作“疫瘤”。很快，这死兆般的“疫瘤”就由那两个部位蔓延到身体的各个部分。在此之后，病症迅速恶化，黑斑或是紫斑在病人的臀部、腿部，以至身体的其他各部分都出现了，有时是稀稀疏疏的几大块，有时则又细又密。不过，这跟初期的毒瘤一样，都是死亡的征兆，只要这种情形出现，病人就必死无疑。

这瘟病的传染力实在是太强了，健康人只要一跟病人接触，就会传染上，就像干柴靠近烈火，只要二者一接近，干柴就会焚烧起来。实际情况甚至比这还要严重，不要说与病人接近，就是跟病人说说话，也会染上这必死无疑的病，甚至只要接触到病人穿过的衣服、碰过的东西，也会立即染上这种疾病。这场瘟疫很快就一传十、十传百地传播开来，而且不仅是人与人之间会传染，甚至屡见不鲜的是人类以外的牲畜，只要一接触到病人或是死者的东西，也会立即染上这种病，过不了多久也会死掉。

活着的人们看到这种大大小小的惨事，因为害怕，不免生出种种怪念头。到后来，冷酷无情的手段被几乎所有的人采取了，尽量躲开病人和病人用过的东西。他们以为这样一来自己的安全就能够保住了。

人们的见解都不相同，却并没有个个都死，也并没有个个都逃过了这场浩劫。正因各有见解，各地也就有很多那些在健康时立下榜样、教人别去理睬病人的人，后来到他们中一些人自己也病倒时，自然也遭到人们的遗弃，没人照看，就此一命呜呼。

就这样，城里的人们居然你回避我、我躲开你，街坊邻舍，各不相顾；亲戚朋友，断绝往来。这个瘟疫使得男男女女个个人心惶惶，竟至于哥哥舍弃弟弟、叔伯舍弃侄儿、姐妹舍弃弟兄，甚至常见的是妻子舍弃丈夫。最令人伤心和难以相信的是，连父母都不肯看顾自己生病的子女，好像这子女不是他们所生。

因此，很多病倒的男男女女都没人照顾，尽管偶然也有少数几个出于慈悲的朋友，来给他们一些安慰，但这样的朋友实在为数很少；偶然也会有些贪图高额工薪的佣人，肯来服侍病人，但也是为数极少，而且这些男女多半粗鲁无知，并不懂得看护，只会把病人要的东西拿过去，此外就只会眼睁睁地看着病人死掉。这些侍候病人的佣人，在后来也大都没了命，白白赚了那么些钱。

就因为得了病之后，邻舍亲友不愿照顾，又找不到女佣人，这座城市就流行开了一种闻所未闻的风气：不论一个本来怎样如花似玉、怎样尊贵的女人一旦病倒，她就再也不计较雇用一个男人来当佣人，也不管他是年老年少，都只当对方是个女佣，毫不在意地解开衣裙，身体的任何部分都可以裸露出来。她们这样做也是迫于病情，无可奈何。后来有些女人保住了性命，品性就不那么端庄了，这也许是原因之一。

就这样，得了瘟病的好多人丧了命，有些人倘若能得到好好地调理，本来是可以得救的。瘟疫来势凶猛异常，病人又缺少适当的看护，所以城里日日夜夜都有好多人死掉，那情景听了都叫人觉得害怕，更不用说亲眼所见了。就这样，在那些有幸活下来的人当中，由于情势所迫，风俗习惯就变得与从前大不相同。

有十个八个邻居来送葬真是为数稀少，而来送葬的也绝不是什么有名望、有地位的公民，而是些自称是掘墓人的不三不四的人。其实，他们来干这一行当仅是为了赚钱，讨到钱后，匆匆忙忙抬起尸体就走，而且不是送到死者生前指定的教堂，而是送到最近的教堂完事。他们的前面，是四五个手里拿着几支蜡烛、有时甚至连一根蜡烛都没有的神父，在那些掘墓人的配合之下，这些神父也懒得去找麻烦，再也不认真地替死者举行什么落葬仪式了，只要看到有空的墓穴，就叫掘墓人把尸体扔进去。

下层人和大部分的中层人，情况就更惨了。因为没有钱，或者是因为存着侥幸心理，他们多半留在家里，或者只在四围活动，不敢远走，就这样，每天病倒的也数以万计。病了之后，几乎全都死了，没有一个能幸免，因为既得不到适当的调理，又没有任何东西可以补养，不论白天还是晚上，都有很多人死在街头。很多人死在家里，他们的尸体腐烂后发出了臭味，邻居们才知道他们已经死了。就这样，城里到处尸身纵横，活着的人要是能找到脚夫，就叫脚夫帮着，把尸体抬到门口，否则，只好自己动手。他们这样做，并不是动了恻隐之心，而是害怕腐烂的尸体威胁到他们的生存。能找到尸架的人家，可将尸体装上抬走，找不到的，只好用木板将尸体抬走。

一个尸架上常常载着三具尸体一次被抬走，经常都是夫妻两个，或者父子两个，要么是两三个兄弟。人们时常可以看到，两个神父拿着十字架走在前边，脚夫们抬着三四个尸架跟在后头。一个人死了，别人知道会有神父去给他安葬时，常常会抬来六七具、有时甚至还要多的尸体来借光，再也没有人为死者落泪、点起蜡烛为他送葬了。那时死了一个人，根本算不上一回事，就像现在死了一只山羊一样。本来，一个在人生的道路上偶尔碰到一些不如意的事的有教养的人，也很难学到忍耐的功夫的，而现在，经过这场浩劫之后，就是最没有教养的人，对一切事情也都处之泰然了。

所有的教堂里，每天，甚至每小时都有大量的尸体运来，由于死人太多，教堂的坟地再也容纳不下了。有些人家仍想沿用古习，要求每个死者有一个墓地。这样一来，情况便十分严重。教堂的坟地全占满了，只好在周围掘一些又长又宽的大坑，把后来的尸体就像往船舱里堆货物一样几百个几百个地葬下去。这些尸体层层叠叠地堆集起来，中间只隔着一层薄薄的泥土，直到整个大坑装满之后，才用泥土封盖起来。

不必细说当时城里的种种凄惨景象，我只想再补充一点：当城里瘟疫流行的时候，郊外的乡镇和村庄也没有逃过这场浩劫，只不过灾情不像城里那么声势浩大罢了。可怜那些住在偏僻的乡村和荒远的田野的穷苦农民们，一旦生病，既没医生，也没有人看顾，随时倒毙在路上、在田里，或者死在家门口。不管白天还是晚上，都有这样死去的人，他们死了，不像死了一个人，倒像死了一头牲畜。

城里的人们自知大难当前，于是就扔下一切，只顾快乐；乡下的农民也是如此，自知死期已到，就再也不愿干活，碰到什么就吃什么。以前在田地牛羊身上花费过的那么多心血，寄托过的那么多希望，现在再也顾不到了。如此一来，牛、羊、驴、绵羊、山羊、鸡，甚至人类最忠诚的伴侣——狗，都离开圈栏，在田里四处乱跑。田野间，早该收割和打好收藏的庄稼却未有一个人来过问一下。那些牲畜家禽，白天在田里吃饱之后，一到晚上就自动回到圈栏，无需牧人来赶，好像很有灵性似的。

让我们再从乡间回到城里来吧。其实，除了说天主对人类真是残酷到极点外——也许人也有点儿太狠心了——还能怎么讲呢？从三月到七月，佛罗伦萨城里死了十万多人，这都是由于这场激烈的瘟疫，由于健康人对病人的恐怖，不肯对病人进行安抚，或者根本不闻不问。要不是这场瘟疫，谁能知道这座城里竟住着这么多人？

从前那些是达官贵妇出入如云的雄伟宫殿、华丽大厦、漂亮宅第，现在却十室九空，连个最卑下的仆从都找不到了！唉，多少显赫的家族、丰盈的家产、有名的产业，空留在那里，无人继承！

有个就格伦、伊波克拉底或者伊斯克拉庇斯也得说他们结实异常的那些英俊的男子、漂亮的姑娘、活泼的青年，早晨还在同亲友们一起谈心，十分高兴，到了夜里已经到了另一个世界同他们的祖先一起吃晚饭去了！讲述这些悲惨的事，我自己也觉得非常心酸，所以不如就此打住，我想讲讲另外一件事。瘟疫如此猖獗，居民相继死亡，佛罗伦萨活像一座空城。后来我从一个可靠的人那里听说，那是做过弥撒之后，一个星期二的早晨，玛丽娅·诺维拉大教堂里冷冷清清，只留下都穿着与这年头相符的黑色丧服的七个年轻女子，七个人之间不是朋友就是邻居，甚至是亲人。其中最大的不过二十八岁，年纪最轻的也有十八岁。七个人个个长得天仙一般，仪态优雅，又具有良好的教养，显然全都是出身高贵的女士。

我本来是可以告诉你们她们的姓名的，可是由于正当的理由，我这里就不讲了。这是因为，下面将要记下她们讲述的故事，以及她们讲的那些话，我不想将来有一天害得她们不好意思。由于前边讲过的原因，当时不要说像她们这样年轻的姑娘，就连岁数大得多的女人，也沾染了那种风气，但是现在的社会风气又严肃起来，不像当时那样放荡了。另外一些人专爱中伤别人，我不愿给人留下口实，让他们借这个机会对这几位纯洁无垢的人的品德进行诟病，破坏她们的名声。所以我便按照她们各人的性格，给每个人另起一个合适的名字，要说合适，也只能说是多少有那么一点罢了。这样做也是为了避免造成混乱，让读者搞明白，是哪个在讲述故事。

年纪最大的一个，我叫她伯姆皮内娅，第二个叫菲亚梅塔，第三个是菲洛梅娜，第四个是埃米莉亚，第五个是劳蕾塔，接下来是

内伊菲莱，最后一个名字最合适，叫作埃丽莎。

她们那天见面只是巧合，事先并没有约定。大家在教堂一角坐成一圈，长吁短叹了一阵，也不再祈祷，七嘴八舌地讲起当时的种种情形来。过了一会儿，大家沉默不言了，只听伯姆皮内娅说道：

“各位亲爱的女郎，一个人做他本分的事是不会让人见怪的，我想你们一定像我一样早就听说过。世界上的每个人，上天赋予我们尽力保护自己生命的权利，只要是为了保护自己的生命，甚至杀害一个与自己毫不相干的人，风俗人情也是容许的。若是维护公共利益的法律尚且能容忍这么严重的行为，那么我们为了保全自己的性命，采取种种与人无害的手段，当然也是可以容许的了！我一想到今天早上的情形，我就知道，我们担心的无非就是我们的性命，我想你们也肯定明白，我倒并不对这些觉得奇怪，使我感到奇怪的是，我们都是女人，虽然女人都是提心吊胆地过日子的，我们这些女人为什么不想想办法，来摆脱这种忧愁呢？

“我认为，我们留在这里，除了看看又运来多少尸体落葬，或者听听修士们是不是还按时进来唱赞歌，或者以我们的丧服向来到这里的人显示一下我们遭到的不幸是多么大以外，别无其他。如果我们走出这座教堂，我们所看到的，不过是到处都被抬着的尸体或病人；要么就是，现在在大街小巷大摇大摆地闲逛的、从前被放逐的罪人，他们不把法律放在眼里，因为他们知道，那些执法者不是死了就是病了；要么就是那些自称是掘墓人的不三不四的人，他们喝足了我们的血，骑着马到处乱跑，嘴上还唱着下流的小调来嘲笑我们的苦难。无论走到哪里，我们听见的只是，‘某某人死了’，或者是‘某某人只剩下一口气了’。要是一个人死了之后还会有人为他哭丧，那么我们在城中就只会听到一片哭声了。我不知道你们怎么样，我是全家人都死了，回到家里，只留下我和一个女佣人去面对偌大的一个门庭，真让我毛骨悚然。在家里，无论是坐也好，站也好，总觉得死去的人的阴魂都到了我眼前似的，可他们的脸不是我熟悉的脸，模样都很可怕，我真不知道他们从哪里归来，要这样吓唬我。

“外界的情况明明已是如此，我们还要留在这儿干什么呢？我们还在这里等什么？我们还梦想些什么？我们为什么不立即着手替自己的安全想想，就像别人那样呢？难道我们的性命就没有别人那样可贵？或者是我们自认为我们的体魄比别人强，根本用不着想办法来保护自己？我们错了，我们上当了。如果我们真的这样认为，那我们可就太糊涂了。只要我们想想，这场吓人的瘟疫使多少青年男女送了命，就该知道我的看法是多么千真万确了。

“因此，照我看来，无论是从厌烦这里的一切还是从自己的前途出发，都不该再留在这里冒这么大的风险，不知你们是不是同意我的看法。我认为，我们应当及早离开这座城市，像那些已经逃走的人那样。不过，我们不都像那些逃避死难的人那样，也去过那种堕落的生活。我们每个人在乡间都有好几座别墅，我们应该到那里去由着自己的心意寻求欢乐，但不越出理性的范畴，而是过着正正经经的生活。

“在乡下，我们可以听百鸟欢唱，可以欣赏青山绿野，欣赏田畴伸展、麦浪起伏以及种种花草树木。我们还可以遥望那辽阔的苍穹，尽管上天对我们这样残酷，可还是在我们眼前展示出它那不知要比我们这座城市美丽多少倍的魅力，除了这些之外，那儿的空气也新鲜得多。在这样的季节，生命所需要的东西多得很，而烦恼却是很少，但那里毕竟是屋少人稀，虽说乡下的农民也像城里的市民一样不断有人死去，但相比之下也就显得不那么触目惊心了。

“再从另一方面来说，如果我看得不错的话，因为我们的亲戚不是死了，就是逃了，所以我们并没有舍弃任何人，倒是别人把我们扔下不管了，好像我们根本不是他们的亲人，只留下我们形只影单地承担他们留下的苦难。

“因此，按我的话去做，根本不会遭受什么非难，要是不按我的话去做，反而会遭到痛苦、麻烦，甚至是死亡。如果大家愿意，就让我们带上必需的东西和我们的女佣，大家一起逃出城去，趁着这大好时光，从这座别墅走到那座别墅，好好享受一番。我想，这才是我们应该做的事。这样，只要我们不死，总有一天我们会看到天主怎样对付这次瘟疫。我们要记住一点，我们是堂堂正正地出走的。别的女人放荡不羁地活在城里，天主只会惩处她们而不是我们。”

听了伯姆皮内娅的这番话之后，女郎们不但众口一词地赞扬她的建议，而且竟迫不及待地讨论起这个计划的具体办法来，好像谈话一结束，她们一站起身来，就要马上出发似的。可是，菲洛梅娜是个非常谨慎细心的姑娘，因此说道：

“各位女郎，虽然伯姆皮内娅刚才所说的东西确实不错，可是也不能像刚才大家说的那样，站起身来说走就走。你们要知道，我们都是女人，也都不是小姑娘，相信大家都知道女人们单独在一起时是怎么考虑问题的，女人若是没有男人的引导，势必不能一切按部就班。因为我们女人太善变、太任性、太多疑、太懦弱无能，所以我很担心，如若我们没有男人来引导，只由着我们，那么我们这些人很快就可能不欢而散，弄得大家脸上都无光彩，因此，我们还是应当先解决这个问题，然后再动身不迟。”

这时，埃丽莎说道：“是的，女人的首领是男人，如果没有男人们的安排，我们做什么事都难有好的结果。不过，我们怎样找到这样的男人呢？大家都知道，我们的亲属多半都死了，即使还有没有死的，也像我们刚才打算的那样，早已各自结伴，各奔东西，谁也不知晓他们跑到哪里去了。随便找几个陌生人来参加，也不太妥当。因为我们要躲避生命危险，同时也要谨防流言蜚语，我们不能为了寻找欢乐和安宁，反而招来烦恼。”

三个年轻人在这几位女郎正在议论之时走入了教堂，当然也不能说他们都很年轻，其中最小的一个也已二十五岁。虽然这年头不好，处处叫人提心吊胆，他们有的丧失了朋友，有的丧失了亲人，甚至自己也朝不保夕，可是，所有这一切都不能使他们的爱情有一丝半点儿的冷却，更不用说使这爱情的火完全熄灭了。他们三人一个叫潘菲洛，一个叫菲洛斯特拉托，最后一个叫迪奥内奥。这三个人的言谈举止都十分可爱、很有教养。在灾难频发的岁月里，他们想方设法要见见自己的情人，这在他们就是莫大的欣慰了。事有凑巧，他们的情人就在这七位女郎之中，其余几位女郎当中有几位跟他们有关系。他们走进教堂之前，几位女郎就看到了，伯姆皮内娅笑着对其他几个女郎说：

“我们的运气有多好，你们看，还不是来了三个又英俊又有教养的青年来成全我们的愿望了吗？如果我们能收留他们，他们一定愿意做我们的向导和跟班的。”

恰巧正被三个小伙中的一个爱着的内伊菲莱听到这话，不禁羞得满脸通红，说道：“伯姆皮内娅，看在老天的面上，你说话也该多想一想呀！我很清楚，不管怎么说，他们三个人都是优秀的青年人。我也相信，他们也能担当比这更重大的事，同时我们也认为，别说我们，就是请他们陪伴比我们美丽高贵得多的小姐，那他们也是非常合适令人愉快的良友。可是，有一件事大家都知道，他们现在正爱着我们中间的几个人，要是让他们同我们在一起，虽然我们都是清白的，他们也没有责任，但我还是怕诽谤和流言依然不肯绕过我们。”

菲洛梅娜马上说：“这倒没有什么，只要我们堂堂正正，随便别人怎么说，我们都问心无愧。保护我们的是天主和真理。他们要是肯加入我们的行列，那就真像伯姆皮内娅刚才所言的那样，我们的运气真是太好了，这真是天意在成全我们。”

听了她的这番话，大家一致赞成她的意见，说是应该上前跟那三个青年打招呼，把她们的打算说给他们听，问一问他们是否愿意陪她她们到乡下去。于是，伯姆皮内娅不再多说什么，站起身来，向那三个青年走去，原来她跟其中一人有亲戚关系。

那三个青年正站在那里看着她们。伯姆内娅便微笑着同他们打过招呼，把她们的想法向他们作了说明，并且以全体姐妹的名义，请求他们本着兄弟般纯粹的友爱，陪她们一起到乡下去。

起初，那三个青年以为是她在逗弄他们，后来见她郑重其事，也就疑虑全消，愉快地答应下来，而且还表示乐意及早出发，说是为了快些成行，大家都该立刻着手准备。

第二天，正是礼拜三，他们把该带的东西全部准备齐全，要去的地方也已派人先去通知。在晨光熹微中七个女郎各自带着自己的女佣，三个青年也带上自己的男仆，离开城市，走了两公里，他们就到了预定要去的地方。

这座别墅建在一座小山上，同四周的各条大道都保持着一定的距离。各种花草树木围绕在别墅周围，一片葱绿，风景宜人。主要建筑就在山头，正中是个很大的庭院，周围是环廊。客厅和卧室的墙上是鲜艳的图画，布置得非常雅致。四周的草坪非常漂亮，各处的花园也都一样美丽。宅内还有清凉的泉水井，那些善饮之徒最感兴趣的是，窖里藏着各种美酒，不过，那些端庄的女郎们则不关心。卧室的床铺已经安排就绪，每个房间里都摆着时令鲜花，地板上铺着灯芯草。整个别墅已经被打扫得干干净净，大家来到这里后，看了这一切，心情十分愉快。

大伙儿刚一坐定，就开始谈起来。最乐观风趣、最活跃的年轻人迪奥内奥首先说道：

“多亏了各位女郎出的巧妙的主意，我们才来到这里，所以得感谢你们的引导。我不知道你们想怎样排解忧愁，至于我呢，才从城里动身，我就已将忧思抛到九霄云外去了。因此，我请求你们在不失端庄的前提下同我一起纵情欢笑歌唱。否则，你们还是放我回到苦难的城里去，重新在悲痛中生活吧。”

伯姆皮内娅好像也已把她的愁苦统统抛掉了，听了这些她非常高兴地回答道："迪奥内奥，讲得太好了，我们从苦难中逃出来，就正是为了尽情欢乐。不过，凡事必须得有个规章制度，不然的话，就不会长久。是我首先提议让大家集合在一起的，我也希望我们的欢乐能够长久持续下去，所以，我想我们有必要推选一个大家共同尊重和服从的领袖。而他呢，就得专心筹划怎么样让我们过得更快活。因为这样每个人都能体会到这位领袖的光荣和责任，也能够消除彼此之间因这一责任和光荣而造成的妒忌。正因这样，那么，第一天的首领先由大家一起公推，由当天任首领的他或她在每天晚祷时分指定下一天的继承人作为以后的领袖。以后就这样继续下去。在各人主持期间，由他或她决定我们取乐的方法。"

伯姆皮内娅的这番话使大家都感到兴奋，众人众口一词地推举她当第一天的女王。菲洛梅娜常听人说，桂冠会给人带来光荣和尊敬，所以她马上跑到一棵月桂树下，摘下几枝细嫩叶，编成一个漂亮的桂冠，戴到伯姆皮内娅头上。从今以后，当大家在一起时，统治权的象征就是这桂冠，戴上它就可以管理其余的人。

伯姆皮内娅接受众意，做了女王。她让大家静下来，并吩咐叫来他们带来的三个男仆和四个女佣。等大家安静下来后，她才说道：

"咱们这样吧，我先树立个榜样，今后当你们戴桂冠时一定能做得更好。这样，大家就可以逍遥自在，一切都有条有理，不失规范，我们这样的生活要过多长时间就能过多长时间。我任命迪奥内奥的男仆帕尔梅诺做总管，这里的一切日常事务都由他负责。特别是餐厅的所有事务。潘菲洛的男仆西里斯科担任财务和采购事务，帕尔梅诺有什么吩咐，由他去做。菲洛斯特拉托的男仆廷达罗除了负责他主人的住所事务外，还要管理另外两位男士的起居，在他照顾不过来时，别的人也可以去帮一把。我的女仆米西娅与菲洛梅娜的女仆莉奇斯卡负责厨房里的工作，一直负责到底，帕尔梅诺吩咐过后，由她俩精心烹调。劳蕾塔的女仆基梅拉、菲亚梅塔的女仆斯特拉莉娅在小姐们的房里侍候，还要把我们想去的地方事先清扫干净。我还要吩咐大家一句，你们如果想博得我们的欢心，那么不管你们到哪儿去，从哪儿回来，听了什么，看到什么，只许带好的消息回来。”

她的这些命令大家都举手赞成。吩咐完后，她高兴地站起来，对大家说：“这里有的是花园、草地和令人心旷神怡的区域，大家可以随心漫游一会儿，但到了打晨祷钟的时候都要回到这里，趁天气凉爽大家一块儿吃早饭。”

这些快乐的男女，得到了女王的认可，就在花园中漫步，有说有笑，头上戴着花环，嘴里哼着情歌。到了女王指定的时刻，大家都回到家里，帕尔梅诺已经尽心尽力地安排好了一切。大家来到一楼的餐厅，看见桌上铺着洁白的桌布，杯子闪着银光，到处摆着金雀枝花朵。大家按女王的吩咐，洗了手，按总管排定的座次坐下。精美的美酒佳肴送到面前，三个仆人站在桌边侍候。一切安排得这样周到，这样完美，大家异常高兴，席间众人谈笑风生。

这些青年男女都能歌善舞，饭后撤去桌子后，女王命令会弹琴的把乐器拿来，仆人自去吃饭。迪奥内奥听了女王的命令，拿来一个琵琶，菲亚梅塔拿来一只六弦琴，两人合奏起一支优美的乐曲来。她和两个青年和六个女郎跳起慢步舞来。舞罢，接着又唱了好多支轻松活泼的歌曲。

这天上午，大家尽情玩耍，直到女王认为该是午睡的时候了，这才停止。得了女王的命令，三个青年和女郎们各自回到自己房内。他们的房子是分开的，床铺都收拾得整整齐齐。也像餐厅那样，还摆放着好多鲜花。青年和女郎们回房后即解衣入睡。

午后钟敲过不久，女王首先起床，把其余的女郎一一唤醒，又吩咐把三个青年也叫起来，说是白天睡得过多不利于健康。大家来到一块绿草如茵的大草地上，那儿丛林遮住阳光，凉风阵阵。女王吩咐大家席地而坐，围成一圈，说道：

“你们瞧，骄阳似火、暑气逼人，除了橄榄树上的蝉鸣，没有其他声息。假如这时候出去玩耍，实在太蠢。这里又美又凉快，还有棋子和骰子。大家可以随意玩乐。不过，依我看，还是不要下棋掷骰子为好，因为玩这些，总会有输有赢，免不了有一方精神上会感到沮丧，而对方与旁观的人却并不因此有多大的快感。还是让我们来讲故事吧，一人讲，其他人听，大家都能得到欢乐，这样，一天中最炎热的时候也就过去了。等每人讲完一个故事，太阳快落山了，暑气退了，那时我们愿到哪儿就到哪儿玩了。我这个建议要是大家喜欢，那就让我们来讲故事，要是大家不喜欢，那我也不勉强，大家就随便活动，到晚祷的时候再见。”

青年男女们都赞成讲故事。

“那好吧。”女王说道，“既然大家都高兴，今天，大家可以随便点，每人就随意讲个心爱的故事，题目不限。”

女王回头看着坐在她右边的潘菲洛，微笑着请他讲述第一个故事，给大家带个头。潘菲洛听了吩咐，就开始讲他的故事，大家都聚精会神地聆听。

故事一

亲爱的女士们：人不管干什么，都是以伟大神圣的造物主的名字作为开端的。既然我第一个开始讲故事，我就拣一件天主的奇迹讲起。大家听了，会对永恒不变的我主的信心更为坚定，并会永远赞美他。

大家都知道，世间万事万物，原本是匆促短暂、生死无常的。人在其间，都要遭遇里里外外各种各样的困苦、苦恼，忍受无穷无尽的灾祸。我们既然是天地万物间的一分子，实在软弱无力，既无力抵御外界的侵害，也忍受不了各种折磨，没有一个不出错受苦的。好在圣明的主赐给了我们以力量与智慧。

可是你千万不要认为，这恩宠是因我们的功德而得来的，而是全凭了天主的慈悲与诸圣的祈祷。

那些圣徒们当初跟我们没有什么两样，也是凡夫俗子。但他们在生时一刻都不曾忘却主的旨意，因此得到了永生，在天上受到祝福。我们在祷告中就是向这些圣徒倾诉我们的自身要求，而不敢直接向那最高的审判者表达自己的私愿的。因为这些圣徒有切身的体验，洞悉人性的弱点，我们只好希望他们转达给苍天。

我们凡人虽无法揣测神旨的奥妙，但我们确信天主的慈悲是广大无边的。有时，我们凡人受了蒙骗，会错找那永远遭受流放、再不能觐见圣座的人来转达祈祷，而天主可是不会受蒙骗的。虽是这样，天主还是鉴于祈祷者的真诚，饶恕了他的愚昧，不计较那被流放的人的沉重罪孽，依旧垂听那错把罪徒当作天主座前圣徒的人的祷告。这一点在我要讲的故事中显得很清楚。我这里说的“很清楚”，并不是指天主的判断，而是说的我们凡夫俗子所认为的那些东西。

很久以前，法国有个大商人，叫穆夏托·弗兰泽西，由于有钱有势，成了骑士。那时，国王的弟弟卡洛·森扎泰拉被教皇博尼法乔召见，要到托斯卡纳去，便叫这位原籍托纳的人一同前往。他像一般商人那样，临起程时才发现仍有好多事需要办理。但这些事分散在各处，不能立刻办妥，便把这些事托付给别人。没想到一切大小事务都找到了合适的人，却有一件一时找不到能够信赖的人。原来，他放给勃艮第人好多债务，现在一时找不到可信赖的人去催收。因为他知道，这帮勃艮第人都泼辣得要命，对你既不讲信用，又不讲道理，他一时想不起一个精明干练而且可靠的人来应对这些勃艮第人。

他想啊想，终于想起一个人来，名叫切伯雷诺·达普拉托。这个身材矮小、衣饰华丽的人经常出入他在巴黎的宅第。这法国人不知道他的名字有“小木桩”的意思，反认为是“小冠”的意思，即法语里的“花冠”；又看他个子矮小，就从“夏泼莱托”叫开了。

谈起这位夏泼莱托的一生，可真叫人不寒而栗。他是个公证人，可他的拿手好戏是编造假文书，如果真写了毫无弊端的真文书，那反而会使他羞得满脸通红。因此，他的文书是真少假多，而且他并不要你出多少钱去求他，而是将假文书奉送给你。给别人做假证，那是他最高兴不过的事。不管你求不求他，他总不肯放过这样的机会。那时，法国人对发誓作证可十分看重，不敢作假。可是每逢他出庭作证，他总是发假誓，每次总是靠这种无赖的手段胜诉。

他还爱在朋友和亲戚们中间挑拨离间、惹是生非，传播流言蜚语、散布秘事丑闻、传播仇恨。乱子闹得越大，他就心里越高兴。凡有人求他谋害人命，或是干其他坏事，他总是乐意效劳，从不推辞，而且十分卖力去干，总是得手。亲手杀人，也是他的乐趣，对于天主和诸位圣徒，他一味亵渎，哪怕为了鸡毛蒜皮的小事他也会暴跳如雷。教堂他从未进过。提到圣礼圣餐时，他总是使用最难听的字眼，好像讲的是一文不值的东西；相反地，酒店和一些下流场所，他却时常光顾。他离不开女人就像恶狗少不了棍子一般。总之世上再也找不出一个比他更坏的人了。他杀人越货时心安理得，就像修士向天主奉献和牺牲一样。他贪吃酗酒，有时甚至糟蹋坏了身子也在所不惜。他还是个臭名远扬的赌棍，到处做手脚，诈骗别人的钱财。

我何必还要浪费口水呢，总之，他是自古以来世上最难找的坏蛋了。在很长一段时期里，他凭他的奸诈来维护穆夏托的权势和地位。而穆夏托又依仗自己的权势来庇护他，不止一次地把他从受害人的手里、法律的惩处中拯救出来。

总之是穆夏托想起这个夏泼莱托来，他的历史全记在他的肚子里，他对他是了如指掌。要对付泼辣狡黠的勃艮第人非他莫属。于是，他派人把他叫来，对他说：

“夏泼莱托先生，你清楚，我要离开一段时间，还有些事没有办完，其中一件就是同勃艮第人的事。这些人刁钻古怪，我得把借给他们的款子收回来，我看再没有人比你更合适了。你眼前也无事可干，要是你愿意去的话，我进朝廷给你讨一份许可证。账收回来之后，你可以从中获得一定的份额，算是付你的酬劳。”

夏泼莱托这时刚好无事可做，手头又拮据。如果一直支持庇护他的这位朋友一走，情况将会更加困难。于是便毫不犹豫满口答应下来，并说是特别愿意前往办理。

两人谈妥细节之后，穆夏托也启程去办他的事了。夏泼莱托便带着委托书和皇家证明文书来到勃艮第地区。在勃艮第，几乎没人认识夏泼莱托。他倒一反常态，收账时温和宽厚，行为检点，很是本分，好像要把他那套邪恶的手段统统藏起，到了最后再拿出来。

他寄居在两个佛罗伦萨人的家里。这两兄弟在这一带放高利贷。他俩看他是穆夏托派来的，也就对他相当优待。想不到他在这里病倒了。兄弟两个很快给他请来大夫，并叫来仆役侍候，尽一切办法，使他能够康复。

可是这一切都不见效。夏泼莱托本来就有一大把年纪了，加上平时又荒淫无度，这次便病入膏肓了。他的病情日日加重。后来，大夫们说，他这是不治之症，看来是没救了。这可急坏了两兄弟。一天，兄弟两个在夏泼莱托隔壁的一个房间里商量着该如何是好。一个对另一个说：

“对这个人，我们怎么办才好呢？这件事可真难办呀。把这么重的病人赶出咱家，情理上实在说不过去，定会受人指责。当初，大家见我们把他接进家来，后来又给他请医买药，照顾得周周到到。现在人快要死了，决不能做出什么有害于我们的事了，却忽然看到我们把他赶了出去，这有点说不过去。另一方面，他平生是个恶棍，决不肯忏悔，接受教会的圣礼。一旦死了，这不曾忏悔之人，他的尸体没有一个教堂肯收留，只能像死狗一般随便扔到哪条沟里，话又说回来，就算他忏悔认罪吧，他的罪状那么多，罪孽那么重，结果还不一样，还是无一个神父或是修士肯赦免他的罪行。只要没人肯赦他的罪孽，他的尸体还是只能扔到沟渠里。要是这样，这里的人平时就恨干我们这一行的，成天骂我们是不义之徒，骂我们不公道，到时就会捏住机会，一窝蜂地冲进来抢劫我们的钱财，嘴里还会高喊：‘这班伦巴第的恶狗，连教堂都不肯收容你，快快滚蛋吧！’所以不论怎么样，他要是一死，我们就倒大霉了。”

刚才说过，就在隔壁的夏波莱托像往常一样，病中的听觉反而特别敏锐。所以兄弟俩说的一番话，他全都听见了。他把弟兄两人请到自己的房间，对他们这样说：

“请你们不用顾虑和害怕，也不用担心我会连累你们。我全都听到了，刚才你们说我的那些话，要是事情像你们想的那样发展，结果肯定会和你们说的一样。但是，事情不会那样发展。我这一生总是违背天主的意愿行事，不知造了多少罪孽，现在我的寿命不多了，再造一次孽也没有关系，多一次少一次无所谓了。因此，请你们给我找一个最虔诚、最有德行的你们所能找到的最好的神父，只要世上确实有这样的神父，你们就给我请来。由我来办其余的事，我自有办法把你们所担心的事情统统都办得周周到到，让你们感到称心。”

虽然这兄弟两人不抱多大希望，但他们还是来到一座修道院里，说是家里有一个伦巴第人快要断气了，要一位最圣洁而又有学识的圣徒来听临终忏悔。修道院便派了一个老修士跟他们同去，这位修士非常圣洁，很有学问，精通圣经，当地的居民都十分敬重他。

修士来到夏泼莱托的房间，在床边坐下，先温和地说了几句安慰病人的话，接着又问他，上一次忏悔是在什么时间。夏泼莱托本来一生一世都没有忏悔过，却回答说：

“圣父，我习惯了每星期忏悔一次，有时远不止一次。自从病了之后，已经有八日没有忏悔了，这是真情，我被病魔折磨得好苦啊！”修士就说：“我的孩子，你做得很好，从今以后，世上的人都应这样做才对。既然你常做忏悔。现在也就无需我多问多听了。”

夏泼莱托马上说：“尊敬的修士，千万别这么说。尽管我经常忏悔，一生不知忏悔了多少次，但我还是渴望来一次总忏悔，把我所记得的、从我出生到现在作忏悔之时所造的罪孽全都原原本本地吐露出来。因此，我的好圣父，请您还是就像我从来不曾忏悔过一次似的，仔细地拷问我吧。我宁可牺牲自己肉体的舒适，也不愿让我这救世主用他那宝贵的鲜血赎回来的灵魂沉沦在罪恶的深渊之中。”

这番话使那位圣徒大为高兴，认为这证实了这个病人心地善良，着实把夏泼莱托称赞了一顿，然后开始问他，是否跟什么女人有过奸淫之罪。夏泼莱托重重地叹了一口气，回答说：

“唉，我的圣父，我真不好意思在这件事上讲真话，怕的是我这样说会犯自夸罪。”

对此，那位圣洁的修士说道：“尽管说好了，无论是在忏悔的时候，还是在别的场合，只要说的是真情实事，是绝不会犯罪的。”

“既然这样，”夏泼莱托便回答说，“那我就放心了。我要向您说的是，我就像我刚出娘胎时那样清白，还是个童身呢？”

“啊，愿天主赐福给你！”修士嚷道，“你这品德真是太好了！因为你是自愿这样做的，同我们和别人都不一样，我们这样做都是受了清规戒律的约束，是被迫的，所以你这样做最值得赞扬。”

弄清这一点之后，这个圣徒又问病人，可曾冒天主的不悦而犯过贪嘴罪。

对此，夏泼莱托连声叹着气说，确实犯过这样的罪，并且犯了许多次。正因为如此，除了像别的信徒那样年年遵守着四旬斋的禁食外，每个星期还至少斋戒三天，只吃些面包，喝点清水，喝起水来便放开肚子大喝，尤其是祈祷累了，或者前往朝圣途中走累的当儿，更喝得津津有味，就跟酒徒一模一样。有好多次他真想尝尝到乡下去时吃的那种生菜；有时候，吃东西会使他感到非常高兴，而那对于像他这样时常虔诚斋戒的人来说，实在是太不应该了。

听了这些，修士对他说道：“我的孩子，这些算不上什么太大的过失，这也是人之常情，你也不必过于责备自己，适可而止。每个人都是这样，不管他是多么虔诚，都是会偶尔大吃大喝的，特别是在长期斋戒之后进食、在疲乏劳累之际喝水时。”

“啊，我的圣父，”夏泼莱托说，“您这是在拿这话来安慰我，您知道，凡是侍奉天主的事，都要出自真心去做，心灵之中存不得半点芥蒂，否则就是犯罪，我并不是不明白这个道理。”

修士听了大为兴奋，就对他道：“我真高兴你能这么想，我禁不住要赞美你那纯洁善良的心灵。可是告诉我，你有没有犯过贪婪罪？比如，追求不义之财，或是占有你不该占有的财宝。”

“我的圣父，”夏泼莱托回答说，“请不要看我住在高利贷者家里就对我起疑心，我和他们是没有关系的。倒是相反，我本来是为了劝告他们，要他们洗心革面，从此再别干这重利盘剥的勾当，才到这里来的。我相信，要是天主不就此把我叫去，我本来是可以做到这一点的。您还应该知道，我的父亲是很有钱的，他老人家去世之后，我把他留下的一大笔遗产中的一大部分财产都施舍给了别人。我做了一点小生意，想赚取一点利润来维持自己的生计，同时也继续周济周围的穷苦人，可我总是把赚来的钱一分为二，一半留给自己使用，另一半送给穷苦无告、信奉天主的人们。蒙天主的恩典，我干得一帆风顺，生意红红火火。”

“你这样做很好。”修士说，“不过，你是不是常常轻易动怒呢？”

“噢，”夏泼莱托说，“您说的这一点我倒是常有的！谁能看着那些道德丧失的人整天为非作歹，不把天主的戒律和审判放在心上呢？他们整天追逐虚荣，只知道朝着世俗的路去走，却不肯追随天主的光明大道，诅天咒地发假誓，成天在酒店进进出出，却从未跨进教堂一步，我一天里宁可离开这个世界好几次，也不愿活着眼睁睁地瞧着他们这样。”

于是修士说道：“我的孩子，我不能让你把这正义的愤怒当作罪恶忏悔。不过，你有没有因一时的愤怒而杀人、伤人、侮辱人，或者使他人受委屈呢？”

对此，夏泼莱托回答说：“唉，我的圣父，怎么像您这样天主的弟子也会讲出这种话来？如您说的种种罪恶，别说付诸实行，就是心里稍有所想，您想天主还能这样一直容忍我活到今天吗？那些都是强盗歹徒们的行径，我只要一见到那样的人，总是对他们说：‘去吧，愿天主感动他们。’”

“愿天主降福于你！”修士说，“我的孩子，现在你告诉我，你有没有做过伪证来陷害人，有没有诽谤过他人，有没有霸占过他人的东西？”

“唉，我的圣父，这样的事当然有过。”夏泼莱托回答说，“我曾经诽谤过别人。我从前有个邻居，总是平白无故地打他的妻子，犯了世上最大的罪，我看不过，有一天就去告诉了她的娘家人，说他怎样怎样不好，那是因为我太可怜那个女人了，要知道，她的丈夫喝醉了酒，会多么凶狠地打她。”

于是修士又问：“你说一般商人总是坑骗别人，既然你是个商人，有没有跟他们一样呢？”

“当然有过。”夏泼莱托回答道，“确实存在过，可我也不知道那吃亏的人是谁。有个人赊了我的布去，后来来还钱，我顺手把钱扔进钱箱连数也没有数。一个月后当我数钱箱的钱时，多出四个钱来。为了物归原主我就把这笔钱另外放开，可是等了一年多，也没见他来，就只好把这笔钱施舍给了穷苦的人。”

修士说：“这只是一件小事，你处理的办法很恰当。”

于是对于修士提的另外一些问题，夏泼莱托都用这种方式一一作了回答。后来在修士正要传赦罪礼的时候，夏泼莱托却大声嚷起来：

“我的圣父，我还犯有一件不曾向您忏悔的罪恶呢。”

修士忙问他是什么事，他就说道：“我应该尊重我主的圣安息日，而我却在我的女仆身上没有做到。我记得，那只是一个星期六，下午三点之后，她在给我打扫房间。”

“噢，我的孩子。”修士说，“那是一件小事。”

“不，”夏泼莱托忙说，“您可不要说那是小事，那足以毁灭我主的性命，我竟然在圣安息日那应该尊重的日子里那样做了。”

修士又问：“你还有没有别的罪过？”

“有的，我的圣父。”夏泼莱托回答说，“有一天，我竟在天主的教堂里吐了口水，后来，我自己也不知道是怎么回事。”

那修士笑起来，说道：“这样的事不用放在心上，我的孩子。连我们这些修士都天天在那里吐口水呢。”

夏泼莱托说道：“那你们就太不应该了，教堂应该像圣地一样保持清洁，因为那可是向我主献祭的地方。”

总之，像这样的事，他讲了许许多多。最后唉声叹气起来，接着又放声大哭，因为他精于此道，所以能够声泪俱下地哭个不停。那圣洁的修士慌忙问道：“我的孩子，你这是怎么啦？”

“唉，我的圣父呀。”夏泼莱托回答道，“我还有一件不好意思开口的罪恶从来没有忏悔过，每当想起这件事，我就哭得像您所看见的这副样子，我觉得，天主再慈悲也不会宽恕我的罪恶的。”

那修士说道：“好了，孩子。你在说什么呀？哪怕世间所有人的、已经犯过和将要犯的罪恶，全都集中于唯一的一个人身上，只要他能痛改前非，像我看到你的这副光景，那么天主是慈悲无边、与人为善的，只要忏悔了，天主便愿意赦免他。所以你尽管放心地对我说吧。”

夏泼莱托依然痛哭流涕，边哭边说：“唉，我的圣父，我罪孽深重，除非您帮助我，为我祷告，否则我是怎么也不敢相信我主会赦免我的。”

修士说道：“你安心地讲吧，我答应，一定为你祷告。”

夏泼莱托只是哭，不肯说，修士仍在劝他消除顾虑。修士劝了半天，夏泼莱托才深深叹了一口气说：

“我的圣父，您既然答应为我向天主祷告，那我就向您说了吧。您知道，小时候我有一次骂了我的妈。”说完后，他又泣不成声。

“嘿，我的孩子。”那修士说，“你把这看成是这么重的罪孽吗？唉，每天都有很多的人诅咒天主，可是，只要这些亵渎天主的人一旦忏悔，主就会饶恕他们。你以为我主真的为这么点事而不宽恕你吗？别哭了，宽心吧，我已经清清楚楚地看见了你痛切的忏悔了，就算是你把耶稣钉到了十字架上，也一定能得到主的赦免的。”

“唉，我的圣父，您怎么能这么说呢？”夏泼莱托说，“我那亲爱的妈妈，十月怀胎，我那时可是日夜不离她的身边啊！生下来之后，她老人家千百次地抱着我，日夜操劳，那可真是不容易啊！我竟然诅咒她老人家，那可真是罪大恶极啊！要是您不替我在天主面前祷告，我就永远得不到宽恕了。”

修士看到夏泼莱托再也不用忏悔什么了，就给他行了赦罪礼，为他祝了福，以为他说的句句是真，把他看成了世界上最圣洁最虔诚的人。看到一个快要死的人说得这么恳切，说得声泪俱下，谁能不相信呢？仪式之后，修士又对他说：

“夏泼莱托先生，天主保佑，你会痊愈的；但是，如果天主要把你那圣洁的灵魂召到他的身边，你是否愿意让你的遗体安葬在我们的修道院里呢？”

“当然愿意，我的圣父。”夏泼莱托回答说，“而且，我不愿葬到别的场所，因为您已答应代我向天主祈祷。再说，我对于你们的教派本来就怀着特别的好感。所以我求您回去之后，就把我主的真身送到我这里来，也就是你们每天清晨供奉在圣坛上的圣餐，因为我虽然不配有这光荣，但我还是愿意得到您的允许，临终领受圣餐，此后再行涂油礼。这样，我活着的时候虽然是个有罪恶的人，但至少死时是个基督徒。”

那善良的修士说，他讲得非常有道理，让他听了感到十分高兴，并且答应立即回去把圣餐给他送来。后来，他果然把圣餐送来了。

再说那兄弟俩，本来对夏泼莱托就很不放心，怕他拆他们的台，所以就躲在另一间屋里，趴在壁板上偷听，夏泼莱托向修士说的话，他们听得一清二楚。有好几次，他们差点儿憋不住笑出声来。他们听了夏泼莱托向修士忏悔的内容，觉得真让人喷饭，他们私下里说：

“这个人可真有一套，衰老也罢，身处疾病也罢，在死亡面前，天主的审判都拿他没办法，死到临头还是像活着时那样刁钻，这是个什么人呢？”但是，他们看到，修士已答应把他埋到教堂，心里的石头也就落地了。

夏泼莱托受了圣礼，病情越来越不好，看来是没救了，那修士就给他施了涂油礼。就在他作了这次漂亮的忏悔的当天，傍晚时分，他便断了气。那兄弟俩拿着夏泼莱托的钱，遵照他的愿望郑重其事地办理丧事，还通知修士们按习俗当晚来给他做夜祷，第二天一早把尸体运走，一切该办的事宜全都好好办妥。

那听取他忏悔的圣洁修士接到了报丧之后，便向修道院长禀报，然后打钟召集全体修士。这位修士告诉大家，从夏泼莱托先生的忏悔来看，他是一位圣洁的正人君子。他希望，天主将通过这位君子而显示众多奇迹。他劝告大家应当怀着尊敬和虔诚去迎接死者的遗体。经他这么一说，院长和众修士都一致同意这样。

当天晚上，全体修士来到停放夏泼莱托尸体的地方，为他举行了庄严盛大的夜祷。翌日，修士们身穿法衣法袍，手里拿着圣经，胸前挂着十字架，唱着圣歌，来到他的尸体边，行礼如仪，将他的尸体迎到教堂，全城的善男信女紧随其后，很热闹，等遗体到了教堂，那听了死者忏悔的圣洁的修士登上法坛，大大颂扬了死者的斋戒、童贞、清白、圣洁和他一生的美德，特别讲到了这位夏泼莱托如何痛哭流涕地向他忏悔最深重的罪孽，他费了多大口舌才让这好人相信，天主会宽恕他。因此他又责备了正在听讲的大众，说道：

“可是你们，天理难容的人呀，连脚下绊根草绳都要把天主、圣母和天上的诸圣骂遍！”

除此之外这位修士就夏泼莱托的忠诚和圣洁讲了很多。总之，听众深深地受到了感动，相信了他的话，仪式完毕，人们都拥上前来，虔诚地亲吻死者的手脚，把他的衣裤扯个粉碎，哪怕是只抢到那么一小块碎片，也觉得是有了很大的福。结果只得把他的尸体停放一天，供众人瞻仰遗容。到了夜里，才庄重地将尸体放入小教堂里的一个大理石棺材中。第二天，人们立即络绎不绝地赶来顶礼膜拜，点起蜡烛，向他祈祷许愿，还愿时就在他的神龛前挂了很多蜡像。

他的圣洁越传越远，人们对他的虔敬与日俱增，甚至当遇到灾病时，除他之外，再也记不起还有什么其他圣徒可求。人们都称他为“圣夏泼莱托”，大家说，天主借他之手显示了许多奇迹，只要诚心诚意地求他，就会无求不应。

切伯雷诺·达普拉托先生就是这样活着、这样死去、这样成了圣徒。我并不想说他在天主面前蒙受祝福是不可能的，他虽一生作恶多端，但在临死的一刻可能良心发现、真心悔罪，获得天主的宽恕，把他收进天国。但是，这都是我们不得而知的事。

潘菲洛讲完了他的故事，沉默了。

故事二

潘菲洛的故事让女郎们始终听得津津有味，有些地方还逗得大家笑了起来。等他讲完之后，女王看到内伊菲莱坐在他身边，便吩咐她接下去讲一个。内伊菲莱不但长得好看，而且一举一动温柔庄重，听了女王的命令，自然高高兴兴地接受下来，开始讲道：

潘菲洛以他的故事启示我们，宽厚仁慈的天主并不计较我们由于力所不能及的原因而造成的过失。现在，我想向你们说说天主如何以同样的宽厚仁慈，容忍了那班本来应该以其语言和行动来宣扬天主的恩典，他们却反其道而行之人的罪恶；不但如此，天主还暴露了这班人的罪恶，以此验证他拥有真理，好叫我们更加坚定不移地信仰他。

亲爱的女郎们，我听人说，从前巴黎有个经营丝绸呢绒的大商人，名叫贾诺托·迪奇维尼，为人正直善良，买卖做得很大。他有一个十分要好的犹太人朋友，叫阿伯拉罕，这个人也是个十分富有的商人，为人也同样正直忠厚。贾诺托看到他的这位这么正直忠厚的朋友不信天主，这样善良、聪慧的灵魂会为此而堕入地狱，心中实在为他焦急，因此就推心置腹地劝他放弃虚伪的犹太教，改奉正宗的天主教。他说，即使是犹太人也可以看到，这天主教是多么善良神圣，在日益发扬光大，而他的犹太教却相反，正在慢慢衰落，最终必会灭亡。

那犹太教徒却回答说，在他看来，犹太教的美好神圣是其他任何宗教所比不上的，他生来就是犹太教的人，是信仰犹太教的人，此生此世决定一直信奉下去，他不会因为世间任何事而改变这一信仰。

对此，贾诺托并不退却，好多天总是用重复的语言来规劝他。他反复试图用人的逻辑来证明我们的宗教好，而不是犹太教更优秀。虽然那个阿伯拉罕是精通犹太教法典的大师。可是，不知是贾诺托的友情感动了他，还是天主教那单纯善良的人说出来的话有了效果，那犹太人开始喜爱起贾诺托所说的那一套来。不过，他坚持自己的信仰，自然不会轻易动摇。但是，他越是坚定，贾诺托就越是劝他，最终，那犹太人拗不过他，只得这么说：

“贾诺托，咱们这样办好了，你一心想让我改信天主教，我准备照你说的做。不过，我想先去一趟罗马，看看你所说的天主派到地上来的代表，看看教皇的作风和气度，也看看他的兄弟们也就是那些红衣主教们的作风与气度。只要你的劝告和他们的气度确实能使我相信你信的宗教比我的宗教优越，正如你向我刚才说过的那样，那我就照我刚才所说的去做，如果不是这样，我就一如既往依然信奉我的犹太教。”

贾诺托听他如此说，暗暗叫苦，心想：“尽管我以为自己干得漂亮，满以为说服了他，现在看来是白费力气了。要是他真的跑到罗马教廷，亲眼看见教士们的荒淫无度的腐败生活，别说让他身为犹太人而改奉信仰基督，连本来信仰基督的也会改信犹太教。”于是他回身对阿伯拉罕说：

“嘿，我的好朋友，你何必要多此一举特地去罗马呢？既要花好多钱，又要忍受舟车劳顿。并且，像你这样一位富翁，无论是走水道还是走陆路，无疑都是危险的。难道你认为此处找不到一个为你进行洗礼的人吗？要是你对我讲给你的教义还有疑惑，那么除了这里，你不能再在别的任何地方找到更精通教义的人给你解答。因此，照我看，你这次罗马之行是多余的，你想，在罗马看到的那些主教虽更接近教皇一些，虽然更高一筹，但同这里看到的其实也没有什么相异，依我说，你这次长途跋涉还是免了吧，留待恕罪朝圣的时候我陪你一同前往。”

对此，那犹太人回答说："贾诺托，我相信，你说得有道理。不过说千句道万句，也就是一句，如果你真要我满足你的要求，那我就非得去罗马走一趟不可，如果不是这样，我是不会改变主意的。"

贾诺托见他主意已定，只得说："那你就去吧，祝你一路平安。"可是，他说完后仍在暗自思忖，认为他见了罗马教廷的情形后，肯定再也不会改信天主教了。但是他没有办法，只能由他去了。

那犹太人骑马出发了，日夜兼程，来到罗马教廷。到了那里，受到当地犹太朋友的热情接待。他住了下来，但绝口不提此行的目的，只是细心察看教皇、红衣主教们、主教信以及教廷其他人等的所作所为。他本来就是个很能干的人，凭他的耳闻目睹。他早已知道，这里的人从上到下无不犯着贪色的罪恶，寡廉鲜耻甚至不仅是一般的贪色，而且耽溺男风，连一点点顾忌、羞耻之心都没有了，以至于在那里办什么事都得走妓女和娈童的门路。除此之外，他们毫无例外地个个都是贪图口腹之欲的废物，狼吞虎咽起来，个个活像没有理性的动物。

深入考察，他发现他们个个都是爱钱如命、贪得无厌，什么都用金钱交易，甚至人的血肉，哪怕是天主教徒的血肉，以及各种神圣的东西，连教堂里的职位、祭坛上的神器、教徒奉献的牺牲，都能买卖。买卖比巴黎的许多绸商布贾或是其他行业的商人做得更大更精。他们盗卖圣职，美其名曰"委任代理"。拿"保养身体"当借口，实来大吃大喝，妄图用动听的字眼蒙蔽天主，仿佛天主也跟我们凡人一样，根本不去过问这些字眼的原意。因此他也就跟我们凡人一样，看不透他们堕落的灵魂和卑劣的居心了，被他们愚弄。凡此种种，以及其他很多不便明言的罪恶，叫那个正直的犹太人大摇其头。他认为所见所闻已经足够，该回巴黎了，于是便启程返回。

贾诺托一听他的朋友回来了，就赶去看他，心里明白他肯定不会改信天主教。两人相见，非常高兴。等他的朋友休息了几天之后，贾诺托才去问他，罗马之行对于教皇、红衣主教和教廷其他人的印象如何。那犹太人立刻回答说：

“印象很坏，照我看，那里真是糟糕透顶。要是我的观察不错的话，我可以说，那座城里我看没有一个谈得上圣洁、虔诚、有德行。欺诈、妒忌、骄横、无恶不作，甚至还有更丑恶的，罗马不是一个高居他人之上的圣城，而是一个可以容纳一切罪恶的大熔炉。根据我的考察，你们的牧羊者以至一切其他牧羊者，理应做天主教的支柱和基石的，可他们殚精竭虑把聪明才智都用于天主教的早日垮台，直到有一天从这世界上消失。

“不过，据我所知，他们的目的并未实现，你们的宗教屹立不动，传播得越来越广，处处发扬光大，这让我得出结论：一定有神灵在给它做支柱和基石，它确实比其他宗教更伟大神圣。因此，虽然以前不管你怎样劝导我，我一点也听不进去，不想成为天主教徒；现在我却可以公告，再没有任何东西可以阻挡我成为天主教徒了。我们一起去礼拜堂吧，我得按照你们圣教的仪式接受洗礼吧。”

贾诺托万万没有想到结果会是这样。听过这番话之后，他比任何人都高兴。他立即陪同阿伯拉罕来到巴黎圣母院，请院里的神父给阿伯拉罕施洗。院里的神父听见有犹太人自愿入教受洗，给他行了礼。贾诺托把他从洗礼盒边扶起时，给他取了“约翰”的教名做了他的教父。自此以后，贾诺托延请最著名的教士来给他讲解教义，他进步甚快，终于成为一个高尚而虔诚的善人。

故事三

对于内伊菲莱的故事，大家都交口称赞，她讲完以后，菲洛梅娜奉女王的命令，开始叙说起她的故事来：

亲爱的女郎们，你们想必都清楚，愚蠢往往不会使一个人幸福，只会使人坠入痛苦万分的深渊，而聪明人往往能摆脱险境，凭着智慧走上康庄大道。愚蠢把有些本来可以快活过日子的人弄得整天愁眉苦脸，这样的例子真是举不胜举。今天我想讲一个很短的故事，无非是为了向诸位表明，人类的智慧就是快乐的泉源。

我们知道，当初出身贫寒的萨拉迪诺竟一跃成了巴比伦的苏丹，而且与伊斯兰教和基督教的诸王国作战屡屡获胜，一时声势显赫。但是，由于连年战争，再加上奢侈和淫逸，他的国库已经空虚。有一天，他需用一笔巨款，短时间内无处筹措，此时，他突然想起，亚历山大和亚城有个放高利贷的犹太富翁，名叫梅基塞德。他想，倘若向他伸手，这倒是个顶用的人。不过，那个犹太人一向爱钱如命，绝不会痛痛快快地拿出钱来，而萨拉迪诺又不想使用强迫手段。此时，钱是非用不可，不能不想个让这个犹太人就范的办法。想来想去，觉得最好还是借个正当的借口能让他上当，再迫使他拿出钱来。于是他便派人把梅基塞德请来，客客气气地接见了他，让他坐到自己身边，然后说：

“可敬的人啊，我听很多人夸你博学多才，尤其神学造诣很深，所以我想向你请教，犹太教、伊斯兰教和基督教这三者比起来，到底哪一种才算正宗呢？”

那犹太人确实名不虚传，一听这话，就知道萨拉迪诺是在设圈套叫他往里钻，所以他暗暗拿定主意，这样一来，萨拉迪诺就无法达到他的目的了。于是，沉思片时，他想了一番既得体而又稳妥的话，回答说：“我的陛下，您向我提的这个问题很有意义，在回答这问题之前，请允许我先给陛下讲个简短的故事。

“要是我没搞错的话，我记得听人多次讲过，从前有个家财万贯的大富翁，家里珍藏着好多珍珠宝石，而他最心爱的是一枚极美丽、极名贵的戒指。他立下遗嘱，凡是得到这戒指的便是他的继承人，剩下的子女都要尊他为一家之长，得到这戒指的，要照样行事，一代代传下去。

“于是，这戒指成为了他的传家之宝。就这样，这枚戒指代代相传，最后落到一个人手里，他的三个儿子，个个都有才有德，对父亲都十分孝顺，父亲对他们三人也同等宠爱。那三个青年都知道那戒指是做家长的凭证，都无微不至地服侍那垂老的父亲，好让父亲去世时将戒指传给自己。

“那位可敬的老父对三个儿子原是一样地钟爱，无所厚薄，因此不知道传给谁更好。他分别答应了三个儿子的请求。不过，他想，最好让三个儿子都能满意，于是便悄悄叫来一个技艺高超的匠人，照样仿造了两只跟原来的那枚一样的戒指，放在一起，那匠人自己都不能分清楚哪一枚是真的。那父亲临终时，私下把三枚戒指分别给了三个儿子。父亲死了，那三个兄弟都要求做家长继承产业，相互各不相让，大家都拿出一枚戒指来做凭证。但那三枚戒指十分相像，无法辨认谁真谁假。究竟谁是真正的家长，这个问题悬而未决，今天仍然是个悬案。

“因此，我的陛下，我可以说，天父赐给三个民族以三种宗教，也跟这情形是一样的。您问我这宗教中哪一种算是正宗，我的回答是每个民族都以为自己得到了天父的真传。他们全都认为自己才是天主的继承人，都认为他们自己的教义戒律才是真正的教义戒律。这个问题就像那三枚戒指的问题一样，仍然是悬而未决呢。”

萨拉迪诺听了这番话，就知道那犹太人已十分机警地躲避了他设下的圈套。因此他只好如实说明自己的困境，看看他能不能帮忙。那苏丹还告诉对方，要不是他如此圆满地回答了问题，他本来是想如何对待他的。

那犹太人一口答应了萨拉迪诺所需要的款项。后来，萨拉迪诺如数归还，此外还给了他许多极珍贵的礼物，并且同他交了朋友，将其视为宫廷的上宾。

故事四

菲洛梅娜讲完故事，她住口不言了。坐在她旁边的迪奥内奥知道按次序该轮到自己，不待女王发话，就这样讲了起来：

多情的女郎们，假如我没有误解你们的意思的话，那么我们聚在一起讲故事是为了消遣自娱。此时我不怕诸位见怪，打算讲一个小修士如何逃脱了责罚，免受了皮肉之苦的小故事。

离这里不太远有个叫作卢尼贾纳的村庄，那里有座修道院，那时教规和修士都比现在多，其中有个小修士，血气方刚，无论是那里的清静、斋戒，还是夜祷，都还未磨掉他的青春活力。一天中午，众修士都睡了，他一个人在修道院附近溜达。修道院历来都位于僻静之处，可巧这天有个漂亮姑娘，大概是某个佃户的女儿，正在田里采集花草，他一见这姑娘，心头一阵冲动，情欲难忍。他赶忙走上前去，同她搭讪，两人谈得很投机。过了一会儿，他已发觉这姑娘也有了心意，便把她带到自己房中，谁都未看见。

修士忘乎所以，同她玩得十分高兴，恰巧此时院长醒来，从这小修士房前走过，听到里面两人一起发出的响声。那院长想看个究竟，便轻手轻脚地凑到门口去听。一听就清楚了，本想立即把门打开，可是又一考虑，还是用个别的办法更好。于是就回到自己房间等那小修士出来。

那年轻修士正同那姑娘玩得高兴，全部心思都用在姑娘身上，但仍有些害怕，仿佛觉得外边有什么声响，就从门缝里张望了一下，正好清清楚楚地看到院长正在偷听，他一下明白了，院长已经知道了他房里有女人。他知道，等待他的将是严厉的惩罚。

但他在那姑娘面前却依然不动声色，只是暗自盘算脱身之计。不一会儿，他果然想出个好主意，于是就假装已经尽兴，对她说道："我现在出去想个办法，好让你出去的时候不让人发现。你待在这儿不要出声，等我回来。"

他走出房间，将门反锁，径直来到院长那里，把他的房门钥匙交给院长——每个修士出去时都需这样做——若无其事地对院长说："院长，今天上午砍的柴我没有来得及都运回来，因此，如果您允许，我现在就去树林搬。"

院长以为小修士还不知道他的事已被发现，为了进一步调查清楚，就收下了他的钥匙，准许他出去。院长看那小修士走了，便考虑怎样处置这件事：是当着全体修士的面打开房门，将其罪证公之于众，免得将来执行刑罚时他喊冤叫屈；还是先盘问那个女人，问她怎么会做出这种事。他又想，要是那女人是一个熟人家的太太或小姐，那让她当着众修士的面出丑就不妥了。这样一想，他就决定先去看看那女人是个什么人，然后再作计较。于是，他悄悄走向那间小屋，打开锁，走了进去，随手把门关住闩上。

那姑娘看见进来的是个神父，大吃一惊，又羞又臊，居然哭了起来。院长的目光在姑娘身上转了一遍，只见她长得娇嫩漂亮，尽管他已上了年纪，仍然跟那个修士方才一样，马上觉得浑身热辣辣的，好不难熬。他喃喃自语道："天哪，我能找到快乐为什么不找？我整天操心费神，实在够厌烦的了。这个姑娘长得这么讨人喜欢，世界上又没有人知道她在这里。倘若我能说得她动心，让我快乐一下，那我何乐而不为呢？又有谁会知道呢？任何人都不会知道的。罪孽不为人知就减轻了一半。这样的机会以后怕是不会再有了。白白错过天主赐予的良机是愚蠢的。"这样一想，那院长完全把本意抛之脑后了，走上前去，和颜悦色地安慰那位姑娘，劝她不要哭泣，说着说着，终于把他那求欢的话也夹在其间讲了出来。

那姑娘并不是铁石心肠，也就半推半就地依从了院长。那院长呢，搂着姑娘，连连亲吻，然后爬上了小修士的那张床。或许是他老人家想到自己身体笨重，那姑娘体质娇嫩，经不住他折腾，所以就未爬到那姑娘身上，而是让姑娘伏在他的福体之上，二人高高兴兴地玩了好长时间。

再说那小修士，佯称是到树林里去了，其实是在走廊内躲了起来。他看到院长独自进了他的房间，心中想到他的妙计已经生效。听到院长在里面将门锁上，心里更是十拿九稳。于是，他便从那躲藏的地方出来，悄悄贴到那墙缝边。院长所说的话、所做的事，一切都被他听得明白，看得真切。

过了一会儿，院长终于同那姑娘玩够了，仍然把她锁在房里，返身回到了自己房间。不一会儿，那小修士回来了。院长估计他是从树林里回院，决定把他严厉训斥一通，然后将他投入禁闭室，关了起来，然后就可以独自享用到手的美食了。于是，他老人家一声令下，把那小修士传来，沉下脸来大声呵斥，然后吩咐把他关起来。

岂料那小修士胸有成竹地回答说："师父，我信奉这圣贝内德托教派的时日不多，教规还没有学全；您教了我斋戒和夜祷，可您还没有教我应该给妇女以高高在上的地位。现在，您已给我做了示范，倘若您能饶恕我这一回，那么我保证，我以后绝不敢再擅自妄为，一定按您那种样子行事。"

那院长本来是个聪明人，一听这话，立刻明白这小修士不仅全知道了他做的事，而且全看得一清二楚。他自己也犯了相同的罪，当然无颜惩罚人家，只好饶恕了小修士，还叮嘱他不要乱说乱道。他们两人私下把那姑娘秘密放了出去。不过，据说他们经常叫她再来。

故事五

在座的女郎们听迪奥内奥的故事时，开始有点难为情，她们的脸都有点红了就是明证。她们面面相觑，一边听着，一边忍不住暗暗笑了起来。然后菲亚梅塔开始讲她的故事：

话说蒙费拉托侯爵一向以英武闻名，十字军远征时，他加入教会的军队，成为一名旗官，出海远征。当时，法国国王独眼龙肋力也准备出发，出国远征。出国前，某天宫廷里谈起了蒙费拉托侯爵的英勇善战。一个骑士说，这位侯爵与他的夫人，是世界上最般配的佳偶，不仅侯爵英勇非凡，在骑士们当中鹤立鸡群，更重要的是，他的夫人美貌贤惠，称得上盖世无双。这些话让国王听了，印象极深，尽管他从未见过这位侯爵夫人，但他竟然热烈地爱上了她。

因此，他计划出海远征时先走陆路，到了热那亚再上船出海。这样一来，他就可以顺路而过，趁她丈夫不在家，冠冕堂皇地去见她了。

这位国王主意已定，就立刻执行，命令部下先行，自己则只带了少数随从，直奔热那亚而去。在接近侯爵夫人的封地时，他派人提前一天通知侯爵夫人，说是国王明天中午在她家中用饭。侯爵夫人聪明而又谨慎，欣然表示欢迎，说是国王驾到，乃是莫大的荣幸，他肯定会受到热烈欢迎的。

待使者一走，侯爵夫人便寻思起来，堂堂一国之尊，竟在她丈夫外出之际到她家里来，用意何在呢？很快她就猜出，肯定是她的艳名使国王慕名而来。

夫人通权达度，准备对国王以礼相待，于是召集城里的绅士，请他们做好迎驾的一切准备工作，但有一件事例外：筵席上的菜肴和饮品由她亲自办理。她当即吩咐下人把附近的母鸡全部买来。

第二天，国王果然驾到，受到侯爵夫人非常热情隆重的接待，这位国王一见夫人，只觉得她本人比他听了骑士所说以后在心目中想象的形象还要漂亮优雅。他真是喜出望外、赞不绝口，对这个女人更加痴迷了。夫人先请国王在几间富丽堂皇的房间休息。休息过后，宴席开始，国王和侯爵夫人单在一桌，国王的其余随从各按其职位分别在其他桌前落座。

国王桌上，菜肴不断，杯里美酒满杯，除此之外，还有如花似玉的夫人陪着，让他看了个够，国王洋洋得意，开怀畅饮。可是尽管每道菜肴不同，却全是母鸡而已，他不免觉得有点奇怪。国王也知道，这一带的各种野味不可胜数，何况预先已有通知，她完全有足够的时间派人去射猎。不过，尽管他心中觉得有点奇怪，也只轻描淡写笑嘻嘻地向夫人问道：

“夫人，这里难道只生母鸡，一只公鸡也不产吗？”

侯爵夫人完全领会了他的弦外之音，感觉这分明是天主给了她大好时机，明确地表白自己的操守，于是对国王说：

“陛下，事情可不是这样，不过，这儿的女人就算在服装和身份上有所差别，和别处的女人也是完全一模一样的。”

国王一听这话，恍然明白了侯爵夫人设母鸡宴的用意和侯爵夫人所表明的清白。他也知道，要用语言来挑逗如此一个女人，只是枉费心机，显然使用暴力就更荒唐了，为了顾全自己的名誉，只好明智地把这一团荒唐的欲火压了下去。他害怕再招没趣，只顾埋头用餐。饭后，为了掩饰来时的暧昧企图，他感谢了她的款待，为她祝了福，匆匆动身前往热那亚。

故事六

大家赞扬了侯爵夫人的贞洁，以及她仅凭一句话就把法国国王说得哑口无言的机智。坐在菲亚梅塔身旁的埃米莉亚，遵照女王的吩咐，兴致勃勃地讲起她的故事来：

有一个正直的人，凭着一番锋利的话驳倒了一名贪财的修士，这个故事叫人听了不仅发笑，而且肃然起敬。

亲爱的同伴们，不久以前，我们城里有个圣方各派的神父，在宗教裁判所里任法官，专门调查异教活动。他像所有的神父一样。表面装得道貌岸然、虔诚敬主。其实，他是专门在调查哪个人信还是不信天主。他果然查出一个家产丰厚却有失谨慎的好人来，这个人可能是多喝了几盅，也许是兴奋过度，反正不是故意对天主不敬，他信口开河对别人说，如果耶稣也有这样好的美酒，那么这耶稣也是会喝的。他的这句话传到了这名神父的耳中。这神父一想，那家伙又有田地，又有金钱，而他又“带着刀子棒子”。于是这神父便以严重的罪名把这个人给逮捕了。这神父采取这一措施，并非为了加强被告的宗教信仰，而是为了按照他一贯的做法，从被告身上捞到大把的钱。

他把那人叫来，问他的指控是否属实。那人回答说确有其事，并且把当时是如何说起这话来的情况向他解释了一番。可那神父既圣洁，又崇拜金子，对那人训斥说："你为何把基督说成酒徒？难道他就像你们这些整天在酒馆里胡混的醉鬼一样吗？现在你还这样轻描淡写，你认为事情就这么简单吗？你别再糊涂了，如果我们愿意——那也是我们的责任——依法办起来，你的罪名够得上被活活烧死。"

那神父还声色俱厉地讲了好多恐吓的话，似乎讲这话的这个好人简直就是否认灵魂不灭的伊壁鸠鲁。那个人被吓得够呛，赶忙托人说情，给他送了好多带圣约翰头像的黄澄澄的"脂膏"，让神父擦他的双眼，好医治修士们见钱眼红的毛病，据说对那些不敢同金钱接触的圣方济各派的修士，这药膏尤其灵验。这样一来，这神父也许能从宽发落他。

虽然这种膏药在加莱诺的医书中的任何一部分都无记载，但却灵验得很。原本要被绑到火刑柱上活活烧死，现在竟开了恩替他换成了十字架佩在他身上，象征带着这十字架去东征，而且为了让这十字架像军旗一样美丽，还规定十字架为黄色，衬底则用黑色。除去这些之外——当然是神父拿到钱后——还把这个好人在他身边留了几天，嘱咐他每天早晨必须到圣十字架教堂做弥撒，算是忏悔的表示；神父用餐时，他要在一旁恭立侍候，其余时间自由支配。那好人不敢慢待，严格执行。

一天清晨做弥撒的时候，那个好人听到一段“福音”的歌曲，其中唱道：“你们奉献一个，必将得到百倍，并且承受永生。”他照样在神父的桌边侍候。那神父问他，今天早上做弥撒没有，他赶紧回答说：“去过了，老爷。”

那神父又问：“你听着，有什么地方搞不明白需要向我请教的吗？”

“当然有的，”那好人回答说，“我对于听到的一切不敢有丝毫怀疑。不过，有一句话，使我很为您和你们神父担心，我不由地想到你们在天国的日子太难过了。”

“什么话，让你替我们这么担心啊？”那神父问道。

“神父，”那好人回答说，“就是‘福音’里的一句话：‘你们奉献一个，必会得到百倍。’”

“这话一点不假啊，”那神父回答说，“你听了为什么要担心呢？”

“神父，”那好人回答说，“请听我解释，我来此地之后，每天都看见您把修道院里吃剩的菜汤，有时一大盆，有时两大盆，施舍给门外乞讨的穷人。倘若您施舍一盆菜汤，在来世就要得到百倍的回报，那你们得到的菜汤岂不要把你们淹死了。”

一桌子吃饭的人听了这话都哈哈大笑，那神父却感觉这句话一针见血地把他和他们这帮神父的贪吃和假慈悲都揭露无遗了。本来这好人刚刚受罚，但还敢嘲讽神父和他们这帮饱食终日的神父，本来也是该加上惩罚的，而那神父只把他批评了一顿，叫他愿干什么就干什么去，今后再也不想见到他。

故事七

埃米莉亚所讲的故事，加上她讲话时活泼的神情，把女王和所有的人都逗笑了，大家一再称赞她挖苦带着十字架去东征的那段俏皮话。笑声平息后，轮到菲洛斯特拉托讲故事了。他如此讲：

高贵的女郎们，如射手射中固定的目标固然不错，可是倘若一样不熟悉的东西一闪而过，能做到眼疾手快，一发中的，那就更了不起了。教会里的修士腐败堕落的状态就是众矢之的，谁高兴都可以尽情地冷嘲热讽，就像对准那不动的靶子，没有不中的。因此，那好人干得不错，他叫那个裁判官下不了台，他们虚假地把那些要喂猪或者倒掉的剩菜剩饭施舍给穷人，竟算是“救济”。听了刚才这个故事，我想起一个人来，他才更值得夸赞。我现在就想给你们说说这个人，他借一个叫卡内·德拉斯卡拉的贵族，讽刺他的吝啬。

这卡内·德拉斯卡拉老爷四海闻名，他是一个命运的宠儿，事事如意，在腓特烈二世登基以后，这位老爷在全意大利贵族中首屈一指。有一次，他想在维罗纳城举办一次盛会，四面八方的人纷纷赶来参加，特别是那些俳优弄臣，更是闻风而至。可是，不知什么缘故，这位老爷又忽然改变了主意，决定不办了，只拿出一点点盘缠来，把这些人全打发走了。只有一个叫贝加米诺的人，独独留了下来。他能说会道，不曾和他当面谈过的人简直想象不出他的口才有多么好。他既没有受到招待，也没有人打发他回去，于是他就留了下来，希望日后总还可以有得到些补偿的机会。卡内先生有自己的想法，他认为，拿东西给贝加米诺，如同是扔进火里，于是既没有同他面谈，也没有让人转告，总之是一句话都没和他讲。

好多天过去了，贝加米诺始终不见有人来和他讲，也不见有人给他盘缠，而他带着仆人和马匹寄宿在客栈里，钱都快花光了，难免焦急起来。不过他还是硬着头皮干等，觉得就这样走了实在不甘心。他的衣箱里藏着三件别的贵族们送给他的华丽的衣服，让他在节日的时候穿得体面些。店主来向他讨房租，他就拿出一件来抵账。迟疑之间，他又得拿出第二件抵账。只剩下第三件衣服时，他才打定主意，能坚持多久就住多久，确实不行了再动身。

就在他靠着第三件衣服坚持度日的时候，有那么一天，贝加米诺有机会在卡内老爷正在吃午餐时见到了这位老爷。贝加米诺当时愁容满面。这位老爷一见到他，也并不想让他讲些什么有趣的事，而是存心想取笑他。于是就对他说道：

“贝加米诺，你这么心事重重是怎么啦？给我讲一段吧。”

贝加米诺听了这话，好像早已成竹在胸，不假思索就讲了下面这个故事：

“大人，您一定知道，普里马索精通拉丁文，写起诗来出口成章，没有谁能比得上他，这使他名扬四海，受他人尊敬，即使没有见过他的人也知道他的姓名和名声。

“但是他怀才不遇、一生落魄。有一次，他来到巴黎，听人说，克利尼修道院院长是个教会里除了教皇以外，收入最高的大富翁。这位院长慷慨大方，时常门庭大开、招待四方。在他吃饭的时候有人来向他乞求，他一概管吃管喝，从不拒绝。普里马索本来就喜欢同富而好礼的人物打交道，听人如此说，就决定去见识见识这位院长的慷慨大方。他向人打听这位院长住的地方离巴黎有多远，有人告诉他说，这位院长住的地方距巴黎有六英里远。普里马索估计，如果一清早动身，吃饭的时候也就可以赶到了。

“他向人问了路，只是没有同路人，他只怕走错了路，届时可能连吃的东西都找不到，要是这样，那可就要挨饿了。他打算带上三个面包，水反正到处都会有的，他把面包藏到怀里就出发了，一路顺顺利利不到吃中午饭的时候就赶到了院长家。

“他进了门，不免四下观看，但见许多桌子上已经摆好杯盘碗盏，厨房正忙着准备午饭，一切就绪。他暗自思忖：‘这位院长果然名不虚传，大方得很。’

“开饭的时刻到了，总管吩咐端水让众人洗手。洗手之后，众人落座。普里马索被安排在靠近进餐厅时必经的门口的一个座位上。

“这里有个规矩，院长入座之前，面包、酒和吃的喝的都不端上来。总管把餐桌安排好之后，就去请院长出来用饭，说是一切就绪，院长愿意的话就可开饭了。院长吩咐打开通往餐厅的门，他往外望了一眼，恰巧看到第一个人就是穿着破烂的普里马索。院长从未见过他，一看就觉得心里有点不痛快，竟起了一个以前从未有过的吝啬念头，暗自思量：‘瞧，我竟款待起这种人来了！’于是，他转回身，吩咐关上门，问左右那个坐在门口桌上的穷鬼是何人。大家都回答说不认识。

“普里马索又向来不斋戒，行了半天的路，早已饥肠辘辘。等了一会儿，看院长仍不出来，他就从怀里掏出一个自带的面包吃起来。过了片时，院长叫人看看普里马索走了没有。那手下人回来禀报说：

“‘还没有走，老爷，他正在吃自己带来的面包。’

“于是那院长说道：‘好吧，那就吃他的东西吧，可是，他今天可别想吃我们的东西。’

“院长觉得赶走普里马索毕竟不合适，原希望他会自己走，可这普里马索吃完一个面包之后，看院长还没出来，吃起第二个面包来。前去察看的佣人报告了院长。这院长又嘱咐这个佣人再去看看普里马索走了没有。普里马索吃完第二个面包，看院长迟迟不露面，又掏出第三个面包吃起来。佣人把这状况又报告给了院长。院长想道：‘唉，我今天这是怎么了？何苦这样吝啬，这样瞧不起人呢？这又是为了什么呢？多年来我一直招待食客，向来来者不拒，无论贫富贵贱，总是一视同仁。我曾亲眼看过多少在我的餐桌上骗吃骗喝的现象，可是从来未产生过像今天这样的念头。等闲之辈不可能使我产生吝啬念头，我把大人物当成流氓，因此我才不肯款待他。’

“这样一想，他才打听这人是谁，一问才知道原来是鼎鼎大名的普里马索，而且是听人说院长好客，特地来看看院长究竟是多么慷慨大度的。院长一下子羞得面红耳赤，连忙赔罪，送了一套适合普里马索身份的华服给他，又送给他银钱和马匹，还跟他说，他是想一块儿去还是在这里住几天，都悉听尊便。普里马索非常满意，再三地谢过院长，回巴黎去了。不过他来的时候是步行，回去时骑着大马。”

卡内很聪明，一下就听懂了贝加米诺的意思，笑着对他说：

“贝加米诺，你可真会说话，借一个故事就表明了你所受的委屈、你的才艺、我的吝啬以及你对我的期望。说真的，我在这之前向来不是个吝啬的人，对不起。不过，我是准备借你指给我的棍

子，赶走心里的小气鬼。”

卡内果然付了拖欠的贝加米诺的房租，赎回了他的三件华服还给他，此外又把一件更华丽的衣服送给他，还送给他一些钱和一匹马，由他自己决定去留。

故事八

坐在菲洛斯特拉托旁边的是劳蕾塔，听见大家称赞过贝加米诺的巧妙辞令之后，认为接下来该她讲了，没等吩咐，她就落落大方地讲起了故事。

亲爱的伙伴们，刚才的故事让我忆起一位行吟诗人，他是个聪明人，巧妙地讽刺了一个大财主的贪婪，收到了一定的效果。虽然这个故事的主题跟刚才大同小异，但结局美满，也极其有趣。

很久以前，在热那亚住着一位名叫埃米诺·德格里马尔迪的绅士，大家都知道，他有大量的资产和钱财，在那时的意大利，再也没有一个比他更富有的人。可是，正如他比任何意大利人都富有一样，他的吝啬和贪婪也是无人可比的，远超过世上任何吝啬贪婪之徒。他爱钱如命，不仅对别人一毛不拔，而且对自己也是十分苛刻。热那亚人很讲究穿着，他却舍不得花钱，连一身像样的衣服也找不出，在吃喝方面，他也是财迷得紧。正因如此，大家都忘记了他的姓氏，没有人称他德格里马尔迪大爷，都叫他“守财奴埃米诺”。

他就是如此一毛不拔，另一方面又拼命聚敛钱财。此时，热那亚来了一个温文尔雅、出身高贵的行吟诗人，名叫埃尔莫·波西埃雷。他可跟现在的行吟诗人很不同，现在这班行吟诗人专做些卑鄙龌龊、厚颜无耻的事，却要装作绅士贵族，跟宫廷里的行吟诗人比起来，他们只能算是驴子。那时，行吟诗人的权限职责就是尽力消除争斗、调解纠纷，哪里的贵族与贵族有了冲突，他们就前往调停；他们还是撮合婚姻、巩固联盟、增进友谊、抚慰心灵苦闷的人，用机智巧妙使宫廷里的人快乐，而对于坏人的缺点错误，则像严父般提出尖锐的批评，而得到的酬劳却很微薄。而今天这班吟诗作赋的呢，却专爱搬弄是非，散布恩怨。讲些伤风败俗的话。更糟的是，他们在这个人面前无所顾忌地说那人无耻，在那个人面前又说这个人如何卑鄙。他们还用不正当的手段引诱良家子弟去干那荒唐堕落的勾当。越是那些谈吐卑鄙、行为龌龊之人，越是博得欢心和赏识，得到丰厚的报酬。这正是当今世道的奇耻大辱，无怪乎现在已是道德沦丧，我们这不幸的人正在罪恶的深渊中挣扎。

现在还是让我们回过头来讲我们的故事吧——出于愤怒我的话有点偏题了。我是说，古利埃尔莫在热那亚很受当地绅士的崇敬，大家都热情地接待他。他在城里逗留了几天之后，听到不少关于埃米诺的贪婪成性和吝啬的故事，便打算去拜访他。

埃米诺先生也听说古利埃尔莫是个了不起的人。埃米诺尽管贪婪成性，却还是懂得礼貌的，所以客客气气地接待了他，与他谈笑风生，谈了好长时间。他又领着这位行吟诗人和当地的绅士来到他的一座新建的华丽公馆。他带领大家看过公馆的各个部分之后，对大家说：

“古利埃尔莫先生，您见多识广，能不能给我讲讲，我本人从来未见过的东西，好让我把它画在我的客厅里。”

古利埃尔莫觉得他这话问得出奇，便答道：“先生，从未见过的事，我怕一时难说出来，除非是打喷嚏之类的事。要是您高兴，我倒可以说出来，我相信您还未见过。”

埃米诺想不到对方的回答会使他自讨没趣，便说：“那是什么呢，请告诉我吧。”

古米诺莫马上回答说：“把‘慷慨’画在府上吧。”

埃米诺一听这话，羞得不要不要的，以致他立即反躬自省立即下决心改变过去的习性，说道：“古利埃尔莫先生，我一定要把这‘慷慨’着意描绘出来，好叫你和其他人以后再也不会说我不曾见过它，或者从来不认识它。”

只因古利埃尔莫这句话，埃米诺从此彻底改过自新，热情款待本地和外地的人，成了热那亚一个最为慷慨大方的绅士。

故事九

最后，只剩埃丽莎未接到女王的命令，所以没有女王来发话，她就高兴地讲起来：

各位漂亮的女郎，常常有这样的情况：一个人不管别人怎样谴责嘲讽和惩处他，偏偏就是执迷不悟，而有人无意间说了他一句，却收到意外的效果。劳雷塔刚才讲的故事中可以清楚地看出这一点来，我也准备再讲一个短故事，来证明这个说法。一个好故事不管谁讲谁听都是有点作用的。

话说在塞浦路斯第一任国王执政时，戈蒂弗雷·迪布利奥内已收复圣地，于是出了这样一件事：瓜斯科涅地方的一位贵夫人前往圣墓朝拜，途经塞浦路斯，遭到乡下一伙歹徒的强暴。她不知该如何出这口怨气，又气又恼。后来想，这事应该去求国王给她做主。但是有人告诉她说，求国王恐怕也是白搭，因为国王毫无出息，不能替人主持公道，报仇雪耻，就连他自己遭受凌辱，也因生性怯懦，而只得忍气吞声。甚至谁有什么不满，也能对他出言不逊，当面侮辱。

那位贵夫人听了这些话，知道报仇雪耻无望。可她又不甘心，决定去把这个不中用的国王奚落一番，也好出出这口恶气。于是，她便哭啼着来到国王面前，说道：

“陛下，我来见您，并不是求您为我报仇，只是听说您也受过别人的侮辱，却能泰然处之，因此，特地前来向您讨教，希望您也教教我。我要向您学习，受到别人的侮辱，却还可以心平气和地忍受下来。天主在上，如果可能的话，我是多么想把身受的侮辱加授给您啊，因为您的涵养真是太好了。”

这个一向昏庸软弱的国王，听了这位夫人的话，猛地醒悟，严惩了那群歹徒，替她报了仇。从此以后，他不再手软，严惩了那些亵渎国王的人。

故事十

埃丽莎讲完，就女王自己没讲了，她以女性特有的那种妩媚开始讲道：

高贵的女郎们，正如繁星装饰着晴朗的夜空、春花点缀着碧绿的草地，俏皮话在社交场合能给端庄的举止、欢快的谈论增添光彩。

说实在的，我们说话的时候，就如干别的任何事一样，必须考虑说话的时间、地点和对象。往往有些女人、男人，想说些俏皮话来挖苦别人，可由于没有弄清楚对方的学识程度，结果弄得自己面红耳赤。所以，我们说话应该随时随地注意这些方面，省得证实了一句古话，即“女子无才便是德”。这就是我今天讲这最后一个故事之用意，为了让大家知道，既然我们的心灵比别的女人高贵，那么我们的谈吐举止就该比别的女人文静端庄。

前几年，博洛尼亚城里有一位闻名世界的名医，说不定他现在还活着。这位名医名字叫阿尔贝托，虽已经年近七旬，可是精神饱满，尽管体力虚弱，但心中爱情的火焰却并未完全熄灭。有一次，他在宴会上遇到一位风采照人的寡妇，名叫玛盖丽塔·德基索利埃里太太。他对她竟是一往情深，跟风流多情的小伙子一样，一天见不着她，竟吃不香、睡不着。

为了见到他的美人，他老是借各种机会，在她家门前来回走过，有时走路，有时骑马。

这样一来，那寡妇和她的女伴们识破了他这样在她门前来回走动的用意，觉得这样一位年老而又明白事理的人竟然也会坠入情网，煞是可笑，就私下里常来取笑他。在她们看来，那蜜意柔情似乎只容许存在于那些年轻人的头脑里似的。

阿尔贝托先生继续在那寡妇门前徘徊。

有一天恰逢节日，那寡妇和另外几个女人坐在门前，远远望见这位老先生走来。于是她们商量，请这位先生进去，热情地款待他一番，然后取笑他的这番痴情。她们说做就做，等他走近时，便迎上去，热情地把他带进一个凉爽的院子里，拿出美酒和甜点来招待他。

最后，她们半假半真地问他，他应知晓有好多英俊潇洒的年轻人爱着这美人儿，那他怎么还爱着她。

那医生听出了这善意的话里含有的讽刺意味，就微笑着回答说：“太太，我爱着您，任何明白事理的人都不应对此感到惊讶，特别是我爱的是您这样一位值得爱慕的人。尽管老人受着自然定律的限制，恋爱起来难免有些力不从心，但他们并没有被剥夺爱别人的权力，他们还是知道什么样的人是值得爱慕的。可以说，老年人应更明白事理，自然而然比青年人更有见识和经验。许多年轻人在爱慕您，而我这老头子也痴心妄想地追求您，这是因为：我经常看到，女人们吃饭时吃的是大葱和扁豆。那大葱并不是什么好东西，比较好吃也不太令人讨厌的部分只是它的根部。可是，您却根据自己的口味，往往把大葱的根部挑出来拿在手中，吃的却是大葱的叶子。那葱叶不仅没有任何营养，而且也无味道。太太，我怎么知道，您在挑选爱人的时候是不是也是这样的呢？如果是这样，那么中选的将是我，而不是其他人。”

那寡妇与她的同伴听了这番话，很觉羞愧。寡妇说：“先生，我们自高自大，冒犯了您，理应受到您的责备，您很客气，只是委婉地说了我们几句。我非常珍惜像您这样一位才德兼备的君子的爱情。从今以后，我的心就向着您了，除了与我的名誉相关的事之外，其余的一切，都听您的。”那医生站起来，其余的宾客也站了起来。医生谢过寡妇，兴高采烈地告辞而去。

那位太太只因不了解对方，想取笑别人，结果反被人取笑。你们聪明的女人可要小心，千万莫做出这等傻事来。

年轻的女郎们和三个青年的故事讲完了。这时，日落西山，暑气渐散。于是，女王高兴地说道：

“亲爱的女郎们，我今日的使命已经结束了，唯一未完成的事，就是给你们选一位新女王，好让她根据自己的计划来安排我们明天的生活和娱乐的事宜。本来，我的使命应当到今天晚上才结束，可是继任的人如果不事先准备，明天一上来就会不知所措。因此，明天的新王应当在现在接任，好让她把明天的事安排起来。我现在就推荐菲洛梅娜来当我们明天的女王，她是一个非常谨慎的女士，就由她来领导我们寻欢作乐，来崇拜那使万物生长、给我们安慰的天主吧。”

说完这些，她站起身来，把自己头上的花冠取下，恭敬地戴在菲洛梅娜的头上，并且向她祝贺，其他人也跟着向她祝贺，表示热烈欢迎她当统帅。

菲洛梅娜看到那顶王冠戴到了自己的头上，不由得满脸通红，不过，她想起了伯姆皮内娅前边讲过的那番话，就镇定起来，鼓起勇气执掌朝政。她首先承袭了伯姆皮内娅所颁布的一切命令，接着宣布明天上午大家仍到这里来，又布置了晚餐，并要求大家今晚仍各回原先住的房间，然后说道：

“亲爱的伴侣们，承蒙伯姆皮内娅立我作你们大家的女王，这并不是因为我有什么特别的地方，而是由于她对我的宠爱。故此在安排我们的共同生活方面，我也不准备仅以我的好恶行事，而是尽量将我的想法和大家的打算综合到一起来考虑。我现在把我的打算简单地讲一讲，不妥的地方大家可以加以补充或者更改，好使大家都满意。

“如果我的说法不错的话，伯姆皮内娅今天的安排很值得称颂，大家过得非常快活。如果大家认为，这样的生活并不会使大家感到厌倦，或者并没有别的反对的意见，我认为，这日程还是不改为好。

“等我们把这件事安排好之后，大家就可以离开这里，自由活动，等到太阳落山以后，我们趁凉吃饭，饭后可以唱唱歌、跳跳舞，然后再去睡觉。明天一早我们起来，各人可以随意去散一会儿步，到时候就像今天一样，大家回来一起吃早饭，饭后跳一会儿舞，午睡过后，大家回到此处讲故事。我觉得，讲故事很有趣，也很有益处。

“由于时间紧迫，伯姆皮内娅刚被选为女王就临时上阵，来不及给大家指定一个讲故事的范畴。现在，我想给大家出个题目，让大家有充裕的时间预先在这个范围内想出一篇精彩的故事来。如果大家同意，我们就这样办。人类出现以后，人们始终受着不同命运的支配，将来也依然如此，直至世界末日。因此，大家应该讲这样一个故事：开始饱经磨难，后来逢凶化吉、喜出望外。”

不论是女郎还是青年，都赞同她的意见。

迪奥内奥说："这也正是我想说的话。我觉得，您定下的规矩不错，很值得赞赏，只是我想请你赐给我一个特权，而且我希望，这一特权一直持续到我们的欢聚结束之时。我所希望的特权就是，我讲的故事可以例外，不一定非在规定的题目之中不可，我可以随意讲我所喜欢的故事。为了让大家明白，我提这样的要求并不是因为肚里的故事不多，从今以后，我愿意总是在最后一个讲故事。"

女王见他是个活泼的人，理解他提出这一请求的目的，那就是：如果大家听着同一个主题的故事觉得厌倦了，他就可以另外讲一个好笑的故事，让大家调剂一下，换下口味。

在征得众人的同意后，女王批准了他的这一特权。

大家站起来，缓步来到一条小河边，河水清可见底，从小山上流下来，流经乱石，流入青苔绿荫、树木参天的谷底。大家到了这里，光脚赤臂，走进水里，嬉闹起来，直到吃晚饭时，才一起高高兴兴地回去用餐。

晚饭后，女王嘱咐取出乐器，让劳蕾塔领着跳舞，埃米莉亚唱歌，由迪奥内奥弹着琵琶伴奏。

听了女王的命令，劳蕾塔马上领着跳起来，此时，埃米莉亚一展歌喉，唱了起来：

我深深爱上了我的漂亮，

我钟情于自己，

别人的爱不会使我这样欢畅……

在埃米莉亚唱这支歌时，每到重复之处，大家就高唱，唱完之后，有些人还沉浸在歌词之中。大家又跳了一会儿圆圈舞，由于夏季昼长夜短，加上天色已晚，女王吩咐第一天就到此结束。她命令仆人点起火炬，领众人回去好好休息，明早再见。于是大家各自回屋。

第二天

旭日东升，金光照耀，新的一天又来了。鸟儿在绿叶间歌唱，把那动听的歌声送进人们的耳朵，报告新的一天到来。这时，女郎们与三位青年都起了床，不约而同地来到花园。大家在缀着晶莹露珠的草地上漫步，采摘花草，编织花冠，玩了好一阵子。像前一天一样，他们十分兴奋。大家趁凉爽吃了早饭，又跳了一会儿舞，这才去午睡，到了下午三点左右，遵照女王的命令，大家来到凉爽的草地上，围着女王席地而坐。

戴着花冠的女王，真是美丽。她先把众人环顾一周，停顿了一下，才让内伊菲莱说今天的故事。内伊菲莱并不推辞，兴高采烈地开始讲起她的故事来。

故事一

最亲爱的女郎们，一个人如果想要戏弄别人，往往会咎由自取，尤其在那些理应受到尊重的事物上，如果你也拿来跟他人取笑，难免要自作自受、自讨苦吃。

很久之前，在特莱维索城里面住着一个德国人，叫作阿里戈。他很穷，以给人搬运东西为生。谁家有活，他便去干，混口饭吃。只因他为人善良正直，并洁身自好，人们都非常敬重他，都认为他是个圣洁的人。据当地人说，他临终时，特莱维索城各大教堂的钟，都响了起来。这话是真是假，眼下都无所谓了。

这件事被人们认为是一个奇迹，于是大家都说，阿里戈是个圣徒。如此一来，全城的人都涌到他家里，按照对待圣徒的隆重仪式，把他的遗体抬到了大教堂，又把那些瘸子拐子、瘫子、盲人和各种各样的畸形的残疾人及病人，统统都拉来，所有这些人只要触摸一下圣徒的尸体，什么病都好了。

正在人们来来往往、一片忙乱的时候，碰巧我们的三个老乡也来到特莱维索，一个叫斯泰基，另一个叫马泰利诺，第三个叫马凯塞。这三个小丑，善于学别人的动作和神情，常在宫廷府邸里献技，以此来博取王公大臣的一笑。他们这是头一次来到这座城市，见此处乱哄哄地人来人往，不免有点奇怪。就四处打听，打听到了原委，便也想去见识见识。他们把东西寄存到一家客店之后，马凯塞说道：

“我很想去看看这位圣徒，可是，我不知道怎样才能进去。另外我还听说广场上挤满了德国人，守城的长官怕发生意外，派人把守大门，再也不让人进去。此外，据说教堂里也挤得狠，休想再插进一个人。”

马泰利诺也很想进去看看，便说：“我们可不能为此止步，我们一定要想办法接近圣洁的遗体。”

“那你说如何才好？”马凯塞问。

马泰利诺回答说：“让我告诉你吧。我装成一个拐子，根本走不了路，你和斯泰基一边一个搀扶着我，你们扶着我进去，说是到圣徒那里去求治，别人看我们这个样子，不就会主动给我们让出路来放我们进去了吗？”

马凯塞与斯泰基都非常赞成这个主意。于是三个人迅速离开旅店，找到一个偏僻的处所，马泰利诺施展他的看家本领，把手臂、手掌和手指都扭曲起来，腿也瘸了，除此之外，眼斜口垂，整个的脸颊七扭八歪，让人看了很恐怖。无论哪个人看了他的这副尊容，都会以为他是个全身残废的人。一切就绪后，马凯塞和斯泰基就搀扶着他，直向那教堂走去，一路上满面虔诚，卑躬屈膝地请求别人，看在天主的份上，让出一条路来。就这样，他们一直向前，进展顺畅。

人人注视着他们，没有一个不高声喊着；“让开！让开！”就这样，他们径直来到停放圣徒阿里戈遗体的地方，站在遗体边的几位绅士立刻把马泰利诺抬了起来，放在遗体上方，好让他触摸遗体，重新恢复健康。

所有的人都睁眼盯着马泰利诺，看究竟会产生怎样效果。马泰利诺本来就善于变这套戏法，在圣体上躺了一会儿后，再慢慢伸直了手指，随后手掌也正常了，逐渐地手臂也伸直了，全身都舒展开了。众人看到这等奇迹，全都欢跃起来，盛赞圣徒阿里戈，欢呼声震耳欲聋，响彻云霄，这时即使是晴空惊雷也会被淹没在欢呼的海洋中。

恰好那天有个佛罗伦萨人也在那个教堂里，他同马泰利诺很熟悉，只是他进来时扮成了那副怪模样，才没有认出他是谁，等到马泰利诺恢复原状，他才认出了他，不禁大笑起来，并且嚷道：

“天主啊，快惩罚他吧！看他刚进来时的那副鬼模样，谁都会以为他是一个真正的残废者。”

这些话让当地人听见了，不禁问道：“怎么啦？他难道不是个残废的人？”

“天主不会饶恕他的！”那佛罗伦萨人答道，“他同我们当中的所有人都完全一样，身体棒棒的，只是他比别人会耍把戏，正像你们看到的那样，他能随心所欲地把身体各部位变成千奇百怪的样子。”

众人一听这话，再不多问，蜂拥而至，叫道：

“他是个无赖，竟敢和天主和圣徒开玩笑！他并不是个残废者，他是假装残废来捉弄咱们和咱们的圣徒的！快抓住他！”

人们就这样叫嚷着，抓住了他，并把他拖了下来，揪他的头发，拽他的衣服。人人争着去揍他，拳打脚踢，好像谁不揍他，谁就不是人。马泰利诺急得大声呼救：“看在天主的份上，宽恕我吧！”他左躲右避，可是哪里有用？他激怒了大众，人越围越多。

斯泰基与马凯塞见势不妙，同时还担心自己也因此而吃苦，所以不敢去救他，反而跟着众人大喊，说他该死；但同时，他们也在暗思对策，能用什么办法把他从愤怒的人群中救出来。还是幸亏马凯塞想出了一个办法，要不然，只怕他真被大家打死了。城里的警卫全都在教堂外面站岗，马凯塞竭尽全力挤出教堂，跑到一个警官面前，说道：

“看在天主面上，帮帮我吧！一个小偷把我的钱袋偷了，里面可有一百个金钱币呢，他就在里边，快去抓他，好把我的钱追回来。”

那警官听了，立刻率领十二个警卫，按照马凯塞指的方向，一字排开，冲了进去。那些警卫好不容易才把马泰利诺从众人手里抢出来，把他押到官府。此时马泰利诺已被打得头破血流，鼻青脸肿，可是人们认为受了他的侮辱，不少人还不愿善罢甘休，跟着来到官府。后来听说，他是因为偷了别人的钱袋被抓来的，心想这样也好，为了让他多吃苦头，就七嘴八舌地叫起来，咬定他偷了他们的钱袋。

这本是一个性格暴躁的审判官，一听说抓了小偷，就立刻开堂审问。哪知这马泰利诺竟若无其事，回答漫不经心，根本就不承认他偷了别人的东西。这可把审判官气死了，下令把他绑在绞刑架上，反复用刑，逼他招供。可他偏不招，直到绳子套到了脖子上。

把他放下来后，审判官又问他，别人对他的指控是不是真的，马泰利诺觉得不招不行，便说：“我的大老爷，我很愿意从实招来，只是得请您把那些指控我的人召来，问他们在什么时候、什么地方，我偷了他们的钱，那我就可以招出哪些是我偷的，哪些不是。”

审判官说：“这样也好。”他下令把原告叫来，这些原告一个说八天前马泰利诺偷了他的钱袋，另一个说是六天前，还有一个说是四天前，另外一些说是在今日。

马泰利诺听了这些，说道：

“我的大老爷，他们都是胡说。我说的是真的，因为我可以向您证明，我到此地才几个钟头，在这之前从没有来过。今天活该我倒霉，一到这儿，我就去教堂瞻仰圣徒的遗体，刚到那儿就被打成了这副模样，这您已经看到了。我以上所说句句属实，毫无半点假话。大人可以向登记外地人出入境的官员明察，可以查看他的登记本，或去问我住的客店的主人。如若查明属实，那么就请大人开恩，不要听信那些坏蛋的话来整我，把我处死。”

再说马凯塞和斯泰基两个就在官府外面，听到这审判官对马泰利诺毫不留情，又急又怕，暗想：“完了，我们把他救出了油锅，不想又投进了火坑。”就匆忙回到客店，把遇到的祸事一五一十地告诉了店主。店主听后忍不住哈哈大笑，就带他们去见本地的一名绅士，此人名叫桑德罗·阿戈兰蒂，跟当地的总督很有交情。店主把事情原原本本地告诉了他，还跟这两个人一起请求他，设法救救马泰利诺。桑德罗听了，哈哈大笑了一阵，就来到官府，请求总督开释马泰利诺，总督当下答应了。

故事二

内伊菲莱讲的马泰利诺吃苦的故事，使女郎们哈哈大笑，青年们也大笑不止，特别是菲洛斯特拉托。他就坐在内伊菲莱身边，女王吩咐他接着讲，他一点儿也不推托地开始讲道：

漂亮的女郎们，刚才的故事使我想起一个跟宗教有关的故事，其中不乏有风险和爱情。故事情节跌宕起伏，大家听了可能会受益不少。尤其是，谁如果踏上了爱情这条危险的道路，他一定会知道，要是他不常念圣朱利亚诺的主祷文，那么即便有一张舒适的卧床，他也无法安睡。

话说在阿佐做费拉拉的侯爵时，有位名叫里纳尔多·德斯蒂的商人，来到博洛尼亚城处理私务，事情办妥之后，就启程回家。在他出了费拉拉城赶往维罗纳的旅途中，碰到三位模样也像商人的人。其实不然，他们是几个拦路打劫、无恶不作的匪盗。里纳尔多并无一点防范之心，便与他们结伴同行。

匪盗们看他是个商人，猜想他身上必定带着钱款，暗中约定，只要一有机会，便下手抢劫。为不让他起疑，他们尽力装作正人君子，一路上跟他谈的都是一派正儿八经的话，看他们的谈吐举止，可以说，他们对他既谦逊又亲热。他原只带了一个仆人，骑马随行，如今结识了这些人，大家结伴而行，他觉得很幸运。

大家一路行来，谈笑风生，不觉谈到了人间向天主祈祷这个题目。三个强盗中的一个问里纳尔多："先生，请问您在旅途常做的是哪种祈祷？"

里纳尔多答道："说真的，我是个世俗的人，在这类事情上不怎么内行，所懂得的祈祷也就不多。我过的是正派人的生活，一毛钱就当它十分花。不过，我出门在外的时候，总是每日早上离开旅店时，要为圣朱利亚诺父母的在天之灵念一遍'我父在天'及'万福玛丽亚'，接着再向天主和圣朱利亚诺祈祷，愿他们保佑我在晚上能找到一个舒服的下榻之处。我在路上多次碰到很大的危险，但每次都逢凶化吉，躲过了危险，而且晚上能找到一个安全舒适的住处。因此，我坚信，这种恩赐都是我所尊敬的圣朱利亚诺向天主替我祈祷而来的。要是我早晨忘了向他祈祷，我白天赶路就会碰到麻烦，晚上歇脚就找不到好住所。”

“那，您今天早晨念过祈祷没有？”那个人又问。

“当然念过了。”里纳尔多回答。

那问话的强盗知道今天要出什么事，心里想：“你今日真要给自己好好祷告才行，要是我们的计划不出什么差错，你今晚肯定要睡个坏处所了。”想完之后，他又说道：

“我经常出门在外，虽听人说起这套祷告的优点，可我还从没念过，但我从来并没有因为这个而找不到睡觉的好处所，今天晚上你就看看，我们两个究竟是谁能睡到更好的地方，是做过祷告的你呢，还是没有做过祷告的我？说实话，我从来不念你那祷告，而是念Diupisti，或者Intemerata，或者是‘耶和华啊，我从深处向你求告’，教我这样祷告的祖母说，这样的祷告才有用处呢。”

他们就这样一边走着，一边闲聊着，只等到了合适的场所和时机，他们才好下手。看看天色渐暗，一行人来到古利埃尔莫城堡附近，当他们正要过一条河时。三个匪徒见天色已晚，此地又偏僻闭塞，便一起扑上前，把他的东西抢了个干干净净，只扔给他一件衬衫。临走时，他们还对他说：“见鬼去吧，看你的圣朱利亚诺今晚还给不给你找一个跟我们一样好的睡觉地方。”说完，三个人过了河，飞奔而去。里纳尔多的仆人一点用也没有，一看歹徒扑上去抢他主人的东西，根本不去救助，反而拨转马头狂奔，直朝古利埃尔莫城堡逃去。进了城，天已黑，便找了家客店住下，蒙头大睡。

此时正是滴水成冰的严寒季节，大雪纷纷扬扬下个不停，里纳尔多光着两只脚，只穿件衬衣，冷得全身颤抖，牙齿打战。他环望四周，看有没有地方可以投宿一晚，以免冻死在雪地里。岂知这里刚刚经过战争，满目疮痍，哪里还有什么住所！冷得实在是不行了，他只得拼命向古利埃尔莫城堡跑去，也不知道自己的仆人先跑进了城堡，还是逃到别的地方去了，心想只要能进得城堡去，就能托天主之福，寻到一线生机。

可是等他跑到离城堡还有一里多路时，天已经漆黑了。他来得太晚，城门已关闭，吊桥收起，哪里还能进得城去？他这时真是又气又急，悲伤地大哭起来。他不甘心地四处张望，看看哪里能避避风雪。费了九牛二虎之力，才看见城墙边上有一幢房子，突出在城墙外边，他便打算到那所房子的屋檐下去躲一夜，天明之后再作打算。他来到那个房子前，看到有一扇门，但上了锁，只得在附近捡了些干草，垫到脚下，就地而坐，非常悲惨。他对圣朱利亚诺好不抱怨，抱怨这位圣人不该让一个虔诚的信徒落到这般地步。但是这圣朱利亚诺到底没有把他抛开不管，没有让他委屈多久，就给他安排了一张舒服的床铺。

原来在这座城里住着一位寡妇，美若天仙，别的女人谁也及不上她，阿佐侯爵对她万分宠幸，把她当作是自己的心肝宝贝，并把她安顿在一座房子里，专供自己享受。这寡妇的房子正好就是里纳尔多避雪的处所，只是他在门外罢了。这一天，正好侯爵和这寡妇有约会，当天夜里要住在这里，同这寡妇共枕同眠。这寡妇已经悄悄命人备下一盆洗澡的温水和丰盛的佳肴，一切准备妥当，只等侯爵来受用。偏偏就在侯爵正要动身之际，一个仆人来到这门口，向侯爵禀报说有紧急事务，要侯爵立即前往。侯爵只得打发人告诉那个寡妇，不用等他来了，然后就马上动身上路。这寡妇好不扫兴，闷闷不乐，便打算用给侯爵准备的热水洗个澡，吃完饭后独自上床睡觉，于是进了洗澡间。

那洗澡间紧靠通往城外的一个门，门外恰巧就是倒霉的里纳尔多蜷卧的地方。因此，她在洗澡的时候，听到外边一声声的哭号和牙齿打战的声音，就如一只鹳鸟在那儿磨喙。于是她就把女仆喊来，说道："上楼去看看，是谁在墙外发出响声？"

女仆登上楼来，借着四周的雪光，看见一个男子光着脚，只穿一件衬衫，蹲在那里瑟瑟发抖。她问他是什么人，可怜的里纳尔多抖得筛糠似的，尽可能简短地自报家门，以及现在如何落到这步田地大概讲了一遍，接着苦苦哀求对方行行好，救救他，不要听任一个落难的人冻死在野外。

那女仆有了同情之心，便回去禀告主人。那寡妇听了，也很同情，想起她有那个侯爵有时悄悄地进出的门上的钥匙，于是吩咐说："你去轻轻把门打开，放他进来，反正这里睡觉的地方多得很，还放着一桌饭菜无人吃。"

那女仆称颂主人心地善良，就跑去开了门，把他领了进来。那寡妇看他都冻得僵直，便对他说："这位客人，洗澡间的水热着，快去洗个热水澡吧。"

里纳尔多怎能不高兴呢？他也不用再三推辞，就把冻僵的身子泡进了热水里。洗完澡，他死而复生，好不痛快。那寡妇又取出她那去世的丈夫的衣服给他穿，他穿在身上十分合适，仿佛就是给他缝制的一样，他一边在那里等候女主人的吩咐，一边在心里暗暗感谢天主和圣朱利亚诺，感谢他们像他希望的那样，帮他逃过了劫难的一夜，还把他送到这样一个温暖的宿所。

那寡妇休息了一会儿，吩咐把大厅的壁炉点旺。她来到大厅，问那女仆，那个汉子人怎样。女仆回答说："太太，他已经穿戴好了，人很潇洒，举止优雅，看起来像个有教养的人。"

"好吧。"那女主人说，"我想，他还没有吃饭吧，你去把他叫来，让他到这里暖暖身子，吃些东西。"

里纳尔多被领到大厅里，见这家的女主人是位有修养的人，就赶紧上前请安，再三感谢她的救命之恩。女主人看了对方的人，又听了他的这番话，觉得女仆所说果然不假，便客套地招待他，让他随意地和她一起坐下来烤火，又问他怎么会出这种事的。里纳尔多便把当天的事一五一十地讲了一遍。

他说完这些事，女主人对他的话深信不疑，因为他的仆人逃进城堡之后已讲过，她也听到了一些，而且将她知道的有关他仆人的事也都告诉了他，说是明日早晨不难找到他。这时晚餐已准备好，里纳尔多按照女主人的吩咐，洗过手，同她一起坐下来吃饭。

这里纳尔多正值壮年，身材魁梧，仪表堂堂，举止文雅。那寡妇的眼光不时在他身上打转，对他颇有好感。这日，本来侯爵约好和她幽会，所以她早就春心荡漾，不能自已。

吃罢晚饭，离了席，那寡妇就跟她的女仆暗暗商量，既然侯爵失约，让她空欢喜了一场，那么，送上门来的肉馅包子，怎能不充分利用呢？那女仆早就猜透了女主人的心思，乐得顺水推舟。于是，寡妇重又回到大厅内，里纳尔多仍然独自在那里烤火。她含情脉脉地看着他，说道：

“哎，里纳尔多，您干吗闷闷不乐呢？您不就是丢了马匹和一些衣服吗，请放心吧，您应相信您能够得到补偿的，振作起来，您就当作在自己家里，并且我还想对您说，您穿先夫的这套衣服，我觉得，您真像他。我真想搂住您，吻您千遍！要不是怕您不高兴，我早就这样做了。”

里纳尔多并非傻瓜，听了她的这番话，又看见她眼里春情四溢，就伸展双臂，向她走去，并且说道：

“太太，我这条命是您救的，没有您，我早已不在世了，我会竭尽全力侍候太太，让您心满意足，这才是道理，要不然，我就不是人了。来吧，您只管搂我吻我吧，吻个天昏地暗，我也一定奉陪，我也更高兴地搂您吻您。”话说到这份上，自然无需再多费唇舌了。那寡妇早已欲火难耐，投入了他的怀抱。她紧紧搂着他，吻啊吻啊，吻了何止千百次，也让他回吻了上千遍。两人这才起身进入卧室，也不多耽搁，马上宽衣解带，云里雾里，一直到天亮，两人才善罢甘休。

天蒙蒙亮，寡妇便叫他赶快起床。为了不让人看到破绽，她又找出一身破旧衣服叫他穿了，并给他的钱袋里塞满了钱，同时又恳求他，昨天晚上的事不要向任何人提起，并指点了怎样进城去找他的仆人的路径，然后让他从昨晚进来的那个门出去。

等到天已大亮，城门大开，他便装作远道而来的商人，进了城，找到了自己的仆人，从马背上取出自己的衣服换上。正要让仆人扶他上马起身时，奇迹发生了——昨日抢劫他的那三个匪徒，在另一件事上翻了船，被官府抓住，押进城来。他们对所犯的案件全都供认不讳，里纳尔多被抢的马匹、金钱还有衣物，全部物归原主，除了几根棍棒丢失了，其余一无损失。

里纳尔多感谢天主和圣朱利亚诺，然后才上马启程，平平安安地回到家乡。那三个不法匪徒，翌日就上西天了。

故事三

女郎们与三个青年听了里纳尔多·德斯蒂的故事，都拍手称奇，赞美他的一片虔诚，同时也感谢天主和圣朱利亚诺的恩德，在他危难之时拯救了他。但对那位不负天公美意、善于把握时机的寡妇，她们也不愿指责，尽管大家没有把这个意思明确地说出口来。就在大家谈论那天晚上她是多么爽快的时候，坐在菲洛斯特拉托旁的伯姆皮内娅知道下一个该轮到她了，就在心里暗暗琢磨该讲个什么样的故事，一听女王的吩咐，她就不慌不忙地、高高兴兴地讲了起来：

从前，我们城中住着一位骑士，叫作特巴尔多，有人说他是朗贝蒂家族的后裔，因为有人见他的后代都从事着阿戈朗蒂家族至今还在从事的行业。不管他是哪一家的后代，反正他是当时一个富甲一方的骑士，膝下有三个儿子，老大叫朗贝托，老二叫特达尔多，老三叫阿戈朗特。这三个儿子个个潇洒英俊、风流倜傥、一表人才。当老大还未满十八岁时，特马尔多骑士不幸去世，弟兄三人依法各自继承了一笔巨额家产。

呈现在兄弟三人面前的是如此大的一份家业，房产土地、金银现钞，无穷无尽，他们毫无节制，挥霍无度。他们广养骏马、猎狗和禽鸟，侍候他们的仆役更是数不胜数。他们还广开门庭，大宴宾客，来者不拒，有求必应，还时常召集文人武士，打擂比武。总之，凡是有钱人的享受，他们都享受遍了，而且年经人的种种纵欲，他们也不放过。

如此奢靡的生活没持续多久，父亲留下的家业就差不多被花光了，虽也有少许收入，但也是入不敷出。于是，他们开始变卖家产，以资抵债，今天卖这个，明天当那个，眼看就到了山穷水尽的田地。财富蒙蔽了人们的眼睛，贫穷使他们懊悔不已。

一天，朗贝托把两个兄弟叫来，对他俩说，父亲在世时家道是何等兴旺，那时的日子是何其富有，父亲一死，他们是如何挥霍无度，把那么大一份家业花光，现在就要沦为穷光蛋了。因此，他认为，最好趁还未被拆穿之前，把剩下的东西变卖掉，跟他一块儿远走高飞。

兄弟三人变卖了产业，也不向亲友告别，更未声张，悄然离开佛罗伦萨，来到英国，在伦敦租了间小屋住下。他们精打细算苦苦度日，干起放高利贷的行当来。也许是他们的运气来了，不出几年工夫，又挣了不少钱。

就这样，兄弟三人先后回到佛罗伦萨，把旧时的大部分产业又赎了回来，除此之外，还购置了一些新产业，三人娶妻生子。放贷业务在英国仍在继续进行，他们后来派一个叫作亚历山德罗的年轻侄子前去接管。这兄弟三人都留在佛罗伦萨，但他们都忘了以前所吃的苦头，个个旧病复发，尽管他们都有了家属，都已生男育女，却再次挥霍浪费起来。再说。他们自认财力雄厚，不管什么人来借贷，也不管借多少，全部满口应承，花钱如流水，更胜以前。幸好亚历山德在英国只贷款给贵族，并要他们拿城堡或其他产业作抵押，收入实在可观，因此能将大笔款项寄回来，弥补了三个叔叔的亏空。

就这样，这三兄弟依然继续挥霍无度，总指望着从英国来的接济，钱不够用时就向人借债，可是事与愿违，英王与王子失和，双方兵戎相见，酿成一场战祸。如此一来，贵族各踞一方，有的效忠国王，有的依附王子。抵押给亚历山德罗的城堡和地全被占领，他的财源由此而全部断绝。但他一直留在英国指望国王和王子总有一天会重归于好，战乱平息，他就可以收回本息，不受损失。但在佛罗伦萨的三兄弟仍没节制，肆无忌惮地挥霍，债台越筑越高。

几年以后，英国方面毫无接济，三兄弟不仅信誉扫地，而且因拖欠的债务长久不能偿还，被债主们抓了起来，投入牢房，全部家产被没收，但仍资不抵债。他们妻离子散、背井离乡，好不悲惨，看来这一辈子只能和贫穷为伍了。

再说亚历山德在英国观望了几年，一心指望时局能平稳下来，后来看看再没有什么希望，只怕再待下去连生命都难保，就想回到意大利去。就这样，他独自一人踏上了归途。一天，刚出布鲁日城，看到一位穿着白衣服的本教会年轻修士，正领着一大队修士、无数仆人走出城来。

一辆大货车在前，后面两位上了年纪的骑士策马护送。亚历山德罗认出，那两个骑士就是国王的亲属，便上前向他们打了招呼，和他们一路同行。

在路上，他轻声问他们前往何处，带着如此多随从，骑着马走在前面的教士是什么人，其中一个骑士回答说：

"那青年教士是我们的一个亲戚，近期被任命为英国最大的一个修道院的院长。但按照规章，他的年纪太轻，还不能担任这样重要的职务，所以，我们奉命陪他到罗马去，恳求教皇给以通融，批准他的任命。不过这些事你千万不能跟别人讲。"

那位新院长骑在马上悠闲自得，忽前忽后，就像我们通常看的贵族们出门上路的那般景象。这样一来，这位院长便注意到了亚历山德罗。亚历山德罗正当青春年少，又长得眉清目秀，举止文雅，天下没有哪个男子能够比得上他。那院长一见他，就满心欢喜，觉得他十分可爱。于是便把亚历山德罗叫到身边，和颜悦色地问他是什么人，从哪里来，到哪里去。亚历山德罗把自己的身世一一细说了，并表示愿意为院长效劳。

那院长听他说得有条不紊，再看他举止端庄，就暗中断定，这肯定是一个大户人家的子弟，尽管他操的是贱业，但觉得他更加可爱了，对他的遭遇也深表同情，便好言相劝，安慰了一番。院长对他说，莫要担心难过，只要为人善良正直，天主定会把他从那悲惨的命运中拯救出来，不仅能恢复昔日的繁荣，而且甚至会比以前更好。院长看大家都向托斯卡纳进发，便请求与他结伴同行。亚历山德罗谢过院长，并再次表示，愿意为其效劳。

那院长自从见了亚历山德罗之后，心里便产生了一种从未有过的冲动。大家就这样一路同行了几天，来到一座小城，城中连一家像样的客店都找不到，可院长却偏打算在这里过夜，幸亏亚历山德罗经常路过这里，便让熟识的一个客店老板收拾出一间舒适一些的房子，好让院长住下来。这样，亚历山德罗凭着自身的干练，俨然成了院长的助理。他还想尽办法，为随从在城里找到了住处。

院长用过饭后，天色已很晚，大家都分开去睡了。亚历山德罗就问那店主，他自己能在哪里将就一夜呢？那店主回答他说："说真的，我也不知道。你看，到处都住满了，连我和我的妻子也只好睡在地板上。不过院长的房里倒是有几袋粮食，如果你愿意，我可以在麻袋上临时给你弄出个铺位，你就在那里勉强过一宿吧。"

"这怎么行？"亚历山德罗说，"你知道，院长的房子本来就不宽敞，连他的修士都没睡在他那儿，我怎么好去打扰呢？早知如此，那我就该趁院长还没睡下时，叫他的修士睡在麻袋上，而我到修士们睡的地方去睡。"

"这可如何是好？"那店主说，"到了这份上，我看你还是将就一下吧，睡在麻袋上也蛮不错的。反正院长已经睡下，帐子也放下来了，我就悄悄给你弄个铺位，你就睡在那儿好了。"

亚历山德罗觉得这样做，倒不至于惊醒院长，就应允了，并悄悄爬到麻袋上，躺了下来。

再说那院长因春情荡漾，迟迟不能入睡，亚历山德罗同店主说的话，他全都偷听到了，不由得心花怒放，暗自想道：“这不是天主给我一个如愿以偿的机会吗？如若我放弃了，以后哪一天才能再遇到这样的姻缘。”

院长便打定主意，等客店里的一切都静下来后，便低声喊叫亚历山德罗，要他到自己的床上睡。亚历山德罗再三推辞后，只得答应了。

亚历山德罗脱去衣服，上了床，在院长身旁躺了下来。院长这时便把一只手放在他的胸口上，不住地抚摸他、挑逗他，就像多情的少女抚摸热恋的情人一样。他这一举动叫亚历山德罗大吃一惊，以为院长要与他亲热。凭着直觉，以及亚历山德罗的举动，院长马上猜到了他的心思，不觉暗自好笑，便解开内衣，抓起他的手放到自己的胸前，对他说道：

“亚历山德罗，洗洗你的灵魂，赶走你荒唐的想法吧！你摸摸我这儿，你就会发现我瞒着你什么。”

亚历山德罗用手在院长的胸口一摸，摸到两个圆而坚挺、结实而富有弹性的东西，握在手里滑腻腻的，舒服极了，原来是少女的两个乳房。这时亚历山德罗才明白真相，他毫不犹豫，不等对方有所表示，便一把将她搂在怀里，正要亲吻她时，她却说道：“先别挨近我，听我把话说清楚。现在你也知道了，我是个女人，不是什么男人。我离家的时候是个处女，这一次去朝见教皇，是要请他帮我主婚。不知是你幸运，还是我晦气，反正那天我一见到你，爱的烈火就在我胸中点燃了，我相信，无论哪个女人也没有像我那般爱得炽烈。我已经下定了决心，什么人都不要，只要你做我的丈夫。如若你不愿娶我为妻，就请你即刻下床，回到你自己的铺位上去。”

亚历山德罗看她一路上带着那么多随从，断定她一定是名门贵族的千金小姐，又见她长得妖艳非常，也就不再迟疑，赶紧回答说，只要她愿意，他哪里还有什么话可说的呢。

她一听这话，就从床上坐起来，把一个戒指塞到他手里，让他对着墙上的一幅耶稣的小画像，发誓要娶她，然后两个人才急切地拥抱在一起，度过了这令人销魂的一夜。

天亮时，亚历山德罗就按他们商量好的办法，像昨晚进来时一样，神不知鬼不觉地悄悄离开了房子，这样就谁也不知晓他昨夜究竟是在哪里睡的了。亚历山德罗好不高兴，继续跟着院长的人马一路前行。过了几天，他们来到了罗马。

歇息了几天之后，院长只带着两个骑士和亚历山德罗拜见教皇，她照例向教皇行过礼后，说道：

“尊敬的教皇，您比任何人都明白，一个人想要过一种洁身自爱的正派的生活，就得躲避开诱惑他误入歧路的事物。正因为如此，我要做个本分的女人，于是，我乔装成男人，带着国王的大部分财宝，悄悄从我父亲——英国国王的宫廷里偷偷逃了出来。您也看到了，我是这样年轻，可我的父王却非要将我许配给苏格兰国王，他可是个年老的国王，因此我逃了出来，请求您给我找个夫君。我之所以逃跑，并不是担心苏格兰国王的年岁，而是害怕我年纪太轻，意志薄弱，禁受不了诱惑，或许会做出什么违背天主戒律的事来，有损我们王室的名誉，所以这才来求您。

“天主给人们安排的一切都是天衣无缝、珠联璧合的，正因为这样，在这一路来时，是那善良慈祥的天主让我遇见了我心目中的夫君，他就是这位青年。”说着，她拿手指了指亚历山德罗，“您看到了，他就在我的身旁，以他的仪表和品德，他可以配得上任何一位高贵的小姐。虽然他的血统也许不那么高贵，但他的高贵形象征服了我，他就是我所要的人，除了他，再没有哪个男人能打动我的芳心，不论我的父亲和别人怎么想，反正我只要他。我这次长途跋涉，本来是为了我的婚事，如今这个原因已经不存在了，但我还是来了，一是为了瞻仰罗马城的名胜古迹，并且觐见教皇陛下；二也正是为了当着您和大家的面，公开我和亚历山德罗两人私订的只有天主作证的婚约，但愿天主和我都喜欢的事也让您高兴。我衷心地求您，求您为此祝福；您是天主在人间的代表，接受了您的祝福，也就是加倍地得到了天主的赞许，这样我们两人就可以生死与共、白头偕老，永远宣扬天主和您的荣耀了。”

亚历山德罗听了这席话，才知院长原来是英国的公主，真是又惊又喜，而那两个骑士听了这番话之后面面相觑，大为震惊，要不是教皇在场，只怕他们会对亚历山德罗做出莽撞的动作，也许连公主也会惨遭他们的毒手。

教皇也是一样，他看到公主女扮男装，又听她说自作主张选择了丈夫，感到非常震惊。可是他看到木已成舟，无法挽回，便答应了公主的恳求。他先劝解那两个骑士，让他们息怒——他知道他们在生气，让他俩同公主和亚历山德罗言归于好，然后着手安排婚礼。

到了教皇确定的日子，他组织了一个盛大的宴会，把教廷的红衣主教、城里的达官显贵都请来赴宴，然后让公主同贵宾们一一相见。她身穿皇室华服，雍容华贵，妖美可爱，迎得众人喝彩；新郎亚历山德罗也身着盛壮妆，气度不凡，俨然一位王孙公子，根本不像一个放款收利的年轻人，连那两个骑士也对他很尊敬。教皇亲自主持结婚典礼，在婚礼上新婚夫妇重申盟誓，受到教皇的祝福。婚礼庄严隆重。热闹无比。

离开罗马之后，按照亚历山德罗的意思，夫妇两人一起来到佛罗伦萨，当然，公主也很希望到这座城市来。他们结婚的消息早已传到佛罗伦萨，他们一到那里，就受到人们的夹道欢迎。公主替那兄弟三人还清了债务，恢复了他们的自由，又替他们赎回家当，并把三家的妻子儿女都接回家来，一家人对公主感激不尽。亚历山德罗夫妇离开佛罗伦萨时，力邀阿戈朗特同行，当他们到达巴黎时，受到了法国国王的隆重款待。

两个骑士已先返回英国，努力在国王面前替公主说情，英王果然原谅了公主，并热烈欢迎他的女儿和姑爷归来。不久，英王举行了隆重的仪式授予亚历山德罗伯爵爵位，并将康沃尔半岛赐给他作为领地。因为伯爵极为精干，调停了英王和王子之间的冲突，使全国得以恢复和平，因此深得全国人民的尊敬和爱戴。

阿戈朗特收齐全部款项，又被亚历山德罗封为骑士，载誉而归。伯爵和他的夫人终生享尽人世的荣华富贵。据说，他凭着自己的聪明才智及勇敢，再加上岳丈的指点帮助，后来征服了苏格兰，当上了苏格兰国王。

故事四

劳蕾塔坐在伯姆皮内娅旁边，听见她的故事已圆满结局，不待吩咐，便紧接着讲起来：

善良的女郎们，照我看，命运的力量确实伟大，而它最伟大之处莫过于让一个贱民一下子成了皇亲国戚，正如伯姆皮内娅刚才叙述的那个亚历山德罗一样。

大家都说，雷焦到加埃塔这段海岸，是意大利风景最优美的地带，尤其是萨莱诺附近，青山紧邻大海，当地人称作阿马尔菲海岸，沿岸大小不一的城镇落在两岸，花园喷泉随处可见。住在那一带的，都是些大商巨贾，个个精明能干。富得流油，像他们这样善于经营者，实在少见。就在那一带，有个小集镇，名叫拉韦洛，今天这个镇上的人都很富有。从前呢，那里有一个家资殷实的人，名叫兰多尔福洛。可他仍贪心不足，富裕了还想更富，结果险些倾家荡产，甚至差点搭上了自己的性命。

兰多尔福与一般商人无异，很能算计。他买了一艘大木船，又买来整整一船货物，启程向塞浦路斯岛驶去。到了那里，他才发现，别人已早他一步运来了货物。他毫无办法，只得忍痛降价，直到接近白白送人，几乎到了走投无路的地步。

这样一来，他整日愁眉苦脸，不知如何是好，眼看自己马上就要从一个大富翁变成穷光蛋了，于是思忖，看来别无选择，要么去死，要么就铤而走险，出海抢劫，将损失的钱捞回来。只有这样，才不至于由大富翁变为穷光蛋。于是便找人把他的大木船卖了，又贱卖货物，凑钱买了一艘海盗专用的那种快船，并购置枪具器械和海上生活用品，把这只小船装备得满满当当，就出海拦截货船，尤其是土耳其人的船只。可能是上天保佑，他做海盗比他做商人顺利得多。

从此以后，他抢劫了不计其数的土耳其商船，不到一年时间，他抢劫来的钱财，抵过了他经商的损失不算，比原来还多出一倍多。他看看自己弄到手的钱已经不少，不想再次栽跟头，应适时收手，于是打算带着这笔钱返回老家。上次的生意让他破产，这次他决定不再拿钱去买货物，而是带着现款回去，于是带着钱开船出海，向家乡进发。

当快船来到多岛海时，正值傍晚，刮起了猛烈的东南风，由于逆风而行，而且波涛汹涌，他的小船承受不住，只得驶进小岛的一个港湾里躲避，等待风平浪静。他的船刚驶进港湾不久，另有两艘大船也匆忙地驶进来躲避。

这是两艘从君士坦丁堡驶来的热那亚人的大商船，船上的人看见港湾里舶有一艘小木船，又听说这条船的主人就是大名鼎鼎的大富翁兰多尔福，这帮人本来就见钱眼开，决定下手，于是就用大船拦住去路，便准备下手抢劫。他们派了一部分人，带着弓箭，全副武装，登上岸去，选好地点，将木船团团围住，不让船上的人逃上岸去，其余的人跳上小艇，借着海潮的力量，很快就靠在兰多尔福的小船边，不费吹灰之力，便围住了小船，船上的人无一幸存。他们登上小船，将船上的货物全部抢走，只留下兰多尔福身上的一件马甲，又将小船凿沉，将兰多尔福押到大船上。

第二天，风向逆转，两艘大船扬帆西行，整整一天，一帆风顺。可到了傍晚，风暴骤起，惊涛骇浪，迎面扑来，两艘大船被冲散，可怜而又倒霉的兰多尔福所在的那艘船被风浪卷去，猛烈地撞在切法卢岛上，就如鸡蛋碰到石头，大船顷刻之间撞得粉碎。霎时海面上全是货物、箱子、木板，随着浪涛四处飘散。这时天色已晚，风大浪高，茫茫大海一望无际，那些落水的人，拼命逃命，碰到什么东西，就紧紧抓住不放。

那倒霉的兰多尔福也不例外。那日死神三番五次来召他，他无颜回去见江东父老，想不如趁早一死。可是，真的到了生死关头，他又害怕了，求生的本能使他伸手抓过一块漂浮过来的木板，紧紧抓住不放，并希望天主保佑，帮他逃出困境。

他爬到木板上，随着风浪漂流，直到天明。这时他举目四望，乌云骇浪，除了一只箱子在浪涛里颠簸着别无所见。每当这只箱子向他漂来时，他就非常害怕，唯恐这箱子撞翻他的木板，所以它每次漂来，他就顾不得身子虚弱，伸手把箱子推开。这时，突然一阵暴风吹来，掀起巨浪，那箱子一下撞翻了他的木板，立刻将他掀进海里。兰多尔福这时已经筋疲力尽，只好在浪底漂了一会儿，但出于害怕他挣扎着浮了起来。他举目回望，只见他的那块木板都已漂远，那箱子却在附近，他再也没有力气了，便向那个箱子游去，抓住箱子，奋力爬到上面，又用双手划着，游向远处。

就这样，他随海浪漂这儿漂那儿，整整一天一夜，既没吃，也没喝，更不知道自己在什么地方，举目四望，只见茫茫一片汪洋。

到了第二天，他已浑身透湿，活似一块海绵，两手依然紧紧抓着箱子不放，快要沉溺的人都是这样，只要能抓住什么东西，总是不肯放开。不知是天主的旨意，还是风的力量所致，他被冲到了科孚岛的海滩边。恰好一个穷苦女人在海边，正用海水和泥沙擦她的砂锅，抬头望见海上一个怪物向她漂来，便吓得尖叫起来，向后跑去。这时的兰多尔福的眼睛已模糊不清，话也说不出来，当然无法向她解释。多亏海水将他冲到岸边。那时女人看清是一只箱子，再仔细看时，才看到箱子上面的两只手臂，接着看清了兰多尔福的脸。这时，她才想象出发生了什么事了。

此时，海上已经是风平浪静，她动了恻隐之心，就跨入海里，抓住兰多尔福的头发，连人带着箱子一起拉上岸来，并像抱孩子似的把他抱回家里，给他洗了一个热水澡，又给他按摩全身。他的身子慢慢暖和起来，渐渐恢复了知觉。她就这样为他忙碌了半天，并给他拿来甜酒和点心热情地款待他。几日之后，在她的精心照料之下，他完全康复了，神志也完全清醒过来。那善良的女人，把她一直替他精心保管的箱子还给了他，认为他该继续去干自己的事，并把自己的这些想法告诉了他。

兰多尔福已经记不起那个箱子了，既然那善良的女人说是他的，他也就没推辞，心想也许里面有些什么值钱的东西，可以维持他几日的生活。他拿起箱子，发现箱子很轻，不觉大失所望。等那女人不在家时，他还是设法打开了箱子，看看里面是些什么。原来里面全是宝石，有镶嵌的，也有尚未加工的，这使他感到喜出望外。他一看这些东西，知道它们价值连城，便满心喜悦，连声感谢天主的恩赐。但是他又想到，短短的一段时间，他遇到命运的两次打击，这使他不敢有丝毫的马虎，为了确保万无一失，他用些破布之类的东西，将这些宝石好好包起来，并对那善良的女人说，如果能给他一个袋子，他便把箱子送给她。

那善良的女人满足了他的要求，他再三谢过救命之恩，便背起袋子，向她辞别而去。他搭了一艘船，来到布林迪西，沿海岸继续航行，来到特拉尼。在那里，他碰见几个丝绸商，谈起来才知道大家都是同乡。他把自己的曲折离奇的故事，一五一十地讲给他们听，只有那箱子的事只字未提。他们听后深表同情，送给他一套衣服，叫他骑上他们的马，把他一直送到他的家乡拉韦洛，几个丝绸商才重新上路。

到了家，他感到万无一失了，这才重新谢过天主的保佑，解开他的袋子，仔细欣赏了一番他的宝石，此时他才发现，这些宝石都是稀世珍宝，而且数目繁多，即使贱卖出去，也比出发前足足富了一倍有余。他设法把宝石卖出之后，寄了一大笔钱给科孚岛的那个善良的女人，以报答她的救命之恩，又寄了一些钱到特拉尼，感谢那些丝绸商人，其余的钱留给自己享用。从此，他不再外出经商，而是过着荣华富贵的生活，享尽天华。

故事五

目前轮到菲亚梅塔讲述故事了，她说道："听了兰多尔福巧拾宝石的故事，让我想起另外一则故事来，也是非常惊险，甚至不亚于劳蕾塔刚才讲的那个，只不过她的故事经历了好多个年头，而我要讲的，只是一夜之间的事，你们下面就可以听到了。”

据说，以前有个年轻人在佩鲁贾市，他名叫安德鲁乔·迪彼得罗，是个精明的马贩。他听人说，那不勒斯的马很便宜，就用钱袋装了五百个金币，和其他商人一起出发了，开始了他自己的第一次出门远行。他们正好在星期天快打晚祷钟时到达。他当夜向店主人打听了一些情况，第二天一早就来到马市。他看到，那里的马确实不少，而且每一匹都令他喜欢，于是就同人家讨价还价，但结果一匹也没有谈成。为了表示他要买马，他像那些粗俗的乡巴佬一样，不时把钱掏出来，在过往的行人面前摆弄他的那些钱币。这时，正巧一个长得妖艳无比的西西里姑娘在他身边走过，看到了他摆弄的金币。她本来就是个以卖笑为生，给些小费就能满足男人的欲望的女人，但安德鲁乔并没有注意到这个姑娘。她向前靠了两步，来到他身边，注视着他的钱袋，心里立刻浮起一个念头：“要是这些钱成了我的，那谁还能比我更阔气呢？”想过之后，他就走开了。

在这姑娘身边，站着一位老太婆，也是西西里人。她看到了安德鲁乔，就没理会走开的姑娘，热情地拥抱住了这位小伙子。那姑娘看到了这一切，便在一旁悄悄地等着，一句话也没说。安德鲁乔定睛一看，原来他认识这个老太婆，便热情地向她问候致意，并约她到他住的客店去拜访，说完两人便分了手。安德鲁乔继续在那里徘徊，但他一上午依然没有买到马，空手而归。

那姑娘开始注意的只是安德鲁乔的钱袋，后来见那老太婆同他的交情，便想方设法要把他的钱弄到自己腰包里。于是她仔细地向那老太婆打听他是什么人，从哪里来，来做什么，她俩是怎么认识的。那老太婆便把安德鲁乔的一切，原原本本地告诉了姑娘，并说她自己曾在安德鲁乔的父亲家住过很长时间，先是在西西里，后来是在佩鲁贾。她还将安德鲁乔住在哪家客栈，到这里来干什么，都告诉了姑娘。

那姑娘把情况问了个一清二楚，又把他的名字与他亲属的名字都牢牢地记在心里，想利用这些材料施展她的骗术，满足她的欲望。回到家里，她就故意找了些杂七杂八的事，让那老太婆忙碌了一天，无暇去看望安德鲁乔。到了傍晚，她就派了一个精明的使女前往安德鲁乔住客栈。碰巧，那使女到了那里，安德鲁乔正好独自站在店门口，使女一打听，正好问到他本人。那使女一听，便把他拉到一边，说道：

“先生，这城里有位小姐，想在您方便时同您聊聊。”

安德鲁乔听了，好不高兴，不禁从头到脚将自己打量了一遍，以为自己真是个美男子，好像整个那不勒斯再也找不出比他更潇洒的小伙子似的，认为那位小姐一定是爱上了他，因此，他立刻应允下来，又问那使女，那小姐准备在什么时候、什么地方和他谈。使女回答说：“先生，您想啥时候来就啥时候来，她在家等您。”

对这件事，安德鲁乔对店主一字未提，又对使女说：“那好，现在就去吧，你带路。”

使女把他带到那条叫作恶窟街的小街里，这条街上的作风正如其名，不相上下。但是他对此一无所知，毫无怀疑，只认为是光明磊落地去会见一位尊贵的女人，所以他就放心大胆地跟着那个使女进了那所房子。他刚登上楼梯，那使女便向她的小姐喊道："安德鲁乔来了！"这时他看到，那位小姐正在楼梯上看他。

那小姐正当二八年华，身材修长，眉清目秀，穿着大方得体。她见安德鲁乔走上楼来，便连下三级台阶，张开双臂，搂住他的脖子，好像一时悲喜交集，激动得一句话也说不出来了。然后她流着眼泪，亲吻他的前额，哽咽地说："啊，我的安德鲁乔，我可要好好款待你啦！"

安德鲁乔真是受宠若惊，没有想到会受到这样亲热的欢迎，不知如何是好，只好说："小姐，见到您，在下真是不胜荣幸。"

那姑娘拉起他的手，带他进了客厅，没有说一句话，又带着他从客厅来到她的卧室，卧室里摆放了许多栀子花和玫瑰，还放了许多香精香料，芳香扑鼻。他打量着卧室，内有一张锦帐低垂的绣榻，门后挂着一套套衣服，这是这一带的一种风俗，另外还有好多摆设，他从未见识过。一切都富丽堂皇。因此，他认为她必是一位富贵人家的小姐。她请他一起坐在床边的一个大箱子上，这才开始对他说：

"安德鲁乔，我知道，你一定被我的拥抱和眼泪弄得莫名其妙，毕竟你并不了解我，甚至连我的名字都从没听说过。可是，我讲一件事给你听，你一定会大吃一惊：我是你的姐姐。我想对你说，真该感谢天主，使我在有生之年能见到我的亲兄弟，了却我平生的愿望，这样我就死而无怨了。否则，我死也不甘心。你恐怕对这些事毫无所知，那么，就让我慢慢告诉你吧。

"彼得罗是我们俩的父亲，我想，这一点你已经知道了，他在巴勒莫住了很长时间。因为他忠厚善良，和蔼可亲，凡是认识他的人都对他有好感，对他记忆犹新。在那些爱他的人当中，爱得最深的就是我的母亲，她是一位有身份的女人，当时正在守寡。她不顾父兄的威吓，不惜牺牲自己的名誉，认识了他，后来就有了我，就是你面前的我。

“后来，彼得罗因故需要离开巴勒莫返回佩鲁贾，当时我还小，他抛下我们母女俩走了，从此就毫无音讯了。倘若他不是我的生身父亲，那我一定要指责他对我母亲的无情无义，且不说他还欠了我这做女儿的一段情分。我是他堂堂正正的亲生的女儿，又不是什么妓女叫花子的。我母亲只因一心一意地爱他，若不知道他是这样一种人，便把自己的一切，包括自己的身子都交给了他。可是那又怎么样呢？当时做下了错事，却没法挽回，随着时间的消逝，只能在心里指责。

“他把我丢在巴勒莫的时候，我还是个小孩子，后来我在那里长大成人。我的母亲本来是位贵夫人，于是就把我嫁给了阿格里琴托城的一个可敬的绅士。他因为爱我与我的母亲，便搬到巴勒莫来住。他是个教皇党的中坚分子，因与我们的国王查理密谋，而被腓特烈皇帝发现，我们只得匆匆逃离西西里岛。那时，我马上就要被封为骑士夫人了，那个封号在整个西西里岛还是第一个。我们只带了很小一部分财产逃到这里。承蒙查理国王不忘我们过去对他的效忠，为了弥补我们的损失，赐给了我们好多田地房屋。他还一直给我的丈夫——也就是你的姐夫——很高的俸禄，这一点你以后自会看到的。就这样，我们在这里定居了下来。想不到，凭着天主的指点，在这里见到了我的好弟弟。”

说完，她又搂住他，眼里噙着泪水，热情地吻他的前额。安德鲁乔听了这篇娓娓动听的故事，又见她讲得有条不紊，滴水不漏，没有一点结结巴巴，同时他又忆起，他父亲确实在巴勒莫住过一段时期。他本来就是个年轻的小伙子，再加上她那滚滚的热泪，疯狂的拥抱，纯洁的亲吻，因此便认为她说的一切都是实话。等她住口之后，他便回答说：

“夫人，您自会想到，这事真让我吃惊。事实是，我对此一无所知，我父亲也从未当面提起过你们母女俩。所以我根本不知道有您这样一个人。我到这里来是为了别的事，没想到竟找到了我的姐姐，这真出乎我的预料，我太高兴了。真的，天下没有一个人不愿意认识您，更别说像我这样的小商贩了，但是，还有一件事情您要告诉我，您是怎么知道我在这里的？”

姑娘道：“今天早上，一个穷苦老婆子告诉我的，她常到我这儿来。就是她谈到了咱们的父亲，她还对我讲，父亲在巴勒莫和佩鲁贾的时候，她一直在家里做佣人。我本来早就想去探望你了，只因想到，一个女人跑到一个陌生的男人家里去不成体统，所以还是觉得你到这里更好些。”

讲到这里，她又一个个提到家里好多人的名字，询问他们的近况，安德鲁乔一一进行了答复，这使他越相信她所说的一切。

他们就这样谈了很长时间。天气闷热，她让人端来希腊白葡萄酒和甜点，让安德鲁乔享用。他享用之后，看看到了晚饭时间，便起身告辞。但她无论如何也不让他走，并装出生气的样子，抓住他说：

“天哪！现在我才知道，你根本没把我放在心上。你刚刚遇到了你从未见过面的姐姐，到了她家里，应当留下来吃饭才对，怎么能离开这里去客店吃饭呢？本来，应该由你的姐夫陪你吃晚饭的，可是他不在家，这让我深表不安。但是，作为你的姐姐，我知道该怎么款待你。”

对此，安德鲁乔不知如何是好，只得说：“我把您完全当作自己的亲姐姐。可是倘若我不走，大家还正在等我回去吃晚饭，这不免有点儿不懂礼貌了。”

“我的天哪！”她说道，“我难道就不能打发一个人去叫他们不要等你了吗？不过，要是你真懂礼貌，那就应该把你那些朋友全都请来，吃过晚饭之后，如果你真要走，你可以同他们一起回去。”

安德鲁乔说，今晚他不计划请他那些同伴来，不过他愿意留下来。于是，她假装打发人到客店去关照，然后又跟他东拉西聊了一会儿，这才请他共进晚餐。她准备了好几道菜，故意打发时光，等着天黑。吃完晚餐，安德鲁乔再次站起来告辞，可她还不让走，说是在那不勒斯，晚上不便随处走动，尤其是对一个外地陌生人来说，是很不安全的。她又说，刚才她打发人去客店通知他不回去吃晚饭的时候，同时也关照过，说他晚上不回去住了。

这些话他毫不怀疑，又想多在她身边待一会儿，便上当了，留了下来。他们两人各自心照不宣，又谈了好一阵，直至深夜。于是她让安德鲁乔睡在自己的卧室里，并留下一个男童侍候他。一切安排好后，她这才带着使女到别的房中去睡了。

那天天气很热，安德鲁乔看看只剩下自己，便立即脱掉外衣和裤子，把它们放到床头。这时，他突然感到肚子有点疼，想去方便，便问那小童，便桶在什么地方。那个男童指着一扇门说：“在那儿。”

安德鲁乔毫不犹豫地推门迈了过去，谁知竟一脚踏在一块架空的木板上，连人带板一起跌了下去。幸好天主关照，他虽是从高处掉下去的，却并没有受伤，只是弄得满身污泥。为了让大家明白，这究竟是怎么一回事，暂时把这个地方向大家交代一下。原来这是像我们通常见到的那样的一条很窄的胡同，两边的房子挨得很近，房与房之间架两根梁，中间钉几块木板，就算是坐人的地方，安德鲁乔踏上去的就是这么一块板，只是没有钉住。

安德鲁乔跌到了下面的窄胡同里，很是气恼，便叫起那个小童来。谁知那小童见他掉了下去，便跑去通知他的女主人。那个女人立刻来到房间，先搜他的衣服，果然从裤子袋里找到了安德鲁乔的金币。原来，他怕被偷，总是把钱带在身边。这位所谓巴勒莫的太太，他的姐姐，一旦将钱弄到手之后，便再也不管他的死活，随手把那扇门关上了。

安德鲁乔叫着喊着，不见小童回音，便更大声地喊叫，仍然没有一点儿反应。此时，他才疑惑起来，可是到这个时候才发觉，的确为时已晚了。他跳过胡同里的一堵矮墙，来到大街上，找到那所宅子门口又踢又闹——那宅子他记得很清楚。这样折腾了半天，还是没人搭理。这时，他已知道上当受骗，不觉边哭边嚷起来：

“哎呀，我真倒霉，一转眼就丢了五百金币和一个姐姐啊！”

他又哭闹了一阵，便又去敲门，放声大哭。他这样折腾，把附近的人吵醒了，他们从床上爬了起来，那位太太的使女也跑到窗口，装作睡眼蒙眬的样子，向他怒喊了一声：

“谁在下边敲门？”

“喂，”安德鲁乔嚷道，“我是安德鲁乔，你还认识我吗？菲奥达利索太太的弟弟。”

那使女回敬他道：“可怜虫，如果你喝多了，那就快回家去睡吧，有事明天早晨再来。我可不明白你说的那些话是什么意思，我不认识安德鲁乔。你还是快滚吧，让大家睡个好觉，好不好啊？”

“什么？”安德鲁乔骂道，“你不明白我的意思？你肯定清楚。如若你们西西里人这样对待自己的亲戚，忘恩负义，那么你们至少应该把我的衣服还我，我二话不说，掉头就走。”

“可怜虫，”她忍不住笑着回答说，“我看你在做梦吧。”说完，她缩回身体，用力把窗户关上了。

安德鲁乔这时才知道，他的钱被人骗去了。这可把他气坏了，知道多费口舌也是于事无补的，便捡起一块大石头，拼命地砸起那扇大门来，声音比先前大得多。

这样一来，周围邻居全被吵醒了，他们以为他是个流氓，故意捏造故事来纠缠那个女人，又恨他拼命砸门，闹得鸡犬不宁，便都跑到窗口像对疯狗一样对他大声呵斥起来：

“人家是正派的女人。你这可怜虫，这种时候到人家门口，讲些下流的话，实在太卑鄙了。看在天主的份上，快滚吧！让大家安安静静地睡觉吧！如果你同她真有什么事，明天再来吧，别吵得别人整夜不得安宁。”

在那个所谓的正派女人家里有个拉皮条的五大三粗的打手，安德鲁乔来时并没有看到他。此时，那大汉听到了邻居们的话，心里便有底了，来到窗口，怒气冲冲地大声叫道：

“何人竟敢在此胡闹？”

安德鲁乔顺着这声音抬头望去，只隐约地看到一个满脸黑胡子的彪形大汉，又伸懒腰，又打哈欠，像是刚被吵醒从床上爬起来似的。安德鲁乔不免有点害怕，回答说：

“我是这家女主人的弟弟……”

那楼上的大汉打断他的话，比刚才更无礼地喝道：

“我真不明白，我为什么不下去揍你一顿，揍得你动弹不得才好！你这个王八蛋、酒鬼，你这样吵得谁都睡不成了！”

说毕他猛地关上了窗子。有几个邻居了解这个人的脾气，好心地劝安德鲁乔说：

“看在天主的分上，快走吧，可怜的人，他可是个杀人不眨眼的魔鬼。为了你自己，还是快逃吧。”

安德鲁乔被那个家伙的凶神恶煞和大声呵斥吓到了，又经不住众邻居出于好心的劝告，只好离开。他丢了钱，好不难受，无精打采地沿着使女领他来时的路径想返回客店。但又不能确定是不是这条路。他身上沾满了污秽，臭味难闻，自己也觉得难受，想到海边洗一洗，就向左拐，走进一条叫作卡塔拉纳的街道。当他正往城市的尽头走时，突然看到两个手里拿着灯笼的人迎面向他走来。他担心来人是巡警或者强盗，便想躲开，举目四望，恰好旁边有个草房，便躲了进去。可是那两个人好像早已商量好似的，也径自来到这座草房。刚进草房，便把肩上扛的铁器放下，一边谈着，一边敲打着这几样铁器。突然，其中一个说道：

“怎么回事？今天这里怎么这么臭！”

说着，他便举起灯笼，一下就照见了可怜的安德鲁乔，惊讶地问道：“你是谁？”

安德鲁乔沉默不语。他们提着灯笼，走到他身旁，问他为什么这副模样，为什么在这里。安德鲁乔只好把他的遭遇原原本本地告诉了他们。他们推敲了一下那出事的地点，其中的一人对另一人说：“很好，是布塔弗科家，就是那个卡莫拉的强盗干的。”并转身对安德鲁乔说：“可怜的人呀，可你还得感谢天主，尽管你丢了自己的钱。只因你掉了下来，再也无法回到那个屋子。不然的话，待你睡熟之后，定会惨遭他们的毒手，结果连你的性命也会一起搭进去送给他们的。你现在再哭也没什么用。你现在想拿回一文钱，简直比登天还难。不仅如此，若是那个家伙听到你把这件事传播出去，只怕你的性命都难保呢。”

说完，那两个人又商量了一会儿，这才转身对安德鲁乔说：

“你看，我们很同情你。眼下我们正要去干一件事，如果你肯加入，跟我们一块儿去干，那我们敢肯定，你所分到的那部分好处足以弥补你的损失。”

安德鲁乔正身处困境，便毫不犹豫地同意了。

原来那天是那不勒斯大主教菲利波·米怒托罗下葬的日子，他穿着华美的服装、名贵的礼服，带了好多随葬品，手指上还戴着一个价值五百个金币以上的红宝石戒指。这两个人就是打算去偷盗这些东西的。他们把这个打算告诉了安德鲁乔，他这时啥也没想，只想得到好处，就跟他们一同去了。在去大教堂的路上，安德鲁乔仍然浑身散发着臭气，一个人便说：

“我们想办法让他先洗一洗，免得这样臭气熏人。”

“好的，”另一个回答说，“这附近有一口水井，那里的辘轳上总是吊着个大水桶，我们就赶紧到那里给他洗一下吧。”

他们来到那口井边。只见绳子还在，大水桶却不见了。他们就用绳子把安德鲁乔绑住，放下井去，待他在井里把身上的污秽洗干净了，再摇绳子，把他拉上来。

安德鲁乔刚下井，就有几个巡警，因为天热，又追捕犯人跑了半宿，正口干舌燥，便来到井边饮水。那两个窃贼一看到巡警，一溜儿烟跑了，来喝水的两个巡警没有发现他们。

安德鲁乔在井里洗好了，便摇动绳子。那两个巡警将他们的小木盾、兵器和披风放到地上，开始向上拉那条井绳，还以为拉上来的是满满的一桶井水呢。安德鲁乔刚被拉到井口，便丢开绳子，抓住井栏，跳了上来。两个巡警一看上来的是一个人，吓得魂飞魄散，扔下绳子，头也不回，拔脚便逃。安德鲁乔也感到奇怪，大吃一惊，要不是紧紧抓住井栏，说不定就会掉到井底，受伤或者送了性命。他看见地上的几件兵器，更是慌乱，因为他清楚地记得他的那两个同伴并没有带武器。他疑惑不解，不知这又是谁在玩什么鬼把戏，于是决定什么也不碰，悄悄离开这儿。可是，他又能到哪里去呢？

就这样漫无目标地向前走着时，安德鲁乔又碰到了以前的那两个同伴，原来他们想去把他从井里拉上来。他们见到他，惊奇不已，问是谁把他拉上来的。安德鲁乔也不知是谁，只把经过详细地讲给了他们，并把在井边看到的东西说给他们。两个同伴知道这是怎么回事了，哈哈大笑，告诉他他们刚才为何跑开，又是些什么人把他从井里拉了上来。这时已夜深人静，大家不再说什么，径直来到大教堂前，顺利地走了进去，来到大主教的石棺边。那是一个很大的大理石石棺。他们用随身带来的铁棍把沉甸甸的棺盖撬了起来，再把它支撑住，正好容一个人进出。弄好一切后，一个人说：

“谁进去？”

“我不去。”另一个人回答说。

“我也不去。”那第一个人说，“安德鲁乔，你进去。”

“我也不去。”安德鲁乔说。那两个家伙呼地转过身来，恶狠狠地说：“什么？你不进去？天主在上，如若你不进去，我们就给你当头一棒，送你上西天。”

安德鲁乔妥协了，只得爬进石棺，一边往里钻，一边想着：“这两个家伙强迫我钻进去，不过是想骗我把里面的东西都交给他们，等我挣扎着再爬出来时，他们早已不见踪影了。我却一无所得。”

如此一想，他便决定首先为自己弄一份。一进石棺，他想起他们对他说的那枚红宝石戒指，就赶忙把戒指从大主教的手上捋下来，戴到自己手指上。他这才把主教的牧杖、帽子、手套等东西，一件一件交出去，说是能拿走的全拿了。实际上，死者身上确实只剩一件衬衫了。外面的两个人坚持说，肯定有一枚戒指，叫他仔细找找。他在棺里假装在努力寻找，却故意磨蹭让他们在外边等着。那两个家伙却比他精得多，一边假意叫他再好好找一找，一边却将支撑棺盖的撑柱抽掉，棺盖掉下，盖住了石棺，也不管安德鲁乔在

石棺中的死活，两人扬长而去。

安德鲁乔在里面突然听到轰然一声，棺盖盖上了，可以想到他当时是何等害怕。他想把棺盖顶起来，一会儿用头，一会儿用肩膀，都是瞎子点灯——白费力气。他感到绝望，不由得昏倒在大主教的尸体上。这时要是有人来看到这番情景，肯定很难分辨出哪个是人，哪个是鬼；哪个是主教，哪个是安德鲁乔。等他苏醒过来，不由得放声大哭，他知道，面前只有两条路——要是没有人来挪开棺盖，他就只能陪伴尸体的蛆虫，因空气污浊或缺氧窒息，或饥饿而死；要么是有人挪开棺盖，发现了他，那也会被当作盗墓贼而被杀死。

就在他这样胡思乱想，懊悔不已的时候，忽然听到教堂里来了许多人，夹杂着说话的声音。他立即猜想到，也许这些人也是来干那种勾当的，这使他更加害怕。但是当他们撬起棺盖，撑好之后，也发生了要谁进去的难题。谁都不愿进去，争论了好半天，一个神父发话了：

“怕什么呢？难道死人会吃掉你们？死人是不会吃人的。好，让我进去好了。”

这样说着，他就把胸口贴到石棺边上，头朝外，两条腿伸进石棺里面。安德鲁乔看到他真的要进来，立刻转过身，抓住神父的一条腿，装作要把他拖进石棺。那神父突然感到石棺中有人拉他，吓得高声尖叫，爬出石棺，没命地逃跑了。其余的人一见这情形，个个都吓得魂飞魄散，拔腿便逃，似乎背后有千百个魔鬼追来似的，只恨爹娘没多生两条腿，再也没人去理会那开着的石棺了。

安德鲁乔看到这情形，喜出望外，立即爬出石棺，从原来进来的地方走出大教堂。

此时，天已发亮，安德鲁乔手上戴着那枚好不容易到手的戒指，见路便走，一直来到海滩边，这才又寻路回到了原来的客栈。客栈中，他的同伴和客栈老板因他一夜未归，都放心不下。他把他的遭遇讲给他们听，店主劝他最好立刻离开那不勒斯。他也不敢耽搁，立马动身，回到了佩鲁贾。他出门原是为了买马，结果马倒没有买成，却把所有的钱换成了一个戒指带回家。

故事六

无论是女郎们还是青年们，听了菲亚梅塔讲的安德鲁乔的遭遇，都痛痛快快地哈哈大笑。笑毕，埃米莉亚遵照女王的吩咐，接着说道：

“命运总是捉弄人——给你以不幸和痛苦。当命运青睐我们时，我们得意忘形，不以为然。因此我认为，不论是幸运的人，还是苦难的人，听了那样的遭遇也无需烦恼，因为对于幸运的人，可以居安思危，而对于苦难的人，也不失为一种安慰。因此，虽然这类故事已经讲过好多个，但我还是想给大家讲一个令人心酸的真人真事。尽管这故事的结局也是美满的，但是，当初忍受那么多的痛苦，我想，到头来的欢乐怎么也不能抵偿那重重的艰辛。”

亲爱的女郎们，你们想必都知晓，腓特烈二世驾崩后不久，曼弗雷迪被奉为西西里王。在辅佐他的大臣中，有一位最受器重，就是那不勒斯的贵族阿里盖托·卡佩切，他那漂亮尊贵的妻子名叫贝里托拉·卡拉乔拉，也是那不勒斯人。阿里盖托在执掌整个西西里的大权时，忽然听说查理一世在贝内文托大败西西里军队，并杀死曼弗雷迪，整个王国已经投降于查理一世。阿里盖托丝毫不相信西西里岛人的忠贞，又不愿向先王的仇敌俯首称臣，只好准备出逃。不幸泄露机密，被人察觉，他和他的一些朋友以及曼弗雷迪的臣仆均被抓住，成了查理王的阶下囚，此时，查理王已将全岛占领。

贝里托拉突然间失去了丈夫，这对她无疑是个晴天霹雳，她不清楚他的生死下落，只吓得心惊肉跳，觉得已是大祸临头。为免遭敌人侮辱，她抛下了所有的家产，也不顾自己已有身孕，匆忙中只带了八岁的儿子朱弗雷迪，身无分文，就上了一条小船，向利帕里群岛逃去。在那里，她生下一个儿子，名唤斯卡恰托。随后她雇了一个奶妈，大小四人登上一条小船，打算去那不勒斯投奔亲戚。可是事与愿违，途中木船遇见风暴，本来应该去那不勒斯的，却被吹到了蓬察岛。他们来到一个小港湾，等待风平浪静后再继续航行。这贝里托拉夫人也像别的人一样登上小岛，孤身一人找了一个隐蔽的地方。她想起了自己的老公，不觉失声痛哭。

她每天都要上岸转一会儿，与其说是去散心，还不如说是找个无人的地方痛哭一阵。一日，她正在独自悲泣，突然一伙海盗闯来，木船上的人和水手毫无觉察，一下子全被掠走，没有一个逃脱。等到贝里托拉夫人哭完之后，照例回到海滩边去看自己的孩子时，不料这时海边已空无一人。她大吃一惊，对眼前所发生的一切感到迷茫，当她抬眼向海上瞭望时，只见一只大船，后面拖着那只小木船，还没有走远。这下她全明白了，她不仅失去了丈夫，连两个孩子也丢了，目前只剩她孤苦伶仃一人，流落在这荒岛之上，一无所有，也不知这辈子还能不能和自己的丈夫儿子见面，她呼天抢地地呼唤着亲人的名字，昏死在海滩上。

在这渺无人迹的荒岛上，有谁会来用淡水和药品来救醒她呢？她的魂魄离开了她的躯体，飘飘忽忽游荡了很长时间之后，她才缓过气来。她呼唤着儿子们的名字，跑遍了小岛，寻遍了每个洞穴，结果一无所获。这时天已黑了下来，她感到筋疲力尽，这才想到了自己，还是先替自己打算打算，却不知该到什么地方栖息，只得来到她平时去痛哭的那个洞穴。

她在恐惧和痛苦中好不容易熬过了一夜，迎来了新的一天。她稍觉宽慰，因为从前一天起就不曾吃东西，所以现在肚子饿得发慌。她只得挖些野菜充饥，边吃边想，面对未来她愁绪满怀，又哭了起来。正在这时，她看见一只母羊进了附近的一个岩洞，不多一会儿，又从洞里出来，到林子里去了。她站起来，蹑手蹑脚地走进那个岩洞，看到两只刚刚生下来的小羊，毛茸茸的可爱极了。她分娩不久，还有奶汁，便轻轻地将它们抱起来，给它们喂奶。它们也不谦让，就把她当作母亲似的吃起奶来。从此之后，它们再也不分羊奶人奶，一样吃得很欢。就这样，在人迹罕见的荒岛上，她算是给自己找到了伴侣，跟小羊和那只母羊都混熟了。她自己也安心地在这荒岛上住了下来，吃的是野草，喝的是山泉，想起自己的丈夫、孩子和过去的日子，便痛哭一场，想以此了却残生。

就这样过了几个月，她差不多成了一个野人。有一天，一艘从比萨来的木船，也是因为遇上了风暴，漂到了这个荒岛上，停舶了

好几天。

船上有一位叫作科拉多·德马凯西·马莱斯皮尼的贵族，以及他贤淑的夫人，他们遍访了阿普利亚地区的所有圣地名胜之后，准备取道回家。一天，这科拉多和他的太太带着一些仆人和几条狗上岸散心。他们来到贝里托拉夫人栖身的岩洞周围，那几只狗看见有两只小羊在那里吃草，便吠叫着奔了过去。那两只小羊已经长大，独自出来吃草，被狗一吓，别无去处，逃进贝里托拉藏身的岩洞。她见狗追来，赶忙起身，拿起一根木棍，将狗赶开。这时科拉多和她的夫人跟着狗正好走进来，看到蓬头散发、又瘦又黑的贝里托拉，大吃一惊；而这贝里托拉乍见两个生人，也万分惊异。科拉多依照她的请求把狗喝住了，然后好言好语地问她是什么人，为什么会在这里。她便把自己的身世、悲惨遭遇及目前的艰辛和自己不愿离岛的决心，对他们仔细说了一遍。

这科拉多同阿里盖托早就认识，听了她的叙述，不禁潸然泪下，竭力劝她离开这种非人的生活，说是愿意把她送回家去，或者把她接到自己家里，像姐妹般对待她，待到时来运转，再见机行事。可是贝里托拉夫人主意已定，坚持不肯接受科拉多的好意，他只好把自己的妻子留下来陪她、劝说她，并派人送来食物、衣服，因为她身上的衣服已是破烂不堪了。那好心的太太陪她留在这里，先是为贝里托拉的不幸遭遇哭了好一阵，等衣服和食物送来之后，又费尽口舌，劝她吃了些东西，换上衣服，最后她提出要去无人认识她的地方，并同意让他们带她到卢尼贾纳，并要带上那两只一直同她相依为命的小羊和那只母羊。这时，那只母羊也回来了，同她十分亲热，科拉多的夫人在一旁看了，不觉十分惊异。

天气转好之后，贝里托拉带着羊和小羊跟着科拉多夫妇上了木船，船上的人都不知晓这位夫人的名字，都管她叫“母羊”。

他们一帆风顺，很快就来到马格拉河口，下了船，来到他们的城堡。在这里，贝里托拉夫人身着寡妇的衣服，举止谦逊温顺，像是科拉多夫人身边的一位侍女。同时，她依然钟爱她的小羊，亲自喂养它们。

且说那一帮海盗，在蓬察岛劫了木船，把船上的人一起押到了热那亚，只有贝里托拉除外，因为他们根本没有发现她。到了热那亚，海盗们瓜分了俘虏和钱财，那奶妈和两个孩子连同另外一些东西落到了一个名叫瓜斯帕林·多里亚的人的手里，被他领回家去，做了他的奴仆。那奶妈和主人失散，她自己和这两个孩子又沦为他人的奴仆，十分悲痛，时常默默流泪。她虽然出身贫苦，但为人聪明贤惠，知道多哭也没用，便同孩子们一起做人家的奴仆，尽量安慰两个孩子。她也知道自己眼下是什么处境，如果把孩子们的真实姓名讲出来，就会给他们招来更大的麻烦。此外，她又想，说不定哪一天命运有了转机，两个孩子要是还活着，或许还能恢复他们的身份和地位。所以她下定决心，不到无可奈何的时候，决不向任何人透露两个孩子的来历，凡有人问起，总是说他们是她自己的儿子。她把大孩子朱弗雷迪改名为贾诺托·普罗奇达，那小的则一字不改。她向朱弗雷迪再三解释为什么要给他改名换姓，如果被人知道了他的底细，又会是多么危险。那孩子本来就聪明伶俐，所以牢记奶妈的话，时刻不忘她的嘱咐。

那兄弟两个同奶妈一起，在瓜斯帕林家里苦熬了好几年，整天穿的是破破烂烂，干的是脏苦累活。贾诺托长到十六岁，心高气傲，因为他本身非奴才之辈，不甘久做别人的奴仆，便离开瓜斯帕林，搭乘一艘去亚历山大利亚的船，到处漂泊，但始终未能得志。

从瓜斯帕林家出走三四年之后，他已长成一个高大英俊的小伙子。他打听到，原以为早就不在人世的父亲仍然活着，只是被查理王关在狱中，处境十分不妙。最后，他流落到卢尼贾纳，事也凑巧，他恰恰来到了科拉多·马莱斯皮尼家，心甘情愿地当了一名家仆，很讨主人喜欢。偶然也能见到在科拉多夫人身边的母亲，只是他认不出来，母亲也没有认出他来，毕竟分手已经多年，两人的样貌都有了不小的变化。

科拉多有个女儿，叫作斯皮娜，嫁给了尼科洛·达格里尼亚诺，不久前，丈夫不幸去世，她成了寡妇，在父亲家里住。那时，斯皮娜刚十六岁出头一些，青春年少，长得美丽动人，她的目光常常落在贾诺托身上，他也常常偷偷瞅她，两人竟一见钟情热烈地相爱了。没过多久，两人便发生了关系，这种关系持续了好几个月，一直没有被别人发现。正因为如此，两个人忘乎所以，胆子越来越大，不像以前那般谨慎小心了。

有一天，一家人到野外游玩，那小姐和贾诺托故意徒步前行，把别人甩在后面。两人来到一座枝叶繁茂的林子里，待到了林荫深处，他们以为已经距众人很远了，便找了一个好地方躺下，借着周围树木的掩护，肆无忌惮起来。两人玩了好长时间，还以为只有一会儿的工夫。不料先是那女孩子的母亲，随后是她的爸爸，突然闯了过来。那做父亲的看了这番情景，非常恼怒，不分青红皂白，就命令三个仆从把两个人绑起来，押回城堡。科拉多恼羞不堪，决定处死他俩以解心头之恨。

那姑娘的母亲也极为气恼，觉得女儿做了错事，应该重重地责罚她一顿，但不忍把女儿处死。当她从丈夫的话里得悉他要怎样处置这对罪人时，还是赶到他身边来求情了。她说，他可千万不要因一时愤怒，在垂暮之年还把自己的亲生女儿杀害，也不必让一个仆人的血弄脏了他的双手。他可以找到别的办法解气泄愤，可以把他们抓入牢房，叫他们在那里为自己的罪孽痛哭流涕。亏得这贤惠的夫人再三哀求，才使她的丈夫打消了原来的主意，吩咐把两个人分别囚禁起来，严加看守，每日只给些薄粥清汤，让他们半饥半饱，饱受折磨，以后再作主张。手下人遵命行事，两人便被囚禁起来。二人终日痛哭流涕，忍饥挨饿，这牢狱的苦楚是不难想象的。

贾诺托和斯皮娜在牢房里苦熬了一年，那科拉多几乎都把这件事给忘了。此时，阿拉贡的彼得罗王同姜·迪普罗奇达联合起来，发动西西里人起来造反，从查理国王手中重新夺回了西西里岛。科拉多原是个保皇党，听了此消息，十分高兴。贾诺托在牢中也从看守他的人那里听到了这个消息，不禁长叹一声，说道：

“唉！我的命好苦呀！我在外边到处漂泊，整整十四个年头，就指望能有今天，这一天终于等到了。可我却身陷囹圄，除了一死，没有希望了。”

“你这话从何说起？”那看守问道，“这是皇帝们之间的事，与你何干？你同西西里又有什么关系？”

贾诺托回答他说：“我一想到我父亲从前在西西里的风光，便感到痛心，我逃出西西里时虽还小，可是我记得，当初曼弗雷迪为王之时，我的父亲是岛上的重臣。”

“那么，你的父亲是谁呢？”那看守又问。

“我的父亲嘛。”贾诺托回答说，“现在我总算可以毫无顾虑地讲出来了，以前我可不敢吐露半点风声，否则会招来杀身之祸。我父亲名叫阿里盖托·卡佩切，假如他老人家还活着，他应该依然是这一姓名。我的真名是朱弗雷迪。假如我能重返自由，回到西西里去，我敢肯定，我在那里能过上王公贵族的生活。”

看守不再追问，找到个机会，把这些话全部禀告了科拉多。这科拉多听了之后，不动声色地打发他走之后立刻去找贝里托拉夫人，彬彬有礼地问她阿里盖托是不是有个儿子，名叫朱弗雷迪。那女人流着泪说：“是这样，这就是他的大儿子的名字，如若他还活着，今年该有二十二岁了。”科拉多听了，断定贾诺托多半就是朱弗雷迪，于是暗自寻思，他眼下可以做一件好事——把女儿嫁给贾诺托，既是一件善行，又洗刷了女儿和一家的羞辱，真是一举两得。于是，他吩咐把贾诺托悄悄叫来，仔细盘问他的身世。等他弄清这个年轻人确实是阿里盖托的儿子朱弗雷迪时，就对他说：

“贾诺托，我待你不薄，对你一向宽厚仁慈，这点你要清楚。作为一个仆人，照理说你应处处维护我们家的名誉，却不想你反而和我的女儿干下那种勾当，叫我蒙受耻辱。如果换作别人，早就把你处死雪耻了，可是，我却怜惜你，饶恕了你。目前，既然你是名门之后，父母都是有地位的贵族，那我就不计前嫌，把你释放出来，恢复你的名誉，保全我家的名誉，当然，这些都要看你愿意不愿意。我知道，你跟我的女儿斯皮娜相好，这事既怪你，也怪她。她已守寡在家，有一大笔嫁妆，她的人品，她的门第，你也都已经了解，对于你目前的处境，我也没有什么可说的。如果你愿意，我就同意让她名正言顺堂堂正正地做你的妻子。你呢，就是我的女婿，就和她一起住在我家中，爱住多久就住多久。”

长期的监禁虽然使贾诺托的肉体受尽折磨，但他高贵的出身熏陶成的崇高的品格和他对爱人忠贞不渝的爱情都丝毫未减，虽然科拉多对他所说的这些话正是他所热切企盼的，也知道他自己此时还掌握在对方手中，但是他仍然从从容容、光明磊落地回答说：

“大人，我绝不是看中您的权势，贪图您的家财，也不是出于别的目的，像那些没有良心的人那样陷害您，图谋您的钱财。我爱您的女儿，过去、现在、将来都永远爱她，因为她值得我爱慕。按世俗的眼光来看，我过去做出了对不住她的事，我的罪只是与青春俱来的过错，要铲除这种罪过，那青春也得一并消失。要是老年人回想一下自己年轻时曾犯过的错误，那么他们就不致像您与一般世人那样，把这回事看成是罪大恶极了。我是做了错事，但并不是出于恶意，而是由于好心。您方才所提议的事，正是我一向所盼望的，要是我知道您会答应，我早就向您提出请求了。当我不再存什么指望了时，幸福却从天而降，这使我感激不尽。但是，如果您表里不一，那就别让我抱有任何幻想，再把我送回牢房，随您怎么严厉处置都可以。不过即便如此，我将依然爱着斯皮娜，正因为我永远爱她，所以不管您如何对待我，我都爱您、尊敬您。且决无怨言。”

科拉多听了他的这番话，很是钦佩他那对爱情的专一及高尚的人格。因而更加敬重他，竟站起身来拥抱他，吻他，并且立即吩咐仆人把斯皮娜也带过来。

斯皮娜经过一年多的监禁，已是脸色苍白、弱不禁风，早已失去了先前的那份娇艳，像贾诺托一样，与先前真是判如两人。这时，这对恋人当着科拉多的面，订下婚约，按照当地的习惯，结为夫妇。

科拉多在几天之内，把结婚所需的所有物品置备妥当，但又对外秘而不宣。这时，他觉得是该让两个母亲也高兴一番的时候了，便将他自己的夫人和“母羊”一起请了来。他先对“母羊”说：

“夫人，要是我让您的大儿子回到您的身边，并且他已娶了我的女儿，您会怎么想呢？”

“母羊”回答说：“那我只能对您说，您给我的恩德我始终不忘，我把儿子的生命看得比自己的生命还要宝贵。假如像您所说的那样，真要让我同他团聚了，那我已失掉的希望又找回了大半。”

说到这里，她已泣不成声。这时，科拉多转身向自己的妻子问道：

“我的夫人，如果我给你找了一个女婿，你会觉得如何？”

夫人回答他说：“不论是王公贵族，还是个穷苦人家的子弟，只要你喜欢，我当然也开心。”

“那太好了，”科拉多这时说：“我想过不了几天你们两个就都会成为幸福的夫人。”

这一对小夫妇经过几天的休养，恢复了之前的容颜，科拉多便让他们打扮得艳丽多姿，然后问朱弗雷迪：

“如果你能看到你的母亲也在这里，那么你是否觉得这是喜上加喜，是否会认为这一切是假的呢？”

朱弗雷迪回答说：“我不敢相信，她老人家遭受了那么多的苦难还在世上。但如果真是这样，那我太高兴了。她是我最亲近的人，我相信，靠她的指点，我能把在西西里岛的多半产业恢复如初。”

于是，科拉多把两位夫人请了出来。她们见到了新婚夫妇，异常激动，并向他们祝贺，心里却为科拉多突然在这件婚事上所表现出来的宽宏大量而感到惊讶。贝里托拉想起科拉多先前说过的那番话，不禁细细打量起贾诺托来。因为母子间的天性，她忽然从他的容貌中看到了自己的儿子小时候的某些特征，当即张开双臂扑了过去，紧紧搂着他的脖子。那欣喜若狂的情绪和强烈的母爱，弄得她说不出一句话来，所有的情感一齐涌上心头，她再也支持不住了，竟一下子昏厥在自己儿子的怀里。

这可把小伙子惊呆了。他只记得，他在这个城堡中多次见过这位夫人，但不知道她是什么人。可是，他也从她的身上辨别出了母亲的气息，不禁责怪自己从前的鲁钝，一边紧紧地抱住她，一边流着热泪亲吻着她。科拉多夫妇和斯皮娜又是用凉水又是想了许多别的办法，贝里托拉才慢慢清醒过来，她紧紧抱住儿子的头，一边痛哭流涕，诉说着母亲的关爱，一边千百遍地亲吻儿子。儿子怀着尊敬的心情一次又一次地看着母亲，接受着母亲的亲吻。

他们这样三番五次地拥抱亲吻之后，便各自讲起自己的遭遇来。旁边看的人无不为之高兴。科拉多宣布要把女儿的这桩婚事遍告亲友，并且决定举行盛大的婚礼来庆贺这对小夫妇，这使大家更加高兴。朱弗雷迪却对他说：

“大人，您赐福予我，我的母亲这十多年来又承蒙您的照顾，您对我已是仁至义尽了。现在，我却还要再向您请求一件事，派人把我的弟弟也接来，叫他也来参加这个婚宴，这就更加美满了，我和我的母亲会更加感激您的。我曾讲过，我与我的弟弟一起被海盗掠去，他现在还在瓜斯帕林家做奴仆。我求您派几个人到西西里岛去，打听探问一下我父亲的生死下落，如果他老人家还活着，那么情况又怎么样。

科拉多答应了朱弗雷迪的要求，马上派了几个人分别到热那亚和西西里岛去。去热那亚的那个人找到了瓜斯帕林的家，以科拉多的名义，要求他将斯卡托和奶妈放出来让他带回去，并且把朱弗雷迪和他的母亲的遭遇讲了一遍。瓜斯帕林听了，十分惊奇，说道：

“我当然乐意尽一切努力为科拉多效劳，你要的那个孩子和他的奶妈，的确在我家住了十四年，我乐意将他们交给你。不过你回去之后，拜托你转告，千万不要轻信贾诺托的话，他现在忽然自称是朱弗雷迪，谁知他在搞什么鬼把戏呢？”

话虽是如此说，可他还是好好地款待了科拉多的使者，一边又悄悄把奶妈叫来，细细盘问这件事的来龙去脉。这奶妈已经听到了西西里岛起义的消息，也听说阿里盖托仍在人世，过去的顾虑全部打消了，便把前后经过和盘托出，并且解释她从前为何隐瞒真相的原因。

听到这奶妈所说的同科拉多派来的人所说的完全相符，那主人起初有几分相信了。但他为人奸诈，还是不放心，又翻来覆去地调查了一番，种种结果证明这都是真的。他十分羞愧，深悔当初不该亏待这小儿子。为了弥补自己的过失，便把自己的女儿许配给了这个孩子。他的女儿长得美丽动人，刚刚十一岁，他还给了女儿一大笔财产作为陪嫁。举办盛大的婚礼之后，他便带着女儿女婿、奶妈和科拉多的使者，登上一艘全副武装的大船，向莱里奇驶去。到了那里，他受到了科拉多的热情款待，一行人骑着马来到离此地不远的科拉多的一个城堡，那里一切都已经准备就绪。

这真是盛大的节日，母子团圆、骨肉重逢，又见到了忠诚的奶妈。瓜斯帕林和他的女儿受到众人的热烈欢迎，他也十分高兴。这一家人男男女女、老老少少，再加上科拉多和他的夫人、孩子以及在场的亲朋好友，所有人的兴奋真是难以用语言形容，只能请各位自己去揣摩了。

天主真是慷慨无比，一旦施恩总是施个十足。阿里盖托安然无恙的消息，不迟不早，恰在这时传了过来。正当盛大宴会刚刚开始，众宾客刚刚入座时，那个被派往西西里岛去的使者恰好赶了回来。他报告了阿里盖托的情况及那里的各种消息。原来，人民起义的时候，阿里盖托还囚禁在卡塔尼亚市的牢里，愤怒的人们冲进牢房，砍死狱卒，将他救了出来。因为他是查理王的仇敌，所以大家推举他做起义军的领袖，在他的领导之下，大家把法国人赶走了。因此，彼得国王对他更加器重，恢复了他所有的职衔，他的情况非常好。使者还说，他受到了阿里盖托的盛情款待，当阿里盖托听到

自己的夫人和儿子的消息时，十分振奋，自从他被下狱之后，他们音讯全无。目前，他已派了一艘快船和几位绅士，前来迎接家人还乡。

听着使者叙述的一切，大家欢欣鼓舞。待他讲完，科拉多立即离席，带领着几个亲友，前去欢迎前来迎接贝里托拉和朱弗雷迪的绅士们。大家相见，问候彼此，科拉多请这些绅士们一起回去赴宴。这时宴席刚进行到高潮，朱弗雷迪和他的母亲以及众亲友都起身欢迎，真热闹，真是空前绝后。那几位绅士入席之前，先代表阿里盖托向科拉多夫妇致意，并表示感谢，感谢他们照料他的妻子和儿子们的恩德，并表示在能用得着他的地方愿效犬马之劳。他们又转身朝向瓜斯帕林，说他的深情厚谊当初他并不知晓，可以断言，如果阿里盖托知道了他有恩于斯卡恰托，他必定会十分感谢他的。

说过这些话以后，他们才兴高采烈地与大家一起开怀畅饮。科拉多不但这一天款待他的女婿和众亲友，而且接连好多天大摆宴席表示庆贺，一直到贝里托拉和朱弗雷迪以及其他人觉得该告辞动身时为止。

故事七

贝里托拉的苦难让女郎们听了非常难过，如果埃米莉亚讲的故事再长些，也许这些女郎们个个都会泪流满面。故事讲完后，女王命令潘菲洛再讲一个。他欣然领命，马上开始讲道：

亲爱的女郎们，有时连我们自己也搞不清楚，我们究竟需要什么。我们常看到这种情况，有些人以为只要有钱，生活就可以高枕无忧、逍遥自在了。所以为了钱，人们不但死皮赖脸地向天主祷告祈求，还费尽心机、不辞艰辛地去谋求财富。如此一来，有些人成了百万富翁，不免让人眼红；也有人因此而丢送掉了自己的性命。有些人本来出身低微，但身经百战，依靠兄弟朋友的鲜血，终于登上了国王的宝座，以为从此就可尽享人间的荣华富贵了。哪里想得到一登王位，终日忧心忡忡，担惊受怕，直到临死时才明白，盛宴时的金樽里面原来藏着毒药。有些人非常希望自己有种种长处，体力超群，或者美貌过人，他们却不知道，正是他们所希望的这些东西给他们招来了杀身之祸或生活中的其他不幸。

很久以前，巴比伦有个苏丹，叫作贝密内达。他的一生福星高照，万事如意。他有很多儿女，其中一个女儿叫作阿拉蒂埃，凡是见过她的，莫不说她是世上的绝色美人。这时，阿拉伯人大兵入境，来势甚猛，那苏丹幸亏加波国王的大力援助，才能御敌于国外。所以加波国王便向苏丹求婚，要娶阿拉蒂埃为妻。苏丹满口答应，算是给这位国王的特殊恩惠。苏丹备了一艘华丽的大船，将好多昂贵的嫁妆装上大船，再加上侍候公主的官员和宫女，由大队士兵护送公主远嫁。启程之日，苏丹亲送公主上船，为她祝福。

天气不错，风和日丽，水手们便挂起满帆，离开亚历山大利亚港。一连几天，一直顺风，航程愉快，不觉已过了撒丁岛，眼看就要到达目的地了。忽然，逆风刮起且来势凶猛，大船怎抵挡得住？船上的人都认为凶多吉少了。但这些水手个个英勇无比，勇敢地同风浪搏斗，坚持了整整两天两夜。到了第三天晚上，风势依然有增无减。夜里风大浪高，乌云密布，四周一片漆黑，大船早已迷失了方向，在风浪中颠簸漂流着，到离马略尔卡岛不远的地方，突然发现船底有一条裂缝，眼看就要沉没了。

船里的人看看大事不妙，便抛下别人，纷纷逃命，哪里还管他人。水手们把小船放到水里，撇下主人，纷纷跳了下去，认为小船虽小，总比漏了的大船可靠很多。先跳进去的人拔出刀子，阻止后边的人再上小船，可后边的人哪管这些。可怜他们原想逃命，谁知反而很快就葬送了性命。小船本来就小，加上风大浪高，一下子便倾覆了，船上的人无一生还。

大船上，仅剩下了公主和几个宫女，她们在风浪中被折腾得晕头转向，晕倒在甲板上。大船虽然破裂，舱里灌满了水，但因风势凶猛，仍然在海洋里急速漂流着，飞速冲向马略尔卡岛的沙滩。只听轰隆一声后，船身竟牢牢地陷入泥沙之中，这一夜再也没有被风浪卷走。

黎明时，风势稍息，公主苏醒过来，极度虚弱，吃力地抬起头，一个个呼唤她的侍女，但叫遍了所有的人，也没有一个人答应，原来她们离她很远。公主见无人应允，四周又看不到一个人影，惊恐万分。她挣扎着站了起来，这才发现她的侍女横七竖八地躺在船上。她又是推搡又是哭喊，却只有几个人还剩一口气，其余的人因经不起风浪的颠簸和极度的恐惧，早已气绝身死。这使公主更加恐慌。公主孤零零的一个人，又不知身在何处，但总得想个办法，只好尽力推摇那些气息尚存的侍女，直到把她们摇醒。她们未见船上的那些男人，也不知道他们到哪里去了，只见大船陷在泥沙之中，满船都是水，大家不禁抱头痛哭。

这时已经是上午，她们时时望着岸上，祈祷岸上有人经过，能发发慈悲，前来搭救她们。正午之后，有位名叫贝里科内·达维萨尔戈的绅士从他的庄园归来，骑着马，带着他的仆从，路过这里，他看到了这只搁浅的大船，立刻就明白是怎么回事了，便吩咐一个仆人到船上去探探情况，回来向他报告。那仆人好不容易才爬上大船，看见一位年轻小姐和几位侍女，畏畏缩缩地躲在船头的斜桅下。她们看到一个男人上了船，都哭着求他行行好。可是她们很快发现，他们彼此都听不懂对方的话，只好打着手势，解释她们所遭受的苦难。

那仆人回到岸上，把他看到的情形详细禀报了贝里科内。贝里科内当即吩咐把几个女人救上岸来，把船上能搬动的贵重物品同那些尚未被海水泡坏的东西统统搬进他的城堡。他请她们吃些东西，好好休息，并请她们安下心来。贝里科内注意到阿拉蒂埃衣着华丽，知晓她是个有身份的女子，又见另外几个女人对她毕恭毕敬，更加认为自己的想法一点不错。她虽然经受了海上的折磨，脸色惨白，面容憔悴。但从其眉目之间仍可看出她是个绝色美人。因此，贝里科内当下默默盘算着，要是她还没有嫁人，他要娶她为妻，如果不能，他也要让她成为自己的情妇。

贝里科内自从把公主带到家里之后，就全心全意地调养。不出几天，公主已完全康复，果然美艳无比。他越看越着迷，但苦于言语不通，无从知道她是什么人。可是他被公主的美貌撩得心痒难耐，便极力献殷勤，向公主求欢，希望公主顺从他。谁知这种种努力竟毫无用处，她毅然决然拒绝了他的一切亲昵。不过越是这样，贝里科内的欲火燃得更旺。这一切，公主也已看在眼里。她在这里待了几天，从人们的饮食起居习惯来看，她知道自己是在基督徒中间，明白在这样的国家里，即使她能把自己的身份说出来，也毫无益处。同时她也感到，时间一长，不论是自愿，还是无奈，她恐怕迟早会屈从贝里科内的欲望。但是她生性高傲，不肯向命运低头，所以叮嘱她身边的三个侍女（这时身边只剩这三个侍女了），无论如何不能让别人晓得她们的身份，除非机遇对她有利，能帮她摆脱困境，恢复自由。她还极力要求她们要坚守贞操，并声称自己已经下定决心，永保清白，除了丈夫，决不让任何男人染指。三个侍女都盛赞公主，表示愿意绝对服从公主的嘱咐。

眼看着令人垂涎的美人近在眼前，却无法下手，恨得贝里科内咬牙切齿。眼看奉承和引诱都打动不了她的心，他决定要一下手段以达到目的，直至采用使用暴力。他有几次注意到，她很喜欢喝酒，这也难怪，因为她那里的法律禁止喝酒，以前很难喝到。于是他就想，这酒说不定可以作为爱神的使者，帮他了却夙愿。

一天夜晚，他备下丰盛的菜肴，只装作为在他和公主之间曾出现过的不快而款待公主。他吩咐侍从们，替她频频斟酒，这酒是他叫人用好几种酒混合制作的。公主不知其中奥秘，只觉得酒味醇厚，喝时不觉放松了警惕，喝过了量，也完全忘记了自己遭遇的种种不幸，变得非常快活。公主见几位女人正在跳马伊奥里卡舞，也就跳了一段亚历山大利亚的土风舞。

贝里科内看到这个情景，知道鱼已上钩，于是更加殷勤，命令将更多的佳肴美酒频频送上，使宴会一直持续到深夜。最后，宾客纷纷告辞，只剩下公主，他便亲自将公主送进卧室。这时的公主酒性发作，只当贝里科内就是她的侍女里的一人，当着他的面，宽衣解带，上床睡觉。贝里科内这时也不耽搁，躺到公主身边，一把把她搂在怀里。公主毫不抵抗，凭他摆布，两人熄灯上床狂欢起来。在此之前，这公主从未与任何男人有过关系，初次领略了这种滋味，好不高兴，后悔当初不该一再拒绝贝里科内。此后，常常是无需他前去求她，她屡次主动出击，招他前来，虽说他们言语不通，但凭她的手势不难明白她的想法。

贝里科内和她正过着如胶似漆的生活，命运之神却没有因为把一个王后变成了乡绅的情妇而就此罢休，还为她安排了一个更卑贱的人来享受她的身子。

贝里科内有个弟弟，名叫马拉托，二十五岁，年轻漂亮，英俊潇洒。他一见到阿拉蒂埃，便十分喜欢，从她的举止言谈，认定她对自己也有好感。只怪贝里科内把她看管得很紧，他们两人无法亲近。因此，他顿时起了残酷的念头，毫不犹豫，说干就干。

此时，恰好该城港口停泊着一艘货船，将要驶往伯罗奔尼撒半岛的基亚伦扎城，只等顺风立即起航。船主是两个热那亚青年。马拉托和他们两人商量就绪，让他带着一个刚刚到手的女人乘他们的船。那天夜里，他纠集了一伙亲朋好友，把他们领进堡内，藏了起来。贝里科内毫无防备，丝毫不觉。到了半夜，他带着这伙人冲进贝里科内和公主睡觉的卧室，房门并未上锁，众人冲了进去，一刀结果了正在睡梦中的贝里科内。公主呜呜咽咽，他们威胁她不得出声，否则立即要她的命。他们就这样抢走了公主，并且席卷了贝里科内的贵重物品，悄悄逃到海边，未被任何人察觉。马拉托挟着公主，上了那艘货船，他的那伙弟兄都散去了。水手趁着顺风，立即解缆起航。

公主连遭两次劫难，心里很悲伤。

然而，当她刚对自己的境遇刚刚开始适应时，命运之神好像对此还不满足，正打算让她再经历一次苦难。

我们前面讲过，这阿拉蒂埃原是一位绝色美人，一举一动又绰约多姿，因此两个船主，竟也迷恋上了她。他们想尽办法去接近她，讨她的欢喜，只求不让马拉托察觉，其余的事情，一概顾不上了。两人看出了彼此的心事，便在暗地里商量，决定先一起出力，把她弄到手，然后大家再来分享，依次受用，仿佛爱情也像财物似的，可以对半平分的。

他们发现，马拉托把她看管得很严，他们难以入手。一天，一路顺风，船行如箭，马拉托正在船尾观察，没有觉察到这两个人已悄悄包抄过来，二人一使眼色，迅速从后面冲上去，顺势一推，把他扔进了大海。等到有人发现马拉托掉进海里时，大船早已驶出了数海里之遥了。公主听到这一消息，慌得不知所措，痛哭起来。那两个人立即上前，用尽甜言蜜语，极力安慰她，还许下许多誓言，只是公主一点也听不懂他们的话。实际上，这公主的悲哀更多的是悲叹自己的悲惨命运，倒不是为了那个倒霉的马拉托。他们这样在她身边安慰了半天，以为已经劝住了她，于是立即商量谁第一个跟她睡觉。两人都想拔得头筹，谁都不肯退让，争得不可开交，继而声色俱厉，怒火中烧，拔出刀来，相互拼杀。船上的人还没来得及把他们分开，双方身上已经各自挨了几刀，一个当场倒地毙命，另一个也奄奄一息受了重伤。公主见了这情景，眼见没有一个人能够搭救自己，自己孤零零一个人，也没有谁替自己出主意，更加悲伤起来，又恐这两个热那亚青年的亲友会把她当成罪魁祸首，要她抵命。幸好那个受伤的人替她求情，大船又很快驶抵基亚伦扎，她总算幸免一死。

公主跟随那个受伤的人上了岸，住进一家旅店。她的美艳飞快传开，轰动全城，甚至连伯罗奔尼撒亲王也听到了。这位亲王那时正在这座城里，便想亲眼看看她的芳容。及至见了公主，这亲王觉得她的美艳比传说中更胜几分，竟一见钟情，除了她，别的事全部不放在心上了。他打听到了她的经历，便断定他很有希望把这美人弄到手。

就在亲王这样茶饭不思，左思右想时，这受伤的人的家属有所耳闻，把她送给了亲王。亲王自然眉开眼笑，公主也暗自庆幸，以为从此可以过上太平的日子了。那亲王看她不但长得娇美动人，而且仪态万方，雍容华贵，料想她决非寻常人家的女儿，因此更加爱怜她，格外尊重她，不把她当作情妇，而把她看成自己的妻子，凡亲王之妻该享有的各种特权，都统统给了她。

公主逐渐淡忘了自己悲惨的境遇，觉得目前情形不错，心情逐渐开朗，容光焕发，恢复了以前的娇艳，弄得整个伯罗奔尼撒半岛的人都在议论她的风流妩媚。这样一来，她的艳名传到了雅典公爵的耳朵里。这公爵本是个美男子，跟亲王是亲戚，彼此互有往来，很想亲眼看看这位美人，便想去拜见亲王。像平常一样，这位公爵带了一大批精选的侍从来到基亚伦扎，受到了亲王的隆重款待。

过了几天，两个人在一起闲聊时，说起了这个女人的容貌，公爵就问亲王，她是否真的像众人盛传的那样漂亮？亲王回答说：“大大超过传闻。不过，百闻不如一见，你用眼睛看一看就知道了。”

于是公爵要求亲王带他前往。这时公主已满面春光地出来迎接。她招待他们在她旁边坐下，只是言语不通，大家无法交谈。两人只好像观看宠物似的望着她，尤其是那位公爵，简直惊呆了。公爵只顾饱览秀色，痴情地目不转睛地瞅着她，仿佛喝着一杯杯爱情烈酒，深深地爱上了她，已经被她的美貌神魂颠倒了。

等他和亲王一起离开公主后，他独自思索，觉得亲王得了这样一个美人，真是艳福不浅。他心里思前想后，反复琢磨，最终，邪念终于战胜正义，他决定把这美人儿从亲王手里夺过来，独自享用。

公爵急于想占有她，就把正义、公道统统抛在一边，冥思苦想着如何下手。一天，他按计划暗暗买通了亲王的一个名叫朱利亚的侍从，让他悄悄备好几匹马和一些必要的东西，一旦得手，立即出逃。夜晚，公爵和一个亲信手持尖刀，由买通的那个侍从带领，偷偷进了亲王卧室。天气很热，公主已经睡下，亲王贪图凉快，正光着身体站在窗口，享受由海面吹来的凉风。公爵的亲信便蹑手蹑脚来到窗边，拔出匕首，向亲王背后猛刺过去，刺了个对穿，顺势将他举起，从窗口抛了出去。

亲王的宫殿临海而筑，窗下空地上原有几处矮小的民房，因受海浪冲击，已经倒塌，成了无人光顾的荒滩。正如公爵所料，亲王的尸体抛下去后，任何人都没有发觉。

公爵的侍从见事情已经办妥，便假装拥抱朱利亚的样子，却把事先准备好的绳子套到他的脖子上，用力拉住，使他来不及喊叫便命丧黄泉。然后公爵和他把这人的尸体从窗口扔了下去。

事情干得干净利索，他们确信所有这一切未惊动公主，也没有被任何人发现，公爵这才擎着蜡烛，来到公主床边，悄悄揭开罗帐，只见公主一丝不挂，正睡得香甜。公爵这时也不顾自己犯下的罪孽，手上还沾着血液，竟迫不及待地扑到公主身上。

公爵享受完艳福之后，立即起床，叫来侍从，吩咐他们把公主劫走，不让她喊出声来。公爵一行，循着原路，从一处暗门出去，骑上马，公爵带着一行人一溜儿烟似的悄悄上了路，直奔雅典。不过，公爵已有家室，不能把这公主带到雅典城中，便把她藏到了离城不远的一幢精致的海滨别墅里，精心呵护她，侍奉她。所需物品一应齐备，但这位公主仍然愁眉苦脸。

再说亲王这边。第二天直到中午时分，人们仍不见亲王起床，也没有听见里面有什么动静，就轻轻打开虚掩着的房门，却没有看见一个人。他们以为亲王带着他的美人到什么地方去玩几天，所以也就没有注意。

第三天，有个疯子来到海边废墟一带，看到了亲王和朱利亚的尸体，这疯子竟拖着勒死朱利亚的那条绳子把尸身拖回来了。不少人认识他，见此大为惊骇。大家哄着疯子，把他们领到发现这尸体的地方。在那里，大家找到了亲王的尸体。大家非常悲痛，隆重地埋葬了亲王。大家寻思这罪大恶极的血案究竟是怎么回事时，想起雅典的公爵形迹可疑地不辞而别，肯定是他杀害了亲王并把美人劫走了。于是，大家立即推举亲王的弟弟做他们的新亲王，要他为亲王报仇。新亲王即位后，经过一番调查，掌握了确凿的证据，证明众人的猜测并非无稽之谈，就召集了亲友侍从，组成一支强大的军队，前去讨伐雅典公爵。

公爵听到这消息，慌忙调兵遣将，准备迎战。许多贵族也都赶来助战，君士坦丁堡的皇帝也派出太子康士坦丁和皇侄曼努埃尔率领大军，前来支援。这两位贵客受到公爵，尤其是公爵夫人的热诚款待，原来他们彼此是兄妹关系。

形势日益危急，战争一触即发。这时，公爵夫人请两个兄弟到房里来，声泪俱下把战事的起因和公爵私藏情妇、欺瞒妻子等情形，一五一十地讲给他们，又十分恳切地向他们讨个主意，怎么才能让公爵既保持荣誉，又能解她心头之恨。

这两个年轻人对公爵的事早有耳闻，也不多问，只是好言相劝，叫她放心就是了。他们问明那女人的躲藏地点，就告辞了。他们也多次听人家夸奖她的美艳，很想见见她，就请求公爵让他们瞻仰一下她的风采。这公爵居然忘了，那亲王只因让人看了看她，便惹来杀身之祸，竟一口答应了他们。第二天，他在公主居处的花园里设下盛宴，带了几个亲信和两个内弟，到那里赴宴。

康士坦丁坐在公主旁边，被她的美丽惊得目瞪口呆，心里暗想，世上居然有这样标致的女人！他又觉得，不管是公爵还是别的什么人，为了拥有这个美人，而干下了丧尽天良的罪恶行径或者其他卑鄙的事来，倒是情有可原。跟当初的公爵一模一样，他把这个美人儿看了又看，越看越看不够。告辞之后，他心里全装着她，战争的事早已被抛至脑后，只是想着如何从公爵手里把她夺过来。不过他一直不动声色，以防别人识破他的私心。

就在康士坦丁欲火中烧之时，亲王的军队已经逼近公爵的领地。公爵和康士坦丁以及另外一些人按照预定计划，离开雅典，开向边境，拒敌于国门之外。他们在前线驻扎了几天，康士坦丁的心思一直在那个女人身上。他想，现在公爵远离城池，正是天赐良机，便假装称病，要回雅典休息，得到公爵的批准之后，就将军权交给曼努埃尔，回雅典去见他的姐姐。闲聊中，他故意引他的姐姐讲起公爵欺瞒她，在外面另养一个情妇的事来，于是就对她讲，他倒有个办法，就是趁现在这个好机会，把那个女人弄走，从此断绝了这一祸患，如果她赞成，他愿为此效力。

公爵夫人以为这是他的一番好心，哪里想到他却是打那位女人的主意，就说很赞成这个想法，只要不要让公爵知道她插手就成。康士坦丁对此许下诺言，于是公爵夫人就授权给康士坦丁，叫他见机而行。

康士坦丁悄悄武装起一艘快船。一天傍晚，他叫人把船停在公主居住的花园附近，吩咐船上的人，应该怎样行事，然后就带着几个人前往公主住的别墅。公主亲自带着侍女出来迎接，陪着他和他的侍从在花园里散心。康士坦丁说是公爵有话托他转告，单将公主引到靠海的一个门边，侍从事先已开了门，向船上悄悄发了事先约好的信号，康士坦丁立刻叫人抢了公主跳上船去，他自己转过身来对公主的侍女们说：

“都不准动，不准出声，否则就要谁的命！我不是想夺公爵的女人，而是替我姐姐雪耻。”

为此，谁都不敢轻举妄动。康士坦丁带领众人上了船，坐在哭哭啼啼的公主身边命令解缆启程，命众人奋力摇桨，船如离弦之箭离雅典而去。第二天清晨，船来到埃伊纳岛。他们在这里上岸，稍作休息。康士坦丁趁此机会，享了一番艳福，而公主却一直在为自己的红颜薄命而哭泣。大家又上了船，继续航行，不多几天，来到开俄斯岛。康士坦丁害怕受到父王的怪罪，又不想失去好不容易搞到手的美女，认为这里比较安全，决定在此住下来。公主为自己的不幸遭遇哭了好多天，康士坦丁刻意安慰她，让她像前几次一样，又渐渐屈从于命运之神为她做出的安排了。

就在此时，同君士坦丁堡皇帝正在连年打仗的土耳其王奥斯贝赫，路过伊兹密尔，听说康士坦丁掳了美艳的女人，窝藏在开俄斯，毫无戒备，独享着艳福。奥斯贝赫便率领一些人，分乘几只战船，趁着黑夜，偷袭开俄斯，尚未被发觉，便占领全城，也有几个拿起武器顽抗的，却全部丧了命。奥斯贝赫下令烧毁全城，把俘虏和战利品都装上船，返回伊兹密尔。

年轻的奥斯贝赫在检查俘虏时，看到了这个从康士坦丁床上抓到的漂亮的女人，奥斯贝赫非常高兴，一见钟情，毫不迟疑，当即娶她为妻，并举行了隆重的婚礼，同她高高兴兴地住了好几个月。

此前，君士坦丁堡皇帝本来在同卡帕多奇亚国王巴萨诺谈判时订立军事同盟，双方齐进兵，夹击土耳其，只因巴萨诺提出的要求过高，双方尚未达成协议。如今，君士坦丁堡皇帝听说儿子惨遭毒手，十分悲愤，便不计前嫌，立即答应了卡帕多奇亚国王的要求，并催促尽快发兵，进攻土耳其，他本人也调兵遣将，准备从另一侧攻击土耳其。

奥斯贝赫得到这消息，赶紧调集大军，先行迎击卡帕多奇亚国王，以免腹背受敌，而把伊兹密尔与那位美人托付给一个心腹照管。奥斯贝赫同卡帕多奇亚对峙了几阵之后，短兵相接，奥斯贝赫的军队竟一败涂地，他本人也丧命战场。巴萨诺乘胜追击，势如破竹，当地人纷纷向他投降。

再说受奥斯贝赫嘱托照料公主的那个心腹，名叫安蒂奥科，虽然年迈，可是一看到这个如花似玉的女人，不觉动了心，竟爱上了她，把主子的嘱托抛到九霄云外。他居然懂得她的语言，这让她特别高兴，因为，几年以来她流落到异族人之间，好像一个哑巴和聋子，所以没过几天，安蒂奥科已经和她混得十分熟稔。又过了不久，两人便勾搭上了，贪婪地享受着欢乐，把在外作战的主人忘得干干净净。后来消息传来，奥斯贝赫已经死了，巴萨诺的军队一路杀来，所过之处，烧杀抢掳。这两个人便私下商定，趁敌人还没有到来，赶紧一起逃走，于是收拾了奥斯贝赫的大量金银细软，逃到了拉迪岛。他们两人在这个岛上还未待多久，安蒂奥科就身染重病，危在旦夕。他有一个知己朋友，是个塞浦路斯商人，这时恰巧在拉迪岛。安蒂奥科自知天命难违，就决定把自己的财产和这个心爱的女人赠送给这个商人。弥留之际，他把两人叫到床前，说道：

“我知道我已不久于人世，我真伤心，这一生以来，我从未有过像最近这样快乐的日子。死在你们俩的怀抱里，这使我感到欣慰，一个是我的此生知己，一个是我最爱的人，自从我认识了她，我爱她就胜过自己，你俩是我在世上最亲近的人。唯一使我放心不下的是，我死了以后，丢下她独自在这里，举目无亲，无依无靠，幸亏你在这里，否则我真放心不下。我相信你就像爱护你的老友一样会尽力爱护她。所以我真诚地恳求你，我死之后，把我的东西和她都托付给你，一切请你照顾，一切全由你来支配，只要使我的灵魂得到安慰就是了。

“至于你呢，我亲爱的公主，我只求你，我死了以后，别把我忘了。如此一来，我在另外一个世界里，会感到自豪——我在人世的时候，得到了世上最漂亮的女人的爱情。假如你们能答应我这点要求，那我死也心安了。”

听了他的这番话，那商人和公主都不禁凄然泪下，两人都安慰他，并且郑重答应他，一旦他有个三长两短，就照他的话去做。不久之后，他去世了，两人体面地厚葬了他。

几天之后，那塞浦路斯商人在拉迪岛上办完了买卖上的事，准备乘便船返回塞浦路斯，就问这位漂亮的女人，是否愿意跟他一起走。那女人回答说，如果他不嫌弃，她很愿意跟他去，只是希望念及安蒂奥科的交情，要像姐妹一般对待她。那商人回说，那再好不过，但是在前往塞浦路斯的路途中，为了途中方便，不妨对人说是夫妻关系。两人上了船，船上的人给了他们船尾的一间小仓房，他们既说是夫妻，便只好合睡一张小床。在这种情况下，当初从拉迪岛动身时两人谁也不曾想到的事自然便发生了，两个人在黑暗中同衾共枕，耳鬓厮磨，挑得两人春心荡漾，忘记了对死者安蒂奥科的情谊和爱情，二人在强大诱惑力的推动下一拍即合，成了好事。船还没到帕福斯，两人已经如胶似漆，塞浦路斯商人带着她回到帕福斯这座城市。两人在这里又同居了一段时间。

当时恰好有个名叫安蒂戈诺的老先生，因为有事来到帕福斯城，此人虽年事已高，阅历颇深，但时运不佳。这位老先生虽在塞浦路斯国王的宫廷里供职，但却没什么钱财。一天这位老先生从公主的住宅前面经过，瞧见一个美人倚在窗口，不觉得多望了一会儿。他突然想起，似乎在什么地方看见过这个女人，只是一时想不起具体的地点。

那美丽的公主受尽命运的折磨，此时似乎已经有了转机，快要否极泰来了。她看到安蒂戈诺之后，突然想起从前在亚历山大利亚时见过这个人，当时他在宫廷里为父王效力，且备受重用。她的心里立即涌现出一个希望，也许靠了他的帮助，能恢复自己金枝玉叶的地位，于是趁商人不在家，赶紧把那老先生请了进来，然后怯生生地问他是不是叫安蒂戈诺，是不是法马戈斯塔人。那老先生承认，他就是安蒂戈诺，并说：

“夫人，我觉得您很面熟，但一点也记不起在什么地方见过您。如果您不介意的话。不妨讨教一下芳名。”

公主听到他真的就是故乡来的人，不觉大哭起来，并且一把抱住他的脖子，问他是不是在亚历山大利亚见过她。那老先生本来十分惊愕，经她这一提醒，立刻认出她就是阿拉蒂埃，苏丹的女儿。人们都以为她已葬身大海。老先生马上上前施礼，她阻止了他，叫他坐到自己身边。安蒂戈诺坐定之后，恭恭敬敬地问她怎么会到这里来的，什么时候来的，又是从哪里来的，要知道，这么多年来在整个埃及，人人都认为公主落海身亡了。

“我要是当真淹死了，”公主回答说，“那倒好了，也免得遭受如此多的苦难。我想，假如我父亲知道我的苦难遭遇，那他也一定认为我不如早死的好。”

说到这里，她不禁失声痛哭，那安蒂戈诺赶紧对她说道：

“公主，请您先不要难过，如果您不介意的话，请您先向我说说您过去的经历和您现在的生活情况。也许托天主的福，说不定我们能够想出挽救的办法。”

“安蒂戈诺，”公主说道，“我看见了你，就如看见了我的父亲，凭着做女儿对父亲的敬爱，我把自己本来可以隐瞒的事情向你说出来。在这个世界上，简直没有人让我见了面能像见到你那般高兴，所以我想把一直埋在心头的悲惨境遇，像对自己的父亲那样对你和盘托出。你听了之后，假如能让我回到宫里去，那我就请你帮帮忙，尽量设法；如果你无法可想，那么我就求求你，不要对任何人提起在这里见过我，或者传播有关我的信息。”

说完这些之后，她抽泣着，把在马略尔卡岛船沉人亡之后一直到现在的一切遭遇细说了一遍。安蒂戈诺一边听着，一边也不禁泪如雨下。他思索片时，说道：

“公主，既然您遭遇了重重苦难之后却没有暴露身份，那我就绝对可以向您保证，我可以把您送还给您的父亲，让他比以前更加疼爱您，再送您去与加波国王完婚。”

她问怎么才能做得到，他就把自己的计划详细向她讲了一遍。

他怕夜长梦多，不再耽误，立即动身回到法马戈斯塔求见国王，禀报说：

“陛下，如果您愿意，我有一件事想来求您，这事会给您带来莫大的荣耀，同时也可以让我这个可怜的人得到一个好工作，而又不需您做什么。”

国王问他是怎么回事，安蒂戈诺答道：

“在帕福斯城，来了一位美丽的公主，就是以前大家都传说的已经落海而亡的公主，她为了保持自己的贞操，历经无数苦难，至今仍过着极为清贫的生活，很想回到父王身旁。要是您肯派我护送她回到她的国家去，那么这在您说来是一件非常体面的事，对我也不赖。我想，苏丹将永远铭记您的大恩大德。”

国王一向宽宏大量，当下就答应说可以照办，先派人把那位公主隆重地接到法马戈斯塔，国王和王后热情款待她一番。几天之后，国王应公主要求，便派了一班绅士与贵妇做她的侍从，由安蒂戈诺负责，护送公主去见苏丹。苏丹欢天喜地地把生还的女儿和护送她的安蒂戈诺及侍从等人接进宫去，待若上宾。

公主刚休息了片时，她的父王就急于要知道，她是怎么侥幸生还的，以前又一直住在哪里，为何这么多年以来杳无音讯。公主已把安蒂戈诺教给她的一套话牢记在心，便一一地回答道：

“父王，我们分别后大约二十多天时，我们的船就遇上风暴，船破裂了，在黑夜里漂荡着，撞到西方一个叫作埃格莫特的海滩上。船上的那些男人的下落，我一点都不知道。我只记得，第二天早上，我仿佛死而复活。当地的居民看到船被撞破，全都来抢劫船上的东西。我和没死的两个侍女只得弃船而逃，刚到岸上，那两个侍女就被当地的小伙子们抢走，分头逃得毫无踪影，她们的结果如何，我也再未听说过。

“我也落在两个年轻人手里，他们抓住我的头发，拖着我朝一片大树林里跑，我拼命挣扎，奋力哭喊。正在此时，恰好有四个骑马的人从这里经过，那两个暴徒一看到他们，立刻丢下我，撒腿就逃。

“那四个骑马的人，看见这情景，立即奔来，问了我好多话，我也竭力想把自己的遭遇告诉他们，却只恨语言不通，彼此听不懂对方说些什么。他们商量了许久，让我骑在一匹马上，把我送到一所女子修道院里，他们对院里的修女讲了好多，我就在那里住了下来，她们也很友善地收留了我，我也跟着她们一同崇拜当地妇女最信仰的一位圣徒‘圣幽谷新月’。

“我跟她们住了一段时间，稍微学了些她们的语言，她们就问我是谁，从哪里来的。我怕万一说了真话，因我是个异教徒她们会把我驱逐出去，就捏造了一套话，说我是塞浦路斯一个大贵族的女儿，我父亲送我到克里特岛去完婚，不幸途中遇到风浪，船只被毁，流落此地。

“我唯恐露出破绽，随时留心她们的风俗习惯，跟着她们的样子做。后来，院里的主管叫做院长的，问我想不想回塞浦路斯，我回答说，那正是我期盼已久的。但是，那位院长十分关心我的安危，不肯随便把我托付给到塞浦路斯的人。大约两个月前，有几个法国绅士带着家眷途经那里，前往耶路撒冷去朝拜圣地，那就是他们奉为天主的耶稣被钉死后埋葬的地方。其中一位太太是院长的亲戚，所以她就把我托付给了他们，请他们顺路把我带到塞浦路斯，交给我的爸爸。

“这些绅士和他们的太太热情欢迎我、款待我，说来话长，我们登上一条船，几天之后，就到了帕福斯。可怜我到了那儿人生地不熟，举目无亲，又不知该怎么向绅士们说明才好，因为那院长原是嘱托他们在那里把我交到我父亲手里的。幸亏天主保佑，就在我茫然无措正准备下船时遇见了安蒂戈诺。我立即叫住他，用我们本国的语言求他，请他将我认作他的女儿，这样一来，那些绅士和太太们就不会知道我们讲了些什么。他旋即明白了我的意思，装出十分高兴的样子，认了我。尽管他的境况糟糕，他还是尽力张罗着热情款待了这些绅士和他们的太太。随后，他把我送到塞浦路斯国王那里，国王的盛情，我难以形容，他又热心地派人把我护送回家。要是还有什么遗漏，那么就请安蒂戈诺来补充吧，我的各种遭遇他已听过好多遍了。”

安蒂戈诺赶紧上前对苏丹说：

“陛下，她刚才所说的，我已听了好多次，送她回来的绅士和太太也都是这样说的。只有一个地方她没有提起，或者是她有意不说，照我看她可能觉得自己不便说出来。那就是同她一道来塞浦路斯的绅士和太太们，都称赞她端庄稳重，在修道院里同修女们过着纯洁正派的生活，坚守贞操，当他们把她交给我，不得不同她分手作别时，那些太太和绅士们，个个都恋恋不舍，流下泪来。假如我要把他们称赞她的话全讲出来，我怕一天一夜也说不尽。我觉得只要讲一点就够了，那就是，从他们所说的话里，以及我自己的判

断，公主不仅相貌出众，而且冰清玉洁、情操高尚，陛下有这样一个女儿，是最值得自豪的了。”

苏丹听了这些话，十分高兴，不住地祷告，请真主好好报答那些照应过他女儿的人，尤其是郑重其事地把他的女儿送回来的塞浦路斯国王。过了几天，苏丹赐给安蒂戈诺一份厚礼，准他回塞浦路斯，又派了特使，带了国书，前去向塞浦路斯国王致谢，深深感谢这个国王搭救他的女儿的大恩大德。然后，苏丹准备履行前约，把女儿嫁给加波国王。因此修书把公主的曲折经历告知加波国王，并说，如果他想娶她为妻，那么就请他快点派人来接。加波国王对此非常高兴，马上派了专使，隆重地娶回公主。从此，她成了加波国的王后，和国王美满地生活多年。正如俗话所说：“被亲过的嘴唇，并不失它的娇嫩，弯成新月的月亮还会圆。”

故事八

女郎们听过美丽的公主的苦难历程，不禁连连叹息。但是，谁又能猜中她们为什么这样叹息呢？也许她们不是出于对公主遭遇的同情，而是在惋惜自己不能像她那么多次嫁人吧！这一点不必细究。潘菲洛最后讲的那句俗话，引得大家哄堂大笑。女王听故事讲完，就回头叫埃丽莎接着讲一个故事，她大大方方地讲道：

我们今天所讲故事涉及的范围真广泛，我们每个人不但可以在里面转一个圈子，就是转十个圈子也绰绰有余。你们想想，那捉摸不定的命运演绎了多少千奇百怪的境遇啊。既然人生中有无穷无尽的悲欢离合，那我就随便说一个这样的故事吧。

自从罗马帝国由法兰西人转到日耳曼人手里，两国的敌对不断加深，战争频繁。法国国王和王子以保卫自己的国土为借口，率领众多亲朋好友调动王国的实力，朝敌人大举进攻。国王亲征，但国不可一日无君，国王深知安特卫普伯爵瓜尔蒂埃里为人正直，忠诚可靠，对自己忠心耿耿，虽然知道伯爵深谙战略，还是叫他担当起更为艰巨的任务，任命他摄政，代理法国的全国政务，自己则率领大队人马，出发远征。

伯爵担任摄政之后，治理国家有条不紊，事无巨细地与王后和太子的妃子商量。虽然从职权上说，王后和妃子同样应受摄政王的管束，但伯爵还是把她们当作主公的女主人尊敬她们。

伯爵四十来岁，身体结实，仪表堂堂，和蔼可亲。更为难得的是，这位伯爵又是当时最为温文尔雅、善于修饰的武士。法国国王和太子在外作战，而伯爵的夫人不幸离世，给他留下一子一女，他为公务同王后和妃子商量国家大事，时常进宫。不料那妃子竟为伯爵的风度所倾倒，眼睛不住地在他身上转悠，竟暗暗地爱上了他。这妃子想到，自己青春年少如花似玉，对方又中年丧偶，要满足欲望，照理说并不是一件难事。于是，她整天左思右想，怎样才能向他表白自己的心意。一天，宫里仅她一人，她觉得机不可失，就把伯爵召进宫来，说有要事相商。

伯爵毫不怀疑，听到召唤，立即前去见她。屋里再没有旁人，妃子有意躺在一张床上，叫伯爵在她身旁坐下。伯爵问他，召他来有什么事，连问两次，她都默不作声。最终，她为情欲所驱，两颊

绯红，也顾不得羞耻，断断续续，含着哭声将她的心事讲了出来：

“我最亲爱的朋友，可爱的伯爵，你是聪明人，应该明白男人和女人都有弱点，也应当明白，由于不同的原因，各人的脆弱程度互不相同。因此，在一位真正公正的法官面前，同样的罪案，由于犯罪的个人情况不同，判决也就不一样了。比方说，一个凭力气勉强维持生计的穷男人或者女人，居然也想仿效那饱暖富贵、整天无所事事、什么都不缺的太太，追求风流韵事，那么谁不会指责这个人轻浮狂妄不务正业呢？我想，谁都不能否认这一点。

“正因为如此，我认为，如若一个富贵人家的太太由于机缘而不由自主地坠入爱河，我们不必过分责怪她；如果她看中的情人是一个风流倜傥的潇洒绅士，那就无可厚非了。我认为，这两种情况我兼而有之；此外，我正当青春年少，独守闺房，那我就可以在您面前替我自己的爱情辩护了，我就更能勇敢地去爱我该爱的人了。您是个聪明人，听我这样说，不会不了解我内心的痛苦，那我也就要恳求您，帮我出出主意，看我该如何是好。

我的丈夫出门在外，我无法压抑肉欲的冲动和爱情的力量，它是如此强大，不要说是一个柔弱的女子，就是那些堂堂的男子汉，也抵挡不住。您也清楚，我养尊处优，无所事事，更需要爱情的抚慰，也就不知不觉地坠入了情网之中。我明白，这事如果让人知道了，那是很不光荣的，可是干得隐秘，那就无所谓羞耻不羞耻了。爱神对我不赖，它不但在我选择心上人时没有欺骗我的眼光，叫我不知所措，反而使我的眼睛格外明亮，让我看得清清楚楚，您正是我所爱慕的人。要是我判断不错，您就是全法国最英俊、最可爱、最英明、最有修养的一个骑士了。您知道，我丈夫不在家，您也鳏居，所以我求求您，看在我对您的这一片真心上，可怜可怜我的青春，就跟我相爱吧，我这颗年轻的心就像冰遇到了烈火一样，完全为您融化了。”

说到这里，她已泪流满面，她越是想继续哀求，越酥软得连一句话也说不出来。她低下头，哭着哭着就倒在了伯爵的怀里。

这伯爵本是个正人君子，看到她竟怂恿他去干那种荒唐的事，就一把将她推开，疾言厉色地骂她。那妃子张开双臂，还要去搂他的脖子，却被他愤怒地摔开。他发誓说，宁肯五马分尸，也万不肯做出这等败坏名誉的事情来，更不许别人干出这等事来。

那女人听他说出这样的话，顿时一腔热情化为乌有，竟恼羞成怒，大叫道：

“好一个不识好歹的东西！我这一片痴情难道就容得你这样糟蹋吗？天主永远也不会饶恕你的！既然你不让我活，那我就要你的命，叫你在这世界上无立足之地！”

她说着，就把自己的头发扯乱，撕破胸口的衣服，同时大喊起来：

“救命啊！救命啊！安特卫普伯爵要强奸我啦！”

她这么一喊，伯爵反而乱了阵脚，他虽问心无愧，没做亏心事，但知道朝廷里的众臣子平时对他就心存妒忌，害怕这些人轻信妃子的话，那他跳到黄河也洗不清了。所以他立即逃出王宫，返回自己家里，一到家，不假思索，马上把两个孩子放在马上，跳上马背。

再说宫廷里的好多人听见妃子喊叫，赶忙跑来，他们看见妃子这副模样，又听了她那番话，个个深信不疑，说平时伯爵那样谦恭谨慎，竟会干出这等丑事来，因此怒气冲冲地跑到伯爵家里，准备逮捕他，不料扑了一个空，这些人便把伯爵家的所有东西一抢而空，然后把房子也给拆了个干净。

消息添油加醋地传到军中，国王和太子听到之后，大发雷霆，当即判决伯爵和他的子孙永远放逐，并且悬赏，如果有谁能抓住伯爵，不论是死是活，都给重赏。

伯爵虽然逃走，但懊悔不已。因为自己一身清白，可这一逃便等于证实自己有了罪行。好在一路上没让人认出。父子三人到了加来，立刻乘船渡海，来到英国，换了破烂的衣服，前往伦敦。进入伦敦城之前，他叮嘱了两个孩子不许多说话，主要有两件事：第一，尽管他们都没有过错，命运却给他和两个孩子带来了苦难，在这种情况下，只得认命；第二，若是他们想要性命，那就千万不要对任何人提起自己的身份，以及从哪里来的。

那男孩子叫路易吉，九岁左右，女孩名叫维奥兰，七岁左右。两人虽然年幼，却彻底领悟了父亲的告诫，处处留心。伯爵觉得，还是应该更为周密一些，需要给两个孩子改名。于是把男孩改名为佩罗托，女儿改名姜内塔。三人这才进入伦敦，衣衫褴褛，到处行乞，以此维持生计。

翌晨，当他们在一座教堂门前行乞时，一位英国将军的夫人走出教堂，看到了伯爵和他的两个孩子，她问他是何许人，那两个孩子是不是他的子女。他回答说他是从皮卡第来的，只因为他的长子不肖，使他不得不带着这两个孩子流浪在外。那夫人心地善良，看那女孩子眉清目秀，举止文雅，十分讨人喜欢，便不住地瞅着这女孩，说道：

“可怜的人，假如你肯把你这漂亮的女儿留给我，我愿意好好照顾她，她是个好孩子，将来长大成人，我一定给她找个好丈夫，决不会亏待她。”

伯爵听了这番话，非常高兴，立即答应下来，流着泪把女儿交给了那位太太，并且再三叮嘱。女儿有了好的安身的地方，他便放了心，决定不再在这里耽搁，领着佩罗托沿路乞讨，来到威尔士。因为他们本来没有长途跋涉过，所以一路吃尽了苦头。此处住着英国的另外一位高级将领，高宅深院，仆从如云，伯爵带着儿子，常到他家门前乞讨。

这位将军的儿子，同另外一些贵族子弟常在这庭院里跳跳蹦蹦，玩个不休。佩罗托去熟了，就混在孩子们中间一起玩。不过不论哪项游戏，他都比其他人玩得灵活。有几次，将军偶然看到这孩子，觉得他很讨人喜爱，问了左右，才知道是常到这儿来乞讨的一个穷人的孩子，就叫人把他找来，说想收养这个孩子。伯爵听到这话，觉得再好不过了，便一口应允下来，只是骨肉分离，不免依依不舍。

这样，伯爵的两个孩子都有了着落，他决定不在英国逗留，费尽周折，渡海来到爱尔兰的斯坦福，在一个伯爵属下的爵士家里充当仆役，隐姓埋名，做着仆从该做的事情。就这样，过了很长时间，其间没有一个人认出他来。

再说已经改名姜内塔的维奥兰，在伦敦将军夫人家里住了好几年，出落得婀娜多姿，不但将军夫妇喜欢她，而且一家老少以及看见过她的人，没有一个不赞美她。加以她的举止言行好似大家闺秀，与名门小姐相比毫不逊色。那收养她的好心的将军夫人，从她父亲手里领来时，只听了伯爵编造的那番话，根本不知道她的底细，打算替她找一份门当户对的亲事。但是熟悉一切的天主，知道她出身高贵，沦于卑贱并非她的罪过，而是由于别人的恶行，所以对她另有妥当的安排。我们不能不相信，仁慈的天主不愿意让一位千金小姐落到不三不四的人手里，所以就闹出了下面这么一段故事来。

收留姜内塔的夫人有个独生子，像天下父母一样，老夫妇俩把他看作是宝贝一般。这个孩子懂道理，品德又好，又受父母疼爱。他比姜内塔大六岁左右，见她如此俊秀，又这样温柔，不禁深深爱上了她，发誓此生非她不娶。只是姜内塔出身低微，不敢向父母提出娶她的要求，怕会受到父母的责骂，说他不顾身份，所以只得把这份情意深深地埋在自己心底，非常苦恼。

这爱情的苦楚压得他透不过气来，终于得了重病。请了好几个大夫来给他治病，在看了他的症状之后，都说不出个所以然来，不能对症下药，说是难抱希望。这可把他的父母吓坏了，急得不知如何是好。他们多次哀求儿子，问到底是哪里不舒服。对此，儿子只是叹气，或者说，他只觉得自己愈来愈羸弱了。

一天，一个年轻且精通医道的医生坐在他的床边，正在给他诊脉。恰在这时，姜内塔走进房来，因为她敬爱老夫人，有时代替她前来侍候病人。病人一看见她进来，虽然她没言语一声，没有什么暗示，但他强烈地感受到了爱情的魔力，脉搏顿时跳得比平时有力多了。那位正在把脉的医生立即发觉到了这一变化，十分惊奇，但他不动声色，想看看这种变化能持续多久。

过了一会儿，姜内塔办完事走出房间，病人的脉搏跟着平缓了。如此一来，这医生便明白了这年轻人的病根在哪里。稍等了一会儿，医生装作有什么事要问她，又把姜内塔叫回来，同时又把病人的脉搏按住，果然，她一进来，那年轻人的脉搏又像刚才加快了，她一走，脉搏又恢复原状。这一次，医生对病根更有了把握，便走出病房，把青年的父母请来，说：

“令郎的病嘛，医家无能为力，一切全掌握在姜内塔的手里。从一些确切的迹象来看，我发现令郎患的是相思病。据我观察，这姜内塔本人对此毫不知情。若想保住令郎的性命，你们就看着办吧。”

那老夫妇俩听了这番话，心头的一块石头终于落了下来，因为毕竟可以找出救他们的儿子的办法了。但他们又很不乐意，唯恐将来当真要认姜内塔做他们的儿媳。医生走后，夫妇俩来到病人房里，夫人说：

“我的孩子，我万万没想到你有心事瞒着我，积郁成疾，憔悴成这个样子。因此，你可以尽管放心，只要能让你开心，不管是什么事，就是摘星星月亮我也会帮你办到。尽管你把心事憋在自己肚子里，可天主比你自己还要更加怜爱你，不愿眼睁睁地看着你为此憔悴而死，因而把你的病因让我知道了。原来你是害着刻骨的相思病，日夜思念着一个姑娘。说实在的，像你这样的年龄，本该是谈情说爱的时候，这用不着隐瞒，也用不着害羞，要是你没有这方面的企求，那我倒要替你担心了。因此，我的孩子，别再瞒我了，将你的心思全都告诉我吧，把那些叫你得病的烦闷和苦恼统统丢开吧。你尽管放心，相信你妈妈好了，只要你跟我说想要什么，我都会竭力去给你办，尽力满足你的愿望，因为我爱你超过自己的生命。用不着害怕担心，把一切都告诉我，看我是不是能为你的爱情出点儿力。要是你发现妈妈不全心全意帮助你，你就把她当作世界上最冷酷的母亲吧。”

那青年听了母亲的这番话，起初还有点儿难为情，但后来又想，除了母亲，再也没有更理想的人能帮他完成自己的愿望，这才说：

“妈妈，我之所以把我的相思隐藏起来，只因为我发觉，许多人一上了年纪就忘了他们的年轻时代。现在你这样理解我，那我不否认你猜的一点儿都不错，我还要告诉你，我心上人是哪一个，指望你说话算数，这样我的病就会不治而愈。”

夫人很自信，认为总会有办法既能满足儿子的要求，又不一定按儿子所希望的本意去办，就满口应承下来，说只要他肯把心事讲出来，她马上就照办，了却他的心愿。

“妈妈，”青年于是说道，“我们的姜内塔真是端庄美丽，我爱上了她，可她并不知道，我也就没法得到她的关怀，我又丝毫不敢把自己这件事告诉别人，结果就弄成了现在这个样子。您已经答应了帮我的忙，要是你不能做到，那我可就不久于人世了。”

夫人知道眼前只能安慰他，而不能责备，就微笑着说：

“唉，我的孩子，你就为了这点事让自己病成这样子？放心吧，只要你的病能好，一切都包在我身上了。”

那青年满怀希望，病情在很短的时间里就有了极大好转，母亲看了着实高兴，就开始考虑怎样实现她的诺言。有一天，她把姜内塔叫了来，在闲谈之中，旁敲侧击，亲切地问她是不是有了心上人。姜内塔立即满脸绯红，回答说：

“夫人，像我这样一个孤苦伶仃的姑娘，无家可归，只能寄人篱下，怎么配谈情说爱。”

那夫人便说：“既然你没有恋人，我们很想给您介绍一个，让你过得快活些，这才不辜负你的美貌。像你这样漂亮的姑娘，还没有情人真是有点儿说不过去。”

对此，姜内塔回答说：“夫人，您在我父亲穷困的时候收养了我，把我像亲生女儿一样抚育成人，照理说，我本来应该事事遵从您的意旨，但是在这件事上，我却不能遵命。如果承您高兴帮我物色一个丈夫，那么我一定会一心一意地去爱他，可是我现在无法爱上一个男人，这是因为，我现在除了祖辈留给我清白之外已一无所有，而这份清白，我希望终生守住。”

她这么一说，夫人觉得要实现答应给儿子的诺言，很难实现。但这位夫人毕竟是一位聪明人，不由暗暗钦佩这个姑娘，就说：

“怎么，姜内塔，像你这样一个漂亮的姑娘，如果一个国王，一个年轻的骑士前来向你求爱，你也会拒绝吗？”

姜内塔毫不思索，立即回答说：“国王可以强暴我，但是，他要是不择手段，那他就永远也别想得到我的同意。”

夫人看她意志坚定，不便多说，不过还是想考验考验她，于是去对儿子说，等他病好了以后，她会将他俩单独安置到一个房间，那时他就可以去向姜内塔求爱了。夫人还说，如果由她出面，像媒婆那样为儿子牵线，那样有失身份。

这个主意不但不能使这个年轻人高兴，反而使他的病情突然恶化了。夫人别无他法，只得把心事对姜内塔和盘托出。可是这姑娘的意志却更加坚定，一点儿也不动摇。夫人看了，只得把情况告诉了丈夫，两人商量了一阵，决定还是答应儿子娶姜内塔为好，虽然他很不情愿，但是，娶一个卑微的姑娘救儿子一命，总比眼看他娶不到妻子忧郁而死好得多。两人商量了很长时间，最后决定就这样办。对此，姜内塔非常高兴，衷心感谢天主不曾忘记她。尽管如此，她仍旧自称是个平民的女儿，还是不肯坦露真情。那青年自然高兴得心花怒放，病很快痊愈，高高兴兴地举行了婚礼，两人过上了幸福美满的生活。

再说伯爵的儿子佩罗托留在威尔士一个英国将军家里，在将军的养育下，已经长大成人。他潇洒英俊，又习得一身武艺，不管是全岛比武，还是临时比赛，或者是其他方面，无人能够匹敌，因此声名远播，无人不识，众人都叫他皮卡第的佩罗托。

天主没有忘记佩罗托的妹妹，对他也没有亏待。有一年，当地发生了一场可怕的瘟疫，夺去了全岛一半人的生命，侥幸活下来的也大都逃奔异乡，到处是一片凄凉。在这场瘟疫中，将军和他的夫人、独生儿子、兄弟和其他亲属，统统染疾而亡，一家人只剩下正当待嫁之年的女儿、佩罗托和几个仆人。瘟疫过后，将军的女儿因为爱慕佩罗托是个英俊有为的青年，征得几个幸免于难的长辈的同意之后，选择佩罗托做了她的丈夫，认他为一家之主，掌管她继承的全部家业。不久，英国国王听到将军不幸去世，又听说佩罗托英勇善战，就命令他顶替死者的职务，封他做将军。这就是安特卫普伯爵骨肉分离之后，他的两个无辜的儿女的大概经历。

再说那伯爵，自从逃出巴黎，一晃就过了十八年，眼看自己年岁已老，很想尽可能去看望自己的亲骨肉，看看他们的处境。他原来的容貌已经完全改变，变得十分苍老，只因长年劳动，倒比从前养尊处优时结实多了。他辞别了东家，身无分文，好不容易来到英格兰，先寻到了当初留下佩罗托的地方，打听到他已然成了将军，颇有名望，又有了一份很大的家业，再看他已长得身材魁梧，威风八面，伯爵心中甚是高兴。但在尚未找到姜内塔之前，他没有轻易暴露过自己的身份。

于是，他又辗转来到伦敦，小心翼翼地向人打听收留他女儿的将军夫人和姜内塔的现状，这才明白自己的女儿已经嫁给夫人的儿子，心里十分欣慰。伯爵看到两个儿女都已长大成人，过着美满的生活，就觉得他以前所受的种种磨难也算不得什么了。

他很想见女儿一面，就常到她门前去乞讨。一天，姜内塔的丈夫贾凯托·拉孟斯在门口见到了他，看这个孤苦伶仃的老头儿十分可怜，就叫一个仆人把他叫进来，给他一些食物吃，算是积点德。仆人照着办了。

这时姜内塔已给贾凯托生了几个孩子，最大的不到八岁，个个长得活泼可爱，讨人喜爱。几个孩子看到伯爵吃东西，都跑到他身边，绕着他，与他亲近，似乎出于天性，使他们本能地知道，他就是他们的外祖父。伯爵知道他们就是自己的外孙，真是说不出的高兴。这样一来，孩子们不想离开他了，不管他们的教师如何呼唤，仍缠着老人不肯离去。姜内塔闻声，立刻从房里走出，吓唬孩子们说，谁要是不听教师的话，就要挨打。孩子们吓哭了，说是喜欢同这位老人家一起玩，因为他比教师更爱他们，这引得姜内塔和伯爵都笑了。伯爵看到孩子们的母亲出来了，立即站起来，以一个穷苦人的身份表示对贵妇人的敬意，而不是以父亲对女儿的态度，望着她，他心里有说不出的高兴。姜内塔自然一点也不知道这就是自己的父亲，因为他变化太大，面貌苍老，头发花白，满脸胡子，又瘦又黑，真是和从前判若两人。她看到孩子们哭着不肯离开这老人，只得请求教师，让他们再玩一会儿。

正当孩子们拥在老人身边笑着闹着时，恰好孩子们的父亲贾凯托回来了，教师把刚才的事告诉了他。他本来心里就瞧不起姜内塔的出身，于是便对他说：

“随他们的便吧，天主会让他们倒霉的，真是有其母必有其子。他们的母亲本来就是个叫花子，他们喜欢和叫花子在一起，也就没有什么大惊小怪的了。”

伯爵听了这些话，伤心万分，但只是耸耸肩，将这一耻辱忍了下去，毕竟那么多的耻辱都忍受过来了。

贾凯托听说孩子们对这个老人特别亲热，心里虽然并不乐意，不过他爱自己的孩子，为了哄他们别哭，就叫人去问那老人，是不是肯留下来在这里当个仆人，若是愿意，他可以留下来。那伯爵回答说他乐意，不过他别无所长，只会看马，因为他养了一辈子马。于是他们就交给他一匹马，叫他每天照看完马后，就陪孩子们一起玩耍。

就在命运之神为伯爵和他的子女安排这一切时，法国国王突然驾崩，不过生前他同日耳曼人订下了合同，他死后由太子加冕登基，当初陷害伯爵的那个妃子就成了王后。后来，同日耳曼人的协定到期，新王又开始了一场万分激烈的战争。这时英国国王同法王成为新亲，派大军前往支援，由大将军佩罗托和另一个将军的儿子，即贾凯托统领援军。伯爵也随军出征，充当马夫，但谁也没有认出来。这伯爵原本是个良将，在军中出了不少主意，表现十分突出，而且往往无需别人请求，总是主动献策。

战争期间，法国王后得了重病，她自知死期不远，就向全国公认最圣洁的鲁昂大主教做了忏悔，将生平的罪孽都交代出来，其中有一件，就是诬陷安特卫普伯爵。她不仅向大主教坦白，而且还当着宫廷里众多大臣的面，把这件事和盘托出，恳请他们替她请求国王，若是伯爵还活在人世，就恢复他的爵位，如果去世，则由他的子女承袭。王后死后，人们为她举行了隆重的葬礼。她的临终忏悔则由使者赶到军中呈报给国王。

国王听后，知道冤枉了好人，悲叹不已，当即通告全军以及全国各地，凡知道安特卫普伯爵及其子女下落者，每报一项消息就可得到重赏。当初伯爵因罪流放，实属冤枉，幸好王后忏悔，才得以真相大白，目前，国王非但要恢复伯爵的爵位，甚至还要晋升嘉奖，以作补偿。

一直在军中充当马夫的伯爵，听到了这一消息，经过仔细核对，知道确实无误，这才去见贾凯托，请他和自己一起到佩罗托那儿，说他就是国王要找的人。三个人碰了面，伯爵才把一切都讲了出来。

“佩罗托，贾凯托娶了你的妹妹，可她开始没有什么嫁妆，现在为了不让她永无嫁妆地嫁过去，我想，国王的这笔重赏就让他去领取，让他到国王跟前去禀告我们的行踪，你就是安特卫普伯爵的儿子，他的妻子就是你的妹妹维奥兰，我就是你们的爸爸，安特卫普伯爵。”

佩罗托听了这段话，仔细地打量着他，终于认出他果然是自己的父亲，哭着跪到伯爵的膝下，抱着他的腿说：

“爸爸，见到你，我真是太高兴了！”

贾凯托听了伯爵的话，又见佩罗托的一举一动，又惊又喜，不知如何是好。过了一会儿，他知道这一切千真万确，想到自己一向把伯爵当马夫，呼来唤去，实在羞愧，也跪在伯爵足下，哭着求他宽恕他从前的不敬。伯爵急忙把他扶起来，劝他不用把过去的事放在心上。

然后三个人仔细谈起过去的苦难经历，一会儿伤心落泪，一会儿又开怀大笑。佩罗托和贾凯托请伯爵更换衣服，但伯爵坚持不换，他叫贾凯托先去报告领赏，然后他再穿着这身马夫的破衣服，跟他一起去叩拜国王，好让国王羞愧一番。

商量好之后，贾凯托才带着伯爵和佩罗托去见国王，说是找到了伯爵和他的儿子，特地前来领赏。国王立即命左右拿来一份厚礼，放在贾凯托面前，让他赶快把伯爵父子带来。这时，贾凯托转过身来，把自己的马夫和佩罗托领上前去，说道：

“陛下，这就是伯爵父子，他还有一个女儿，就是我的妻子，她现在不在这里，不过凭着天主的仁慈，您不久就会见到她。”

国王听他这么一说，就定睛打量起伯爵来，尽管他比以往苍老多了，但仔细一看还是认出来了。国王含着眼泪，把跪在面前的伯爵扶了起来，拥吻，同时也热情地接见了佩罗托。然后国王叫人替伯爵沐浴更衣，一边又替他预备侍从、马匹，以及符合他的身份的一切应有的物品，这些很快就办妥了。此外，国王对佩罗托也宠爱有加。这时国王才详细问起伯爵流落他方的详细情况。

贾凯托因报告了伯爵和他的子女的下落，得了重赏，领赏时，伯爵对他说：

“这是国王的恩赐，你收下吧，只是希望你别忘了告诉你的父亲：你的娃，也就是他的孙子、我的外孙，并不是叫花子母亲生下来的。”

贾凯托领了这份奖赏后，派人把他的妻子和母亲接到巴黎。佩罗托也把他的妻子接来。大家热烈地向伯爵祝贺。国王不但恢复了伯爵的地位，产业完全发还，而且比之前更加重用他。后来，伯爵的子女们辞别而去，各自回家，伯爵在巴黎安度晚年，生活比过去更加豪华舒适。

故事九

埃丽莎讲完了她那悲伤的故事，完成了任务。接下来轮到女王菲洛梅娜讲她的故事了，她体态丰盈，端庄秀丽，惹人喜爱，只听她不慌不忙地说道：

我们应该对迪奥内奥遵守诺言，现在只剩他和我还没讲故事，那就由我先讲，最后一个故事再由他来讲。

人们常说：害人者终害己。如若不是有事实来证实，这句谚语不大会使人相信。各位亲爱的女郎，我现在就来讲一个故事，用这个故事来证明，这句俗语并非虚文，想来你们是喜爱听的，希望你们从中能吸取教训，对坏蛋有所提防。

巴黎的一家客店，住进几个意大利的大商人，他们各有其事，不尽相同。一天晚上，大家吃完晚饭之后闲聊起来，非常投机，东拉西扯，说着说着，便集中到这样一个话题上——各自留在家里的老婆。其中有一个人开玩笑说：

“我不知道我的老婆独自一人留在家里干些什么，但我敢肯定，要是我在这里遇上一个美丽的小妞，不去跟这到手的人快活一番，却还把自己的老婆放在心头，那才怪呢。”

另一个人接话道：“要是我，不干才怪呢，我相信，要是我的老婆遇上了这样的美事，她也照干不误，即使我不愿让她干，她也会照样行事。这叫作半斤对八两，针尖对麦芒。”

接着又有一个也表示了同样的看法，总之，在场的人一致认为，家里的老婆只要有机会，是决不会独守空房的。

其中只有一个热那亚人，名叫贝尔纳博·洛梅利尼，不同意他们的看法。他说，感谢天主，他娶了一个全意大利少有的贤惠媳妇，不但女性的美德全集中在她一个人身上，就连那属于骑士和绅士的品质，多半也能在她身上找到。她年轻漂亮风姿绰约，论起属于女人的描龙绣凤的本领，也比谁都出色。此外，举办酒席宴会的本领，哪怕是名门望族的总管也不及她。所有这一切，都因她出身名门，天资聪慧，庄重贤惠。接着他吹嘘她会骑马放鹰，能写会念，精通账目，俨然一个精明的商人。如此赞美了一番之后，他又回到刚才大家议论的话题上，并赌咒说，世上再也不会找到比他的妻子更纯洁更正派的女人了。因此他相信，即使十年不归，或更长时间，她也不会与另一个男人苟且，做出那种事来。

在这伙闲聊的商人中有一个名叫安布罗焦洛·达皮亚琴察的青年，听到贝尔纳博称赞他的妻子是天下最贞洁的女人，不禁哈哈大笑，并以嘲弄的口气问他，他这么大的福气是不是皇上赐给他的。

贝尔纳博有点儿生气，回答说这福气不是皇上赐给他，而是比皇上更有权力的万能的天主赐给他的。

安布罗焦洛说："贝尔纳博，你说的都是由衷的话，我并不怀疑，但是照我看来，你对于事物的本性却了解得很少，要是你在这方面多留意一些，我想你也不是一个傻子，你一定能明白许多事理，那么你在谈到这个问题时就不会随意地得出结论了。你不要以为，我们这样乱讲自己的女人，好像我们认为自己的女人跟你的女人有什么不同，相反，我们之所以这样说，是因为我们摸清了女人的本性。

我一向认为，男人是天主创造的万物之灵，女人则是仿照男人创造出来的。普遍认为，男人比女人更加完美，这从他们的业绩中也可以看出来。正因为如此，男人当然比女人更加坚定，而天下的女人一般总是水性杨花。这一层道理可以用很多事实说明，不过，我现在不想讲这些。譬如说，意志坚定的男人尚且不能自持，会在骚女人面前臣服，那么当一个可爱的女人向他有所表示的时候，他更是千方百计地去和她亲近了。像这样的事，不是一个月里只发生一回，而是一天就有成千上万次。你想想看，一个意志薄弱的女人，怎么能经得起一个聪明男子的苦苦纠缠、奉承讨好、送长送短以及其他种种手段呢？你想她能抵挡得住？尽管你口头上说得多么好，我还是不相信，你会把你自己说的话当真。不说你，你的太太同别的女人一样，也是血肉之躯。既然是这样，她也有别的女人所共有的欲望，别的女人对于生理上的冲动能克制到什么程度，她也只能克制到怎么样。因此，尽管她极为纯洁正派，可是她还是会做出别的女人所做出的事来。既然有这样的可能，那你就不该矢口否认这一点，不留一点余地。”

对此，贝尔纳博反驳道：“我不是哲学家，是个商人，只能以一个商人的见解来回答你。我承认，某些不知廉耻的蠢女人是会做出你所说的那种事来的，但聪明的女人会以自己的名誉为重，她们维护自己的名誉时比男人更坚强，而男人往往在这方面倒是很随便的。我的妻子正是这种女人。”

“说真的，”安布罗焦洛又说，“要是女人们跟别的野男人交欢一次，她们的头上就长出一只角来，以此表明她们干的好事，我相信，她们就不会去做这种事了。但是，事实上她们头上长不出角来，往往是细心的女人，她会把事情做得干净利落，不留蛛丝马迹。耻辱和损害名誉只是私情败露时才得到的报应。所以只要有可能，她们就会偷偷摸摸去做，要是不做，那才是傻蛋。你应该明白这一点——要是真有那么一个正派的女人，那只是因为没有人来追求她，或者是她勾引别人遭到了拒绝。就我所知，这是人的本性，除此之外我还要说，如果不是我跟不少娘儿们有过多次经验，我也不敢把话说得如此肯定。我敢打赌，如果我能接近你那位圣洁无比的好太太，我敢说，要不了多久，就像我勾搭别的女人一样就能同她勾搭上。”

贝尔纳博听了很生气，回答说：“这事儿不是口头上能够辩清的，你说你有理，我说我有理，永远都说不到一块儿。你既然说所有的女人都是那么容易上钩，你又是场中老手，为了表明我的太太是个圣洁的女人，我愿意打赌——假如你能叫她顺从了你，那么我愿意把自己的脑袋割下来；如果你办不到，我也不多要你什么，你只消给我一千枚金币就行了。”

贝尔纳博争得面红耳赤的，安布罗焦洛也火了，说道：“我跟你打赌，如果我赢了，我拿了你的性命又有什么用，如果你真想验证我的话，那么你就拿出五千枚金币来赌我的一千。这总比你的脑袋划算得多了吧。你方才并没有提出时间限制来，现在我自己确定个期限。从我离开这里回到热那亚算起，我要在三个月内让你的太太就范，拿到她贴身的物品作为凭证，好让你不得不相信当真有这么回事。不过，你也得答应我一个条件，就是在这期限之内，你不能回热那亚，也不能写信通知她有这么回事。”

贝尔纳博一口应允下来，在场的许多商人觉得这不是儿戏，只怕将来闹出乱子来，于是竭力劝阻。可是这两个人正在火头上，哪里听得进去，当场签了契约，作为约束彼此的文字凭证。

签好契约之后，贝尔纳博遵照契约留了下来，安布罗焦洛则立马动身前往热那亚。他在那里住了几日，私下暗暗地把那位太太的姓名人品等等打听清楚，这才知道，贝尔纳博赞扬她的那些话一点不假，因此感到自己这次真的做了蠢事。不过，他很快就认识了一个穷苦女人，她经常到那位太太家，深得那位太太的信任。于是他便用金钱买通了她，求她把他装在一个特制的大箱子中，运到那位太太家里，直接抬到了那位太太的卧室里。那个女人受了贿赂，就按照他的指使，假装对那位太太说，她要出门一趟，有一只箱子想在她家寄存几天。

那只箱子就这样进了那位太太的卧室。到了深夜，布罗焦洛估计这位太太已经睡熟，便拨动机关，将箱子打开，轻轻钻出箱子。房间里点着一盏灯，他借着灯光，打量着房里的陈设以及墙上的绘画，把每样东西都牢记在心。他来到床前，看见这位太太和一个小姑娘睡得正香，他又轻轻掀开她的被子，只见她赤身裸体，跟穿着打扮时一样美丽，再细看她的身上，却没有特征可以回去报告，只是在左胸下部有一颗黑痣，四周长着几根金黄色的茸毛。他看清楚之后，又轻轻把被子给她盖好。美色当前，他真想豁出性命，爬上床去同她快活一阵，可是他早听说，在这种事上，她冷若冰霜，一丝不苟，所以没敢冒险。这天夜里，他在这位太太的卧室里逗留了好长时间，从她的衣橱里偷了一个钱袋、一件睡衣、几只戒指和几条腰带，把这些东西统统塞进他的大箱子，自己再爬进去，盖好箱盖，使一切同原来一模一样。他如此活动了两夜，贝尔纳博的太太竟毫无察觉。

第三天，那穷苦女人依照原先嘱咐她的话，将那个大箱子要了回去。安布罗焦洛从箱子里爬了出来，按照原先的承诺，重谢了那个穷苦女人，然后带着那些赃物，依照契约规定的期限之前赶回巴黎。

他把当初争论、订契约时在场的人都召集过来，当着他们的面向贝尔纳博宣布，他们两人打的赌，他赢了，他当初说的话现在完全实现了。为了证实这一点，他先把那位太太的卧房的陈设和墙上挂的画描绘了一番，接着拿出女人用品，说这都是那位夫人送给他作纪念的。

贝尔纳博承认，那卧室确实同他所描述的一模一样，这些东西也都是他太太的，但他又说，安布罗焦洛可以是从他家的仆人那里打听来房间里的情形，这些东西也可能是从仆人那儿弄来的。因此，若是再没有其他东西，光凭这些还不能算数，不足以证明他已赢了。

于是安布罗焦洛又说："老实说，这些证据已经足够了。既然你还要我再说一些，那我再说就是了。我可以告诉你，齐内沃拉夫人，也就是你的太太，在左边乳房下边有一颗很大的黑痣，黑痣周围有些金亮亮的茸毛。"

贝尔纳博听了这话，心如刀绞，痛苦极了。他没有说话，脸色骤变，但从他的神态表明，安布罗焦洛所说的一切，他已信以为真。过了一会儿，贝尔纳博才说：

"先生们，安布罗焦洛说得不错，他赢了，他随时都能找我要钱。"

第二天，贝尔纳博把赌注如数给了安布罗焦洛，自己怀着对妻子的恨离开了巴黎，返回热那亚去惩罚他的女人。看看快到热那亚时，他停了下来，来到自己的一个离城仅二十英里的别墅，然后吩咐一个心腹仆人，带着两匹马和他的一封信，去往热那亚城去通知他的夫人，说是他回来了，请她到别墅来和他相见。但是他暗暗命令那个仆人，等她同他一起出城来别墅的路上，寻个下手的机会把她杀掉，然后回来回话。

仆人来到热那亚，交了家信，说了些主人的情况，贝尔纳博太太很高兴，把仆人好好款待了一番。第二天早晨，主仆二人骑马上路，前往那座别墅。一路上，两人东拉西扯，不觉来到一个幽静的山谷，两边沟壑纵横，树木繁茂。仆人认为这是个好地方，正好可以不露痕迹地下手，好回去向主人复命。他抓住女人的手臂，取出匕首，说道：

“夫人，你不必再向前走了。快向天主祷告吧，因为你的死期到了！”

贝尔纳博的太太看见他扬着匕首，又听他讲出这样的话来，大吃一惊，嚷道：

“天哪，看在天主的份儿上发发慈悲吧，你总得告诉我，我什么地方得罪了你，叫你狠心下毒手！”

“夫人，”那仆人回答说，“您一点也没有得罪我，而是在什么地方得罪了您的丈夫。具体是什么，我也不清楚，反正是他命令我，让我在半路上杀死你，不能手软，如果我不照他的话去做，他就要我的命。你知道，我忠于主子，不管他让我干什么，我都不能说半个不字。天主明白，我是同情你的，可我别无选择。”

对此，那女人哭着说：“哎呀，看在天主的份上，千万不要为了别人，就向一个与你无冤无仇的人下毒手啊！那洞悉一切的天主，知道我从来没有做过任何错事，使得我丈夫这样对待我。现在咱们不说这些，我想说的是，只要你听我一句话，这样无论是在天主面前，还是在我丈夫与我面前，都能交代过去。你把我的这身衣服拿去，去见我的丈夫，也即是你的主人，说你已经将我杀死。我向你发誓，你救我一命，我马上离开这儿，隐姓埋名，远走他乡，从此以后，无论是他是你，或是这一带的任何人，再也不会听见我的任何消息了。”

那仆人要杀她，本是出于无奈，所以不必多求，就动了恻隐之心。于是他就拿了她的衣服，又把自己的破旧紧身衣和外套脱给了她，她随身带着的一点钱，也仍让她留着，叫她赶紧离开这里。他看着她在这山谷里徒步向远方走去，这才回去向自己的主人报告，说是已将她杀死，并把她的尸体扔给一群野狼吃掉了。

过了不久，贝尔纳博才回到热那亚，杀妻之事泄露出去后遭受了人们的谴责。

再说那女人，可怜独自一人，十分悲惨，直到夜幕降临，才敢走进附近的一个村子，向一个老太太讨来针线等物，按自己的身材把那件紧身衣裁短，用自己的衬衣改做了一条短裤，又把头发剪短，把自己乔装改扮成一个水手模样，这才向大海方向走去。无巧不成书，她在那里遇到一位加泰罗尼亚名叫恩卡拉赫的绅士，此人把自己的船停在岸边，就独自上岸，来到阿尔本加镇的喷泉旁小憩。她与这个绅士攀谈起来，话很投缘，被他收容，跟着他上了船，她自称为西库拉诺·达菲纳莱。到了船上，她换了一套新的水手服，即将在这条船上做一名仆从，精心侍候这位绅士，颇得他的欢心。

不久，那位绅士航行到亚历山大利亚，带了几只猎鹰上岸献给苏丹。苏丹为表谢意几次设宴招待他，每次都看到西库拉诺在旁伺候得殷勤周到，很是喜欢，就开口问绅士，能不能把她留下来。她的主人不好推托，只得将他留下。西库拉诺进宫之后，正像从前在那位绅士跟前的情形一样，一举一动都非常得体，所以很快就得到了苏丹的赏识。

话说在阿卡这个地方，每年都要举行很大的集市，许多基督教和伊斯兰教的商人都要到那里去经商。为了保护商人和货物的安全，每次苏丹都要派遣几名大臣率领官员和士兵维持治安。这一次，苏丹觉得应当派西库拉诺前往，她此时已学会当地语言，人又机灵。

西库拉诺来到阿卡，负责当地商人和货物的安全事项，她尽职尽责，十分称职。她经常来回巡视，接触了不少商人，其中有很多西西里人、比萨人、热那亚人、威尼斯人还有意大利其他城市的人。出于对家乡的思念。他特别喜欢跟他们攀谈。有一天，她走进一家威尼斯人开的服装店，在很多小物件中间，看见一个钱袋和一条腰带，竟是自己的东西，不觉大为惊奇。然而她不动声色，只是客气地问店主，大量东西是不是出售。原来安布罗焦洛·达皮亚琴察弄了大批货物，搭乘威尼斯人的一艘船来到这里做买卖，他听到长官问他的这几样东西，就走上前来，笑吟吟地说：

“大人，这是我的东西，但不出售。如果您喜欢，我愿意奉送给您。”

西库拉诺看他笑起来，倒愣了一下，心想难道他看出了自己的底细？但她立刻沉下脸来，说道：

“你看我一介武夫居然对女人的东西感兴趣，才觉得好笑吧？”

“大人，”安布罗焦洛说，“绝不是笑这个，而是想起我当时把这些东西弄到手的情景就忍不住大笑。”

“噢，可能是运气很不错吧。”西库拉诺说，“如果不是什么不可告人的事，我倒想听听。”

“大人，”安布罗焦洛说，“这些东西，还有另外几样东西，都是热那亚的一位太太送给我的，那位太太叫齐内沃拉，是贝尔纳博·洛梅利尼的妻子。有一天夜晚，我跟她睡觉，求我收下这些东西。我想起了天下竟有像贝尔纳博这样的傻瓜，就想发笑。他说我无论如何也不可能勾搭上他的老婆，跟我打起赌来，拿五千枚金币来对我的一千枚金币，结果我赢了，玩了他的老婆，还得了他的钱。事实上，他理应责罚自己的愚蠢，却迁怒于妻子，因为天下所有的女人都会那样干的。后来我听说，就为这个，他从巴黎赶回热那亚，杀死了妻子。”

西库拉诺听到这里，就恍然大悟，明白了为什么贝尔纳博那么恨他的妻子，弄清了自己的苦难全由此而起，就暗暗下决心，决不能放过这个骗子。于是，西库拉诺假装对此故事很感兴趣的样子，又常去和这个人接近，十分亲密，在集市结束之后，安布罗焦洛还遵照西库拉诺的话，带了所有的货物来到亚历山大利亚。西库拉诺给他建了一个货栈，又取出一笔钱来给他作本金，安布罗焦洛觉得交了这样一个好朋友，真是大有前途，十分乐意留下来。

西库拉诺一心想要在自己的丈夫面前证明自己的清白，时刻在寻找机会，后来终于通过亚历山大利亚和几位来自热那亚的大商人，设法把贝尔纳博叫到这里。这时的贝尔纳博已经一贫如洗，西库拉诺就叫自己的一个朋友帮助他，却并不声张，只等时机成熟，再揭露一切。此时，西库拉诺已经把安布罗焦洛叫进宫里，让他在苏丹面前讲述自己的故事，好给苏丹解闷。贝尔纳博一到，西库拉诺觉得无需再多等了，便看准机会，请求苏丹将安布罗焦洛和贝尔纳博召来，当面对质，看他到底跟贝尔纳博的妻子有没有那种关系，如若他不肯实说，就动用酷刑，逼迫他说出。

两个人被召到宫中，苏丹当着众人，郑重地命令安布罗焦洛把当初怎样打赌，并赢了贝尔纳博五千枚金币的经过从实招来。在这么多人当中，安布罗焦洛最信赖的人莫过于西库拉诺，未料只见他脸色铁青，满面怒容，那显然意味着，如果不从实招认，就要动用严刑。安布罗焦洛见四面楚歌，只好当着贝尔纳博和这么多人的面，将实情说了出来，心里还暗暗以为，只要赔还五千枚金币和交出偷来的一些物件，就可以逃过其他刑罚。安布罗焦洛坦白过后，这件案子的主审官西库拉诺转身对贝尔纳博说：

“你偏信了这个骗子之后，又是如何对付你的妻子的？”

贝尔纳搏回答说：“我输了钱，又出了丑，我认为这都是因为我的妻子不贞，一时气晕了头，回到家里，就吩咐我的一个仆人将我妻子杀了，据仆人回来报告，当时就把她的尸体扔给狼吃了。”

双方的陈词苏丹都听得一清二楚，真相大白，只是他不明白，西库拉诺查究这个案子到底用意何在。这时，西库拉诺对他说：

“陛下，你现在知道，那个可怜而善良的女人有着这样一位‘情人’，再加上这样一位丈夫，该是多么幸福了。她的‘情人’只用几句谎话，就把她的一世清白给毁了，骗走她丈夫的钱财；而她的丈夫呢，与她夫妻多年，宁可轻信别人的谎言，却不相信她的忠贞，把她杀了去喂狼。更让人惊叹的是，这‘情人’和丈夫两个人，这样爱慕她、亲近她，却竟然认不得她了。现在为了使陛下彻底清楚案情，公正判案，我请求陛下开恩，为了惩罚那个骗子，赦免那个受骗的人，请允许我把那位夫人带上来当面询问。”

苏丹在这件案子上完全听从西库拉诺的主意，就依了他的请求，要他将那个女人带上来。贝尔纳博一直认为自己的妻子早已死了，听到这里不免大吃一惊。那安布罗焦洛猜到大事不妙，恐怕不仅是赔五千枚金币所能了事的，知晓那夫人一出庭，对他必是凶多吉少，所以惴惴不安地等待着。

西库拉诺见苏丹同意了他的请求之后，立即跪在苏丹面前，痛哭流涕，那男性的气质和声音一下子都消散了。只听得他哭着说：

“陛下，我就是那个苦难的齐内沃拉，六年来一直女扮男装，流落异乡。这个奸徒安布罗焦洛用卑鄙无耻的手段诬陷我，中伤我；而那个狠心的、不辨是非的男人却狠心杀害我，把我的身子抛给豺狼撕咬。”

说到这里，她转过身来，悲愤地质问安布罗焦洛：他什么时候同她睡过觉。安布罗焦洛这时已经认出她来，吓得低下了头，不敢作声，显然是个哑巴。

苏丹一向以为她是男人，现在听她这么一说，看她这般情形，真是惊诧不已，竟以为自己是在做梦。慢慢地心神稍定，才知道这一切都是真的，就大大把她赞扬了一番，赞美她的坚贞聪明；然后吩咐侍从，派许多宫女去侍候她，给她换上华贵的女装，赦免了贝尔纳博的死罪。贝尔纳博认出她就是自己的妻子，连忙跪在她面前，痛哭流涕，后悔不迭。这样狠心的男人是根本不值得饶恕的，但她还是不计前嫌，把他扶起来，热烈地拥抱他，饶恕了他，仍让他做自己的老公。

苏丹发布命令，把安布罗焦洛立即绑赴城内高处木桩之上，全身涂满蜂蜜，任凭风吹雨打直到死亡。人们立即前往执行。苏丹又下令，安布罗焦洛价值不少于一万枚金币的所有财产，全部归齐内沃拉。苏丹又大摆宴席，款待齐内沃拉和贝尔纳博，赞扬她是女中英豪，并赏给齐内沃拉不少金银器皿、珍宝现金，价值又在一万枚金币以上。

宴罢，苏丹吩咐替他们准备一艘大木船，允许他们随时可以回热那亚。这对夫妇带了大笔财富，兴高采烈地回到故乡。人们热烈地欢迎他们，特别是欢迎他们一直认为已经去世的齐内沃拉。终其一生她都受到当地许多人的敬重，都盛赞她的忠贞不渝。

故事十

这伙儿严肃的男女青年听完女王讲的故事，都赞不绝口，尤其是迪奥内奥。如今这天，只剩下他没有讲故事了，在赞过女王之后，他开口讲道：

美丽的女郎们，我原想好一个故事，可女王的故事中有一节使我忽然改变了主意。我这里为的是证明贝尔纳博的愚蠢，尽管这愚蠢后来让他得了好处。像他这样的人都认为，他们自己在这世界上闯荡，今天跟这个女人相好，明天又跟那个女人勾搭，却以为自己的女人在家里总是双手紧紧护住腰带，规规矩矩地独守空房。我们是她们生出，在她们中间长大，目前仍生活在她们中间，但日常的经验好像还不足以叫我们认为还有跟这相反的情形。我此时讲这个故事，就是为了证明这些人是多么愚蠢。还有另外一些人，他们吹嘘自己的力量比人类的七情六欲的力量还要大，只要他们搬出一套谬论来，就可以逼迫他人违背自己的意愿，按照他们那套谬论来行事，结果适得其反。

从前，在比萨市有个法官，名叫里卡尔多·迪秦泽卡，头脑极为聪明，可惜体质稍差。该法官认为只要用他做学问的功夫来应对太太，就可以满足妻子的欲望，所以一心想要找个年轻美貌的女子来做他的妻子。要是他给自己办事也像给别人出主意一样，那就好了，那他就决不会找一个年轻漂亮的女人来做太太了。事也凑巧，他果然如愿以偿，洛托·瓜朗迪先生把他的女儿嫁给这位法官，这位姑娘名叫巴尔托洛梅娅，是比萨城里数一数二的美人儿。

在比萨城里，姑娘们一般都是面黄肌瘦，比那吃虫子的蜥蜴漂亮一点儿的实在太少。这位法官得了美女，十分高兴，大张旗鼓地把新娘迎到家里，并大摆宴席，热闹非凡。新婚之夜，自然要交欢一番。谁知这第一次就给他来了个下马威，只差一点儿就葬送了老命，累得他气喘吁吁，面无血色，精力衰竭，第二天早晨不得不吃些蜜饯和其他滋补的东西，喝些白干葡萄酒，以恢复精力。

现在这位法官先生对于自己的能耐，比以前清楚多了，于是便开始用一本适合于厌学的孩子们用的大概是在拉文纳编印的日历来教导他的年轻太太，根据这本历书，一年到头，没有一天不是供奉一位圣徒，甚至是好几个圣徒。他又引经据典，向他的夫人证明，在这些圣徒的节日里，夫妻应该禁止交配，虔敬神明。这还不算，他又添加了许多斋戒日，什么四季斋戒、十二门徒彻夜祈祷日以及上千位圣徒的节日啦，什么圣礼拜五日、圣礼拜六日、圣安息日啦，还有整个四旬斋的四十天，再加上什么月圆月缺啦，等等，总之是禁忌众多，在这些日子里，夫妻只能节欲敬神。他认为，应对他的同床共枕的女人，仿佛是对待民事诉讼一样，能拖则拖，推诿几天是没什么了不起的。

这样一来可就熬苦了那位太太，一个月里，他也只不过敷衍行事一回罢了，总是躲着她，而又把她监视得严严实实，只怕有人像他教给她那么多安息日似的教她那么多工作日。

有一年夏天，天气十分闷热，里卡尔多先生在蒙特内罗有了一幢华丽的别墅，打算带他的太太到那里去避几天暑。为了给漂亮的太太解闷，他带着大家到海上去捕鱼。他和几个渔夫乘船前行，他的太太和一些女眷们乘坐另一只船，跟在后面观看。大家玩得高兴，不知不觉已经离开海岸很远。就在大家专心打鱼和观赏海景的时候，海面上突然来了一艘大船，那就是当时闻名的海盗帕格尼诺·达摩纳哥的一艘海盗船。这海盗看见海面有两条船，立即追去，小船四散奔逃，但帕格尼诺还是追上了女人们的那只船。这海盗看见船里有一位如花似玉的太太，就不理会他人，只把她掠上船去。里卡尔多已经逃到岸上，只能眼睁睁地看着海盗抢了他的娇妻，扬长而去。

这位法官本来嫉妒心很重，现在娇妻被人掠去，他的懊恼，自然不用多讲了。他在比萨四处奔走，控告了海盗们的强盗行径，可是毫无实际结果，因为他既说不出是谁抢走了他的妻子，也不知道她被劫到了那里。

再说那帕格尼诺原本是个光棍，眼见这样一个美女落到了自己手里，心里有说不出的高兴，想把她占为已有。可这个女人却大哭大闹，任凭他怎样劝慰，都没有用处。到了夜里，他觉得白天的空话无用，还是用行动来安慰她吧。果然，她的那本历书就从腰带上掉了下来，那些圣徒的节日、安息日，都被扔到九霄云外了，她也显出了开心的样子。就这样，还没有等到他们返回摩纳哥，她就把她的法官和那套规矩忘了个精光，只觉得同帕格尼诺在一起真是如沐春风，非常快活。他把她带到摩纳哥，不但白天安慰她，而且夜夜让她满足，把她当作自己的妻子。

过了一段时间，里卡尔多先生竟打听到了她的下落。他恨不得马上找回自己的妻子，可又觉得谁都不靠谱，必须亲自前往，并下定决心，不管花多少钱，一定要把娇妻赎回。他乘着海船，来到摩纳哥，果然见到了她，她也看到了他。她当晚就告诉帕格尼诺，她的丈夫已经到了这里，并向他表达了自己的心意。

第二天早晨，里卡尔多见到帕格尼诺，就跟他攀谈起来，不多久两人便混得像老朋友一样了。其实，帕格尼诺知道对方的意思，只是不想说破，只等着看他如何行动。当里卡尔多觉得时机成熟，就向对方委婉地道出了他此行的缘由，并问他要多少赎金，尽管说来，只要把他妻子归还给他。对此，帕格尼诺温和地回答说：

“我很欢迎您，先生，我愿意直截了当地回答您。是的，我家里有个年轻女子，可我不清楚她是不是您的妻子，因为我既不认识您，也不认识她，只是与她生活了不久。看来您也是个正人君子，我不妨带您去见她，假如您所说的话不假，果真是她的丈夫，那么照我看，她理应认识您。只要她讲的与您的话没有出入，并且愿意跟您回去，那我就成全您，至于赎金随便给我多少都行，我肯定不计较。但是，如果不是这么回事，那您就是存心到我这里来找碴儿。我可以警告您，我年富力强，同别人一样知道保护自己的女人，尤其是像她这样一个女人，她可是我见过的最漂亮的女人。”

里卡尔多说道：“她是我的妻子，半点儿不假。只要你领我去见她，你立刻就可以清楚，她一定会当场张开双臂，搂住我的脖子。那么，就快照你说的办吧。”

“那好吧，”帕格尼诺说，“咱们这就去。”

里卡尔多跟着帕格尼诺来到他家里，在客厅坐定之后，帕格尼诺便叫人请她出来，她衣着华美，来到两个男人坐定的客厅，可是她只向里卡尔多略微地招呼了一下，好像只是把他当作帕格尼诺带来的一位陌生客人。里卡尔多满以为她一见了他，肯定异常高兴，看她却这么冷淡，不禁暗暗纳闷，私下里想道：“莫非我自从丢了她之后，她过分忧伤、悲痛，连我也认不出来了？”于是说：“夫人，那天带你去打渔，我付出了巨大的代价。自从失去你之后，我心里懊悔万分，悲痛不已。可是现在你见了我，却这么冷漠，好像根本不认识我似的。难道你没有认出，我是里卡尔多，你的丈夫，是特地前来赎你回去的。这位先生仗义慷慨，答应把你交还给我，并不计较赎金的多少，实在难能可贵。”

那少妇转过脸，面带微笑，说道：“先生，您是在跟我说话吗？请您认真看看，别认错了人。我可从来没有见过您。”

里卡尔多马上说：“你说什么？请你仔细看一看，再好好回想一下吧，那你就会认出，我是你的丈夫里卡尔多·迪秦泽卡。”

“先生，”那少妇回答说，“对不起。像您说的，让我尽管对着您瞧，是不是太不礼貌？不过，说真的，我敢肯定，我真的从来没有见过您。”

里卡尔多于是猜想，她不敢在帕格尼诺面前跟他相认才这么推托，所以就向帕格尼诺请求，能不能让他们两人单独在一间房里谈谈。帕格尼诺欣然应允，转身又吩咐少妇，跟来人到内室去，听他有什么要说的，她可以根据自己的心意回答他。于是那少妇同里卡尔多进了内室，坐定之后，里卡尔多说道：

“我的心肝呀，我的甜蜜的灵魂与希望呀！难道你认不出你的里卡尔多了吗？他爱你可是胜过爱自己呀！这怎么可能呢？难道我变化得这么厉害吗？唉，你那勾魂的眼睛呀，好好瞅瞅我吧！”

那女人这时笑起来，打断他的话：“放心吧，你应该知道，我还不至于记性那么差吧，连你这位法官老爷里卡尔多·迪秦泽卡，我的丈夫，都记不起来了。可是我跟你在一起时，你似乎并不很了解我。你自作聪明，以为了解我的一切。你应该明白，我是刚刚盛开的一朵鲜花，一个精力旺盛的少妇，因此你也应该知道，除了吃穿之外，我还有别的更迫切的需要，虽然少妇们腼腆说不出口，在这方面你是怎么做的，你自己知道。

“你如果喜欢研究法律，更胜于你的妻子，那你就不应该娶什么太太。不过，在我看来，你其实也算不上什么法官，你只不过是那些圣徒的节日、斋戒日、祈祷日的鼓捣者，幸好你在这一套上是那么内行。我还要对你说，要是你让那些给你种田的农夫，也像你耕种我那块小小的田地那样，动不动就是假日，那么你就别希望会有一粒粮食的收成了。总算天主仁慈，叫我遇上了那个男人，我已习惯同他生活在一起。这里是从来没有你那些专门奉承天主（绝不是奉承女人）的假日，从那扇门里也从来不会闯进什么礼拜六啊，礼拜五啊，整宿祈祷日啊，四季斋戒日啊，或者什么漫长的四旬斋啊，正好相反，我们是日日夜夜都在工作，导致我们的毯子破得特别快。就在今日凌晨，夜祷钟响过之后，我还跟他工作了一番呢。我乐意跟他在一起，趁青春年少，好好干一场，那些圣徒的节日、朝圣、斋戒等等，等到我老了再去信守吧。你也不必多耽搁了，赶快回去信奉你的斋戒、节日吧，可别再把我扯进去。”

听了她的这些话，里卡尔多心如刀绞，等她讲完，才张口说：“唉，我可爱的灵魂啊，你这说的是什么话呀？难道你就不想想你家里的名誉和你自己的名誉吗？难道你不怕世人唾弃，宁愿在这里做这个人的姘妇，却不愿到比萨城里光明正大地做我的夫人吗？他一旦厌倦了你，会把你一脚踢开，让你抬不起头来；而我是永远爱你的，你始终是我的宝贝，哪怕我不乐意，你也永远是我的女主人。难道你为了这淫乱放荡的肉欲，连自己的名誉都不要了，把永远爱着你的我也抛弃了吗？啊，我心里的希望呀！不要再这样说了，跟我回去吧。既然我现在了解了你的需要，从今以后，我会尽力满足你。我亲爱的宝贝呀，你就跟我回去吧。可怜我自从丢了你之后，还从未快活过。”

对此，那少妇回答说：“我的名誉，现在才顾惜，未免有些太晚了。除了我自己，我不指望别的任何人来顾惜。要是当初我的父母把我许配给你的时候，你就替我好好计划一番，那该多好！既然当初他们不替我的名誉考虑，我现在也就没必要为他们的名誉着想了。如果我现在不合乎妇道，那么我回去和一根不中用的杵守在一起，又有什么快乐而言。你就不必为我的名誉费神了。我还想告诉你，我在这里倒觉得自己是帕格尼诺的妻子，而在比萨，倒好像是你的姘妇罢了，那时候，我得想着什么月圆月缺以及天宫里的种种星像，仿佛我和你的结合是星宿间的交欢一样，可在这里全不管这些，帕格尼诺整夜把我搂在怀里，他拥我咬我，抚我吻我，恩爱有加。刚才你说你今后要努力满足我，怎么个满足法？想不到多日不见，你竟然变成一个骑士了！走吧，好好活着吧，看你这样脸色憔悴、三痨五病，好像活在人间倒是在受罪。

“我还想对你说一句，就算那人把我抛弃了，我看他是不会的，只要我愿意同他在一块儿——我也永远不会回到你那里，因为你无论如何也榨不出一滴‘甘露’来了。以前我上当受骗活活守寡，现在我宁肯到别的地方去找快乐也不回去。我都已讲清楚了，这里既没有那些圣徒的节日，也没什么彻夜祈祷，所以我愿意留在这里。看在天主面上，你还是快走吧，要不然，我可要喊叫了，说是你要强暴我。”

里卡尔多一筹莫展，终于明白，自己这么不中用，当初却偏要娶个年轻太太，真是愚蠢，只好忍着悲痛走出房去。他又去同帕格尼诺谈了谈，没有结果，最后只得独自一人回到了比萨。

里卡尔多过分痛苦，导致精神分裂，走在比萨街上，不管是人们向他打招呼，还是问他什么，他总是喃喃地说：“那强盗窝里从来没有安息日的！”不久，他就死了。帕格尼诺得到消息，又知道那少妇爱着他，就和她结了婚。直到他们还可以行动之时，他们从来不去理会什么圣徒的节日、彻夜祷告或者四旬斋的。亲爱的女郎们，因此在我看来，贝尔纳博跟安布罗焦洛争论打赌，那可是倒骑着羊儿下山——彻底地错了。

这个故事使所有在场的人都捧腹大笑，笑得腮帮子发痛。女郎们都赞同迪奥内奥的意见，贝尔纳博真的是个傻子。等故事讲完，大家的笑声平息后，女王看看天色不早，大家都已讲过故事，觉得自己的使命到此结束了，便照开始时约好的规定，把花冠脱下，戴到内伊菲莱头上，笑着说道：

“亲爱的朋友，现在这个小小邦国就归你统治了。”

说完，她坐了下来。内伊菲莱得到这一荣誉，有点不好意思，她的脸红得像四五月里清晨的一朵刚刚开放的玫瑰花，虽然低着头，但她那漂亮明亮的眼睛如闪烁的明星发出迷人的光芒，大家都向她祝福，在一片祝贺声里，她显得非常高兴，坐直身子，不像刚才那样忸怩了，说道："现在，我是你们的女王了，但我不想打破众人一直信守拥护的常规。我的意见很简单，如果大家同意，我们就这样执行。大家知道，明天是礼拜五，后天是礼拜六，这两天是斋戒的日子，很多人会厌食，当然，星期五是基督为我们殉难的日子，我们理应纪念，我认为在这一天，我们为天主祈祷比讲故事更合适些。而礼拜六呢，女人们一般在这一天洗头，把一周辛劳所得的污垢洗掉。还有好多人为了崇敬圣母，那天不工作，实行斋戒，以迎接礼拜天。我们呢，自然不能照搬这些规矩做去，但我想，至少在礼拜六这一天暂时停止讲故事。

"到礼拜六为止，我们在这里总共就住够四天了，为了避免闲人打扰，我想也该换个新场所才好。新的地方我已经想好，并布置好了。到了礼拜天，午睡过之后，我们就到那儿集合。今天我们已经讲了不少，为了让大家有所准备，清楚所讲故事的范围，我想我们可以在命运无常这个总题目下，每人讲一件事，我想，题目可以是：靠个人的聪明机智，最后如愿以偿，或者是物归原主。每人可以在这个题目范围内，想一些有教育意义的，或有趣的故事来给大家讲。当然，迪奥内奥仍不在此列，他仍然有特权。"

大家都很赞赏女王的建议，同意遵照她的旨意去办。于是女王把总管传来，嘱咐当晚的宴席在哪里设置，及在她的任期内他该干的一些事。然后女王宣布解散，各自活动。

第三天

早晨，刚刚升到天空的太阳，就已是把鲜红的朝霞染为一片橘黄。今天是礼拜日，这时女王和她的同伴已经起床。总管早已把大部分必要的物品送到了目的地，还派人去照看。现在，当他看到女王动身时，马上像拔营似的把其他东西收拾好，带着剩下的仆人，押着行李，跟在主人后面出发了。

在大概二十只夜莺和其他鸟儿的鸣唱中，女王在她的女伴和三位青年的陪同下，迈着轻柔的脚步，踏上了一条渺无人烟小路，向西行去。绿色的小草和野花点缀在小路两旁。朝阳初升，朵朵花儿争芳斗艳。女王边走边和她的陪同们聊天、嬉耍、笑闹。八点半左右，在至多二千余步之后，他们来到一座小山丘的平地上，这里坐落着一座华丽的别墅。他们来到了一座别墅前，走了进去，四处游览了一番，看到气派的大厅和陈设齐全、布置雅致的内室，都称赞不已，认为它的主人不同凡响。接着，他们走了出去，看到那个极大的、令人赏心悦目的庭院，又看到满窖的美酒，清泉冒出大量凉水，就更为赞叹不已了。

接着，他们又来到能够俯视整个庭园的一个阳台上观赏。由于季节时宜，花草和树叶都十分茂盛。他们坐定后，殷勤的管家给他们端来了精致的点心和醇香的美酒，叫他们提提神。然后他们又到别墅旁边的花园去游玩，朝那围着一道短墙的一侧走进去，他们觉得这里简直美不胜收，开始四处观赏，比观赏那个庭院要仔细多了。

园中道路纵横交错，宽广笔直。路边搭着的葡萄棚中，果实累累，预兆着这一年的丰收。道路两旁还长满了白玫瑰、红玫瑰和茉莉花，那时节，花叶的清香和草木的芬芳混杂在一起，他们觉得仿佛置身于一个东方的香料作坊里，香气扑鼻。游园中的人，不论是在清晨，还是在艳阳高照之时，都可以走在舒适的绿荫下，避开太阳的直射。

在那个地方，花木的数量、品种，布置得相当讲究。但特别值得一提的是，只要是气候所适宜栽培的花木，这个花园可算是应有尽有。在花园的中央有一块长满绿茸茸的小草的草坪，望过去一片墨绿，墨绿中交杂着许许多多美丽的鲜花。苍翠挺拔的橘树和香木橼树环绕在草坪四周，在繁茂的枝叶中，既有正在开的花，更有果实，有些早已成熟了。绿荫令人凉爽舒适，香气使人心神陶醉。草坪中央，是一座镂着精美的雕刻白色大理石的喷泉，一座人像由一个小圆柱托着，直立在喷泉中央。不清楚是由于自然的力量，还是由于人工的力量，这喷泉通过人像把足够一个磨坊用的水高高地喷向天空，然后水又落到清亮的水池里，发出阵阵悦耳的声响。当池子里的水要溢满时，就由一条暗道流出，再通过设计精巧、环绕着草坪的一条条小沟流遍全园。最终，在全园各个方向流动的水汇集成一条溪流，流出花园，朝平地泻去。那落差的惊人力量，可以推动安置在那里的两个水磨。这里的主人确实从中获利不少！

他们看着这座精巧布局、花木繁茂的园林，看着从喷泉中流出的溪水，他们快乐极了。想象着这莫非是人间天堂，天堂的花园也一定如此美丽。他们倾听二十余种鸟儿像比赛歌喉似的声声鸣唱。高兴地在花园里漫游，随手折下几缕青枝，编成一顶顶美丽的花冠。这会儿又发现了新的东西——他们看到，原来园子里还养着上百种可爱的动物，那野兔活蹦乱跳，山羊悠闲地卧在地上，麋鹿正在啃青，除此之外，还有很多驯服的畜生，就和家养的一样，悠然地走动。这加在一起的两种快乐，真使他们欢天喜地。

他们尽情游玩，饱览了美景，然后回到摆在美丽的喷泉旁的酒席上。遵照女王的旨意，大家先唱了六首歌，再跳了几回舞，然后进入用餐环节。女王吩咐第一个讲的人，是菲洛特拉托。下面就是他讲的故事。

故事一

诸位漂亮的姑娘，世上头脑简单的男女多得是，他们妄想只要给一个年轻姑娘的前额上罩上一块白布，脑后披上一块黑巾就不再是女人，不再有女性的肉欲，这种人一听到异议，恼羞成怒，似乎是出了什么伤天害理的极大事情，另外，还有很多男女，他们相信粗劣的饮食、生活的困境会使在地里干活的人失去性欲，会使他们的头脑简单，智力低下。抱有这类成见的人简直是自欺欺人。现在女王命令我讲故事，我就按她划分的范围，给诸位讲一个小小的故事来说明这一点吧。

在我们那个地区，有那么一座女修道院，它以圣洁闻名（为了不损伤它的名誉，我不想说出它的名字来）。在那座修道院里面，只有八位修女和一个女院长，她们都非常年轻，此外，还有一个管理美丽大花园的傻乎乎的园工。这园工因为嫌工资少，向院里的管事辞职了，就回兰波雷奇奥去了。回乡后，免不了有人探望他。其中有一个名叫玛塞托的身强力壮的农民，在乡下人中，他算是漂亮的，脸蛋也讨人喜欢。他问那个园丁这一阵子到哪里做事去了，这个傻头傻脑的叫努托的家伙便告诉了他。他又问努托在修道院做什么事，努托就说："除了到树林砍柴挑水，做些杂活，另外我还替她们收拾一个又大又漂亮的花园，可修女们给我的工钱太少了，还不够买双鞋。再说，她们是年轻人，整天折磨人，不管你怎么做，她们都不满意。有几次，我在花园翻土，这个说：'把这个东西拿过来。'那个说：'把那个东西放这里。'另外一个夺下我手中的锹说：'那不对。'我不得不放下工作朝园外跑。所以，我实在不想在那里干下去，就回来了。那管事的求我回去后看见有合适的人就介绍给他，我答应了。但愿上帝保佑他别乱操心了，我乐意就给他找一个，不高兴就算了。"

玛塞托听了努托的话想，按努托所说的情形，他只要能混进去，不愁达不到他的目的，心里痒痒的，恨不得立刻混到那群修女里边去。可他又想，还是不让努托知道为好，于是他对努托说：

"嘿！你离开那里，太明智了！一个男人怎能跟娘儿们整天混在一起呢？我宁肯跟魔鬼待在一起，她们这些人多半不知道自己该干什么。”

聊完之后，玛塞托开始想方设法混到修道院和那群修女之中；他丝毫不怀疑以自己的能力足以胜任努托说的那些事，相信能达到目的。但他担心因为他太年轻，惹人注意，人家不要他。考虑再三，他知道那地方离得远，不会有熟人。如果装成哑巴，肯定会被收留的。打定主意后，他便装扮成一个穷汉，脖子上挂着一把长斧子，悄悄出发了。无人知道他要去哪里。到了修道院，他走了进去，正好碰到管事。他假装哑巴，用手势求他看在上帝的面上给他点吃的，作为回报，他愿意给他们劈柴。

管事的给了他点吃的，他又正好要到树林去，就带上了他，叫他在那里砍柴；砍完柴，随后搬出了一些让他劈（那些柴是努托剩下没劈的）。他年轻，力壮身强，不一会儿就把柴劈完了又把驴子牵到他面前，做手势让他明白用驴子把柴驮回去。

这些事他做得很好，那管事的很满意，便让他留下来做些杂务。有一天，院长看到他，就问管事的他是谁。

管事说：“院长啊，他是个又聋又哑的可怜人。有一天他跑到我们这里要饭，我就给了他，然后让他干点杂役。我想我们正需要一个园工，他又强壮，如果他能在园子里干活，又愿留下来，我们会有很多活让他干的，什么事都可以打发他去干。再说，您也用不着操心他会跟年轻的修女调情。”

女院长说：“天主在上，这好极了！如果他能栽花种菜，就让他留下来。找几双鞋，拣几件旧衣服给他，说点好听的，待他好点，给他吃点好的。”

管事就照办了。

那时玛塞托离他们不远处，假装在打扫院子，所有的话都听到了。他高兴得不得了，对自己说：“如果你们把我弄进去，我将好好地耕种，这花园还是一片处女地呢！”

管事的看他干得非常卖力，就打手势问他是否愿意留在这里干活。那哑巴也用手势回答他，表示他愿意干任何事情，于是管事的就收留了他，让他照管园圃，又告诉他应当干的事情，然后就去料理修道院里其他的事情了。没有几天，修女们便开始拿小伙子解闷，把他作为嘲笑的对象，并像一般人对待聋哑人一样，在他面前说了极为放肆的话，以为他听不到也听不懂。

有一天，他干了许多重活累了，就躺下休息。正好有两个年轻的修女来花园散步，经过他躺着的地方，以为他入睡了（其实他是假装的），看了看他。其中一位胆子较大的对另一个说：

“我说给你一件事，你要保密，这事我想了很长时间，它对你也可能有好处。”

“你相信我吧，”另一个回答道，“我发誓我会保密。”

于是那个胆大的修女说道：“不知你想过没，这里除了管事的那个老头和这个哑巴，没有任何一个男人敢闯进来。我们在这里就像被关在笼子里一般，我常听来这里探望我们的女人们说，要是跟男女之间的那种乐趣相比，天下无论哪种乐趣，简直都算不了什么。所以我心里老是在想他虽然是个笨小子，可身体倒很健壮。既然我不能跟其他男人，那么跟这个哑巴总可以尝尝那种乐趣的滋味吧。再说，他也是世上最适合的人了，他就是想讲我们的坏话也办不到呀。我想听听你的想法。

“哎哟，”另一个答道，“你怎么能说出这样的话呢？我们已经答应把贞节献给上帝了。”

“你应该很清楚！许下这种心愿的人又不只咱们二人，每天向上帝许下心愿的有多少人啊！上帝还是去找另一个修女或其他的修女吧。”

“万一我们怀孕怎么办？”

另一个说：“事情还未发生，你就担心了。如果真有那么一天，再想法子吧。再想瞒过别人，法子多得是，只要我们自己不说出去，保守秘密就行。”

她的同伴比她更想尝尝男人是怎样的味道，经这么一讲，第二个修女心里早已迫不及待地心痒痒的，于是她问：“真是个好主意，可我们怎样下手呢？”

第一个修女答道：“你瞧，他正在午睡，我想其他的修女们也在睡觉；我们到园子里转一圈，看看有没有别的人，要是没有，只要把他领到他遮风避雨的小屋子里就行了。我们一个人跟他进去，另一个放风，不就成了吗？像他这般傻乎乎的蠢人，难道他会不同意吗？我们想让他做什么都行啊。”

她们的这些话全被玛塞托听了进去。他太乐意从命了，只等着她们中的一个把他拉进小屋。

那两个修女果真向四周看了一遍，没发觉别人，正求之不得，胆子大了起来。于是那个先打玛塞托主意的修女便走近他，弄醒他，而玛塞托当然立即就站了走来。那修女媚态百出，牵着他的手就把他往小屋里拉，而玛塞托傻傻地笑着，活像个白痴。到了小屋，玛塞托也用不着教，用不着请，就随了她的心愿。等她尽兴欢畅了一番之后，果然像诚实的信徒一样，把地方让给了另一个修女，而玛塞托仍旧装疯卖傻，做了她们要他做的事。事毕，那两个修女还是舍不得走。此后，她们私下多次回味，一致认为这种事比她们听到过的可强多了，真是美妙绝伦。所以，一抓到合适的时机，她们就去找哑巴取乐。

有一天，另一个修女从她房间的小窗户里看见她们在干那事，就把其他两个修女也叫来看。起初，她们商议，认为应当让修道院院长知道这件事，后来却改变了主意，反而跟犯了清规戒律的修女达成了协议，让她们也参加进去，于是让玛塞托耕种的土地扩大了；再后来，另外三个修女也在不一样的场合加入其中，成了同伙。

最后只剩下修道院的女院长还蒙在鼓里。有一天，她独自到花园里散步，看到因为天气太热，玛塞托正躺在一棵杏树的树荫下睡觉（他由于夜间不休息，所以那天干了一点活就觉得很累）。他躺在那里，整个摊开，突然一阵风吹来，吹开了他盖在前面腰部的衣服。于是，他最秘密的部分暴露在院长面前。

那女院长看着看着，也像她的小修女们一样，禁不住凡心大动。她叫醒玛塞托，把他领到自己的房间，一连几天不断品尝她原先跟修女们念叨的那种乐趣，不放他出去。这一来引得那帮修女们怨声载道——花园没人耕种怎么能行呢！

最后，她虽然放了他，也不管她是否超过了她应得的那份，还不时地把他召回去。这样，女院长再加上那些修女，真让玛塞托精力耗尽，难以对付了。他想，如果他再扮演哑巴角色，后果真是不堪设想了。所以，有一天和女院长睡觉时，这个哑巴突然张开口说：

“院长，我听说，一只公鸡可以满足十只母鸡，可一个男人怎么也满足不了十个女人。自从我到这里之后，我一人要应对几个女人，再加上我干的活，我已筋疲力尽，再也支撑不下去了。或者去见上帝，或者找个什么法子来救我吧。”

那女院长愣住了，大喊道，“这究竟是怎么回事，我以为你真是个哑巴呢。”

“院长，”玛塞托说，“我是多么感激上帝啊。我曾是个哑巴，但不是天生，只是因为一场大病，我才不会讲话，今天夜里我是第一次能讲话了。”

女院长相信了他的话，还问他所说的他要应付九个女人是怎么回事。他把事实全讲给了她，她听了之后，才发现修女个个都比她精明。不过女院长到底是十分谨慎，为避免修道院丑名远扬，她没有放玛塞托出去，而是下决心去和修女们商量，找个办法把这些事安排好。

她们经过商量，一致同意把过去偷偷摸摸干的事安排清楚（这事征得了玛塞托的同意）。她们对外边的人说，由于她们的祈祷和院里供奉的圣者的显灵，多年哑着的玛塞托恢复了讲话的能力，周围的人们也就信了。后来，修道院的管事死了。她们让玛塞托当了管事。这样一来，玛塞托的工作也少了，可以排开，不至于招架不住了。最后，他为修道院贡献了很多的小修士。不过这事做得十分周密，外界一直一无所知。只是在女院长死后，玛塞托也老了，又积攒了些钱，急于回家，把这事说了出去，这才被人知道。

于是，成了老头、当了父亲、又有点钱的玛塞托便跟来时一样，脖子上挂着一把长斧子，回乡去了。他凭着他的聪明机智，没有虚度他的青春，没有花钱，又养了很多的儿女，所以他常对自己说，就是让耶稣基督长出很多角来是他侍奉他的办法。

故事二

菲洛斯特拉托的故事说完之后，女郎们有的脸上泛起红晕，有的笑了起来。女王很是高兴，于是她就让伯姆皮内娅接着再讲一个。只见伯姆皮内娅面带笑容，开始讲了起来：

诸位美丽的姑娘，有些家伙很轻浮，不管跟他有关还是无关，知道一点什么事之后，就到处乱讲，炫耀自己什么都知道。这帮人有时还喜欢公开别人的隐私，以为这样就能掩盖自己，殊不知却欲盖弥彰。现在，我想从反面向你们证明这一点。有那么一个人，他十分狡猾，可在高贵的国王看来，他比玛塞托还要下贱。

阿季鲁尔夫是伦巴第人的国王。像他的前几任国王一样，也把他的王国定都于伦巴第的帕维亚城。他娶前任国王阿屋塔里的遗孀为妻，名叫泰屋德琳达。这位王后非常漂亮，聪慧过人，但她受到一个对她图谋不轨的人的侮辱和糟蹋似乎是命中注定的。

话说在国王阿季鲁尔夫的英明统治下，伦巴第国力强盛，国泰民安，却不料出现了这么一件事——王后的一个马夫，竟疯狂地爱上了王后。这个马夫，尽管出身卑贱，可长得高大漂亮，跟国王一样，人又很聪明。说实话，让他操此贱业还真有点委屈了他。

由于他的社会地位卑下，向王后表明这种爱情真是荒唐，这一点他很明确。他是个机灵的人，所以既不敢跟任何人说起，更不敢向她眉目传情。可是，尽管他知道引起王后对他的怜爱是一种幻想，却对自己的幻想颇有得意之情。在爱情火焰的燃烧下，他比其他仆役服侍得更加殷勤，想方设法去做他认为能讨王后欢心的事情。正因为如此，王后每次上马时，都不是由别的马夫而是由他侍奉，每到这时，他都觉得这是无比的恩宠，寸步不离马蹬，甚至认为能碰一下她的裙角，也算是天堂般幸福了。

这位马夫怀着巨大的热情，可又不得不去隐藏它，因为这一点儿也没有希望。但正像我们所看到的那样，世间的事往往如此。希望越小，热情反而更高。他是多么痛苦啊！有几回，他都想摆脱这种折磨人的爱情。他想到了自我了断，但转念一想，在死之前，何不去试试运气，或多或少地满足一下自己的欲望呢。即使要死，也得表明他是为了爱上王后而死的；但他既不敢跟王后去说，更不敢给她写信，因为他知道说和写都是没有用的，所以他专注的是用什么诡计才能和王后睡上一觉——扮成国王，这是唯一的方法。他又发现国王并不是每夜都到她那里去的，他可以在那时溜进她的房间。

于是一连数夜，他都躲在王宫的一个大厅里（这个大厅连着国王的王后的卧房），看看国王穿着什么样的衣服，怎样走进王后卧室去的。有一夜，他可算看清了国王从他的房间出来，披着一个大斗篷，一只手拿着一枝点着的火把，另一只手拿着一根不长的棍，朝王后的卧室走去。来到王后的卧室门前，国王不讲话，只用短棍敲了一两下，门很快就从里边打开了，有人把国王的火把拿了过去。他看清了一切，打算照这个样子试一下。于是，他设法弄来了一件跟国王披的那件相似的斗篷、一枝火把和一根短棍，他为了消除身上的马粪味，免得王后起疑，发现其中的骗局，洗了次热水澡。他随身带着准备停当的各种物件后，仍然躲在那个大厅里。

等到所有的人都睡着时，他觉得时机已到，或者心满意足，或者为爱情而死。他披上斗篷拿出随身带的火石铁片，打出一点火星，点着了火把，然后朝王后的卧室走去。到了门口，他用短棍敲了两下门，一个睡眼惺忪的宫女开了门。那个宫女拿过火把，用手遮着光；而他脱下斗篷，一言不发掀开王后的床帐，上了王后睡的床。他假装生气的样子（因为他知道，国王生气时，没有任何人敢跟他说话）紧紧地抱住王后，一句话不说（或者说王后一句也没有问），就实打实地做了他想做的事。他怕待在那里时间太长会引来杀身大祸，虽然舍不得离开王后，还是起了床，披上斗篷，拿上火把，一言不发，离开卧室，飞快地回到自己的床位上。

在马夫刚刚躺好的同时，国王已经来到了王后的卧室。王后不禁万分奇怪，再加上他上床之后，又跟她高兴地说笑，于是趁着他高兴，大着胆子问道：

“噢，我的主人，今晚又有什么开心的事啊？您还是保重一下身体吧。您刚刚异乎寻常地和我取乐了一阵子离开我，怎么这样快就又回来了呢？”

听了这些话，国王立即就明白，王后被一个举止跟他相似的人戏弄了。要是换上一个头脑简单的家伙，准会回问：“我没来过这里，来过这里的那人是谁？他怎么会来？又是如何走的？”但国王毕竟是位智者，他很快就想到，既然连王后都没有发现，别人就更不会发现了，所以他也不愿跟王后点穿这件事。如若点穿，没准还会生出许多事来，一则让王后感到羞愧难忍，再则也可能让王后产生再这么来一次的欲望，还是莫要声张，暂且把丑遮起来算了。

于是国王不露声色，平静地回答：

“王后，你没想到我这个男子汉再跑来第三趟吗？”

王后答道：“我的主人，我只是想请您保重一下您的身子呀。”

国王说：“听到你的劝告，我很高兴，那我就不打扰你，我走了。”

其实，国王对这件事心里非常恼怒，但他仍违心地拿起了斗篷，离开了王后的卧室。他下决心要暗访出那个卑鄙的人，他想，那小子肯定是宫里的人，而且不管他是谁，这时他还来不及跑出宫里的。

于是他点着了一个小灯笼，借着微弱的光，来到了御厩上面的一个长筒房内。那里有很多床，所有的仆役都睡在那个地方。他想，不管那个家伙是谁，他肯定会由于紧张，脉搏和心脏跳动得厉害。于是他一声不吭。从房子的这头开始，把所有人的胸口都摸了遍，看谁的心跳得快。

其他人都睡得很沉，只有那个和王后睡过觉的马夫没有睡着。他很清楚，如果国王知道是他干的，那国王立即会把他处死。刚才的劳累和现在的恐惧使他的心跳得更厉害了。他看到国王行来，马上明白国王是来找他的，在这紧要关头，他想着各种主意。但他发现国王没有带武器，便决意假装睡觉，看看国王怎样处置。

国王摸了好几个人，没有发现要找的人。后来摸到马夫，觉得他的心跳得非常厉害，便自言自语地说："就是这个人。"但国王却未惊动马夫，也不想让人知道他的意图，只是拿出他随身带的一把剪子，把他的半边的头发剪下了一把。剪完马夫的头发之后，国王便回到自家的卧室。当时，仆役们都留着长发，国王认为根据这个记号，第二天早晨便能认出来。

这个马夫非常狡猾，看到国王的举动后，马上就明白，剪他的头发是为了做个记号。他毫不迟疑，找到马厩里剪马鬃的剪刀，轻手轻脚地把所有熟睡的人的头发剪得跟他一样。剪完之后，没有人觉察，他就上床睡觉了。

第二天早晨，国王起床后，乘宫还没有打开，便吩咐所有的仆役都集合到他那里去。国王仔细察看，想认出被他剪了一把头发的人，谁料站在他面前的仆役差不多个个都被剪了头发，而且剪得一模一样，这下可叫他吃惊不小，他暗自说："我要找的这个家伙，尽管出身下贱，可人倒是挺精明的。"接着，他又想，为了找出这个人来，现在非得闹得不可开交，他可不想为了小小的报复，招来莫大的羞耻，可是为了警告他一下，国王不是好惹的，于是对大家说：

"你们中谁做了那件事，以后再也不准做了，现在你们滚吧。"

如若换了别人，肯定会把仆役们都吊起来用刑拷问。如果这样，他也许能把那个他要找的人找出来，然而要把他找出来进行报复，那他的耻辱不但不会减少，反而会闹得路人皆知，更有损于王后的名誉。

故事三

伯姆皮内娅说完之后，有人赞扬那马夫胆大心细，也有人赞扬那国王明智审慎。此时，女王转过身来，命菲洛梅娜接着讲下去，于是菲洛梅娜微笑着，开始讲了起来：

现在，我想给你们讲个故事，它或许更适合我们这些俗人的口味。这故事说的是一位美丽的少妇怎样叫一个严肃的神父上当。因为要遵从女王旨意，因此还要让你们知道，我们平常过分相信那些神父们，不仅能被男人们，有时还能被我们女人们轻巧地捉弄呢。说起神父，他们的大多数都行为古板，不通人情，愚蠢至极，可却自以为是聪明过人，高人一等，其实这都是假的，这些家伙由于懒惰成性，毫无谋生的手段，所以只能像猪那样，躲在有食吃的地方。在我们那座欺骗多于爱情和道德的城市里，有一个姑娘，她出身高贵，举止文雅，才貌双全，不必给他们讲她的名字和这故事里其他几个人的名字是不想把它们说出来，因为这样会为还活着的人带来麻烦，再者说，这本来不过就是想博人一笑的故事罢了。

这位姑娘虽出身高贵，却嫁给了一个极其有钱的羊毛商，但她无论如何都未能爱上她的丈夫，因为她觉得，虽然他极其富有，可人却粗俗之极，他只知与钱财为伍，不是挑选羊毛打样纺布，就是和女工争论毛线的粗细。他这样的人配不上她如此高贵的女人，所以，不到迫不得已，她是绝不会让他搂抱亲近的。可为了满足自己的欲望，她决心给自己找一个心仪的情人，要比那羊毛商强得多。后来她果然爱上了一位年轻力壮、精明能干的男子，以至于哪天没有看见他，晚上就不安，就睡不着觉。

可惜，这位男子对这毫无察觉，根本没有注意到她。她呢，又十分谨慎，既不敢叫贴身女仆传话，也不敢写信，害怕出什么差错，招致祸端。后来，她发现有一位神父虽然长得壮硕粗大，一脸蠢相，却倒也极为虔诚，很受大家的好评，最重要的是他跟那位男子往来密切，她觉得可以利用神父给她和她的情人搭桥牵线。主意一定，她便找了个恰当的时机，来到神父所在的教堂，派人通知他说，如果他愿意，她有事向他忏悔。

神父一看，知道她是个有身份的夫人，便愉悦地听了她的忏悔。忏悔完后，她对神父说：

“神父，我想让您听我讲件事，以求您的帮助和指点。我刚才向您已经说过，您也知道，我的亲属和丈夫非常爱我。特别是我丈夫，他十分富有，不管我想要什么，他都会弄来，让我立刻拥有。他爱我胜过他的生命。单靠这一点，如果我还怀有二心，违背他的意愿，损害他的名誉，就真是一个该放在火堆上烧死的坏女人了。

“此时，有那么一个男人，他样子又漂亮，身材又高大，穿着很得体的棕色衣裳，我不知道他的名字，但看样子像个好人。如果我没弄错的话，他还是您的一个好伙伴，可能他还不知道我的贞节的信念，以为可以追求我呢，我真奇怪怎么他今天没有跟到这里来。只要我一到门口，一靠近窗户，或一走出家门，他就马上出现在我面前，这样会使清白无辜的女人受到非议呢。

“有几次，我想把这事告诉我的兄弟们，但又转念一想，男人们有时说话做事没有分寸，弄不好恶语相伤，横生出不少争斗来；为了避免危险和造谣中伤，我一直对此隐忍不说。我想，与其告诉别人，不如讲给您听更为合适，因为，您也有纠正这类浮躁的行为的权力，而且您是他的朋友，即使不是您的朋友，就算是外人，您也可以斥责的。我求您看在上帝的份上，教育教育他吧，让他停止这种行为。世上自有很多女人会喜欢他的追求和观赏的，而我绝对不可能也难以成为这样的女人，我真是太讨厌他了。”

说完之后，她俯下了头，几乎要哭出来了。

那神父立刻便明白了她说的是谁，他既然相信了她所说的那事是真的，便答应她会去履行职责，不再让那个男子惹她的麻烦；并把她的善意赞美了一番。又由于想向她募捐，接着便朝她赞扬起乐善好施的行为来。

那少妇说道：

“看在上帝的份上，我恳求您，请您不要担心，如果他不承认这回事，就对他说是我亲口说的，马上告诉他，他害得我好苦呀。”

她忏悔完以后，马上获得了赦免，这时她又想起了神父在她面前赞扬的乐善好施之事，于是掏出一把钱来，悄悄地放到神父手中，求他为死去的亲属们做弥撒，然后站起身来转身回家去了。

事隔了不久，那位男子照例来看望神父。他们闲谈了一会儿之后，神父把他拉到一边，用非常客气的方式劝告他不要像那位太太所说的那样堵在门口见她并对她有坏心思，因为他深信他已经做过那样的事了。

这位男子感到十分奇怪，因为他连她家的门口都很少经过，根本也不可能追求她，他刚要进行辩解，可那神父止住了他，说：

“现在你装出惊奇的样子，费口舌去否认也没有用。这些事，我不是从她的邻居们那里知道的，因为她让你缠得受不了啦。是她本人亲自告诉我的。而她本人呢，也不是我所能遇见的最瞧不起这类轻浮行为的女人。再者，我对你说，这些荒唐事对你也没什么好处，所以为了她的幸福，为了你的名誉，我劝你停手吧！不要再去打扰她了。”

这位男子比神父聪明得多了，用不着多想，很快就清楚了那少妇的用意，于是他表现出惭愧的样子，发誓以后不再打扰她了。但他一离开神父，便朝那位少妇的家跑去，而那位少妇也在她家的一扇小窗子前，一直守着看他会不会从家的门前经过。她看见他来，心里十分高兴，便用眼睛传情好让他明白她的柔情蜜意，他听了神父的话，也弄明白了那些眼神的真正含意，从此以后，他便装作有什么事情似的，时常小心翼翼地在那条街道上走来走去，可心里十分高兴，这一来，那少妇更是喜形于色了，异常兴奋。过了一段时间，她发现那位男子爱她就跟她爱他一样，想送给他她对他爱情的一些标记，进一步点燃起他的爱火。于是，她选择了一个时机，跑到神父那里，一到教堂就跪在他的座下，开始哭了起来。

看到她哭个不停，神父十分怜爱，便问她又发生什么事。

这位少妇回答说：

“我的神父，我再也不能俯在您的脚下听您教导，我的事就出在我几天前跟您说过的您的那位朋友，那个该遭上帝惩罚的家伙身上。我想，他生下来就是为了让我遭罪，就是为了让我终生没有好结果，让我跟他干出伤风败俗的事情。”

“什么！”神父喊道，“他怎么又去找你？”

“谁说不是呢，”少妇说，“自从我向您哭诉之后，他恼羞成怒，恨我向您揭发了他的恶行，他反而变本加厉了。平时，他在我房前只走过一次，眼下要走七次呢。但愿上帝可怜。可他真是胆大妄为和无耻之极了。如果他单是从我门前经过，盯着我看，也就罢了。没想到昨天他竟派一个女仆到我家里传达那些可恶的话，送给我一个钱袋和一个根腰带，就好像我真缺钱袋和腰带似的。感谢上帝和我的丈夫，我有很多的钱袋与腰带，多得我都能在它们里面淹死。这种恶行，使我更加愤怒，如果不是考虑到愤怒也是种罪过和您老人家的情面，我早就会闹得鸡犬不宁啦。但是我还是隐忍不发，我还是在想听听您的指点之前，我不想有所行动，也不想让这事弄得沸沸扬扬。”

“我把钱袋同腰带扔给了那个女仆，让她把这些东西拿去还给他，并叫她赶快滚开。但又一想，我又怕她把东西私藏据为己有，却对他说我收了，我明白他们这类人有时是会干出这样的事的，于是又把她叫回来，气呼呼地把东西从她手里夺过来。现在，这两样东西，请您把它们还给他，并告诉他，我一点也不想要他的东西。神父，如果因为我跟您说了难听的话，您可别生气。假如以后他仍不肯罢休，不管可能有怎样的后果，我都要告诉我的丈夫和兄弟们了，我不能为他承担骂名。如果他挨了揍，遭了殃，我会很高兴的。神父，这就是事情的全部。”

说完，她从裙子下面拿出一个精制华丽的钱袋和一条漂亮值钱的腰带扔到了神父的膝上，哭得很厉害。神父对少妇所说的话，深信不疑，因而十分恼火。他拿起这两个东西，对她说：

“孩子，对你的愤怒，我不感到惊奇，更不会责备你，而是要好好地夸奖你，因为在这事上你能听从我的建议。前几天我已经教训过他，他也应允我改过自新，没想到他又这样做。因为他一直以来的恶行，我想，我能训得他面红耳赤，叫他再也不敢缠着你了。可是，上帝保佑，你一定不要因一时糊涂，让你的丈夫和兄弟知道这件事，他们知道了，可是会倒大霉的。我将挺身而出，在上帝和众人跟前，坚定地为你的贞节作证，所以你也不必因此担心你名誉受损。”

那少妇听了神父的话，便装作得到了一些慰藉。由于她知道这位神父十分贪财，于是说：

“神父，这些时日我老是梦见我死去的亲属，他们一个劲儿地向我乞求施舍，非常痛苦，特别是我母亲。看到她那难受的样子真让我心酸。我想她肯定是已知道我在受这个鬼怪的折磨。所以我想请您替我为这些亡灵做四十天圣格利高里奥的弥撒礼和念些祷告，好超度他们，让他们从炼狱的火里摆脱出来。”说完，她拿出一块金币放到神父手里。

神父高兴地收了下来，为证实她对宗教的虔诚，说了许多好话，祝福了她，让她走了。少妇走后，神父根本没有发现他又上当受骗了，就立刻派人把他的朋友叫来，那个男子来了以后，看到满面怒容的神父立刻就明白到那个少妇又有口信来了，就等着他，神父先是把他上次答应过自己的话重复了一遍，然后就又开始教训他，严厉指责他送礼物给那位少妇。

这位男子这时对神父的用意何曾不明白，为了不让神父对他俩的事情起疑，就吞吞吐吐地不肯承认他曾送过钱袋和腰带给那个少妇。

但神父见此勃然大怒，说：

“你这个恶人，你现在还想抵赖吗？就是这两样东西，是她本人哭着交给我的，你再看看，你怎么会不认识它们呢？”

这位男子假装十分羞愧的样子，说：

“是的，我认得这两样东西，我知道我错了。既然她如此坚贞，我向你发誓，以后，你再也不会做这样的事，更不会让你为此而规劝我。”

两人又说了很久，最后，这位蠢神父把钱袋和腰带给了他的朋友，又将他教育了一顿，劝诫了一番，直到他答应改过，才放他离去。

这位男子乐开了怀，一则肯定了那少妇对他的爱是真心；二则得到了这样贵重的礼物，所以，为了让他的情人看到他得到了那两样东西，他一离开神父便立刻朝她住的地方跑去，而那少妇眼见她的计谋成功，很高兴，只等着她老公出远门，便可大功告成。说来也巧，没过几天，她丈夫因事去了热那亚办事。

早晨她丈夫上马出发之后，她就匆忙赶到神父那里。又是先悲泣了好一阵子，然后才说：

“神父，我实在不能忍受了。这一点您一定要明白，我曾答应过您，在向您禀告之前，我不会干出任何事情，所以我来求您谅解，我对您说，今天清晨，天还没有大亮，您的那位朋友，地狱的魔鬼，就又来找我了，为此，你知道我为什么又哭泣诉苦了。

“我丈夫昨天早晨去了热那亚，我也不知道这是什么恶鬼让他知道了。我跟您说，今天早晨，天还未大亮的时候，他就跳进了我家的花园，来到了我卧室的窗户前爬上了一棵大树，弄开窗户想跳进来。多亏这时候我被吵醒了，赶紧从床上跳起来，就要喊叫；他还没来得及跳进来，就求我看在上帝与你的面子上，不要喊叫，并告诉了我他是谁。我考虑到您的面子，这么说就忍住了，赤身裸体地就跟刚生出来时一样赶紧跑过去，将窗户关上了，把他关在了窗外，但他仍在那里等了一阵子。后来，我想他大概走了，因为再也没听到他说什么。您瞧瞧，目前，到了这种地步，我怎么能容忍呢。即使我敬重您，可也不能过分忍受和宽容这类事呀，我再也不想忍下去了。”

神父听了这些话，真是气疯了，说不出其他的话来，只是问她，是否认清了，会不会是别人。

少妇回答：

“感谢上帝，我跟您说，就是他，我不会认不出他的，假如他矢口否认，您千万别信他。”

这时，神父说：

“孩子，除了说这是最胆大妄为无耻至极的事情外，你把他赶跑，那就做对了。但是，我求你，看在上帝的份上，还是打算为你的贞操着想，就像前两次，你听从我的劝告一样，这次就再听一次吧。也就是说，你还是不要麻烦你的亲属，这件事交给我吧，看看我是否能制服这个挣脱枷锁的恶魔。我起先把他当作个圣徒呢。如果我能去掉他的兽性，那最好，如果不能，你就按着良心的指示，该怎么办就怎么办吧。我祝福你。”

“那好吧，”少妇说，“这一回为了不让您生气，我就听您的，但是您一定得跟他说清楚，叫他小心些，不要再纠缠我。要是这样，我就想答应您以后绝不会为这事再到您这里来了。”

然后，她装出一副极为恼火的样子，什么也没再说，离开神父。

她离开教堂刚不久，那男子就来了。神父叫住他，将他拉到僻静处，说他不老实，发假誓，背叛朋友，骂了个狗血淋头。而他已经有了两回遭神父痛斥的经历，知道神父的发火必有文章，于是一边注意倾听，一边支支吾吾地应答，想套出神父的话来。他说：

“神父，生气什么呢，难道是我把耶稣钉到十字架上去的吗？”

听了这话，神父喊道：

“你听你说了些什么！你太厚颜无耻了！你早把你的下流无耻行径忘得一干二净了，好像时间已经过去一两年，从今天清晨到现在，不就隔了一个上午吗？你说，今天天还没亮以前，你在哪里？你不是想强暴别人吗？”

“我忘了我在哪里，”那男子回答，“不过，这事你知晓得挺快的！”

“不错，”神父说，“我听说了。而且我知道，你想趁她丈夫不在家，从树上爬进人家的窗户去毁了那个女人的圣洁？让那位贤淑的女士能将你搂在怀里。嘿，老兄，你可真是个老实人！真变成夜游神了，会跳进花园，会爬树。她讨厌你的所作所为胜过一切，不信你就再试试吧。说实话，且不管她是怎样厌恶你，就是为了我的谆谆劝导，你也该好好悔改了吧。我跟你说，不是她爱你，之所以到现在还没有把你干的事声张出去，是由于我的请求。我已经答应了她，如若你以后再干出让她讨厌的类似的无耻的事，那她就不会再忍下去了，而要按她的应该做的去做了。如果她确实告诉了她的兄弟们，你只有死路一条了。”

从神父的话里，这位男子已经很清楚地知道他能干和需要干的事了，便赶忙向神父道歉。到了夜深人静，天快亮的时候跳进少妇家的花园，爬上窗前的大树，看到窗户已然打开，就从窗户跳进了少妇的卧室，迫不及待地把他的漂亮的情人搂到了怀里。他那情人，由于计谋成功得到了他，实在是欣喜若狂，也搂住他说：

“指给你来这屋里的路，神父帮了大忙，真应该感谢他。”

很快，他俩便玩乐起来。过后，两人一边嘲笑神父的迂腐，一边嘲笑那些洗羊毛、梳羊毛、织羊毛的人，然后，他们对他们对今后的事做了安排——这次是用不着再到神父那里去了——好多夜晚都可以快快乐乐地待在一起。

故事四

菲洛梅娜说完之后，大家都不说话，只有迪奥内奥用轻柔动听的声音赞美那机智的少妇和菲洛梅娜最后做的祈祷。女王笑了，然后转身朝潘菲洛说：

“潘菲洛，让我们再乐一乐，现在你来讲一个有趣的故事吧。”

潘菲洛赶紧答应，开始讲了起来：

女王，世上有很多人费尽心机，想上天堂，不想自己失败了，却把别人送了上去。现在我讲一个发生在不久以前的故事，它就发生在我们的一个邻居身上。

据我所知，在圣布朗卡齐奥附近，住着一个心地好的人，他很有钱，叫里涅里·迪普乔。他天生愚钝，是个老好人。他专心修行，是圣方济各修会的一个三品修士，人称普乔兄弟。他家里只有妻子与一个使女，也没有经营什么店铺买卖，因而专心致志，常常留在教堂里修行。每天勤诵经文，赴会听道，参加弥撒，就连俗人唱赞美诗，他也从不放过；他还斋戒，自行鞭笞，是能叫自己皮肉受苦的一个人。

他的妻子叫伊萨贝塔，年方二十八岁，像个熟透了的苹果，娇艳丰满。可是由于她的丈夫年事已高或者由于她丈夫的圣洁生活，她经常长时间地不能与丈夫同床行房事。当她想和丈夫共寝时，或想和他打情骂俏时，她丈夫就给她讲基督的生平、纳斯塔焦神父的布道、玛达莱娜的哀泣等等来糊弄她。

这时候，从巴黎归来的一个圣布朗卡齐奥的修士叫作堂·费利切。他年轻、漂亮、有学问，普乔兄弟不久便和他成了朋友，每逢有什么疑难问题总是向他请教，又因为他的地位而使他显得十分圣洁，所以他常常被普乔兄弟请到家吃饭。他的妻子见他这样尊敬这位修士，对他也很亲切，对他的光临也十分愿意。

就这样，在这位修士好多次在普乔兄弟的家做客之后，看到他的妻子如此娇艳丰满，就不时狡猾地向她眉目传情，果然燃起了她的欲望。从这点上，他知道她在那件事上可能有很大的缺憾；如果可能，他将替普乔兄弟出份力气来填补她所缺少的东西。于是他找了适当的时机，向她表白了自己的求欢之意。那女的倒也非常乐意，愿意在家里成其美事，只是不愿到外边和他偷欢。因为普乔兄弟从不出城，他们也无法干那事，对此，他甚是苦恼。

过了好几天，他终于想出一个让他既能和那个女人在她家睡觉，又能让普乔兄弟待在家里而不起疑心的主意。有一天，当普乔兄弟去拜访他时，他就对他说：

“普乔兄弟，我知道你的最大愿望是变成一个圣徒。但在我看来，你的路可太漫长了，事实上还存在着一条捷径。教皇和他的大主教们走的就是这条路，不过他们不愿意把它说出来，唯恐说出之后，教会再也收不到俗人的捐献和其他的供奉了。如此一来，教会就得完蛋，因为教会正是靠捐献维持的。可是我们是好朋友，又承蒙你这样尊重我，要是你按照我的话去做，而且也不会告诉世界上的任何人，我就把这条捷径指点给你。”

普乔兄弟对这事本来就十分热心，立即就发誓说，如果同意，他绝不会告诉任何人，迫不及待地求他教给他，想马上就做。

修士说："既然你发了誓，我就告诉你吧。你该明白，神学博士们认为，要获得正果的人，就得苦修，我会教给你我听到的。但你要听明白，我不是说，你原本是个罪犯，做过苦修之后就不是了；而是说你在苦修赎身之前所犯的罪孽，可以因此而全部洗净并获得宽恕；假如你以后再犯那些，用圣水就能把它们洗去，就像弥补轻微的过失一样，而不会列入被罚下地狱的天条里。

"总之，一个要苦修赎身的人，首先要诚实地将所有罪孽一一供认，此后还必须十分严格地斋戒四十天，在此期间，不能亲近任何女人，自己的妻子也包括在内。此外，你在家里再找一个夜晚可以望见天空的地方，放上一张大桌子；做每天规定的第二遍晚祷的时候，你就去那里，像基督被钉上十字架那样，双脚着地，仰面躺在桌子上，双臂摊开。当你仰望天空的时候，你一直要想着上帝是天地的创造者；既然你待着的姿势跟基督被钉上十字架一样，就应该想想基督的遭遇。如果你愿意，还可以在桌子上钉几个短木桩给你做支撑。就保持这个姿势，直到天明动也不要动。如果你博学的话，最好我可以送一些经文给你。可你学问不深，所以要向神圣的三位一体致敬，念上三百遍天主经文，三百遍圣母颂。

"如你愿意，清晨晨祷的钟声敲过，可以到你的床上，不要脱衣服地休息一会儿。到了早晨，你必须起床赶往教堂，在那里至少要看三场弥撒，念五十遍天主经文和五十遍圣母颂。过后，如果有事的话，你可简单地处理一下你的事务，然后吃饭。到了教堂打第二遍晚祷钟时，你要再去教堂念一些我写给你祈祷的经文，非念这些经文不可，否则，苦修就没用。这样，你明天从头到尾照我说过的一样做下去。假如你能坚持像那样诚心诚意地去做，等苦修期满，你就会感受到伟大的永恒幸福了。”

此时，普乔兄弟回答说：

“这事并不太难，时间也不长。以上帝的名义起誓，我肯定能做到。这个星期日我就开始实行。”

他离开修士，回到家。由于修士许可了他，便把这事一五一十地告诉了妻子。

他老婆一听立刻明白修士让他一动不动地在一个地方从夜晚待到清晨的用意了。她觉得这办法真妙，就对丈夫说，只要是有益于他灵魂的事，她都赞同，她也要和他一起斋戒，还认为只要上帝让他的苦修完满，但其他事还是免了吧。

他们商量好之后，到了礼拜日，普乔兄弟便进行苦修。而那位修士老兄，早已和那个女人约定，一到天黑普乔没法看到的时候，便带来一些吃的和她共进晚餐。两人一起吃喝，一起过夜，直到清晨，普乔兄弟快回来时，他才起身离去。

普乔兄弟苦修的地方，就在他妻子睡觉的卧室的隔壁，中间只隔了道薄墙。一天夜里，这位修士老兄和那个女人纵情玩乐得有点过火，普乔兄弟感到屋子的地板有点震动。等他念过一百遍天主经文之后，就叫他的妻子（他本人依然一动不动），问她在干什么，让她不要乱动。

那个女人倒也非常幽默，竟回答说：

“哟，我的丈夫，我正不停地翻来覆去呢。”

“你为何翻来覆去，”普乔兄弟又问，“这是怎么搞的？”

这时，这位风流俏皮的女人就笑了起来，答道：

“我都已经听你说过一千遍了，‘晚上不吃饭，整夜把身翻’嘛。怎么你倒不明白这是怎么回事了？”

普乔兄弟本来就认为斋戒是叫人睡不着和会让人在床上翻来覆去的，于是便体贴地对她说：

“太太，我跟你说过，让你不要斋戒。你既然如此做了，就别多想了，快睡吧。你在床上这样折腾，把屋子里的东西都震翻了。”

“你不用操心，”那女人说，“你还是好好苦修吧。我知道我在干什么，我个人的事，我会小心的。”

普乔兄弟便继续他的天主经文，不再说话。但从第二天夜里起，这个女人和修士老兄便把床放在了她家另外的一个地方，在普乔兄弟苦修时，他们就在床上找乐子，直到普乔兄弟做完苦修回来前的不久，修士才离去，她再回到自己床上。

就这样，普乔兄弟夜夜苦修，他的妻子和教士夜夜寻欢，因此她常常对修士说：

“你让普乔兄弟苦修，我们却成了天堂的神仙。”

因为她和丈夫长时间地没有床第之欢，她和修士交颈共眠，她觉得这事简直妙不可言。也渐渐习惯了，在普乔兄弟的苦修结束后，她仍旧继续和修士来往，想方设法和他在别处幽会，暗中长期地享受她的快乐。

故事五

潘非洛说完普乔兄弟的故事，女孩儿们笑了起来；这时，女王命令埃丽莎接着再讲一个。埃丽莎这个人有点傲慢，这倒不是因为她有甚不满。而是因为她向来的习惯使她这样。她这样开始讲道：

世上有很多人以为别人一无所知，光认为自己十分精明，因而经常故意捉弄别人，可到后来反而被别人戏弄。我觉得，那种无缘无故跟别人钩心斗角的人实在是太愚蠢了。但我的看法也可能并不是每个人都同意的。既然轮到我说，我就给诸位讲个皮斯托亚的骑士的故事吧。

在皮斯托亚城的韦尔杰莱西家族中，有一位被称为弗朗切斯科骑士老爷的人，他有钱、聪明、能干，但极为贪婪。他奉命到米兰去当地方官，旅途所需的东西一应俱全了，要不是还少一匹称心的坐骑，他早就可体面地动身到任了。他到处寻访也没有找到，心里很是着急。

本地还有一个名叫理恰尔多的青年人，他出身不好，但很富有，经常穿着华丽的衣裳，招摇过市，为此，他被人们称为“齐玛”。他已经爱慕和追求弗朗切斯科的漂亮的妻子很久了，但由于她品行十分端正，总难以得逞。这时候，碰巧他买到了一匹托斯卡纳地区最出色的骏马，因为它体态优美，他十分珍爱。因为大家都知道齐玛在追求弗朗切斯科的太太，所以有好事的人把这事告诉了弗朗切斯科，叫他跟齐玛商议，或许齐玛为了所爱的女人，能把马

给他牵来。

贪婪成性的弗朗切斯科心里希望他把马赠给自己，就将齐玛叫来，假装问他是否卖他的骏马。

齐玛听了这话，心里很是高兴，便说：

“大爷，想弄走这匹马，您就是把您所有的东西都送给我都不行。但是，假如您答应我的条件，我可以送给您——在您牵走马之前，您得容许我跟尊夫人单独讲几句话。别人都站远点，只能让她一人听见。”

这位贪心的骑士想戏弄齐玛，就对他说，想讲什么都可以随便说。说完，他离开客厅，来到太太的房间，对她说为了能赢得一匹骏马，要让齐玛和她讲几句话，但他又叮咛她，无论齐玛说什么，她都要不说一句话。

这位太太很反感这件事，但又不得不听从丈夫的安排，便就答应了，于是她跟丈夫来到客厅听齐玛演讲。既然跟骑士有言在先，齐玛就和这位太太在客厅的一角，在离人远远的地方坐下来。于是他开口说道：

“尊贵的夫人，我感觉我所见过的任何姑娘也没有您美丽，更不用说您的仪态举止和心灵的高洁了。我想像您这样绝顶聪明的人，恐怕早就明白我爱您爱得有多深了。所有这一切，足以使任何高尚的男人拜倒在您的脚下。这一点从来没有一位男子爱他的情人，像我爱您爱得这样深沉和热烈了。我用不着向您多说——只要我可怜的生命还能残存，一息尚存，我将永远这样爱你。无论是贵贱，世上没有任何东西，你能永远掌握，但在任何情形下，只要我生命不止，我和我的一切东西，就都归您管理。对此，我可以明确地证明——如果您命令我做任何您喜欢的事情，我都马上去做，并认为这是我的最大幸福，否则，即使全世界都服从我的支配，我也不会快乐。除了这，即使有一天我离开人世，如果天上和人间一样也有男女之间的爱情，我还会爱您，永不变心。

“既然像您听到的那样，我便已清楚了我是属于您的，那您就不能指责我竟敢不顾一切地追求您，只有您能让我安宁、幸福和身心健康，没有您，我便失掉了一切。我求您，可爱的人儿，让我成为您的最恭顺的奴仆；我的灵魂正在爱火里燃烧，唯一希望是您的可怜，请您莫要铁石心肠，再像过去那样对我。由于您的美貌，我爱上了您，现在您只要发发慈悲，我也不枉为人一世。如果我的祈求难以让您那颗高贵的心灵感动，那我只有去死，而这样，别人就会说您杀了我，且不说我的死亡会给您带来耻辱，而且我相信这事出了之后在您心平气和的时候，您的良心也会感到不安，您会对自己说：

“‘唉，我的齐玛，我真不该对你如此铁了心肠。’可到那时候，而您也只有烦恼，只能追悔莫及了。

“为了避免这种事情发生，现在您救我一命还来得及，请您发发慈悲吧，叫我活下去。我这样爱您，您总不会见死不救吧。我成为世上最快乐的人，还是最痛苦的人，全都仰仗着您了。我希望您宽厚仁慈，不要叫我再煎熬下去了，现在，在您面前，我的心正害怕得狂跳不安呢。请您可怜可怜我，给我一个圆满的回答，让我的心能够宽慰。”

说到这里，他眼中流出了几滴热泪，顿住了，开始等待着那位夫人的回答。

过去，齐玛在她的窗下唱过情歌和做过其他类似的事情，一直在爱慕、追求她，但她总是无动于衷。此时，听了这位爱她的男子讲的这番多情的话，却体会到了一种过去从未有过的感动。可是由于丈夫的吩咐，她只能默默无言，但禁不住轻声地叹了几口气，这叹气表示她是多么愿意给齐玛一个圆满的回答呀。

见她一言不发，齐玛感到十分奇怪，他盯住她的脸，看见她不时地含情脉脉地看他几眼，又听到她胸中发出的轻轻地叹息声，他立刻明白了这是骑士使的诡计。顿时希望产生了，他有了一个主意，于是他便以这位夫人的口气代替她进行了回答。他靠近她的耳边说：

“我的齐玛，用不着怀疑，我立刻就发现了你在用全部身心深沉地爱着我，我很高兴，我应当高兴。现在听了你这些话，我比过去更加了解你了，过去我对你显得有些冷淡无情，但你要相信我，我心中对你的爱意和我脸上的表现是不同的，相反，我也一直在爱着你，胜过爱任何人。但是，一来害怕他人知道；二来我要珍惜我贤淑的名誉。我不得不那样去做，现在时机到了，我能报答你对我的一往情深，明确地向你表达我的情意。你知道，在你为了爱我把马赠给了弗朗切斯科之后，过不了几天，他就会到米兰上任去了。你放心好了，凭着我的信义和我对你的真挚的爱情，不出多少时日，你就可以同我在一起，共同享受我们爱情的甜蜜了，你的希望会实现的。

“我害怕以后同你讲话的机会可能再也没有了，不如现在我们就约好，如果有一天你看到我的房间的窗户上挂着两条毛巾，当天夜里你就可以从花园的小门走进来和我相会，我到时在我的房间里等你，不过你要当心，不要让别人看见。如此一来，我们就可以整晚地待在一起，像我们希望的那样，尽情欢乐了。”

齐玛代他的情人这样讲完之后，又以自己的口吻说：

“最敬爱的夫人，对您美妙的回答，我快乐无比，我的感激之情难以用语言形容，那么，请您用您聪明的大脑去想象出我希望表达、可用言语又很难表达的那种感情吧。现在我只想对您说，我会按照您叮嘱过的话去做，决不会出差错。到那时，我要竭尽全力地报答您对我的巨大恩赐，现在我就不多讲了。我最亲爱的夫人，愿上帝祝福您。愿上帝给您快乐，给您一家希望的那样的称心如意。”

在这么长的时间内，那位夫人一直未开口。于是齐玛站起身来，朝骑士那里走去。骑士见他起身，赶紧迎去，笑着问：

“怎么样？我没有食言吧？”

“不，老爷，”齐玛回答，“您答应过我让我同尊夫人讲几句话，却让我和一座大理石雕像谈了半天。”

听了这话，骑士非常高兴，因此对原本就十分信任的妻子更加放心了。他说：

“不论说什么，你的马归我了。”

“为什么，老爷。”齐玛回答，“假如我早知道和您讲条件会得到这种结果，还不如直接将马卖给您好了，而我却没有卖。真是上帝让我这样做呀，您算是得到了一匹骏马。”

骑士听了这话，开心地大笑起来。因为他得到了骏马，没有几天就动身到米兰赴任去了。

那位夫人独自留在家里，常常看到齐玛在自己的家门口来回走动，回想起齐玛说的那些话，忆起他对她的爱情，想起为了爱她竟把自己的马赠送给了丈夫，就对自己说：“我这样做值得吗？让我的青春虚度呢？我那丈夫已然去了米兰，半年之内怎么也不会回来，难道我的青春还能让他补偿？我为什么要一直等到人老珠黄？再说，像齐玛那样的情种我到哪里去找？我为什么不抓住这大好时机做我能做的事情呢？这样的机会以后不会总有的。现在，我一人在家，也用不着顾忌谁，况且不会有任何人知道的，就算被人发现，那时再忏悔也行，总比现在独守空房、整天懊悔要强。”她就这样劝慰自己。终于有一天，她照齐玛吩咐，她把两条毛巾挂在园里的房间的一个窗户上。齐玛望见那两条毛巾，高兴极了。到了夜晚，他一个人悄悄来到她家花园，发现门开着，就溜进去，来到屋门前，看见那位温柔的太太正等在那里。

她看见她的情人来了不禁心花怒放，赶忙迎上去接待他。他搂住她就吻，足有千百遍，这才跟她上了楼梯，走入卧室，于是两人迫不及待地上了床，一起尽情享受着爱情的甜蜜。男女之间的这些幽会，只有开头，没有结尾。在骑士于米兰任职期间，甚至在他回来之后，齐玛一直和那位夫人偷情，双方享受着彼此提供的无尽乐趣。

故事六

埃丽莎刚刚把故事讲完，女王十分赞赏齐玛的机智，又吩咐菲亚梅塔再讲一个。菲亚梅塔微笑着回答：

“女王，我遵命。”于是她开始说她的故事：

我们的城市，形形色色的事情难以一一描述，但我还是想和埃丽莎一样，暂且先不谈这座城市，谈谈别处发生过的事。我要说的故事，发生在那不勒斯。那里，有一位一本正经的妇人，对偷情这类事情非常痛恨。但爱上她的那位男子，却凭着他的聪明机智，让她在没有开出爱情的花朵之前，就先尝到了爱情的果实。这个故事，一方面提醒诸位，万一这类事发生在自己身上，可千万要谨慎，另一方面也是为了给各位解解气，开开心。

从前，在那不勒斯这座意大利最可爱的古城里，有一位叫作里恰尔多·米努托洛的青年人，他有着高贵的血统，财富难以计数，威名远扬。他虽有一位美丽、可爱的年轻的妻子，但他却爱上了另一个人。大家说这个人比那不勒斯的任何美女都要漂亮。她的芳名叫卡泰拉，是一位跟里恰尔多身份类似的青年绅士费利佩洛·西吉诺尔福的妻子。她把贞节和忠诚观念看得很重，所以一心一意地爱着自己的丈夫。

里恰尔多热恋着卡泰拉，凡是能献殷勤、追女人的各种手段他都试过了，可是没有任何作用，一点希望都没有，为此，他简直灰心透顶。但是，他又不知道怎样能够摆脱掉对她的爱情，这真让他求生不得，求死不成，完全找不到活着的意义。看见他这个样子，有一天，他亲戚的几位夫人都来劝他，劝他放弃对卡泰拉的迷惑，免得劳而无功。她们说，卡泰拉只喜欢她的丈夫弗利佩洛，别的任何事都不关心；又说她非常爱疑心和妒忌，就连天空飞过鸟儿，她都担心它们会把她的丈夫带走。

里恰尔多听到卡泰拉这样爱妒忌，顿时有了主意，觉得利用这一点可以达到自己的目的。于是他假装对卡泰拉已经死了心，爱上了另一个淑女，本来他为卡泰拉而举行的马上比武及为讨她欢心而做的任何事情都转移到了这个淑女身上。不久之后，那不勒斯的所有市民，包括卡泰拉本人，都认为他心里已不再爱卡泰拉，而是爱上了别人。他就如此不断地向别人献媚求爱，以至于全城所有的人都深信不疑，就连卡泰拉也改变了对他过去的行为表现出来的冷漠态度，走路碰见他时，也会像老邻居那样亲热地和他打打招呼。

按照那不勒斯人的习俗，每年夏天，骑士和淑女们都要到海滨去游玩和野餐。一天，里恰尔多得知卡泰拉和她的朋友们已去了海滨，就和他的那群人也赶到了那里。在那里，卡泰拉她们请里恰尔多加入到她们的团体里来，而里恰尔多却故意做出犹豫不决的样子，好让人家再三邀请。可是里恰尔多一到她们的圈子里，这些淑女们便拿里恰尔多新近的爱情开起玩笑，而里恰尔多也假装对他的新欢有着火一样热烈的深情，这就更让她们谈论个没完了。后来，像人们上次出去游玩时那样，她们分头玩耍去了，只剩下里恰尔多和卡泰拉及几个女伴还留在原地。这时里恰尔多便向卡泰拉说她丈夫费利佩洛可能在外边另有新欢，她一听，就立刻妒火中烧，恨不得马上就知道里恰尔多所指的那个女人是谁。最终，她实在按捺不住了，就恳请里恰尔多看在他所爱的情人的面上，行行好，把弗利佩洛干的事告诉她。

于是里恰尔多就对她说："既然您凭着我情人的名义向我求情，我怎么能拒绝回答您，那我就告诉您吧。不过，您得发誓，在您没有亲眼看见和证实我说的话之前，您决不能同您的丈夫讲，也不能和任何人谈这件事情。倘若您同意，我会让您看到这件事情是真的。"

那位夫人经他这么一说，越发相信这事是真的了，于是赶快向他发誓说她决不会跟任何人讲。里恰尔多把她拉到一边，到一个其他人听不见他们谈话的地方，开始对她说："夫人，如果我还像过去那样爱您，我绝不敢把这件事泄露给您，让您伤心。但由于那种爱情已成为过去，我也就不太担心向您说出事情的真相了。我不知道费利佩洛是否因为我曾热恋过您或者说他相信您也爱上了我而记恨在心——不管您爱上我这事是真是假，但他当着我的面从没有所流露。其实他是在等待时机，想趁我不备的时候报复我，去做他认为可能我已经做过的事情，也就是说，他想勾引我的妻子。我发现他在很长时间里请人牵线搭桥，私下里向我的妻子求爱；这些事情，我妻子告诉了我，我教给她如何答复。

就在今天早晨，我没来这里之前，我看到一个女人凑到她跟前与她窃窃私语，我马上就知道了这个女人是个什么样的人。我把我的妻子叫过来，问她那个女人来干什么。我妻子对我说：'她就是给费利佩洛牵线的那个人，你不是让我同她会面，通过她给费利佩洛一些回话让他心存希望吗？她说费利佩洛想知道我想怎样回复他，还说假如我愿意，她能让我和他在本城的一个浴室里秘密会面，就为这事，她求我，纠缠我。我不明白你为什么让我周旋，如果不是你让我这样，我早就走了，她休想再见我一次。’我认为这事搞得太过分了，不能再容忍下去了，所以我对您说了，好让您知道，您丈夫真是完全值得您信赖呢，可这种信赖却要了我的命。

你别以为我说的这些话是凭空杜撰的，这全是实情。如果您愿意，可以亲自去看看，验证一下。我已让我的妻子告诉了等待回信的那个女人，她准备明天午后大家午睡时到一个浴室去同他会面，得到了这样的答复，她才高兴地走了。我想，您总不会以为我真的会把我的妻子送到那里去吧。不过，我如果是您，我将让他在那里找到我，而不是他的那个她。等跟他上床后，我将让他看看他到底是和谁睡在一起。如果他想干那种不光彩的事，我也会让他受用一番的，然后使他羞愧得无地自容。这样，他对您的侮辱，对我的侮辱，都将一齐得到报应。”

卡泰拉听完这些话，根本没有考虑事情的真伪，也没有看是谁告诉她的，只是凭着一股醋劲儿，立即就相信了他的话，而且把以前的一些事同这件事联系起来，越想越对，越想越气。于是，她就答应他按他说的去做，因为这事对她来说，并不是什么难事，如果费利佩洛真的来了，她定会叫他难堪，叫他以后再见到那女人时，永远会记起这次教训。

同时他还请求她不要告诉别人这件事是从他那里听说的，她也向他保证一定做到。

第二天早晨，里恰尔多来到跟卡泰拉说过的那家浴室，找到女主人，跟她说明了自己的心思，求她尽力提供方便。那位好心的女人也很懂行，便答应了，并和他商量好她该怎么做和说些什么。

在她的浴室里，有一间没有窗户，不透光线的暗室，根据里恰尔多的指点，她在里边放了一张床，并将它布置得非常舒适。里恰尔多吃完午饭后，便在床上躺了下去，等待着卡泰拉的光临。

再说卡泰拉听过里恰尔多的那些话，深信不疑，只是晚上回家后，满腔怒火。碰巧费利佩洛那天回来，由于心里有事，没有像平常那样跟她亲热。看到这样，她就更加怀疑，暗自对自己说："看来他心里真是装着那个女人，想着明天和她取乐。"她整夜都在考虑着这件事，想象着明天在浴室碰到他，该如何教训他一顿。

诸位想想，这事还会怎样？到了第二天午睡的时间，卡泰拉按照原定的计划，朝里恰尔多告诉她的那个浴室奔去，找到女主人便问弗利佩洛是否在她开的浴室里。那位女主人早就受到里恰尔多的叮嘱，因而问：

"您是那位想要和他说话的夫人吗？"

卡泰拉回答："是的，没错。"

"那么"，女主说，"请您进去自己找他吧。"

已经中计的卡泰拉被女主人领着来到里恰尔多躺着的房前，她头顶披着一块纱巾，一进去，便把门关上了。里恰尔多一见她进来，立刻从床上跳下来，抱住她，轻轻地说："欢迎你来，我的心肝。"

卡泰拉为了骗他，让他以为自己是他等的那个女人也拥抱他，吻他，跟他非常亲热，但一句话也没说，怕他从她讲话的声音中听出她是谁。

双方都很满意房间的黑暗，即使他们在房间待上较长时间，恐怕也看不清什么东西。里恰尔多把她抱到床上，也不敢多说，怕她听出声音来。他俩在一起很长时间，玩得很快乐，只是其中的一个人不如另一人心甘情愿罢了。

后来，卡泰拉觉得发作的时候到了，于是就怒气冲冲地说：

“唉，女人的命运真是悲惨，她们忠贞地爱着丈夫又有何用！我也好可怜呀！八年来，我爱你胜过爱我自己的生命，而你。正像我体验到的那样，正热恋和享用着另一个女人，可恶！你这没心肝的人！你现在以为你是在跟谁睡在一块儿？是我，跟你睡在一起的，是八年来一直躺在你身边、被你虚情假意欺骗的女人呀！你假装爱她，实际上在背地里却另有新欢。

“我是卡泰拉，不是里恰尔多的妻子，你这个无耻卑鄙的小人！难道你听不出是我的声音吗！正是我。我觉得我在暗中憋了好长好长时间了，还是让我们来到亮处吧，这样我就能够当面羞辱你一番了，你这条找骂的破狗。唉，我的命运太惨了呀！这么多年来我一直爱着的人，竟然是一条无情无义的狗！他还以为搂在臂里的是另一个女人呢，我跟他做了这么多年的夫妻，竟然比不上这么一会儿工夫他对我的温存爱抚呢。

“忘恩负义的家伙！你今天干得不错，真够卖力气的了。平日你在家里时，却是那么软弱疲乏，坚持不了多长时间。感谢上帝，你耕种的仍然是你自己的田地，并非像你想象的那样，在耕种别人的田地。难怪你昨晚不肯亲近我，原来是想卸掉包袱，想养精蓄锐，好做个骑士去跟别人交锋呀。多亏上帝和我的机智，水才没有流到别人的田里。你为何不说话，你是不是变哑巴了，你无话可说了吧？上帝呀，我不知我为什么竟然能忍住，没有用手把你的眼睛抠出来。你以为这事你干得十分机密吧，感谢上帝，你自以为聪明，我也不笨。你不会如愿以偿的，告诉你吧，我派了人在你背后盯着你的一举一动呢。”

里恰尔多听了她的这些话，心里感到既好笑，又得意，却不敢说破，只是搂住她，吻她，对她更加温柔。她看他不说话，又说：

“你这条令人厌恶的狗，现在你想用来回抚摸我的手段巴结我，使我不再发火，消了这口恶气吗？那你就错了。不当着我们的亲戚、朋友和邻居的面羞辱你，我的这口恶气是不会消除的。你这个坏蛋，我难道没有里恰尔多·米努托洛的妻子漂亮吗？我难道不是一个温文尔雅的女人吗？你为什么不回答呀，恶狗？她什么地方比我好？离我远点，别再碰我，今天你够卖力气的了。我再清楚不过了，我再清楚不过了。你知道了我是谁，你就装出那热乎乎的样子来。上帝帮帮我吧，我以后再也不让你近身了；我不明白我为什么还坚守贞操，不找里恰尔多解解闷。他爱我胜过爱他自己，可从来未能得到我的青睐。假如我和他相好，那又有什么坏处？你觉得你是和他的老婆睡在一起，这就等于你想过把她弄到手，至于成功与否，不是由你决定的。以后我要是和她的男人有染，你可没有理由怪罪。”

卡泰拉就这样悲愤交加，无休无止地说了下去。最后，里恰尔多想，如果她真的相信他是她的丈夫，就这样走了，那事情可就闹大了。于是他决定把这事向她挑明。他紧紧地抱住她，使她没法脱身，然后说：

“我的可人儿，别生气了。我是那么爱您，但我用尽方法，您都从不对我稍假辞色，因此爱神教给了我这条妙计，我是您的里恰尔多呀。”

卡泰拉听他这样讲，又听出了他的口音，马上想从床上跳下来，但却没有成功。于是她又想喊叫，可里恰尔多用一只手按住她的嘴说：

“夫人，不管怎样讲，您已经不那么纯洁了，即使您喊叫一辈子，那也没用；即便您真想喊叫，或者把这事说给别人，那么摆在您面前的无非是两个结果：一个跟您有关，也就是说，会损害您的尊严和名誉。当然，您可以说是我骗您来这里的，但我可以说，这不是真的，您是为了我允诺的金钱珠宝才来的。但是我给得不像您想象中那么多，您才翻脸，讲出这些话来，大吵大闹。您知道，人们宁愿相信坏事，也不会相信好事，人们宁愿相信我，也不相信您；另外一个是，假如这事传到您丈夫的耳朵里，那他可就跟我成了死对头，不是我杀了他，就是他杀了我。如果这样，恐怕您得不到快乐和幸福。

“所以，我的心肝，为了您、您丈夫和我的安全，为了您的名誉，请您不要乱来，生出事端。再说，世上被骗的女人中，您既不是第一个，也不是最后一个。我发誓，我不是故意要欺骗您。我太爱您了，而且将永远爱您，成为您最恭顺的奴隶。我，我所有的一切，能够奉献给您的，都早已属于您了，从今往后，就更属于您了。您在别的事情上很聪明，我想您在这件事情上也不会糊涂。”

在里恰尔多讲话时，卡泰拉一直使劲儿地哭着，她的怒气怎么也不能平息。但是，她心里明白，里恰尔多没有骗她，他说的后果也是对的，因此她终于开口说道：

“里恰尔多，我受了你的侮辱，上了你的当。假如我还能容忍，那上帝都不会原谅我。但在这里，我不打算大喊大叫，只因为我头脑简单，过分妒忌，才被你诱骗到这里来。可你记清，我早晚会用这样或那样的办法报复你对我所做的一切，否则，我绝不善罢甘休。你放手呀，别再抱着我。你已经满足了你的欲望，把我任意糟蹋够了，该放我走了。叫我走吧，我求你。”

里恰尔多知道她心中仍然非常生气，决定等她平静下来，再放她走。于是便开始甜言蜜语地哄她，求她，安慰她，直至她安静下来，答应与他和好。

直到这时，卡泰拉才明白，情人的亲吻比起丈夫的来要有味得多，于是她改变了以往的冷漠，对里恰尔多充满了柔情。自那天之后，她仍旧爱着他，他们经常幽会，享受着爱的甜蜜，不过，他们非常谨慎，没露出一点痕迹。但愿上帝允许我们也享受爱情的甜蜜吧。

故事七

听过菲亚梅塔的故事，大家都觉得非常好。为了不耽误时间，女王命令埃米莉亚赶紧接着讲下去，于是，她开始讲道：

刚才两位讲的都是别的地方的事情，现在我想回到我们的城市，讲讲我们的一位市民是如何失去他的情妇，然后又如何和她重修旧好的。

在我们佛罗伦萨，有一位贵族青年叫泰达尔托·埃利塞伊。他一直狂热地爱着阿尔多布朗迪的妻子埃尔梅利娜。他人格高尚，为世人所称道，他也确实可以消受这份艳福。可命运捉弄人，偏偏和他的幸福做对。埃尔梅利娜在和他相好了一阵之后，不知为何就完全变了卦，跟他断绝了来往。她不仅不见他，连他托人传话也置之不理。因此，他十分痛苦，郁郁寡欢。但由于过去他把这种爱情隐藏起来，没有任何人相信这是他痛苦的根源。

他觉得他没有什么过错，所以想尽一切办法要重新获得她的爱，但任何努力都是白费心机，因此他绝望了，打算离开佛罗伦萨，免得让她看到他为这事伤心而暗中得意。他带上他所有的现金，除向他的一个心腹朋友说了这事之外，没有向任何亲戚或朋友提起，便悄悄地动身，到了安科纳城。在那里，他改名为费利波·迪桑洛德奇奥。后来，一位有钱的商人雇他帮忙，他就上了他的船，和他一起到塞浦路斯经商去了。他为人正直，勤勉做事，很受商人赏识，商人付给他很高的报酬，把大部分事务都交由他处理，让他成了合伙人，他也尽心尽力，把商务处理得非常妥善。不几年，他竟然攒下一笔钱，成了一个有名的富商。

在他忙于经营时，他也时常想起他那负心的情人，想起他那失恋的痛苦，十分想再见她一面。但七年来，他凭借着顽强的毅力，一直压抑着那种冲动。

有一天，他在塞浦路斯听到有人唱他从前作的一首歌，那歌词描述了他和他的情人昔日你恩我爱的情景。听过之后，他觉得她不会忘记旧情，因此又燃起了回去见她的希望，并且他再也忍受不住，于是便决定返回佛罗伦萨。他先把所有的事务处理完毕，带上一个仆人到了安科纳，把他所有的货都集中在一起，委托他的合伙人把它们寄往佛罗伦萨，存在合伙人的一些朋友那里，然后他自己则假扮成一位从圣地回来的香客，带着他的仆人悄悄动了身。到了佛罗伦萨，他住进一个由两兄弟经营的小客店里，这家客店离他原来情人的家很近。他所要做的第一件事就是走到她恋人的住宅前，希望能见到她，但是他看到窗子门户和一切都紧闭着，大吃一惊，认为她已经死了，或者搬到别处去了。

于是他便忧心忡忡，朝自己兄弟家走去，到了门前，又看到他的四个兄弟全都穿着丧服站着，就更加惊奇了。他知道自己相貌和习惯已经和他离开时不一样，有了非常的改变，不易被人认出，于是小心地走近一个鞋匠，问他为什么这几个人穿着丧服。

鞋匠对他说：

“他们穿着丧服，是因为他们的一个一直在外的兄弟泰达尔托十五天前被人害了。我听说他们指控一个叫阿尔多布朗迪的人，说是他把他们的兄弟杀了，于是法庭就把他抓了起来，据说他们的这位兄弟跟他的老婆有过奸情，这次乔装回来是想同她见面。”

泰达尔托听了这话，十分奇怪，觉得肯定是某个与他很像的人被误杀了，同时他也对阿尔多布朗迪的不幸感到难受。因为天色已晚，又得知他的情人仍然健康无恙地活着，他才满腹疑虑地回到小客店。与仆人一起吃完晚饭，他便回到几乎位于客店最高处的客房去睡觉。但由于他心事重重，床又不舒服，也可能是因为没有吃饱，直到半夜，他还未睡着。正当他夜不能寐之时，忽然听到从客店屋顶爬下几个人来，紧接着又看见从他房间的门缝露进一丝光线，于是他悄悄走到门缝那里，朝外张望，想知道发生了什么事情。只见一个非常漂亮的姑娘，手里拿着灯，接着三个男人走了过来，到了她身边。他们相互打过招呼，其中的一个人对姑娘说：

“感谢上帝，从今以后，我们就能够高枕无忧了，泰达尔托的兄弟们已经控告阿尔多布朗迪杀死了泰达尔托。他已经坦白供认，并在判决书上签了字。不过，我们还是要小心，千万不要走漏风声，万一让人知道是我们干的，我们跟阿尔多布朗迪就一样危险了。”

他们说完，姑娘似乎很高兴。接着，他们就下楼休息了。

泰达尔托在屋里听完这些话，就想，人为什么会这么愚蠢呢？首先，他的兄弟们把一个外人当成了他来哀悼和埋葬，一个没有罪的好人却被诬告，蒙了不白之冤，要被处以极刑；再者，法律是那么盲目、残酷，执法者本应弄清真相，却常常被假相欺骗，滥施暴行，可他们嘴上却说他们是正义和上帝的使者，实际上只是罪恶和魔鬼的代理人罢了。接着，他又想到了阿尔多布朗迪的身世，觉得应设法救他。

第二天早晨他起身之后，留下仆人，只身一人来到他情人的门前。大门正好开着，他走了进去，便看到他的情人坐在楼下的小厅里，满面泪流，十分痛苦。他因为同情，几乎落下泪来。他走到她身边说：

“夫人，您不要伤心，大难要过去了。”

那女人听到有人说话，就抬起头来，哭着说：“好心的人呀，你大概是外乡来的吧。你怎么会清楚我的吉凶？”

“夫人，”那个人回答，“我是从君士坦丁堡来的。上帝派我到这里来是为了把您的忧伤变成欢乐，是为了把您的丈夫从死亡中解救出来。”

她说：“假如你从君士坦丁堡来，又怎会知道我的丈夫和我是谁？”

于是那个人就把阿尔多布朗迪被冤枉的经过从头说了一遍，还说出了她是谁，结婚多久，以及很多跟她有关的事情。对此，那女人非常惊奇，认为他是个先知，便跪在他的脚下，以上帝的名义祈求他赶紧救出她丈夫的性命，否则恐怕就来不及了。

那个人装成一个十分圣洁的人，说道：

“夫人，请您站起来，不要哭泣了，仔细听我说的话，千万不把它们讲出去。上帝启示我，这次您遭了大难，是因为您过去犯有罪过，上帝之所以降下这份灾难，是让您洗去一部分罪过，让您尽力弥补改正。要不然，更大的灾难还会降临呢。”

“先生，”那女人说，“我是有很多罪过，但我不知道上帝想让我弥补改正哪一个，所以，要是您知道的话，请告诉我，我将全心全力地改正。”

“夫人，”那个香客说，“有件罪过，我知道得很清楚，用不着问您什么。但是，为了让您加倍悔恨，改得更彻底，我想让您自己说出来。还是让我们谈谈那件事吧，告诉我，您过去是否曾有过一个情人？”

那女人被他一问，愣住了，长叹了一口气。她以为那件事天衣无缝是不会有任何人清楚的，但由于泰达尔托被谋害，尸体被安葬的那天，他的朋友言谈不慎，露出了一点口风，这才让外界略有所闻。于是她应答说：

“我看上帝把秘密全都向您揭露了，我也不打算再隐瞒了。这是真的，我年轻的时候，的确曾一心一意地爱过一个不幸的年轻人，不想他惨遭杀害，我丈夫又去偿命。他的死让我大哭了几场，非常难过。在他离开故乡之前，我曾对他粗暴、冷淡，可是，尽管他和我分离了这么多年，尽管他已不幸地去世，我心里还是爱着他。”

那个香客说：“您爱的不是那个已死的倒霉的年轻人，而是泰达尔托·埃利塞伊。请您告诉我，他有哪点惹了您？为了什么原因您和他断绝来往？”

那女人回答：“不，他从来没有得罪过我。我跟他断绝来往，只是由于一个浑蛋神父的胡说八道。有一次我向他忏悔，说出了和泰达尔托的私情。他对我劈头盖脸地吼叫了一顿，至今我还心有余悸。他对我说，如果我还那样，我就会堕入地狱落入魔鬼的嘴里，定会被放在烈火上炙烤。因此，我胆战心惊，再也不敢同情人亲近了。不论是他写信还是派人来传信，我都一概不理睬。我猜想，他是受了这个打击，灰心绝望，才离开故乡的。如果我看到他的生命像白雪在阳光下那样慢慢消耗，我可能完全屈服，改变决心，因为世上没有任何一种愿望，会强过我想要同他在一起的那种愿望。”

“夫人，”那个人说，“叫您难过的罪过不是别的，正是这件事。我知道，泰达尔托并未强迫您，您爱他是完全出于自愿，因为您心里喜欢他。后来，就像您所要求的那样，他跟您幽会，您对他充满柔情，对他说的话，做的事，也喜爱得不得了。他呢，原来就爱着您，后来就更千百倍地爱您了。我知道，你们的事就是如此，假如真是这样，您为什么要冷淡他，跟他断绝来往呢？这类事，您应该慎重地考虑呀，要是您提起这事，后悔了，又何必当初要做呢？何必等到他成了您的人，您成了他的人时再做呢？在他没有属于您的时候，您爱怎么做就怎么做，那是您的事，但他万一属于您了，您又忽然抛弃他，那就是您的不对了，因为您没有尊重他的意愿，抢走了他生命中的至宝。

“现在，您应该知道，我本人就是一个修士，所以我早就把修士们的品行看透了。在别人面前，我是不会说他们的，不过对您，我不妨把话说开告诉您实情，因为这对您有好处，能够让您更好地认清他们，免得以后再次上当。

“过去，修士们的确是极其圣洁和正直的人，但今天那些自视很高、号称为修士的人，除了穿着一件教袍外，哪里还有一点修士的味道呢？就说那件长袍吧，也和过去完全不一样了。从前修士遵守教规，穿的长袍，都用粗糙的布料，尺寸样式简朴清贫，只用来蔽体而已；修士们把他们的身体裹在这样不值钱的衣服里，是为了表示他们对凡俗之物的轻视。可今天他们穿的长袍却样式豪奢，布料精致，修长宽大，炫人耳目，仿照大主教的气派。在教堂，在广场，他们如孔雀似地炫耀，毫无羞耻之心，跟世俗的纨绔子弟有何不同？他们的行为像渔夫，一心总想把河里的鱼儿捕完。他们披着宽大的带着褶子的袍子，一心只想迷惑和欺骗少女、寡妇、愚男蠢女，再也不顾其他的责任。因此，我说真话，修士们虽然穿着教袍，但实在是金玉其外，败絮其中。以前的修士想普度众生，而今的修士却只想着女人和财宝。他们用尽心机，有声有色地宣扬，无非是恐吓那帮愚昧的男女，叫他们相信人生的罪过可以用捐献和弥撒来洗净，对他们来说，当修士不是由于对宗教的虔城，而是由于卑劣的动机，为了不劳而获，为了叫那些想拯救他们已死亲属灵魂的人给他们奉献面包、好酒和金钱。

“当然，您也知道，奉献与祷告能够洗涤罪过，但是，如果那些出钱的人看到或知道那些钱被修士们如何使用，他们宁可留给自己，或者宁可扔到猪圈也不会再捐给那些修士。只是这帮修士们知道，拥有财富的人越少，拥有的人就会越开心，所以，他们中的任何人都用喊叫、威胁想尽一切办法来排斥别人，好自己独吞。他们指责人们心里的淫念，是为了把听指责的人从女人身边赶跑，把娘儿们留下来自己享用。他们指责高利贷和不义之财，是为了让有不义之财的人害怕堕入地狱，赶紧把钱交给他们，好去买更奢华的长袍，去谋求主教或其他高级教士的职位。

“每当这类或那类的事遭到人们的责难时，他们便面不改色地说：‘你们应当按我们说的去做，不要按我们做的去做。’以为这样，便能把罪责推得一干二净，好像羊群应该比牧人更加坚贞和不受诱惑。很多修士知道，一般人听到他们这样回答，不一定能理解它的意义。

现今的修士想让你们去做他们说的事，无非是叫你们将自己的秘密告诉他们，向他们捐钱，而自己过着清淡生活，凡事逆来顺受忍耐一切，毫无怨言。这很好，很诚实，很圣洁。可他们的目的是什么呢？他们如此做，是因为如果世俗的人都随意去做，他们就做不成了。

“谁不知道，没有钱还能过那种好吃懒做醉生梦死的日子吗？如果你把钱都花在享乐上，修道院的修士就不会有好日子过了；如果你去追女人，谈情说爱，就轮不着修士了；我为什么对您讲出这种种事情呢？因为当着明智的人的面，他们也很自责，但常常找出上面的那种借口来为自己开脱。如果他们不能像他们相信的那样克制自己的欲望，过着圣徒的生活，他们为什么不守在家里呢？假若他们真想过圣徒的生活，为什么不遵从《福音书》里说的‘论到耶稣开头一切所行所教训的’那样的神圣的话去做呢？他们还是先管好自己，再管别人吧。我本人就无数次地看见，那帮修士不但对民间的妇女，还对修女，进行追逐、调戏和骗奸，可是他们在布道坛上都大声地指责这种行为。对他们的所说所为，难道我们也要步其后尘吗？谁愿意那么做，就那么做，但是上帝知道他那么做是否聪明。

“退一步讲，即使在这方面修士指责您破坏了婚姻的盟誓，犯下了重大的罪过还是有些道理的，但抢劫一个男人的财宝，罪过不是更大吗？将一个男人杀死，或者放逐他，叫他流落异乡，岂不是罪上加罪？一个男人和一个女人发生不正当的秘密关系，总还算是人之常情，可是抢劫他、杀死他或放逐他，这可是有意的邪恶之举啊。

“上面我跟您说过，您已经偷走了泰达尔托的心，可是又反复无常，断绝了和他的往来，我说，这不是等于您杀死了他吗？您从那以后，对他非常冷酷无情，这不是等于让他自杀吗？法律认为，促成犯罪跟亲手犯罪都是同样的罪行。您不可否认，他这七年流落异乡都是您造成的。如此看来，在上面所说的三件事情中，不论您做了哪一件，您都已犯下了比跟他发生不正当的亲密关系更大的罪行。让我们再看看，泰达尔托是否罪有应得呢？不，当然不是。用不着我说，您本人也承认，他爱您胜过爱他自己。

“他认为，您远胜过天下所有其他的女子，是那么值得他敬仰、赞美和崇拜，只要有一点私下亲密的机会，他就毫不犹豫地向您吐露他心中的痴情。他把他的财产、荣誉、自由及所有的一切都献给了你。他难道不是一位高贵的青年吗？难道比起其他的人来说他不算漂亮？难道他不具备青年人的优良品质，不算是优秀青年吗？难道他不受爱戴？难道他不给人以好感？难道他让任何人都避而远之吗？您不会否认这些吧。

“那么，您怎么竟然听信那个愚蠢的疯子、妒忌的小人修士说的话，从此不理他，变得冷酷无情了呢？我不知女人们不尊重男人、厌恶男人是不是一种过错，但她们应该想到她们所处的地位；上帝赋予男子最高贵的品行，使他超过世上任何生灵，因此，女人们受到男子的爱慕时，应该感到自豪，用爱来回报他们。应该千方百计讨对方喜欢，这样，女人才能被人永远地爱着。而您是怎么做的，竟轻信了一个神父，一个吃喝玩乐的家伙的话，这您是知道的，我看他是希望可以取而代之，所以才想方设法排除别人。

“神圣的正义自会衡量，它会使用一切手段来达到目的，绝不会放过那种罪过。您从前毫无理由地和泰达尔托断绝了来往，此时您丈夫又为泰达尔托的事身陷囹圄，您肯定备受煎熬。如果您想解脱出来，您就要答应并且努力做到，假若有一天泰达尔托长期流浪后回来，您要给他柔情、爱意，要爱护他，和他照样亲近来往，就像您糊里糊涂地听信那个神父的胡说八道之前一样。”

香客的一席话说完了。埃尔梅利娜仔细地听后，觉得每句话都很有道理，认为自己的确犯了那种罪过，所以才遭受到今天的磨难。于是她说：

“上帝的使者，我十分明白，您说的话都是实情。从前我一直把修士当作圣人，听了您的解释，我总算明白了修士是什么样的人。当然，我也承认，我那样对待泰达尔托，错误真的很大，如果有时间再来一次的话，我非常愿意按您说的方法弥补。但我能做什么呢？泰达尔托永远也不可能再回到世上了，他已然死了，所以，既然是不可能的事，我又何必向您许愿呢？”

那人听到此处，赶紧说：

“夫人，上帝启示我，泰达尔托根本就没有死。他还完好无缺地健康地活着，只是缺少您的爱。”

埃尔梅利娜就说：

“您看看您说的是什么呀，我看到他死在我门前，身上有很多刀伤。我把他抱在怀里，泪水弄湿了他的面颊，大概就是由于这件事才惹来流言蜚语吧。”

“夫人，”香客说，“无论您是否相信，我向您保证，泰达尔托还活着，只要您答应您对他的承诺，您很快就会见到他。”

她说：“我答应，也很愿意那样去做。假若我丈夫被无罪释放，泰达尔托也安然无恙，那将是我最大的快乐。”

此时，泰达尔托觉得该表明自己的身份，该用她丈夫完全有希

望被无罪释放的话来安慰他的情人了，于是他就说：

“夫人，为了让您对丈夫的事放心，我有个秘密要告诉您。您可千万不要泄露出去。”

埃尔梅利娜深信他是个圣人，于是把他带到离小客厅很远的一个房间内，两人单独待在那里。这时，泰达尔托掏出他一直精心保存的一枚戒指——这是他的情人和他最后幽会的那个夜晚送给他的——给她看。他说：

“夫人，您认识这件东西吗？”

埃尔梅利娜一看到这个戒指，立马就认出来了，于是回答：

“是的，先生，这是我送给泰达尔托的东西。”

香客站起来，马上摘下香客戴的那种帽子，脱下长袍，用佛罗伦萨话说：

“怎么，夫人，您不认识我了吗？”

埃尔梅利娜一看，认出他就是泰达尔托。这真把她吓坏了，她以为是泰达尔托的鬼魂出现了。她哪里还能想到欢迎从塞浦路斯来泰达尔托，她把他当成了鬼魂，吓得拔腿就跑。

此时泰达尔托对她说：

“夫人，我就是泰达尔托，我活着，完好无损地活着。我从来就没有死，也不曾像您和我的兄弟们相信的那样被人杀害。”

埃尔梅利娜听出他的口音，再将他仔细看了一阵，认出他果然是泰达尔托，于是就哭着扑向他的肩头，吻他，然后说：

“泰达尔托，我的亲人，我的爱人，欢迎你回来。”泰达尔托也吻她，搂住她说：

“夫人，现在还不是您热烈欢迎我的时候，我要除掉悲伤，去让他们把阿尔多布朗迪活着、健康地还给您，我希望明天晚上之前，您就能听到好消息。说真心话，是的，我希望今天您就能有获释的好消息，假如这样，我想今晚回到您这里来，把事情的经过仔细地向您说个明白，不过现在可不行。”

于是，他又穿上了长袍，戴上了帽子，吻了一下他的情人，安慰她叫她不要伤心，就离开了她。不久，他来到了阿尔多布朗迪的监狱。阿尔多布朗迪正在监狱中担惊受怕，害怕不久就要被处死。泰达尔托得到狱卒的许可，走进了牢房，在他的身边坐下，装作安慰死囚的修士，对他说：

“阿尔多布朗迪，我是你的朋友。上帝同情你遭受了不白之冤，派我来救你。如果你还尊崇上帝，我有个小小的请求，如果你答应，那么今天晚上天黑之前你本应听到的死亡判决将会变成无罪开释的宣告。”

阿尔多布朗迪回答说：

“善良的人，虽然我不认识你，也想不起在哪里见过你。你既然热心地想救我的性命，那么你必定像你说的一样，是我的朋友，说真的，人们所说的那种我应被判处死刑的罪过，我的确没有犯过，我没有杀人，不过。我可能以前有过什么罪过，才落到今天这种地步。我发誓，如果上帝真的大发慈悲，为了表示对上帝的崇敬，天大的事情我也乐意去做，莫说一件小事了。但是，你得把你求的情告诉我，假如我躲过这场灾难，我绝对照办。”

那人说：

“我不求别的，只求你宽恕泰达尔托的四个兄弟，他们误认为你是杀害他们兄弟泰达尔托的刽子手，所以才指控了你。如果他们请求你饶恕他们，那么请你把他们当成兄弟和朋友看待吧。”

阿尔多布朗迪回答说：

“没有受到过迫害的人。不会知道复仇是一件多么快意的事情，也不会希望复仇。但是，为了祈求上帝拯救我的生命，我非常愿意宽恕他们，现在就可以宽恕他们。如果我能活着躲过这场大难，我一定按照你说的去做，让你满意。”

香客听了，非常高兴，也不再说什么，只是请他放心，在第二天天黑之前一定会让他听到无罪释放的好消息。然后香客离开监狱，走入法庭，私下里求见主审官员，对他说：

“大人，我们每个人在遇到一件事情时，都很高兴地想把它弄个一清二楚，像您这样身居高位的人，就更想查明案情，以免使无辜者受刑，犯罪者逍遥法外。我此时到您这里来，一是为了使您声名远扬；二是为了使罪犯受到应有的惩罚。您知道，您认为阿尔多布朗迪杀死了泰达尔托，所以把他抓来要处以极刑，但这实在是冤枉。我想在今天半夜之前把杀人真凶交到您手里，来证明我讲的都是真话。”

审判官为人本来就很纯朴，加上对阿尔多布朗迪又有些同情，所以他仔细听着香客说的话，又跟他讨论了很多细节，然后就依照他的方法到半夜把开店的那两个兄弟和他们的仆人抓了起来，他们也没有抵抗。到了审讯室之后，一开始他们还抵赖，说清楚是怎么回事，后来受不了刑，他们就分别招供了，然后，他们三人又一起坦白交代，是他们杀害了泰达尔托·埃利塞斯，不过那时并没有看得太清楚。

审判官问他们为什么要杀人，他们回答，是因为在他们不在店里的时候，被害人逗弄了他们中的一个人的妻子，还想强奸她。

那人知道了事情进行的详细过程之后，就和审判官告辞，悄悄来到埃尔梅利娜的家中。家里别的人都睡觉了，只有她一人没有睡在等他，她一半是希望听到她丈夫的好消息，一半也是想和她的泰达尔托重归于好。他来到屋中，高兴地对她说：

“我最亲爱的人儿，快乐起来吧，因为明天你就可以看到你的丈夫平安无事地回家来了。”为了让她更为放心，他将他干的事情向她从头到尾讲了一遍。

埃尔梅利娜是如此高兴，以至于她以为她是天底下最幸福的人了，因为如此让她难受和如此难以想象的两件棘手事已经解决了——一是她以为已经死亡并为之哭泣的泰达尔托还活着，她又重新拥有了他；二是她以为不久以后就要被处死并为之难过的丈夫已脱离了危险。于是她温柔地拥抱和吻着她的泰达尔托，然后和他尽释前嫌，两情相悦，你恩我爱，欢乐非常。

天快亮时，泰达尔托从床上起来，把他要干的事告诉了他的情人，又再次叮嘱她要保守秘密，然后就穿上香客的衣服，离开了情人的家，再去为阿尔多布朗迪的事奔波。

天亮之后，法院经过调查，彻底查清了这件案子的真相，立刻下令释放阿尔多布朗迪。几天之后，就把几个杀人犯押至肇事地点，一块儿处决了。

阿尔多布朗迪被释放之后，他和他的所有朋友及亲戚都欢天喜地，感谢香客的救命之恩，将香客请到家中，热情款待，求他在城里多待些日子，特别是埃尔梅利娜，心里明白她是在求谁，所以更加殷勤。没过几天，泰达尔托认为替他的兄弟们和阿尔多布朗迪调解一番的时间到了，因为他听说他的兄弟们由于阿尔多布朗迪被无罪释放，遭人耻笑，同时又担心阿尔多布朗迪报复，身边常带着武器，于是他请求阿尔多布朗迪遵守以前许下的诺言。阿尔多布朗迪愉快地答应了。香客让他在第二天设下一桌丰盛的酒宴，和他的亲戚及亲戚的女眷一起招待泰达尔托的四个兄弟和他们的妻子。香客又表示他本人愿意立即去邀请他们来出席酒宴，让双方和解。

阿尔多布朗迪对香客言听计从，于是香客便立即赶到他的四个兄弟那里，要求他们到阿尔多布朗迪的家中，请求他宽恕，与他和解，香客举出各种没法辩驳的理由，大费周折，最后终于说服了四兄弟。泰达尔多这才请他们明天上午到阿尔多布朗迪家去吃午饭，他们清楚这完全出于他的一片诚意，就爽快地接受了邀请。

第二天上午吃饭之前，泰达尔托的四个兄弟身穿丧服，带着几个朋友，来到了阿尔多布朗迪的家。主人早已在家里等候。他们当着阿尔多布朗迪邀请的所有宾客的面，将武器扔到地上，走上前去听候主人处置，请求他饶恕他们以前对他的得罪之处。

阿尔多布朗迪流着眼泪，亲切地接待了他们。他一一吻了他们，只说了很少的几句话就把事轻轻带过，没有任何责骂，便一笔勾销，饶恕了他们。跟在他们身后的他们的姐妹和妻子，身穿丧服，也被埃尔梅利娜太太和她的女伴们亲热地迎了进去。于是，男女宾朋入席，饭菜丰盛，招待热情，礼节周全，无可挑剔。但是由于泰达尔托的亲戚们穿着丧服，气氛沉闷，毫无喜庆的气息，所以大家都不怎么说话，有的人甚至想要责怪香客不该出主意办这次酒席。香客也看出了这一点，觉得到了该把整件事情挑明的时候了，于是趁大家吃水果的时候说：

“这次酒筵，假如不缺泰达尔托，大家便会更加尽兴了。实际上，他一直和你们在一起，只是你们没有认出他。现在我就把他介绍给你们。”

说完，他脱掉香客的帽子和长袍，露出绿色的威尼斯大披风，大家非常惊奇，仔细地长时间观察他，可仍不敢贸然相信他就是泰达尔托。看到这个情形，泰达尔托讲了他和他兄弟们的血缘关系，并和盘托出他家和阿尔多布朗迪家之间的事情和他自己的经历。他的兄弟们和其他人这才相信，大家兴奋得流出了眼泪，跑上前去拥抱他。在座的不管是亲戚还是非亲戚，包括女宾，也都同样拥抱他，只有埃尔梅利娜太太坐着没有动。

阿尔多布朗迪见此，就对她说：

“这是怎么了，埃尔梅利娜？你怎么不像别的女宾一样，向泰达尔托问好呢？”

为了让大家都可以听见，埃尔梅利娜故意大声回答道：

“没有任何人比我更乐意欢迎他啦，如果没有流言蜚语我可以那样做，我早就那样做了，是的，我比任何人都欠他的情，正是由于他的努力，我才再次拥有了你。但是，因为上次错把别人当成了泰达尔托来痛哭哀泣，招来了许多风言风语，我怎么能不避避嫌，

离他远一点呢。”

阿尔多布朗迪说：

“去抱抱他吧，去感谢他吧！你以为我会相信那些谣言吗？他费了那么大的周折，救了我的性命，这足以证明那些话是假的，我是无论如何也不会相信。站起来，去拥抱他吧。”

女主人心里早就盼望这样了，于是她赶紧听从了丈夫的话，站起身来，像别的女人一样，去上前去拥抱了他，表示热烈的欢迎和感谢。

阿尔多布朗迪的豁达大度，使泰达尔托的兄弟们和在场的男女宾客都很满意和称赞。以前有些人听了流言蜚语，心中产生过怀疑，现在听了这些话，顿时豁然开朗。于是，在大家向他表示欢迎之后，泰达尔托扯掉了他兄弟们的丧服和他的姐妹及嫂子们的丧衣，让人拿来其他衣服换上了。他们换过衣服后，就开始唱歌、跳舞，进行各种各样的娱乐活动。就这样，酒筵起初气氛有些冷清，结束时却欢声笑语。宴罢，大家意犹未尽，又去泰达尔托家吃晚饭，十分快乐。大家又在他家吃喝玩乐了好几天。

开始的几日佛罗伦萨人把泰达尔托看作死人复活，总有些害怕，很多人，包括他的兄弟们，心里总有点怀疑他到底是谁，要不是一件偶然的事情使他们弄清了到底是谁被杀了，可能很长时间。他们也不敢彻底相信他呢。

事情是这样的：有一天，从卢尼吉亚纳来的几个士兵路过泰达尔托家的门口，看见他便上前打招呼说：“你好，法齐乌奥洛。”

那时泰达尔托正跟他兄弟们在一起，他对他们说：

"你们把我当成别人了吧。"

这些人一听他说话的口音，十分尴尬，赶紧请求他原谅，并说：

"说实话，您长得跟他真是一模一样，我们还没有见过有一个人跟他那样像呢。法齐乌奥洛是我们的一个兄弟，大概十五天以前来到这里，从此我们再也没有听到他的消息。刚才我们对您穿的衣服也感到非常奇怪，因为他和我们一样，是个雇佣兵。"

泰达尔托的大哥听到这么说，走上前去问法齐乌奥洛穿的是什么衣服，他们回答说跟他们的一样是雇佣兵的衣服，再加上这样和那样的迹象。事情终于真相大白了，被杀的人是法齐乌奥洛，而不是泰达尔托。因此，大家对泰达尔托的怀疑也就不存在了。

就这样，泰达尔托既发了财，回到了家乡，又重新获得了情人的爱。他的情人呢，当然再也不会跟他闹翻了。自此以后两个人，一直谨慎地秘密享受着他们的爱情。但愿上帝也让我们享受我们的爱情吧。

故事八

埃米莉亚的故事说完了，没有因为故事很长而感到厌烦，大家都认为，如头绪众多，情节离奇曲折的故事，已讲得够简练了。接着，女王示意劳蕾塔，希望她接着讲下去，于是她讲了起来：

诸位亲爱的女郎们，我现在就要开始讲我的故事，尽管刚才讲的表面上好像是虚构的，但它却是真事。我是听说一个人死了，被人当成另一个人来哭泣和埋葬这故事后，才想起这个故事来的。现在，我要说的是，一个活人如何被当成死人埋葬了，后来，他本人和其他很多人又如何相信他死而复活，因此，一个本该受到惩罚的坏蛋，竟被当成了圣徒来推崇。

在托斯卡纳地区，有一座修道院，它现在仍然在那里，像我们常常看到的那样，它坐落在一个偏僻的人们不太常去的地方。那里有一个修士，后来他当上了院长。他在别的事情上都十分圣洁，但是他很好色。不过，这事他做得非常机密，人们并不知道，也丝毫没有怀疑他有这种毛病，所以人们一直把他当成一个正直、圣洁的人。

院长和一个叫费龙多的农民很有交情。这个农民很富有，但是他非常粗俗，非常愚蠢。他之所以不让院长讨厌，是因为有时院长拿他寻开心，觉得有趣。因为这种交往，院长知道他娶了一个非常漂亮的女人当了老婆。一来二去，他竟然火热地爱上了她，没日没夜地想着她。可那个费龙多，尽管头脑简单，什么事也不明白，却偏偏爱着他的老婆，把她看管得很严，在这一层上，倒也挺聪明的。这几乎让院长无法可想。不过，院长终究是个聪明人，他费了不少工夫，说服费龙多带着他的妻子到修道院的花园里来耍。趁着这个机会，他在花园里和他们大谈永生的幸福以及很多善男信女的事迹，说得那位太太当下就想向他忏悔，费龙多也只好同意，然后就离开了。

院长一看，非常高兴，就把她领到了修道院的一个密室里。她先在院长的脚边坐下，然后说：

“大人，假如上帝给了我一位好丈夫或者根本没有给我丈夫，那么，我也许还能像其他的善男信女一样容易地接受您的教诲，走上永生之路。但我一想到费龙多又傻又蠢，什么人也不如，就觉得自己过得还不如一个寡妇。可我毕竟已经嫁给他了，只要他活着，我就没法另找老公。像他这样的蠢货，偏偏毫无道理地妒忌得要命，跟他过下去，我只得受罪，只能倒霉。所以，在我没有忏悔之前，我谦恭地请求您在这方面给我一些指点，如果不能解决我的问题，忏悔呀，善行呀，对我一点用处都没有。”

院长一听正中下怀，他高兴极了，觉得运气来了，希望的大门打开了。于是他说：“我的孩子，我相信你的话，像你这样漂亮娇嫩的姑娘竟嫁给一个白痴，当然是够烦恼委屈的了，不过，我想他的嫉妒更让人讨厌。无论是哪个女人，如果有这样的丈夫，都是活受罪。咱们长话短说，除了有一种药可以治好他的嫉妒外，我还真没别的建议和办法。这种药，我清楚它非常灵验，也知道它的配方，只是有个条件，我对你说的话，你千万要保守秘密。”

那女人说：“我的神父，请您放心，我宁愿去死，也决不会把您跟我说的话告诉别人。但这事我们究竟该怎么办呢？”

院长回答：“我们要想治好他，必须把他送到炼狱里去。”

“但是，”那个女人问，“他还活着，又怎么可以把他送到那里去呢？”

院长说：“我们先让他死去，这样他就得去炼狱了。等他在那里受了很多苦，治好了嫉妒的毛病，我们再祈祷，祈求上帝让他重新回到人间。上帝会这么做的。”

那个女人说：“那我不就成了寡妇了？”

“是的，”院长答道，“只不过是一段时间罢了，在这段时间里，你可千万不要再嫁给别人，因为如果费龙多重返人间，你还得回到他那里去做他的妻子。但是如果他更加妒忌，上帝是不会答应的。”

于是她说：“只要能治好他的这种毛病，免得他如生活在监狱里一样，我就满意了。您照您的意思办吧。”

“我会治好他的，”院长说，“不过我既然为此出了力治好了他，你该怎么回报我呢？”

“我的神父，”她说，“只要我能做得到，我什么都可以答应您。可是，一个女人家，能做些什么来报答您这样一个纯洁的人呢？”

“夫人，”院长说，“我帮你的忙，你也得帮我的忙呀。也就是说，我准备帮你使你体验到人生的快乐和慰藉，你也得帮我，使我的身体得到放松，拯救我的性命呀。”

她说：“如果是这样的话，我答应。”

“太好了，”院长说，“那你就把你的心，你的身体交给我，成全我吧。我一直热烈地爱着你，日夜不宁啊。”

那女的听他这样说，她感到非常惊异，就对他说：“哎哟，我的神父，这是该提的事吗？我一直相信您是位圣人，好啦，圣人怎么可以向请求他指点的女人提出干这种事呢？”

院长回答道：“我的美人儿，你不用奇怪，我的圣洁并不会因为这件事而减去几分。因为圣洁在于灵魂，我求你的事只不过是肉体的罪过罢了。还是别管这些吧。你的妩媚姣美对我有多大的威力呀，叫我怎能不爱你呢。我告诉你，你的美超过世上任何女子，就连看惯了天仙美女的圣人也喜欢上了你，你该感到骄傲才是。尽管我是位院长，可我也是男人，再说你也知道，我并不老。我求你的事，对你来说不是什么棘手的，甚至你还想办呢。我对你说，等费龙多进入炼狱之后，我夜里就来陪你，代他给你安慰。任何人都不会清楚这件事的，因为人们像你刚才一样，都把我看作一个圣人，比圣人还圣人呢。

“如果你是个聪明人，就该接受上帝赐予的恩宠，答应我的请求，要知道，这可是许多女人求之不得的啊。请不要回避上帝给你的恩宠，如果你是聪明人，就答应我的请求吧，有许多女人还希望像你这样呢。我还有许多漂亮值钱的首饰，除了你我谁也不给。求你了，我的温柔的救人苦难的女人啊，拯救我吧，我可是帮了你的大忙了。”

那女的低着头，既不想拒绝，却又感觉答应他不太好。院长看她听了这番话，迟疑着不肯回答，便认为她已经有一半同意了，于是又说了好多其他的话来开导她，直到她点头同意才作罢。不过，后来她又害羞地告诉他，只有费龙多下了地狱之后，她才能委身从命。

院长一听大喜，赶忙说：“我可以很快就让他下炼狱，只要你明天或后天让他到我这里来一次，我自然有办法。”

说完，他掏出一枚精美的戒指，放到她手里，然后让她离去。

那女的非常喜欢这礼物，心里想着，有了这个戒指，将来绝对还会有别的什么。回去的时候，她找到她的陪伴，向她们讲述了院长的功德，她们都很赞叹，就这样，她们边说边朝家里走去。

过了几天，费龙多果然到修道院来了。院长一看见他，就决定动手把他送到炼狱里去。原来这位院长从莱万泰的一个王公那里得到了一种神奇万分的药粉。据那个王公说，这是当年“山中长者”常用来叫人灵魂出窍、在天国往来的一种灵药，根据剂量的大小，可让服药的人睡得时间长些或短些，从没有出过差错。只要有人服了它，就会跟死去一样。此时，院长拿出了那种药粉，称好了足以让费龙多睡三天的剂量，放到一杯浊酒里，然后请他到房间里来喝酒。费龙多毫不怀疑，把它一下子全喝了下去，然后院长把他引到外面的庭院里，那些修士和院长便开始拿他的蠢话开心解闷。不一会儿，药力开始发挥作用，费龙多突然头昏脑涨，瞌睡起来，人还站着就睡着了，随后就摔倒在地。

院长装得非常惊慌，解开他的衣服，叫人拿些凉水，洒在他的脸上，还用了种种其他的急救办法，好像费龙多得了什么绞肠痧或是什么其他的急症。

那些修士看到院长这样，也用尽了一切办法，见他毫无反应，就去摸他的脉搏，这才看到他已经死了。于是院长赶紧派人去把他的妻子和亲戚们叫来，他们立即赶来看到费龙多已经死了，就大哭起来。最后，院长决定让费龙多就穿着原来的衣服，把他埋到墓里。

那女的回到家中，说孩子太小不想再嫁人，要留下来照顾孩子，这样，她就留了下来，教育孩子和管理费龙多的财产。

当天夜里，院长悄悄从床上爬起来，带着他非常信任的一个人，前几天刚从博洛尼亚来的一个修士，把费龙多从墓里抬出来，移到一个不透光线十分黑暗的地窖里。这个地窖是给修士们准备的，犯了清规戒律的人便被关在这里。他们剥下了他的衣服，给他换上了一身修士的服装，把他放到一个草堆上，让他缓缓苏醒过来。那个博洛尼亚来的修士已经从院长那里知道了要干什么，就守在那里等费龙多恢复知觉，而其他的人对这件事毫不知晓。

第二天，院长带了几个修士去慰问那个女人，走进她家，见她身穿丧服，正在哭泣着她的不幸。他安慰了她一番，然后就请求她要遵守承诺。

那女的现在自由自在，没有费龙多碍手碍脚，再加上看到院长的手指上又戴了一个漂亮的戒指，就应允了，并和他定好，让他明天晚上到她家里来。到了第二天晚上，院长穿上费龙多的衣服，由那个博洛尼亚的修士陪着，到了那个女的家里，和她大事行乐，直到天亮，才回到修道院中。自此，院长晚出早归，干着他所谓的善行，其实是邪恶的帮忙勾当。这样来来往往，难免不被人发现，于是就有人说，费龙多在那条路上飘荡，在忏悔生前的罪恶事情；后来竟越传越神，乡下的那些愚夫愚妇谈论得有声有色。费龙多的女人听人谈论，心里自然清楚那是怎么一回事。

费龙多在地窖里醒来之后，不清楚自己身在何处。正在这时，那个博洛尼亚的修士怒吼一声，抓住他，拿着棍子就照他劈头盖脸地乱打一阵。费龙多哭喊着，拼命地问：

“我在哪里？”

“你在炼狱中。”修士回答。

“什么！”费龙多喊道，“难道我死了吗？”

“当然死了。”修士回答。

费龙多想到自己，想到他的年轻美丽妻子，想到年幼的孩子，心里一阵难过，便大哭起来，接着便是胡言乱语。等他终于平静下来之后，修士给他带来了一些吃的和喝的。

费龙多嚷道：“什么，死人也会吃东西吗？”

修士回答：“当然。昨天早晨，有个女人，就是你的老婆，到教堂去做弥撒，好哀悼和挽救你的灵魂。这些食物都是她带来的，上帝准许你享用它们。”

费龙多说：“愿上帝赐给她快乐。我生前非常爱她，整夜把她搂在怀里亲她，一时兴起，也还干点别的什么。”

这时，他也实在饿了，就开始吃喝。他喝了一口酒，觉得味道不太好，就开始嚎叫：“上帝啊，请让她伤心去吧，她怎么不把靠墙的那个桶里的酒拿给神父呢？”

等他吃完之后，那修士又一把抓住他，拿起刚才的棍子，把他痛打了一顿。费龙多急得直叫：“哎哟，你为什么要这样痛打我？”

修士说：“因为上帝命令我每天要打你两次。”

“这到底是为什么？”费龙多问。

修士回答：“因为你娶了当地最美好的女人为妻，却有妒忌的恶疾。”

“唉，”费龙多说，“你说得很对，她是世上最可爱的女人，比蜜饯还要甜蜜哪。但我以前并不知道上帝不喜爱男人妒忌，如果我早知道，就绝不会那样了。”

修士说：“当你活在世上的时候，早就需要知道这一点，那还能补救。如果有朝一日你能回到人间，请记住我给你的这几顿棍子，再也不要心里不平衡了。”

费龙多问：“什么，死人还能再回到人间？”

修士回答："是的，只要上帝愿意，你当然可以回去。"

"噢，"费龙多说，"只要我能回去，我会成为世上最好的丈夫，我永远不会再打她、骂她，用各种粗鲁的话侮辱她，除非她像今天早上那样给我送了劣质酒，对了，还有她没有送来蜡烛，害得我只好在黑暗中吃饭。"

修士说：她当然送来好蜡烛，只是在做弥撒时全都点完了。"

"噢，"费龙多说，"你说得对，如果我回到人间，我一定让她愿意怎么样就怎么样，绝不为难她。不过，给我说，你是谁，为什么要干这个？"

修士回答：我也是一个死人。我原来是撒丁岛人，因为生前我时常怂恿我的主人妒忌，我才会被罚到这里来当差，给你吃喝，打你，直到上帝把你我发落到其他地方为止。"

费龙多问："这里除了咱们两个以外，就再也没他人了吗？"

修士回答："不，这里的鬼魂成千上万，只是你永远看不见他们，他们也看不见你。"

费龙多又问："这里离我们的故乡有多远？"

"嘿嘿，"修士答道，"那可太远了，根本就算不清到底有多远。"

"哎呀，那可真是远得没边了。"费龙多说，"我感觉我们都远离世界了。"

就这样，费龙多在地窖里待了十个月，每天有吃有喝还要挨两次揍，有时那个修士就同他瞎聊。在这十个月内，院长一有机会就到费龙多那个漂亮的老婆那里去寻欢作乐。可是后来，还是出了事——那女的怀孕了。她发觉了这事，就立刻告诉院长。两个人一商量，觉得事不宜迟，应该赶快让费龙多从炼狱里出来，回到她的身旁，好说是他让她怀了孕。

第二天夜里，院长到关着费龙多的地窖，压低声音喊他。然后对他说："恭贺你，费龙多，上帝要送你回到人间去了。你回去之后，你爱人会给你生一个儿子。你要给他起名，叫贝内戴托，因为全靠那圣洁的院长和你妻子的祷告，还有看在贝内戴托的份上。上帝才给了你这样的宠爱。"

费龙多听见这话，高兴极了，他说："我真高兴。愿天主保佑神明，保佑院长，保佑圣贝内戴托，保佑我那像美餐一样可口、像蜜饯一样甜蜜的爱人吧。"

下一次在给费龙多喝酒时，院长又在酒里放了一点药粉，让他睡了大约四个小时，院长和那个修士。给他换上他自己的衣服，把他抬到了开始埋葬他的那个墓里。

翌晨，费龙多苏醒过来，从墓穴的小缝中看到了十个月他没有见到过的亮光，于是就开始叫了起来："把我弄出来！把我弄出来！"同时，他还用头去撞棺材盖，而盖本来就没有盖严。因此没费多大力气，就被他顶开了，他就往外爬。当时修士们正在晨祷，听到费龙多的声音，赶紧跑到墓那里，一看，发现费龙多正从墓里爬出来，他们吓得撒腿就跑，连忙向院长报告这件怪事。院长假装刚刚做完祈祷，站起身来说：

"孩子们。不要怕。去给我把十字架和圣水拿来。跟我走。让我们去看一看万能的上帝显灵的奇迹吧。"说完，他便往墓地那里走去。

由于很长时间被关在地窖里，费龙多很久没有见过太阳，所以他面色苍白。他一碰到院长，便跪到他的脚下，对他说：

“我的神父，由于上帝的启示，您的祈祷，圣贝内戴托的祈祷，我老婆的祈祷，把我从炼狱的痛苦中拯救出来，重新回到世间。我祈求上帝保护你年年好，月月好，今天好，明天好。任何时候都好。”

院长说：“还是赞美万能的上帝吧。孩子，既然上帝让你重返人间，快回家去安慰你的妻子吧，自从你死了之后，她一直以泪洗面哀悼着你呢。以后，你要成为上帝之友和忠实的奴仆啊。”

费龙多回答：“神父，您说得对。之后您看我怎样对她吧。我一看见她，就会搂住她吻她，我太爱她了。”

他走了以后，院长和他的修士们在一起，假装十分惊奇，以为这是上帝的奇迹，于是就叫大家虔诚地唱起《圣经·赞美诗》第五十一篇来。

再说费龙多，他回到村子里，一路上看见他的人都被吓得直跑，他们以为看到了鬼或别的什么吓人的东西。他把他们叫回来，声明自己是个活人。连他的老婆看见他，也觉得非常害怕。

后来，人们仔细辨认，确定他是个活人，才放下心来，于是问了他很多事情，问他是怎样活着回来的。他竟然一一作答，还给问他的人带来了他们亲戚的亡灵的消息呢。接着他自己又编造了好多炼狱的事情，他讲得天花乱坠。最后，他居然当着围观的听众，声称在他复活之前，加百列天使亲口对他说过神谕。他就这样回来和他老婆团聚，重新掌管他的财产，使他老婆怀了孕，这当然是他的看法。真是无巧不成书，到了第九个月（乡下的那帮蠢人还真以为女人就是怀胎九个月生孩子呢），他爱人生出一个男孩子，取名为贝内戴托·费龙多。

故事九

因为劳蕾塔的故事已经说完了，而迪奥内奥最后讲的特权又要得到尊重，女王知道应当由她接着讲下去了，于是不等臣下请求，她便心平气和地开始说道：

有谁曾听到过像劳蕾塔一样说得有声有色的人呢？幸亏她不是第一个讲的人，否则，别人的故事恐怕会相形见绌呢。我真有点担心，不知今天要讲的剩下那两个故事能否同样吸引各位，让各位听得津津有味。虽然如此，我还是准备按我准备的给诸位讲一个。

从前法国有一个贵族，名叫伊斯纳尔多，是罗西利奥内的伯爵。由于他体弱多病，所以常年有一个医师在家里。这个医师名叫热拉德·德内博纳。伯爵只有一个儿子，叫贝特朗，他长得很漂亮，也很招人喜欢。小时候他常和医师的女儿吉莱塔一块娱乐，没想到吉莱塔到了情窦初开的年纪时，竟偷偷地疯狂爱上了他。后来，伯爵死了，贝特朗承袭爵位，前往巴黎听候国王吩咐。自从他一走，吉莱塔整日郁郁寡欢，没有多久，她的父亲也去世了。她多么希望自己可以找到一个机会去巴黎看她的贝特朗呀！但是，因为她现在只剩下孤身一人，又继承了一笔钱财，所以受到了严格的监护，实在找不出一个恰当的借口去那里。

吉莱塔已经到了该嫁的年纪，可她仍对贝特朗念念不忘。她的亲戚们给她做媒，说合了很多人家，都被她一口回绝了，她也没说出为何她不想嫁人。

她听说贝特朗到了巴黎之后，出落成一个美男子，越发风流潇洒了。因此她心中的爱情之火也燃烧得越发猛烈了。后来她又听人说，法国国王的胸口长了个瘤子，因为治疗不当变成了瘘管——这使国王心中十分烦闷，痛苦难当，虽经很多名医精心治疗，不但病情没有好转，反而恶化了。从此，国王绝望了，他既不想看病，也不想吃药。听到了这个消息，吉莱塔特别高兴。她认为她不但能借给国王治病的机会合法地到巴黎去。而且，如果国王的病正是她想的那种，那她治好国王的病以后说不定会天赐良缘，让她和贝特朗结为夫妻呢。原来，她父亲生前传授了很多秘方给她，她现在就按国王的病情对症下药，用一些草药制成了药粉，骑上马，朝巴黎进发了。

到了巴黎，她首先打听出贝特朗的住处，去看了他，然后她就去见国王，请求他让她给他治病。

国王看她是个年轻貌美的姑娘，不忍心拒绝，就叫她看了他生病的地方。看完之后，她胸有成竹，认为可以治好这种病，就说："陛下，假如您让我给您治病，凭着上帝的助佑，不出八天，我就能把它治好，不再让您感到痛苦，或者麻烦。"

国王听了她的话，觉得她非常可笑，心想："世上的那么多名医都治不好的病，一个年轻的姑娘又懂得什么呢？"于是国王便感谢了她的好意，告诉她，他已经打算不再看医生了。

可那姑娘说："陛下，因为我年轻，又是个姑娘，你可能信不过我吧？不过，虽然我不是个精通医道的名医，可是由于上帝的助佑和我的先父、名医热拉德·德内博纳的传授，我是能治好您的病的。"

国王听了她的话，心中说："她可能真是上帝派来的吧；她既然说短期内能治好我的病，又不会让我受什么苦，为什么不叫她试一试呢？"这样打算之后，国王对她说："姑娘，如果您没有治好我的病，又让我破坏了我不再看医生的誓言，您让我怎样处置您哪？"

"陛下，"姑娘回答，"请您让我治吧。假若八天之内我没治好，您就把我活活烧死；如果我治好了，您该怎么谢我呢？"

国王说："如果您没有嫁人又治好了我的病，我就为你挑选一个高贵英俊的丈夫吧。"

姑娘说："陛下，您给我选丈夫，我十分荣幸。但是，我希望能自己选择丈夫，您放心，我不会选您的儿子或王室的后代的。"

国王马上就答应了她。

于是姑娘开始给国王治病，还不到八天，她就把国王的痼疾给医好了。等国王感觉自己已经大病痊愈，就对姑娘说：

"姑娘，您已经赢得了一位丈夫。"

姑娘回答："那么，陛下，请您让贝特朗·德罗西利奥内做我的丈夫吧。我从小就极为喜欢他，直到现在，我还爱着他。"

国王觉得把他给她做丈夫，是一件大事。不过他有言在先，不便食言，于是就把伯爵召来，对他说：

"贝特朗，您已经成年，并且受到了很好的训练，我认为您可以回去治理您的领地了。现在，我选了一位姑娘给您做妻子，带她一块儿走吧。”

贝特朗问：“陛下，这位姑娘是谁？”

国王答道：“就是医好我的痼疾，还我健康的那个姑娘。”

贝特朗当然认识她，而且最近还见过她一面。虽然他觉得她很漂亮，可是她出身低微，配不上贵族门第，因此，他轻蔑地说：“陛下，难道您想让我娶一个江湖郎中做妻子吗？上帝呀，我不会要这种女人做我的夫人的。”

国王说：“这就是说，您是想叫我失信于人吗？我曾经答应过那位姑娘，只要她治好了我的病让我恢复健康，就可以选择一个人做她的丈夫，她选了你。”

“陛下，”贝特朗说，“我是您的侍臣！，您可以支配我所有的一切。可以把您喜爱的人赏赐给我。但是，我坦白地对您讲，这门亲事，我不是很满意。”

“您会满意的，”国王说，“这位姑娘聪明、美丽，又十分爱您，您和她生活在一起比和一位名门望族的小姐一起生活要幸福得多。”

贝特朗也没有再辩论什么，国王就命人布置了一个盛大的结婚典礼。到了预定的日子，贝特朗非常不情愿地在国王面前娶了那位姑娘为妻，由于他更爱自己的身份，害怕违背国王会失去地位。他早已想好，婚礼一结束，他就要对国王说，他要回自己的领地圆房，然后假装回领地，上马而去。事实上他并没有回他的领地，而是到托斯卡纳去了。到了那里，他听说佛罗伦萨人正在跟锡耶那人交战，就加入了佛罗伦萨人的军队。佛罗伦萨人很高兴地收留了他，很优待他，给他的犒银也非常高，还让他当了队长。于是，他就留在军队里服务了很长时间。

发生这种事情，新娘当然不高兴，不过她认为他早晚有一天会回心转意，回到他的领地来。于是她独自来到罗西利奥内。好在那地方的人都很尊敬她，把她当成伯爵夫人看待。到了伯爵府邸，她看到由于伯爵长期不在家里，一切都乱七八糟，毫无章法，于是凭着她的智慧和勤勉，把所有事情都处理得井井有条，那些家臣仆役看到这样，都对她心悦诚服，认为她真是一位贤惠的夫人，并都很高兴能有这样一位伯爵夫人，说伯爵把她丢下不管，真是不合情理。

夫人在把领地治理得井然有序之后，派了两个骑士去向伯爵汇报，并恳求他回来。如果他因为她而不愿回来，请讲明，她为了让他高兴，可以再做安排。没想到伯爵非常固执，竟然说：

“家里的事，她爱怎么办就怎么办吧；除非我的这个戒指会戴在她的手上，她的怀里会抱着我的亲生儿子，否则我是绝对不会回去同她一起生活的。”

原来伯爵有枚非常珍爱的戒指，据说有辟邪作用，所以他一直戴在手上，总是不离。

两位骑士都觉得伯爵提的条件太苛刻了，他要求的那两件事几乎是无法办到的，可是不管怎么说也无法让他改变决定，于是他们回到夫人那里，把他的意思转达给了她。夫人听了以后心中非常痛苦，但是经过反复思考她感觉如果她成功地办到了那两件苛刻的事，那么她的丈夫也许会改变主意回到她身边。打定主意之后，她便把当地的绅士和长者请来，用悲戚的语调讲述她如何爱着伯爵，如何为他管好家产，而他又是如何对待她的，然后告诉他们，她不愿意因伯爵长期漂泊在外而占有他的产业，而宁可去朝圣，把余生献给上帝，并且广行善举，好拯救她的灵魂。她请求他们照看和管理伯爵的领地，并命人去通知伯爵，让他回来接管他的财产，她要出走，再也不回罗西利奥内来了。

她讲到这里，那些善良的人早已感动得流下了眼泪。他们一再请求她改变主意，不要离去，但都无济于事。她以上帝的名义叮嘱了他们一番，然后带上伯爵的一个堂弟和一个使女，穿着香客的衣服，收拾好首饰和钱，也没有告诉别人她要去哪里。就上了路，直朝佛罗伦萨走去。到了那里，她找到由一个善良的寡妇开的小客栈，像困苦的香客一样住了下来，希望打听到她丈夫的消息。

事情真是很巧，第二天她就看到她丈夫贝特朗骑着马和他的士兵从店门口经过，虽然她马上就认出了他，却故意问女店主他是谁，那女店主告诉她：

"他是外面来的一位绅士，贝特朗伯爵，他有礼貌，非常讨人喜欢，在本城很受欢迎。现在，他爱上了我的一个女邻居的小姐，也是出身名门，但是现在穷了。要说这位小姐，真正是位贞洁贤淑的姑娘，因为家里没有陪嫁，所以一直没有嫁人，她和她的母亲，一个善良的老太太住在一起。假若她母亲不在家了，说不定她已经让伯爵给勾搭上了。"

伯爵夫人听了这些话，心里就完全清楚了是怎么回事，然后又把其中的详细情况一一打听清楚，准备拿定了主意才去行动。她问明了那位老太太和老太太的女儿——伯爵所爱的那个姑娘的地址和姓名，然后找了一天，穿上香客的衣服，去看那母女俩，到那家一看，她们果然十分穷苦。夫人向她们问好之后，便对老太太说，她想和老太太商量件事，不知可不可以，老太太听她这么说，连忙把她请到内室坐下，此时伯爵夫人说：

“老太太，我想您跟我一样，都是苦命人，但是，如果您愿意，恰巧您也能够提供方便，那么您不但帮了我，也帮了您自己。”

老太太回答只要有恰当的办法。她一定会帮助别人的，于是，伯爵夫人说：

“首先我必须得到您的誓言。否则，我相信了您，您却欺骗我，那么您的事和我的事都办不成了。”

“这是自然，”老太太说，“您尽管对我说吧，我绝不会欺骗您的。”

于是伯爵夫人便表明了自己的身份，把自己从小就爱上了伯爵，以及后来发生的一切全部告诉了她。老太太对这事本来就有所耳闻，又听了她讲的话，就更相信她了，所以对她非常同情。伯爵夫人讲完她的遭遇之后，接着又说：

“您瞧，我是多么不幸呀，如若要我丈夫回到我身边来，我要做的那两件事有多难呀。现在除了您，世界上没有任何人能帮助我——因为我听说伯爵——我的丈夫，爱上了您的女儿。”

老太太回答：“夫人，我不太明白伯爵是否真的爱上了我的女儿。不过，他对我女儿倒是挺殷勤的，即使真是这样，您希望我能为您做些啥呢？”

“老太太，”伯爵夫人说，“我会告诉您的。但是在告诉您之前，我向您保证，假如您帮了我，您的女儿这样漂亮，不过我听说她现在因为缺少嫁妆，所以还没有嫁人。您帮了我，我会给您一笔钱置办嫁妆，让您的女儿风光地出嫁，您看好不好？”

那位老太太的日子本来就已经非常窘迫，听到有人资助她，怎能不高兴呢？不过，她毕竟出身于大户人家，就说：

“夫人，请您告诉我该做些什么。假如是正大光明的事情，我乐意效劳，至于酬劳，随您怎么办好了。”

伯爵夫人说：“请您派一个您信任的人去告诉伯爵，就是我的丈夫，说是您的女儿爱上了他准备和他相好，但他要办一件事来证明他爱她，她才放心。她听说他有一枚特别珍爱的戒指一直戴在手上，如果他把戒指给她，她就相信他爱她。等把戒指送来，请您把它交给我，然后再派人对他说，您的女儿想和他幽会。让他晚上悄悄地到这里来，而我和您的女儿调包，和他睡觉。如果上帝恩宠于我，我也许会怀孕。到那时，我手上戴着他的戒指，怀里抱着他的孩子，我就会重新获得他，就像天下所有的妻子与丈夫一样，和他生活在一起。这些就拜托您了。”

老太太先是觉得事关重大，担心会损害女儿的名誉，但又一想，伯爵夫人让她做的事，目的相当纯正，完全出于美好和忠诚的感情，只是一个善良的女人想重新获得她的丈夫，便答应了。没过几天，她就遵从伯爵夫人的指示，谨慎地和伯爵联系上了，并拿到了那枚戒指（当时，伯爵还真有点舍不得给呢），还让伯爵夫人冒充她的女儿和伯爵睡觉，事情安排得很周密。

仿佛上帝有意要成全她，在伯爵和她的交合中，她怀了孕，后来月足临盆，果然生出一对男孩来。那位老太太呢，很多次，让伯爵夫人享受到丈夫的欢爱，每次她都安排得非常秘密，没有露出半点风声。伯爵本人也一直没有发现他是和自己的妻子睡觉，还以为是和他所爱的女子在一起呢。到第二天离去的时候，伯爵时常把一些漂亮而又珍贵的首饰留给她，她都精心地保存起来。

等到伯爵夫人发觉自己怀了孕，不愿再麻烦老太太，就对她说：

“老太太，因为上帝和您的帮助，我已经有了我希望有的东西，我就要离开这里。”

老太太对她说，如果她的目的已经达到，她为她高兴，至于她所做的事，完全是应该的，是成人之美，并不是希望获得报偿。伯爵夫人就说：

“老太太，您对我真是太好了，您要什么。尽管对我提，这也不算什么酬劳，只不过这是我应尽的一点心意罢了，况且我也应帮助别人。”

老太太的日子非常拮据，只得很难为情地向她开口要一百里拉，好给她的女儿做嫁妆。伯爵夫人见她不好意思，又听到她要求的酬劳真是很低，就给了她五百里拉，另外加上价值五百里拉的贵重首饰。那老太太喜出望外，于是伯爵夫人向她道别，回客店去了。

老太太因为担心贝特朗再到她家里来，便随便找了个借口，和她的女儿一起搬到了乡下的一个亲戚家。不久，贝特朗听家臣报告，说夫人已经出走，经他们劝说，就回故乡去了。

伯爵夫人听说他离开佛罗伦萨回自己领地去了，心里非常高兴。她自己仍留在佛罗伦萨等待分娩，后来她生下了双胞胎男孩，长得十分像他们的父亲。伯爵夫人他们，等她觉得可以动身了，便上了路，悄悄地来到蒙佩叶休息了几天。在那里，她打听到伯爵在万圣节那天要在罗西里奥内举行庆典，宴请当地的贵妇与骑士，于是她又穿上香客的服装，回到家里。

当时贵妇和骑士们正聚集在伯爵的府邸里。即将入席，夫人也没换衣服，回到家乡在人群中看到伯爵，便挤了过去，跪在他的脚下，哭诉道："我的夫君，我是你那苦命的妻子，为了叫你回到家乡，我宁可一人孤苦地长期漂泊在外。现在，看在上帝的面上，我恳求你遵守上次你让那两个骑士带给我的诺言吧，因为你提出的条件，我办到了：我怀里不只有你的一个儿子，而是两个；还有，这是你的戒指。依照你的承诺，我找你的时间到了，你也该认我为妻了。"

伯爵顿时愣住了，他仔细辨认那枚戒指，认出果然是他的，又看看那两个孩子，果然跟他非常相像，于是就问：

"这到底是怎么回事？"

于是伯爵夫人就原原本本地把事情的经过讲了一遍，伯爵和其他所有在场的人，听了都感到惊奇。伯爵知道她讲的全是实情，觉得她既坚韧不拔，又有非凡的智慧，再看到他的那两个小儿子是如此可爱，为了信守诺言，也为了让骑士与贵妇们高兴——他们所有人都请求他接纳她，给她伯爵夫人的尊称，认她为合法妻子——他就不再执拗，把她从他的脚下扶起来，拥抱她，吻她，承认她为合法妻子，那两个孩子为合法子嗣；然后又请她换衣服，以伯爵夫人的身份和众人相见。在座的人，甚至于听到这事的伯爵的臣民，都十分高兴，因此，人们不仅那天庆祝了一整天，而且接连又是几天盛宴。从那以后，伯爵一直守着她，尊她为夫人，十分爱她。

故事十

迪奥内奥认真地听着女王讲故事。女王讲完之后，只剩下他一个还没有讲，因此不待别人催促，便含笑讲了起来：

各位可爱的女郎，你们可能从未听说过魔鬼是怎么被关进地狱里去的吧？现在我就告诉你们。我讲的跟诸位今天一天所讲的故事相差不远，也许诸位听了之后，可以把握住它的精髓，明白这样的事理——爱神虽然更喜欢光临贵族的琼楼玉阁，但这并不是说，他不会偶尔地也在茂密的幽林、陡峭的山峦、荒蛮的洞穴显示一下他的威力。要知道，人类万物完全都要受到爱情力量的主宰。

现在让我言归正传。从前，在巴巴利的加夫萨城有一位富翁，他本来并不是基督教教徒，可听城里的好多基督徒都赞美基督教的信仰，崇敬天主，也就产生了钦慕之心。有一天，他向一位教徒请教，人们应该如何侍奉上帝而不受繁华俗世的干扰。这个人就告诉她，侍奉上帝最好的办法，是像躲到荒无人烟的沙漠中去修行的隐士们一样，抛弃所有世俗的事务。

听了这话，他很多子女中，其中有一个女儿叫阿泽贝，长得美丽端庄，有一种幼稚的冲动。这位小姑娘才十四岁左右。头脑非常简单。在第二天清晨，她孤身一人，悄悄地向泰巴伊达沙漠进发了，她没有告诉任何人她的去向。她凭着那种冲动的力量，忍受了饥饿之苦，几天以后，她终于来到了荒漠地区。她看见远处有一间小茅屋，就朝那里走去，在门口遇到了一个圣洁的人。那个人没想到会在这里看到一个小姑娘，就问她来这里做什么。她回答说，她受了上帝的感召，来寻找侍奉天主与一位能指导她如何侍奉天主的人。

那人见她又年轻又漂亮，担心一收留了她很可能会引来魔鬼的诱惑，所以先赞扬了她坚定的志向，拿出了一些草根、野果和椰枣给她吃，倒了一点清水给她喝，然后对她讲：

“我的孩子，离这里不远，还有位圣洁的修士，他比我在侍奉天主方面强很多，你去找他吧。”说完他就打发她上路了。

等她到了那位修士那里，得到的回答竟跟第一个修士的话一模一样，她只好再往前走。后来，她遇见了一个叫作鲁斯蒂科的修士。她看到他又年轻又虔诚且为人又和气，便把自己的来意跟他说了，这位修士想试试自己对宗教的坚定信仰，所以没有像前两位那样把她打发走，而是收留了她，叫她和自己一起住到了他的小棚子里。晚上，他把一些棕榈树叶铺在地上，就是床，让她睡在上面。

这样安排好之后，没过多久，肉欲的诱惑就开始向他的宗教力量进攻了。他这才知道他是在自己骗自己，他压根经不起魔鬼的轮番猛攻，只得低头认输。什么圣洁的思想、祈祷、禁律，全让他丢到脑后了，他开始一心想着她是多么年轻美丽，怎样才能把她搞到手，既满足自己的欲望，又不让她看出他是一个放荡的人。他先问了她几句话，发现她从来没有跟男人交往过，就像她表现的那样，十分单纯和纯洁，因而他想借口叫她侍奉天主的敌人，接着就让她明白，要侍奉天主，讨他欢心，便把魔鬼重新放到天主惩罚它的地狱里。

那姑娘便问怎样送进去，鲁斯蒂科说：

“你马上就会明白的，你看着我，我怎么做，你就怎么做。”说完，他就把穿得很少的几件衣服脱下来，浑身上下赤条条的。那姑娘也跟他学，将穿的衣服剥了个精光。然后，鲁斯蒂科跪在地下，做出祈祷的样子，让那姑娘和他面对面地跪下。

就这样，姑娘被他糟蹋了。

在以后的几天里，他又多次要求，每次那姑娘都恭敬地接纳了它。谁知随着时间的流逝，她竟开始喜欢起这种游戏来，于是她对鲁斯蒂科说：

“我想，加夫萨城的人说得对，侍奉上帝实在是一件快乐的事情。回想一下我做过的事，我觉得没有哪一件事能比把魔鬼关进地狱里去更让我舒适和幸福的了。我以为，那些不去侍奉天主而干别的事情的人，真是太愚蠢了。”

所以，她常常让鲁斯蒂科去干那件事。她对他说：“我的神父，我到这里来是为了侍奉天主，而不是为了瞎转悠，让我们去把魔鬼放进地狱里去吧。”

事情完后，她又说：“鲁斯蒂科，我不明白为什么魔鬼还要从地狱里逃出来。假如能把它留在里边，我就像地狱那样愿意接受和容纳它，它还是永远不溜出来吧。”

就这样，那姑娘不断地要求鲁斯蒂科与她一起侍奉天主，讨天主喜欢，以至于那个修士的身子都被掏空了，当别人开始流汗的时候，他还感到冷呢。他对姑娘说：“既然魔鬼已被制服，不能再朝天主进攻了，那么不必再惩罚它。把它放进地狱里边去了。由于上帝的恩宠，我们已经打掉了它的嚣张气焰，它正在请求上帝饶恕呢。”这才叫那姑娘安静了几日。

过了一阵，那姑娘见鲁斯蒂科不再求她把魔鬼关进地狱里，便对他说：“鲁斯蒂科，或许你的魔鬼已经受到了惩罚，不再来纠缠你，可我的地狱里却闹腾呢。你还是行行善，让你的魔鬼来拯救我地狱的急吧，就像原先我的地狱帮助你制服魔鬼一样。”

鲁斯蒂科吃的是草根，喝的是清水，最后实在是不能满足她的要求，只得向她解释说，平息地狱的火焰，需要很多很多魔鬼，他的魔鬼只是其中之一，只能干他能干的事。因此，他只是偶尔地满足她一下，但是次数太少了。就如把一颗豆子扔到狮子嘴里一样，不能让她吃饱呢，所以那姑娘觉得不能尽力服侍天主，经常抱怨鲁斯蒂科。

正当鲁斯蒂科的魔鬼和阿莉贝的地狱——一个已经疲软，一个却火焰熊熊——发生矛盾时，加夫萨城发出了大火灾。在这场大火中，阿莉贝的父亲和她的兄弟们，还有她的亲族都死了，这样，阿莉贝便成了唯一的继承人。城里有个叫内尔巴莱的青年，他一向吃喝嫖赌，将自己家财挥霍了一空，他听说阿莉贝还活着，就到处找她，竟然在政府还没有把她父亲的家产作为无人继承的家产充公之前找到了她，将她带走了。当时她心里非常不愿意，可鲁斯蒂科总算松了一口气。他把她带回了加夫萨城，娶了她做妻子，这样，他和她成了巨额财产的继承人。在他与阿莉贝同房之前，城里的女人们问阿莉贝她在沙漠里是如何侍奉天主的，她就回答说是把魔鬼关进地狱里去。内尔巴莱将她硬带到这里来，使她不能再继续侍奉天主，真是非常缺德。

女人们又问她："怎样才能将魔鬼关进地狱里去呢？"

她就绘声绘色地向她们演示了一下，她们听了以后。个个笑得前俯后仰，边笑边对她说："孩子，你不用难过，这里的人都会干这件事，内尔巴莱也会这样与你一起侍奉天主的。"

后来，这事便被当成笑谈传遍全城，最后竟变成了一句口头语——侍奉天主的最好的办法，就是把魔鬼送进地狱里去。再后来，这句话漂洋过海，流传到我们这儿，至今仍在流传呢。年轻的女郎们，诸位要想得到上帝的恩宠，就要赶紧学会怎样把魔鬼关进地狱里去，因为这不但让天主高兴，而且男女双方从中还可获得快乐，确实是一件非常美妙的事情。

迪奥内奥的故事讲得如此之好，笑坏了那七个纯洁的女郎，她们笑啊，笑啊，笑了无数次。等他把故事讲完，女王清楚她的任期已满，便从头上摘下桂冠，很高兴地戴在菲洛斯特拉托的头上，对他说："此时让我们看看这头公狼领导我们这群羔羊，是不是比我们这群羔羊领导这群公狼要强。"

听了这话，菲洛斯特拉托笑着说：

"假如大家信得过我，那么狼早就教会羔羊把魔鬼放进地狱里去了，而且绝对比鲁斯蒂科教阿莉贝要教得好，你们不要称我们为狼，你们也不是羔羊。不管如何，现在既然轮到我做国王，我一定尽力领导好大家。"

内伊菲莱插话说："听好，菲洛斯特拉托，如果你们要教我们，首先得学聪明点，就像玛塞托·达兰婆雷基奥领教了修女们的厉害以后学聪明了一样。不然，还是等你们到了骨瘦如柴，只剩下一副骷髅时再说话吧。”

菲洛斯特拉托见自己敌不过女郎们的机敏锐利，就不再取笑，开始管理王政了。他把管家召来，机巧锋利地询问了一下所有该做的事情，还作了别的指示，目的无非是让伙伴们在他的任期内过得愉快，然后他转身朝女郎们说：

“可爱的女郎们，我是一个明理的人，自从我爱上了你们之中的一位美人后，我就成为了爱情的奴仆，不幸的是我对她百依百顺，尽力讨好，却难成好事，先是被抛弃，接着她又跟了别人，这对我来说真是雪上加霜，我恐怕是要为此而终生难受了。所以我想明天的题材，只能像我的事那样，讲一些结局悲惨的爱情故事。我早就知道我会有一个不幸的结局，因为你们叫我菲洛斯特拉托，由此知道，给我取这个名字是非常合适的。”

说过这些，他站了起来，让大家自由活动，到吃晚饭时再集合。

花园这样美丽，叫人赏心悦目、流连忘返，再没有地方比这里更叫人愉快的。这时太阳已经快落山了，不再那么炎热，有几个人就去追赶小鹿、小兔，因为它们总是在他们周围蹦蹦跳跳，真有点叫人讨厌。迪奥内奥和菲亚梅塔开始唱起《古列尔莫阁下和维尔吉乌的女子》这首歌，菲落梅塔和潘菲洛开始下棋，大家各自娱乐，消磨时光，这样，时间一晃而过，不知不觉就到了吃晚饭的时间。饭桌放在美丽的喷泉旁边，大家开心地就餐。

吃完之后，菲洛斯特拉托按照前几位女王立下的规矩，命令劳蕾塔跳舞唱歌。劳蕾塔说：“我的君王，别人的歌我不会唱，我也想不起我有啥歌能配得上这样美妙的时光，让大家高兴；如果你们

一定要让我唱的话，我就唱一首我记得的歌罢。”

国王说：“没有啥东西比你的歌声更悦耳的了，你就挑你记得的，尽管唱吧。”

于是劳蕾塔便唱了起来，其他的女郎们给她和声，轻轻哼唱。她的声音非常甜蜜，略带一些伤感的韵味：

世上没有哪一位姑娘，
会像我这样痛苦悲伤……

唱到这里，劳蕾塔的歌停住了。唱过歌曲，大家的体会各不一样。有的按照米兰人的谚言“宁可做蠢猪，也不做美女”去品味，以为红颜薄命；有的人则了解她的真正心意，有着更巧妙的解释——蒂蕾莎在叹息。

之后，国王命令点起火炬，大家坐在草地上，周围鲜花环绕，唱起了别的歌，直到月落星稀，国王感觉睡觉的时候到了，便跟大家道了晚安，让大家回房歇息去了。

第四天

最敬爱的女士们，听了仁人志士的意见，又凭我经常看的很多事情和读的很多书籍，我一向认为妒忌的风暴和火焰只会袭击高楼、危塔或大树的最高枝，可是我发现我的想法真是大错特错了。为了躲避妒忌的风暴的无情袭击，我不仅仅逃到平地上，而且还不得已藏到无人问津与幽深的山谷。读过这几篇故事的人会有相同的看法，这些故事都是用通俗的佛罗伦萨方言写成的，而且写的还是散文，它们不但没一个像样的题名，甚至文风也极尽卑下粗俗。可是，这一切都没能让我躲过妒忌的狂风，它无情地吹着，吹得我浑身摇晃，直到站不稳脚跟；也没能让我躲过妒忌的狂咬，咬得我遍体鳞伤，奄奄一息。直到此时，我才真正明白了聪明人常说的一句话——在这个世界上，只有遭受不幸，才不会被人忌恨。

贤明的女士们，你们有些人读了这些故事，说我偏爱你们，讨你们喜欢，给你们以安慰，实在不成体统；有些人则说得更坏，怪我巴结奉承你们；另外一些人尽管想说得较为心平气和，实际上却指责我这样一把年纪，不应当谈风月，迎合妇道人家的心思。还有很多人假装关心我的声誉，劝我和住在希腊帕尔纳索山上的文艺女神缪斯待在一起，不要在你们里面厮混，废话连篇。

更有些人讲的与其说是至理名言，倒不如说是居心恶毒的闲言碎语。他们说我应该深谋远虑，去设法挣面包，而不应该东拉西扯，去喝西北风。还有另一些人处心积虑地想证明，我讲的故事，全是子虚乌有的，完全和事实不符。

尊贵的女士们，我为你们服务，含辛茹苦，却招来如此之多的恶人，如此之大的阴风，这么锋利的牙齿，如此之锐利的目光，要把我打倒、摧残，甚至要把我活剥了才解恨。天主明鉴，对这些，我听着，玩味着，心里极其平静。当然，我还得仰仗你们的支持，但我并不敢吝惜自己的精力，即便我不能有力地回击他们，也要申斥他们一番，好叫我耳根清净一下；因为我的故事还未讲到三分之一，就有这么多狂妄的人指手画脚，我要是不先赶紧申斥他们，他们便会越发嚣张，使我不能把故事说完，到那时，任你们有多大力量，也无济于事了。

在申斥他们之前，作为自己的辩白，我想讲一个不完整的故事，目的是让人们不要把我说的这个故事和我们可爱的朋友讲的那些故事相混，也就是说，由于我讲的故事有头无尾，它会和那些故事有区别。我讲的这个故事是针对那些诽谤我的人的。此时我就开始讲吧。

从前，在我们这座城市里有一个男子，名字叫菲利波·巴尔杜奇。他虽然出身微贱，但手里却颇有些钱财，也懂得处世之道。他有一个妻子，两人相亲相爱，相互体贴，从无一言半语的龃龉。但人生死有命，他那位贤德的太太后来不幸去世了，只留给了他一个两岁的亲生儿子。

爱妻之死使菲利波哀痛欲绝。从此，他觉得失去伴侣孤零零地活在人间毫无意义，便决定抛弃红尘，带上他的幼子去修行，去侍奉天主。他把他的全部家产都捐献给宗教的慈善机构后，带着儿子来到了阿西拿伊奥山上，与他的儿子在一间小房子里住了下来，靠布施、斋戒和祈祷度日。对他的儿子，他非常留心，从不跟他到尘世，也不让他看到，只恐扰乱了他侍奉天主的心思，只和他谈论永生的荣耀、天主和圣徒的光荣，只教给他神的祈祷词。父子俩就这样在山上住了很多年。那孩子也从未走出那间小屋一步，除了他父亲外，没见过任何人。

善良的菲利波也偶尔下山几次，到佛罗伦萨去向善男信女们讨些施舍，然后再带回小屋里来。

光阴似箭，菲科波已是个老人，那孩子也十八岁了。有一天，菲利波正要下山，那孩子问他到哪儿去。他回答完了，孩子就说：

“父亲，您年事已高，不能再劳累了，何不把我带到佛罗伦萨，领我认识一下您的朋友和天主的信徒呢？我现在年轻力壮，以后您有啥需要，就派我去佛罗伦萨，您留在这里休息岂不更好吗？”

善良的老人想，现在这孩子已长大成人，也勤谨地侍奉天主，世俗的浮华恐怕也不致使他迷失本性了，于是私下想：这孩子说得有道理。第二天下山时，果然带了他同去。

在佛罗伦萨，那小伙子看见全城都是些宫殿啊、教堂啊，他从没有见过，惊奇不已，一个劲儿问他父亲那些东西是什么，叫什么名字。

他父亲给他解释，他听了非常高兴，又提出另一个问题。就这样，一个问，一个答，一路走着。事有凑巧，他们遇到一队衣服华丽、年轻漂亮的姑娘，刚刚参加过婚礼回来。那小伙子一看见她们，立刻问父亲她们是什么东西。

他父亲回答："我的孩子，快低头，眼睛盯着地面，别去看她们，她们全都是祸水。"

小伙子就问："可是她们到底叫什么？"

他父亲生怕会唤起小伙子的邪恶的欲望，没有告诉他她们的真正名字——即女人，而是说："她们叫绿鹅。"

小伙子平生哪里见过这等奇妙的东西！于是对他看到过的宫殿啊、牛呀、马啊、驴呀、钱啊，都不再留意，而是冷不防地说：

"父亲，您答应我带一只绿鹅回去吧。"

"唉，我的孩子，"父亲说，"别闹啦，她们都是祸水。"

小伙子问："噢，祸水就是如此的吗？"

"是啊。"父亲回答。

儿子却说："我不明白您说的是啥话，也不知道她们为什么是祸水，对我来说，我还从没有看到过这样美丽、这样讨人爱的东西呢。她们比您给我看的那些天使的画像还要漂亮呢。看在天主的面上，要是您还疼我，让我们想个法子，把那些绿鹅里的一个带回去吧，我想喂养它。"

父亲说："不行。你又不知道怎样喂它们。"这时，那老人才明白，自然的力量比他的精心教诲要好多了，深悔把他带到佛罗伦萨来。

现在，我不打算把这个故事说下去了，我讲的也足够反驳那些人了。

年轻的女士们，有些人指责我错了，说我一味地想讨好你们，过分地喜欢你们，我对此直言不讳。你们使我开心，我也极力想博取你们的欢心，我现在要问问这些人，这有什么大惊小怪的？温柔的女士们，不说你们让我们消受了多少甜蜜的亲吻、热情的拥抱，甚至是同床共枕，就光说我们看见过和仍在看到的你们的风采，娇容，优美的仪态，还有那女性的高贵，就足以让我这样做了。刚才我们看到，一个远离尘世在深山里长大的小男孩儿，他的足迹不曾出那小屋一步，除了他父亲，再也没有别的伴侣，可一旦下山看到你们，就只想得到你们，要将他的爱慕之情奉献给你们。

假如在一个小隐士，一个还没有开化的小伙子，一个近似于野人的青年眼里，觉得你们比任何其他东西都可爱，那么这帮人怎么能因为我中意你们，讨你们欢心而恨不得咬我、摧残我呢？我天生是个情种，从小时起，我就立誓把我的灵魂和身体全部献给你们，那都是由于我感受到了你们纯洁的眼神、柔情的蜜语的力量和温柔的叹息所点燃的火焰呀。说真的，那些不爱你们，也不希望被你们所爱的家伙，哪里还算得上是人！他们不晓得，也根本感受不到这种自然的感情，却来谩骂我，对这种人，我是不屑一顾的。

还有些人把我的年纪当成话柄，这表明他们根本不懂得韭菜头尽管发白，可叶梢却碧绿常青。不过，还是笑话少谈，让我正经地回答他们：直至我生命的尽头，我也绝不会认为侍候女性是件不光彩的事情，就连已过中年的圭多·卡瓦尔坎蒂和但丁，已到晚年的奇诺·达皮斯托亚都看好你们，以侍候你们为荣。

要不是不便离开论辩的通则，我真想从历史中举出很多有名的到了晚年还一心想讨女子的欢心的古人呢。那些辱骂我的人，如果对此一无所知，那就赶紧走开，去翻翻历史书吧。有人劝我还是和帕尔纳索山的缪斯女神们待在一起的好，这是个好意见，但我们没法和她们住在一起，女神们也不可能和凡人做伴，如果有人甘心离开女神，去看一下跟女神类似的人儿，难道这不是一件快意的事情吗？缪斯女神们也是女人，世上的女人虽然望尘莫及，但她们的模样，一眼望去，还是跟女神们相似的。抛开别的原因不说，单凭这一点，我就应讨她们的欢心。但不是说只有女人们才是让我写出千行诗句的动因，而缪斯女神们不是。缪斯女神们帮助我，指导我写出了这些诗。这些东西尽管算不上什么，但她们也会常常降临到我身边帮助我，也许是因为女人们跟她们相像的缘故，我才会有这样的荣幸吧。所以，在编这些故事时，并不像很多人设想的那样，我远离了缪斯女神和她们居住的帕尔纳索山。

对那些担心我会挨饿，劝我去留意面包的人，我还有什么可说的呢？真的，我不知该讲啥好，不过我倒在想，如果有朝一日我不得不向他们乞讨面包时，他们会怎样回答呢？我觉得他们可能会说：“到你的故事里去找面包吧。”真的，以前的诗人能在他们的作品中，找到比富人在他们的财宝中更多的面包。他们努力地写作，声名永存，而那些贪得无厌、只晓得面包越多越好的人却往往不得善终。我还能说啥呢？有朝一日我真向他们讨面包，让他们把我赶走好了。感谢天主，现在我还不缺面包，如果有那么一天我的面包不够了，那我也能像耶稣的使徒保罗一样，可以饱足，能够忍饥。所以，这只是我自己的事情，不用旁人为我操心。

还有些人说我写的这些故事不是事实，我倒是希望让他们去弄清真实情况，如果我写的是捏造的，我愿意承认他们的指责是对的，也愿意尽力去纠正自己。但是他们光这样说而提不出事实，我断然不会理睬他们，而是按自己的意思去做，拿他们指责我的话回敬他们。

现在，我想，用这些话来回敬他们已经足够了。最柔美的女士们，凭着天主的助佑和你们的支持，不管暴风刮得多么猛，我都将背过身去，继续我已经开始的工作，因为我清楚，我绝不会比暴风中灰尘的结局更糟。不管它被卷上半空或停留在地面上，不管它被扬到高空，随后又落在人们的头上，落在帝王的王冠上，或者落在宫殿与高塔之上，也绝不会落到比原来更低的地方。

再者，我早就发誓要把我的全部力量奉献给你们，讨你们欢心，现在这意志就更加坚定，因为我和那些有理性的人只能这样做，我们爱你们，这都是出于天性。要是想和这种天性作对，倒真是需要极大的本领呢。不然不但枉费心机，而且到头来只能弄得自己头破血流。

我承认，我没那么大的本领，也不希望有。即使我有，我也要借给别人，绝不自己使用。那些诋毁我的人总该住口了吧，如果他们麻木不仁，就让他冷冰冰地过一辈子吧。他们可以去找他们的乐

趣（不如说，找他们的腐败的嗜好），但也得让我去寻找我自己的乐趣呀。

故事一

今日，我们的国王指定我们要讲些凄惨的故事，我们不得不讲。他可能是认为这几天我们太舒服了，也该听听别人的痛苦，好叫讲的人和听的人生出同情心来；也可能是因为我们这几天日子过得太快乐了，想改变一下主题，调节一下。不管怎样，我不能违背他的旨意，所以我要给大家说一个令人同情，甚至是绝顶凄惨的故事，少不得让你们流出眼泪来。

萨莱尔诺的坦科雷迪亲王本是个仁慈、宽厚的王爷，可是到了晚年，他的双手却沾满了一对情侣的鲜血。虽然他的一生中，只有这么一个女儿，谁想到，假若没有这个女儿，他的晚年可能会过得更幸福些。

作为父亲，亲王对他的女儿很是疼爱，要说疼爱的程度，自古以来，当父亲的也不过这样罢了。因为这种疼爱，他竟一直舍不得放女儿离开他，把她嫁出。到了她该结婚的年龄之后许多年，才把她嫁给了卡普阿公爵的一个儿子。后来，老公不幸死了，她成了寡妇，又重回到她父亲身边。当时，她正当青春年华。面目娇美，身段瘦高，比起其他女子来，堪称绝色。不仅如此，她还才思敏捷，只可惜做了个女人。她住在父亲的皇宫里，过着贵妇人般的奢华生活，但看到她父亲这样爱她，根本不想让她再嫁，所以对这种正当的要求她也不好意思开口，只是想假如有可能的话，她会私下里找一个合适的男人做她的情人。

像我们在很多宫廷里所清楚的那样，在她父亲的宫廷里也有很多人经常出入，她仔细地留意考察了他们的举止行为之后，看见了他们当中有一位年轻的侍从，名叫圭斯卡尔多，他是本地人，虽然出身微贱，但是人品高尚。气宇轩昂，确实比众人高出一等。她对他十分中意，竟悄悄地爱上了他，而且由于经常看到他，欣赏他的举止，爱火燃烧得更加猛烈了。那小伙子也并不是傻瓜，很快就觉察到了她的心意，不由得也动了情，除了爱她，脑子里啥都不想了。

两个人尽管相爱了，却没有公开挑明。那年轻的郡主一心想着找个机会和他幽会，但又不敢把她的心事托人向他讲明。后来，她终于想出了一个别出心裁的好主意。她写了一封信给他，教他怎样第二天与她相会，然后把信藏到一根空心的竹竿里，交给圭斯卡尔多，开着玩笑对他说："今晚你把这个交给你的女仆作吹风筒用吧，能把火烧得更大呢。"

圭斯卡尔多接过竹竿，心想郡主决不会无缘无故送给他这类东西，而且还说出这样的话来。他回到家后便查看竹竿，发觉上面有一道裂缝，劈开一看，里边藏有一封信。他急忙读了起来，明白自己该做啥，心里甭提有多高兴了。于是他做好准备，按她信里教他的办法，去和她幽会。

在亲王住的宫殿附近有一座山，山上有一个很多很多年前开发的石室。山腰里，又另凿了一条隧道，透着微光，直通那间石室。石室早已废弃不用，所以那隧道的出口处已被山上长的荆棘杂草掩盖住了。在那间石室中，有一道秘密的石级，直通宫殿的一个房间，郡主就住在那里。在那间房和石级之间，有一道十分结实的门，把门打开，就是郡主的房间了。因为那石级和山洞很久以来一直没有人使用，所以大家早已把它们给忘了，可是没有什么秘密能逃过情人的眼睛，爱神让这位多情的郡主记了起来。

她悄悄地找来几件工具，背着别人，亲自动手，经过好几天的努力，终于把那扇门打开了。她登上石级，找到了山洞的出口处。然后把隧道的情形、洞口离地大约有多高都画了下来，都写在信上交给了圭斯卡尔多，叫他设法来找她。圭斯卡尔多立刻准备了一条绳子，在中间打了许多结和活扣，以便攀上爬下。第二天夜晚，他穿了件皮衣——免得让荆棘刺伤及让别人听到响声，独自一个人来到山脚下，找到山洞，把绳子的一个活扣系牢在一棵结实的树上，顺着绳子降落到山洞里，在那里等待他的情人。

第二天，郡主说要午睡，把侍女们全打发走了，然后把她的房门锁上，打开那道暗门，独自一人沿着石级来到山洞里，果真找到了圭斯卡尔多。两人一见面，彼此都喜不自胜。郡主把他领到自己的卧室，两人在房间里一起逗留了很长时间，莫大的快乐无法形容。分手时，两人相互约定，一切都要谨慎行事，不能让别人发现他们私情。圭斯卡尔多走后，郡主锁上暗门，离开卧室，去寻找她的侍女。

等到天黑之后，圭斯卡尔多才顺着绳子爬出那个洞口，回到自己的住处。自从发现这个洞以后，他们经常用这种办法幽会。

可是，他们如此频繁、如此快乐地幽会竟引起了命运之神的妒忌，两个情人的欢乐终于酿成一场厄运。

原来坦科雷迪亲王时常独自一人到他女儿的房中，待上一会儿，和女儿聊聊天。有一天，他吃过午饭，又来到女儿的寝宫——她的名字叫吉斯梦达，看到女儿正和她的侍女在花园里玩儿。他不愿意打断她的兴致就悄悄走进她的卧室，也没有被人发现或听见。进房一看，见窗户紧闭，床帷低垂，便在床脚边的一个凳子上坐了下来，头靠在床头上，拉过帷帐遮掩住自己，似乎有意要藏起来似的，不知不觉就这样睡着了。

那天，恰巧吉斯梦达和圭斯卡尔多要幽会，所以她在花园中玩了一会儿便偷偷地溜回房间，锁上门，也未发现她的父亲在房间里。她把暗道的门打开，让等在隧道里的圭斯卡尔多进来，然后两人一起上床，像平常那样高兴地玩了起来，这么一来，坦科雷迪就听到了声响，他被惊醒。看到他俩干的好事，他简直要气炸了，真想立即起来，教训他们；但一想家丑不能外扬，便没有作声，仍藏在那里，心里其实早已想好了该怎样处置这件事。

那两个情人并没有发现坦科雷迪在房间里，仍像平常那样，在床上交欢，直到不得不分手时，才下了床。圭斯卡尔多从暗门出去，等在洞口，吉斯梦达走出卧房，而坦科雷迪，却不顾年事已高，从女儿卧室的一个窗户，跳至花园里，趁公主没发现，赶紧回宫，心里非常生气。

回去之后，坦科雷迪派了两个大汉守在洞口，到了夜晚时分，圭斯卡尔多穿着皮衣，刚刚从洞口爬出，就被他们抓住，秘密地押送到坦科雷迪那里。坦科雷迪一看到他，板着脸说：

“圭斯卡尔多，我一向不曾亏待你，不曾想到今天让我亲眼看到你所做的事，竟敢毁坏我女儿的名节，真是色胆包天！”

圭斯卡尔多没有多辩解一句，只是说：

“爱情的力量可比尘世的束缚要大很多。”

坦科雷迪只好命令把他严加看管，囚禁在一间暗室里。

公主吉斯梦达对此一无所知。第二天，坦科雷迪就开始思考该如何处置他女儿。吃过午饭后，他跟往常一样又来到女儿的房间，叫过女儿，锁上门单独与她待在屋里边，然后哭着对她说：

“吉斯梦达，我一直以为你贞淑贤惠，从未想到你会干出这种伤风败俗的事来，要不是我亲眼看到，就算别人告诉我，你和你丈夫以外的其他男人发生关系，我想都不会想，更不用说会相信你会做那样的事了。我已经老了，在世上的日子不多了，可是一想到你做了这种事情，就觉得痛心。

“你就算想做出这种无耻的事，也得找一个和你同样高贵的男子呀。上帝呀，在我的宫廷里，有多少王孙公子出入，可你偏偏选中了圭斯卡尔多，一个出身卑微的青年。我只是由于怜悯，才把他养大，留在宫廷做仆人的，你干的事让我如此痛苦，都不知该怎样处罚你才好。圭斯卡尔多那奴才，昨夜一爬出山洞，就被我抓住关了起来，我已经决定怎样去处置他。天主呀，可对你，我不知如何做才好。一方面，我狠不下心，我一直爱着你，这爱比其他任何父亲对女儿的爱都要深；另一方面，由于你的浪荡轻浮，我怎能不怒火中烧。前者让我饶恕你，后者却让我必须不顾骨肉之情，非得去处罚你不可。不过在处罚你之前，我想听听你有啥可辩解的。”

说完，他便低下头，像挨了打的孩子一样号啕大哭。

吉斯梦达听完父亲的话，知道不仅他们的私情已经败露，而且圭斯卡尔多也被锁了起来，心里别提有多难受了，有好几次差点像平常的女人号哭起来。但是，她那高贵的灵魂战胜了心里的怯懦，她的脸上积聚起一种神奇的力量，决定坚持到底至死也不求饶，因为她知道，她的圭斯卡尔多已经必死无疑了。

因此，她并不像一个因为犯了过失受到责骂的女人那样痛哭流涕，请求宽恕，而是无所畏惧，面无愁容，眼中无泪，毫无不安地对父亲说：

“我的父王，我既不打算否认，也不准备向你求饶，因为否认没有一点用，求饶我又不屑去干。再说，我也根本不想利用你对我的父女之情和父亲对女儿的爱来为自己谋取好处，不，我要把事情的真相告知天下，用充足的理由来捍卫我的荣誉，用实际的行动来表现出我灵魂的高贵。不错，我是爱过也仍爱着圭斯卡尔多，而且只要我活着——我恐怕活不长了——我将永远爱他。假如死后还能有爱的话，那么我就是死了也会永远爱着他。我堕入情网，一方面是作为女性所不能自制的，另一方面也是因为你不关心我的再嫁，以及圭斯卡尔多的可敬可爱。

“坦科雷迪，你自己是血肉之躯，你也该知道，你养的女儿也是血肉之躯，而非顽石。尽管你现在年事很高了，可你仍该记得那青春的法则有着什么样的、多么大的力量。虽说你的青春年华大部分都用来征战上了，但你应该承认安逸舒适对老人的影响，更不用说对青年人了。

“总而言之，我是你养育的，是血肉之躯，而且生活安逸，仍还年轻，所以，无论从哪方面讲，你都不该责怪我有着青春的欲望，这种欲望是受不可抗拒的神秘力量所支配的呀。再说，我嫁过人，清楚那种快乐的感受，这让我又怎能不去想得到它。我年纪轻轻的，又是个女人，怎能按捺住那青春的烈火，所以，我情不自禁，私下里爱上了一个男人。我做出这事来，虽然是由于自然的冲动，可我也千方百计地不让你因我而蒙受羞辱呀。在仁慈的爱神和好心的命运之神的帮助下，我找到了一条没人知道的暗道，才让我如愿以偿。这件事，不管是别人告诉你的，还是你自己目睹的，我都不会否认。

“我并非像很多平常的女人那样，随意找一个男人就行，而是经过深思熟虑才找到圭斯卡尔多的。在许多男人中我挑选了他，并谨慎地把他引向我的怀里，我俩海誓山盟，矢志不移，确实也享受了不少难忘的乐趣。除了风流罪过之外，你刚才还指责我，不该找一个出身卑微的男人发生关系，好像我只有找一个王孙公子做情夫，你才不会这样生气，这完全是毫无道理的世俗之见。在这件事情上，你早应该知道，这不是我的过错，而是命运不公。它常常把庸人提到显赫的高位，却把英才埋没在底层。

“好了，暂且不谈这些，还是让我们看一看事物的一些根本的道理和法则。我们知道我们所有的人都是血肉造成的，我们的灵魂都是同一天主用同样的力量创造的，具有同样的能力以及同样的德行。从人类诞生开始，我们一出世就是平等的，只有德行才是人的贵贱的首要区别。那些拥有大德并且能把它们发挥的人才配称得上是高贵的人，要不然只能算是低贱的人。尽管这条法则被世俗的偏见隐蔽起来，可它不会消失，时刻会在人的本性和高雅的举止中显现出来。所以，那些发挥大德的人就表明了他们自己的高贵，如果这样的人还被视为低贱，那就不是他的过错，而是以卑贱之心看待他的人的过错。

“你看看你的满朝贵族，观察一下他们的德行、行为，然后再比比圭斯卡尔多，只要心无偏袒，你定然会说圭斯卡尔多才是最高贵的，而你的那些贵人全是无能之辈。关于圭斯卡尔多的德行和才能，除了你说过的那些话和我的眼光，不会相信任何人的判断。有谁曾如你那样三番五次地赞赏他的德行和才能，并认为他是值得提拔的英才呢？当然，这一点错都没有，因为我的眼睛不会欺骗我，你对他的任何赞赏他都受之无愧，但你没有发觉，我对他的赞赏比你对他的赞赏还要强出百倍。如果是我把他看错了，那也只能是你欺骗了我。

“如今你还会说我委身于一个低贱的人了吗？如果你这样说，那么只可能是你说的不是真心话。如果你说我跟一个穷人发生了关系，那么为此感到羞愧的应该是你，因为你没有把一个英才提到高位，而把他当成了你的仆人才造成现在的局面。贫穷不能去掉一个人的高贵，反之富贵却能。多少王侯，多少国王都曾是穷人，而现在又有多少牧人、农夫都曾是有名的富豪。

“最后，无论你怎样处置我，都不要犹豫了。假若在你的风烛残年时你要干出连你在年轻时都没有干出的事来，残酷地处置我，我也会准备接受。请你残酷地处置我吧，我决不向你求饶，如果我做的事也算是罪恶的话，那你才是首恶。如果我知道你用什么手段处置圭斯卡尔多，而不用相同的手段处置我，那么我自己会动手这样做的。

“此时，你可以走了，跟女人们去哭泣吧。哭完了后，如果你认为我们应该死的话，就下狠心把我俩一刀杀了吧。”

此时，亲王才发现，他女儿有着一个伟大的灵魂，但他又并不完全相信他女儿的意志能像她所说的那样坚定。离开女儿之后，他左思右想，最后决定不用残酷的手段处置她，但要处罚她的情人，以扼杀她那火热的爱情。当天晚上，他命令看守圭斯卡尔多的两个禁卫兵把他秘密地绞死，挖出他的心脏递给他。两个禁卫兵果然这样做到了。

第二天，亲王叫人拿来一只精致的大金杯，把圭斯卡尔多的心放到里边，然后派一个亲近的侍卫把金杯交给他的女儿，要他对公主说：“这是你尊敬的父王送来的，目的是用你最爱的东西来安慰你，就像你曾用他最爱的东西来抚慰他一样。”

等她父亲走后，吉斯梦达矢志不移未改初衷。她让人找来一些有毒的草药和毒根，捣碎蒸馏，制成毒汁，假若她担心的那件事发生，就准备服下这些毒汁。那侍卫送来了亲王的礼物，还转述了亲王所说的话。吉斯梦达神色泰然地打开那个金杯，发现里边有一颗心，就清楚了他父亲的话，也相信了那颗心肯定是圭斯卡尔多的。

于是，她抬起头来，对那个侍卫说：

“我父王这件事做得真是恰到好处，也许也只有黄金才配得上做这颗心的坟墓了。”

说完，她拿起金杯，凑到唇边吻了那颗心，然后说：

"在任何事情上，我都能感测到我父王的慈爱，在我人生的最后时刻，更能感受到他的父爱。他送给我这样宝贵的礼品，我应该更加感激他。"

说完，她拿起那只金杯，低下头去，看着那颗心说：

"我的最可爱的住所啊，我所有快乐的归宿啊，多亏那个人的可诅咒的残酷行为让我现在又亲眼见到了你，而过去我是时时刻刻都在用思想的眼睛注视着你的呀！现在这对我来说，已经够了，你已经走完了你生命的行程，命运使你不能再生；你已经到了生命行程的终点，解脱了尘世的烦恼和苦役。你的敌人把你埋葬在了只与你的才德相称的金杯里，你的葬礼，除了你生前所爱的女子的眼泪，其他啥都齐全了，现在你很快会连眼泪也不缺了。天主感化了我狠心父亲的灵魂，让他把你送到我这里来。我原准备无所畏惧、双眼无泪地死去，现在，我要痛哭一场了，哭完之后，我的灵魂将追随你的灵魂而去，毫无迟疑，叫你的灵魂和你喜爱的曾守护的灵魂结合在一起。我极其愿意和你的灵魂做伴，我肯定会和它结合，一起走向冥界，除此以外，我还能如何做呢？我相信你的灵魂还在四处徘徊，看着你和我的欢乐的归宿，我相信它爱着我；你等等我，我那深深爱着的灵魂啊。"

说完之后，她低下头，凑到金杯上，泪如雨水般滴下。可她的哭泣并不像平常女人那样，而是一边流泪，一边多次吻着那颗死去的心，旁边的侍从们都看呆了。

她周围的侍女不清楚这是谁的心，也不明白她说的话是什么意思，可都被她的话所深深地感动了，陪她一起流泪。她们再三询问她哭泣的原因，但她一点也不愿说，她们只有竭尽所能地安慰她。

不久，她觉得哭泣够了，才抬起头，擦干眼泪说：

“噢。最可爱的心儿呀，我对你已完成了我的祭礼，现在只剩下最后一件事，那就是让我的灵魂去与你的灵魂做伴。”

然后，她叫人取出昨天准备好的盛有毒液的那个瓶子，把毒液倒在那颗泪水浸泡着的心上，举起金杯，毫不惧怕地凑到嘴边，一饮而尽。饮完之后，她手里依然拿着金杯。登上闺床，十分端正安详地躺下。她把她那死去的情人的心放到她的胸口上，安静地，只等着死亡。

她的侍女不知道她已经服毒，但她的话、她的行为有些反常，便派人把公主的种种情况向坦科雷迪作了报告。坦科雷迪害怕发生意外，赶快来到他女儿的房间，这时，公主已经躺在床上了。他想用好话安慰她，可已经迟了，又看到她很快就要死去，便放声大哭起来。

听到哭声，她对亲王说：“坦科雷迪，把你的眼泪留给比这更不幸的事情吧，我用不着你来哭，更不需要眼泪。谁看到过，除了你，这世上有谁达到了目的还哭泣呢？如果你还没有完全放弃从前对我的慈爱，我求你赐给我最后的一点恩典。虽说你反对我和圭斯卡尔多偷偷摸摸地、不加声张地做夫妻，但我求你把他的遗体（不管你把它藏到了哪里）和我的遗体公开地埋葬在一起。”亲王听到她这样说，心如刀割，竟一时答不上话来。这时，她觉得死亡之神已经来召唤她，于是把圭斯卡尔多的心紧紧按在自己胸口上说：“天主保护我们，我们要走了。”

说罢，她闭上眼睛，完全失去了感觉，摆脱了人生的痛苦和烦恼。

这就是你们听见的圭斯卡尔多和吉斯梦达的爱情故事的悲惨结局。当时坦科雷迪非常悲痛，但后悔已经晚了，于是把他们两人隆重地公开合葬在一处。全萨莱尔诺城的人都听见了这段爱情故事，悲痛不已。

故事二

菲亚梅塔的故事叫她的女伴们无一不生出同情心，流下了泪水，但她讲完之后，国王却神色严肃地说：

“我感觉圭斯卡尔多和吉斯梦达所拥有过的快乐，只要我能有一半，哪怕是因此而付出生命，也很值得了。诸位女士，你们不要惊奇，虽然我活在世上，却时刻感到已经死去千百次了，他们所享受过的各种快乐，我一点儿都没有享受过。好了，还是把我的事放在一边，此时我想由伯姆皮内娅接着讲一个跟我的事有点相类似的故事。如果她能像菲亚梅塔那样把今天的故事讲下去，那么毫无疑问，它们就会像清晨的露珠，给我那颗燃烧着情焰的心带来几许清凉了。”

伯姆皮内娅听完国王的命令，首先想到的并不是国王的偏好，而是考虑到她女伴们的心意，可是她又不便违背国王的话，所以决定说一个既要使女伴们满足，又不会超出国王指定的题目，可供大家发笑的故事。她开口讲道：

民间有一句俗语说得好："恶人被当成好人，他只会作更多的恶，可又经常不被人相信。"这句话给我提供了不少题材，叫我有好多故事可讲，同时也能让我揭穿那帮修士们心中的虚伪。他们穿着宽大的道袍，脸上故意装出一副悲伤的样子，说话柔顺谦卑，不过只有在他们乞求别人时才会这样；一轮到他们指责别人的缺点，他们就声色俱厉，满脸凶相。他们说他们在修道院里是为争取达到永生，其实不过是想把手伸到别人的钱包里，索要供奉。再说，他们也不像我们平常百姓，在争取上天堂的路，而是自封为天堂的拥有者与维护者，把天堂分成若干大小不等、优劣不一的地段，然后根据死者生前捐献给他们的金钱的数目，指派给死者。因此，他们首先自欺欺人（如果他们相信自己说的那些话），然后欺骗那些把他们的话信以为真的人。我要是将他们的丑行公开地揭露出来，很多被欺骗的男男女女就会看到他们的长袍下究竟隐藏着什么东西。但现在，我还是给大家讲一讲威尼斯的一个行骗老手，一个赫赫有名的阿西西派的神父的故事；但愿天主显灵，让所有那些跟这个威尼斯的神父一样的神父的伪言伪行被公开。再说，我也喜欢说说这个故事，刚才大家听了吉斯梦达之死的事，心里肯定充满同情，有很多悲痛，这个故事能让大家欢笑一下，轻松轻松。

诸位德才兼备的女士，从前在伊莫拉有一个作恶多端的恶人，名字叫作贝尔托·德拉·马萨。他的种种恶行在当地无人不晓，不管他说谎也好，讲真话也好，反正再也没有一个人会相信他。他看到在当地无法立足，非常绝望，便到威尼斯来了，而威尼斯却是个鱼龙混杂的地方。在那里，他摇身一变，但心里想的都是干他在别处没有干成的罪行。于是，他如同是受了良心的谴责，非常忏悔他过去的罪恶似的，表现得非常谦逊，似乎比任何人都更像是天主教徒。后来，他竟成了小兄弟会那一派的神父，自称为阿尔贝托·达伊莫拉。既然他穿上了这套神父的衣服，便不得不装模作样地过着清贫的生活，赞美苦修和实行斋戒，在弄不到他想的酒肉时，也能够忍住不吃肉喝酒。

总而言之，一个无赖，一个窃贼，一个杀人犯，一个造假币的家伙，竟成了一个有名望的布道者。但只要有暗中作恶的机会，他是肯定不会放过的。现在他当了神父，在他主持弥撒时，他会在祭台上当着很多人的面，为哀悼救世主耶稣的苦难而痛哭流涕。其实，他的眼泪值不了几个钱，眼泪是恶人最擅长的工具。

长话短说。他凭着布道和眼泪，竟然骗取了威尼斯人的信任，好多富人立遗嘱，都请他当监护者和委托人。甚至还有好多贵族家庭，请他当财产的保管人，大多数的善男信女也到教堂向他忏悔，征求意见。就这样，一头狼变成了牧人，他神圣的英名却比阿西西的圣方济各还要大很多。

话分两头，再说威尼斯有个年轻的妇女，她的头脑简单而且愚蠢。她叫莉赛塔·达卡奎里诺，是个富商的妻子，丈夫经常乘船到佛兰德去经商。一个礼拜天，她到那位神圣的神父那里去忏悔，跪在神父的脚下，如所有愚蠢的威尼斯女人一样。把她所有的私事全向他说了。说话中间，阿尔贝托神父问她可曾有过相好的。

她一听，就沉下脸来说：

“嘿，神父大人，您头上难道没有长眼睛吗？看不出我比任何其他女人长得都漂亮吗？假如我想要情人，那真是我要多少就会有多少，可惜，我的美貌并不是随便哪个人都可得到的。你看不出像我这样漂亮的女人这世上能有几个？将把我放到天堂的仙女中，我也算是最美丽的。”

总之，她一个劲儿吹捧她的美貌，听起来叫人肉麻。

阿尔贝托神父一眼就看出她是个爱虚荣又无头脑的女人，觉得她将是一块可供他开垦的土地，甚至当场就想和她欢爱一番。不过时机未到，他只得继续不动声色，不敢用花言巧语奉承她，反而用严厉的口气批评她不该这么虚浮等等。这样一来，那愚蠢的女人便大骂他是个无知的畜生，说他分不清美女丑妇。为了不过分刺激她，引起反感，阿尔贝托神父便叫她做完忏悔，放她走了。

几天之后，神父带着一个心腹朋友，来到了莉塞塔的家，说是有要事不能叫旁人知道，要单独和她讲。他和她来到了闺房后，便双膝跪在她面前说：

“夫人，看在天主的面上，我求您宽恕我上礼拜天在您忏悔时，关于您的美貌所说的那些愚蠢的话吧。因为就在那天夜晚，我受到了惩罚，一直躺到今天才能起床。”

那傻妇人问：“是谁把您惩罚成这个样子的？”

阿尔贝托神父回答：“我马上向您详细道来。那天夜晚，像平常一样，我正在做祷告，忽然一道亮光来到我的房间，我刚要回头望去，只见一个十分漂亮的小天使手持一根棍子出现在我面前，他抓住我的袍子，这么一推，又那么一拉，劈头盖脸地拿棍子打了过来，弄得我遍体鳞伤。我赶紧问他为什么打我，他说：‘好一个不知天高地厚的家伙，你今日竟敢指责绝顶美丽的莉赛塔夫人。要知道除了上帝，我最爱的就是她了。’我当时问他：‘您是哪位天使呀？’他回答说他是天使加伯列。我就说：‘噢，我的主人，求您饶了我吧。’他又说：‘这次我先饶过了你，不过你到她那里去求她，求她饶恕你；如果她不宽恕你，我还会回来用棍子打你，让你天天接受难受的折磨。’他后来说的话，如果您不宽恕我的话，我不敢说出来。”

那个女人本来就是没头脑，现在也很糊涂，听了他的话，信以为真，高兴得心花怒放。过了一会，她说：“阿尔贝托神父，我跟您说过，我的确是绝顶美丽的女人；现在天主真帮了我的忙，但我可怜您，所以为了使您免得受苦，我将饶恕您。不过，您得把天使后来跟您说的话如实地告诉我。”

阿尔贝托神父说：“夫人，假如您真宽恕了我，我是很乐意跟您说的，但您得保证一件事情。那就是听了之后千万不要告诉任何人，假如您不想坏了您的好事，那您可真是世上最幸福的人了。

“加伯列天使让我传话给您，他说他很喜欢你，好多次都想和你一起厮守，要不是怕惊吓了您，那天夜晚他就来找您了。现在他派我来对您说他在哪一夜想和您一起睡上一觉。不过，他是天使，假如用天使下凡的方法的话，您是不能接触的，但他为了讨您的喜欢，想借一个凡人的肉体到您这里来。他让我问问，您想让他什么时候来，来时借用哪个人的肉体。假如他到时能来了，您就是天下最幸福的女人了。”

那傻妇人回答说，假如加伯列天使喜欢上了她，她真是太幸福了。因为她也喜欢他，每次看到他的画像，她总是在像前点上一支四分钱的蜡烛，至于他啥时候来，她都愿意，而且欢迎，因为她一个人待在她的房间里。不过得有个条件，将来他不要抛弃她而爱上圣母玛利亚，因为据说，他对圣母有爱慕之情，在任何地方她都看到过他跪在圣母面前。至于他要借用哪个凡人的肉体，随便他好了，只要不吓着她就可以。

阿尔贝托神父说："夫人，您讲得句句有理，我一定照您说的向他转达，把你们的事办好。但我想求您给我一点恩惠，这对您也算不得什么，也就是说让他借用我的肉体。说这是一种恩惠，是因为他会抽走我的灵魂，把它放到天堂里，然后钻进我的肉体内。这样他跟您一起待多久，我的灵魂就会在天堂里待多久。"

于是那位愚蠢的女人说："我看这样办很好。您为我挨了他的惩罚，我也该让您得到些好处。"

阿尔贝托神父说："今天晚上，您必须把门打开，好让他进来，因为他借用了凡人的肉体，就只能像凡人一样从门口进来了。"

那女人答应一切照办。阿尔贝托神父走后，她开心得手舞足蹈，得意忘形，裙子都碰不到屁股了。一心等着加伯列天使来找她，竟感觉这白天有数千年那么长。

话说阿尔贝托神父却在想，宁愿当个骑士，也不当个天使。所以他吃了点滋补养生品，又吃了些精美的食物，以利于晚上作战，免得战不了几个回合便支持不下来。到了夜晚，他向院里请了假，便和一个心腹朋友先到了一个女友家里。原来他把她当成妓女，当他需要男女之欢时，就去她那里，此事已发生过很多次。在那个女友家里，他脱了神父的衣服，感觉时辰已到，便带着化妆的衣物，来到了莉赛塔家门口，躲在一个角落，把自己装扮成天使的模样，然后进门，直奔莉赛塔的闺房。

莉赛塔看见一个白色的人形闯进来，便赶快跪下迎接。天使先祝福了她，扶她起来，做手势让她到床上去准备好。她马上照办，天使也跟其崇拜者一同在床上躺下。

阿尔贝托神父以前是个身强力壮的俊美汉子，干这事又很在行，而莉赛塔呢，是个貌美肉嫩的娘们儿，感觉和她丈夫睡觉比起来，感觉的确不一样。那一夜，他虽然没有天使的翅膀，可还是用力地摆弄了多次，其程度之猛，让她开心得直叫唤。此外，他还跟她讲了些天国的美好。就这样，两人战了一个通宵，直到天明，那神父才收拾起他的东西，回去找他的那个朋友。那个朋友，承蒙那家女人的美意，担心他单独睡觉清冷，陪了他一夜。

第二天，莉赛塔一吃完早饭，就带着女仆直奔阿尔贝托神父那里，把加伯列天使的模样与天使对她所讲的永生的美好向他描述了一番，还添枝加叶地吹嘘了一通天堂的美景。

阿尔贝托神父说：“夫人，我不知道昨晚您和他怎样度过的，我只知道他找过我，我就把您的回话转达给了他，他立刻便把我的灵魂抽走，带到了一个鲜花盛开、玫瑰争艳的地方，如这类地方，我在尘世是无法看到的。我的灵魂待在那令人销魂的美景中直到今晨。而在这段时间内我的肉体如何，我却不清楚。”

“我不是告诉您了吗？”那女人说，“您的肉体和加伯列天使整夜都睡在我怀里。假如您不相信，请您看看您的乳头下面，在那里我给天使一个长吻，留下的印痕恐怕好多天都消失不了呢。”

于是阿尔贝托神父说：“我今天倒要破破例，脱下衣服看一看您说的是不是真的。”

如此胡吹瞎侃了一阵之后，那女人便回家去了。此后，阿尔贝托神父便一直假扮天使，多次去找她寻乐，从没有被人看出破绽来。

不想有一天愚蠢的莉赛塔和她的一个女伴谈论啥样的女人最美时争执起来，她本来就不知分寸，自认为自己是天下第一美人，所以就说：

“假如你知道我的美貌竟让谁喜欢上了我，你就再也不会夸奖别的女人的美貌了。”

她的女伴很想听听，两人又彼此熟悉，就说：“夫人，你说的也可能是真的，不过，在我没有知道你的情人是谁以前，我是不会轻易改变我的态度的。”

这位傻妇人本来肚子里就藏不住啥秘密，于是说：“好朋友，他可不是随便可以让人知道的，不过我可以告诉你，我的情人是加伯列天使。他爱我胜过爱他自己，因为他对我说，我是世上最美丽的女人，你现在相信我了吧。”

她的女伴一听，差点要笑起来，不过为了叫她继续讲下去，便忍住了。女伴说：“夫人，天主保佑，如果加伯列天使是你的情人，并且是他亲自告诉你这些话的，那恐怕这事是真的了。但我还是不大相信，天使怎么也会干这类尘世中的事情。”

那傻妇人回答说：“好朋友，你错了。我向天主起誓，他干这种事的本领比我的丈夫可强很多。他还说，天堂里也干这事，但我比天上的仙女还美，所以他才爱上了我，经常来和我过夜。这下你可明白了吧？”

那个女伴离开莉赛塔之后，恨不得马上找个地方把这事讲给别人听，让别人取笑莉赛塔一番。后来，终于在一个节日里。她将这事原原本本地告诉了她的女友。

她的女友们又把这事告诉了她们的丈夫和女友们，而他们又告诉了其他人。这件事就这样传开了，不出两天，便传遍了整个威尼斯城，自然也传到了她的大伯、小叔子的耳朵里。他们也没去问她，只是心里想看看这个天使能不能飞，所以一连几夜都守着她。

真是无巧不成书。再说阿尔贝托神父听见关于莉赛塔的传闻后，有一夜赶到她家里，想责怪她不守诺言。他刚一脱下衣服，就听到门外一片喊闹声。原来，莉赛塔的大伯、小叔们看到神父走进她的宅子，都来到她闺房的门前，要把门打开闯进来。神父情知不妙，急忙中又找不到其他的路可逃，只得打开一扇向着大运河的窗子，跳了下去。

好在河水不太深，他又会游泳，所以没有受伤，总算游到了河对岸。看到岸上有个人家的门敞开着，就走进去。正好屋里有个人，他谦恭地求他看在天主的面上，救救他的命，还煞有其事地编造一派谎言来解释他为什么半夜赤身裸体地跑到这里来。那善良的人听了十分同情，但他正要出去，就让神父先睡在他的床上，等他回来。他锁上门就干他的事去了。

再说莉赛塔的大伯、小叔们闯入她的闺房一看，只见加伯列天使已经飞走，只留下一对翅膀，于是就把她羞辱责骂了一番，让她很伤心后悔，然后拿起天使留下的东西，扬长而去。

天大亮的时候，那个收留了神父的好人在里阿尔托听说，昨天夜里加伯列天使不知怎么和莉赛塔夫人一起睡觉，她的亲戚怎么前去捉奸，天使又怎么害怕，怎么跳入运河，怎么下落不明等等这类的事之后，马上就明白了躲在他家里的人是谁了。他回到家里，认出了这个所谓的天使就是阿尔贝托神父，就跟他讨价还价，最后达成了协议——神父必须给他五十个金币，要不然就把他交给莉赛塔的亲属。这件事就算这么解决。这时，神父便想赶紧溜走，可那个好人却说："光天化日之下你是没法溜走的，要想溜走，只有一个办法。今天正好是一个节日，有人扮成狗熊，有人装作野人，有人扮这个，有人装那个，叫别人牵着，一起到圣马可广场参加一个狩猎赛会，赛会一结束，节日就算过完了。趁别人还没发现你在这里，如果你愿意，我可以把你扮成一头野兽，牵着你出去，保证把你领到你要去的地方。除此以外，我想不出你还有其他方法离去。那女人的亲属肯定知道你躲在附近的某个地方，所以四处都派了人把守，好抓你出来。"

阿尔贝托神父虽然觉得这样出去太尴尬了，可是害怕被那女人的亲属抓住，最后答应了，并告诉他该把他牵到哪里，以及怎样牵着他，他才舒服。

那个人在神父身上涂满了蜂蜜，接着就把鸭毛鹅毛往他身上粘，再给他脑袋上戴个面具，脖子上套个铁链，叫他一只手拿着棍子，另一只手拉着两条从屠宰场搞来的狗。接着他私下里又派了一个人到里阿尔托去宣布，凡是想看看加伯列天使的人，请到圣马可广场去。威尼斯人可真是明辨事理。

一切准备完之后，那个人就把神父牵了出来，让他在前面走，他在后面拉着链子。一路上很多人乱哄哄地问："这是怎么一回事？这是怎么回事？"他把神父牵到广场，那里已是人山人海，有的人是在里阿尔托听到宣告，从其他各地赶来的。有的人是跟着这些人来的。那个人把他带来的野人拴在高处的一根柱子上，假装说要等着狩猎会开始。神父遍体都抹着蜂蜜，所以苍蝇叮，牛虻咬，吃足了苦头。那汉子看到广场上挤满人，假装要解开神父身上的链子，却猛然地撕下阿尔贝托神父的面具说：

"诸位先生，由于野猪不参加狩猎赛，今年恐怕赛不成了。为了不让大家白来一趟，我想叫你们见识见识加伯列天使，昨天晚上，他从天上降临到地上来抚慰威尼斯的女人了。"

面具被撕下之后，所有的人都认出了阿尔贝托神父。大家污言恶语，高声咒骂，都认识到这个所谓的圣人原来是个淫棍。此外，还有些人往他脸上扔这样那样的污秽东西。

故事三

菲洛斯特拉托听过伯姆皮内娅讲的故事后，思索了一会儿，然后对她说：

"讲得还不赖，我喜爱这个故事的结局，不过，故事的前半部添加的笑料太多了，我认为大可不必要。"

随后，他转过脸来对劳蕾塔说：

“女士，如果你愿意的话，请接着说一个情景好一些的故事吧。”

劳蕾塔笑着说：

“你对情人们可真是太狠心了，假如你只希望他们有个悲惨的结局，我就依着你，讲一个关于三对情侣的故事，他们本想享受更多的爱情的幸福，结果却都不幸碰见了厄运。”说完这些话，她便开始讲起来：

诸位都知道普罗旺斯省的马赛是沿海的一个著名古城。从前，住在那里的巨贾富商比现在可要多得多，他们之中，有一个名叫纳尔纳德·西瓦达。他出身寒门，但忠厚诚实，是个有很好信誉的商人，后来变得富有，拥有无数的土地财物。他的妻子给他生了好几个子女，其中最大的三个是女儿。老大和老二是双胞胎，十五岁，老三是十四岁。家里人打算等她们的父亲从西班牙经商回来，就叫她们出嫁了。

那两个大女儿，一个叫尼内塔，一个叫玛达莱娜，三女儿叫贝尔泰拉。尼内塔跟一个出身高贵但目前家道已经中落的青年绅士相恋，这个青年绅士叫雷塔尼奥内。两人的感情十分深厚，但由于他们保密得很好，外人对此毫无所知，因而得以独自享受他们的爱情。大姐有了情人之后不多时，两个妹妹也都有了各自的情人。这两个情人一个叫佛尔科，一个叫乌盖托，他们彼此相识，都从死去的父亲那里继承了大笔财产。

雷塔尼奥内从尼内塔那里知道这事之后，心想自己家道中落，潦倒贫困，何不找她的两个妹妹的情人帮忙呢。打定主意，他就设法和他们亲近，有时陪这个，有时陪那个，有时还陪他们两个一起去探访自己的情人与他们的情人。后来，他觉得和他们打成一片了，成了至交，有一天就把他们请到自己家里来，对他们说：

“亲爱的朋友们，我们来往密切，友情深，凡是我能为自己做的事，我都乐意为你们去做。因为我非常想帮助你们，所以不妨将我心里的想法告诉你们，跟你们商量一下，如果你们觉得我说得对，那我们就照此办理。假如你们愿意对我这个朋友说真话，据我朝夕观察，就像我爱上她们的姐姐那样，你们也深深地爱上了那两个妹妹。如果你们想跟我步调一致，我心里倒有个主意，管保叫你们满意。你们两位家里非常富有，而我的家境却很贫寒。如果你们能把你们的钱凑在一起，让我和你们一起分享使用，我们就能选世界上任何一个地方和她们三姐妹一起去过这世上最快活的日子。我保证不会出问题，那三姐妹会带来她们父亲的大部分金钱与我们一起走，而且无论我们到哪里，她们都会跟随到那里。到了那个地方，我们三个像亲兄弟一样，各自和自己的情人住下来，到那时候，我们永远比世界上的任何人都要生活得快乐幸福。你们是否赞同我的主意，一切请你们自己决定。”

那两个小伙子正热恋得头昏脑涨，一听可以永远地拥有他们的情人，也没有仔细考虑，立刻答应说愿意按照他的主意去办。

雷塔尼奥内得到两个小伙子的明确回复后，过了几天（他们情侣能会面也不是件容易的事），就去找尼内塔，同她聊了一会儿，便把他们商量的办法和她讲了，怕她不同意，千方百计地说了好多花言巧语，让她相信这事绝不会出问题。出乎他的意外，她本人也十分想和他公开地生活在一起，比他还要迫切，因此她十分爽快地答应了，并告诉他，这个主意很合她的心意，而且她的妹妹们在这件事上肯定听她的。最后，竟叮嘱他要尽可能快地先将必需的东西收拾好。

接着雷塔尼奥内找到那两个小伙子，他们也一直在催问他的计划何时实行，他逗弄他们，情人们那里没有问题，一切准备就绪。最后他们商量好要去克里特岛。于是他们打着外出经商赚钱的幌子，把家产变卖一空，折成现金，买了一艘轻快的帆船，把它装配齐全，就等出发了。

再说尼内塔，她深知她妹妹们的心思，准会接受这个计划，可还是用甜言蜜语命令她们，弄得她们觉得就是舍却性命也得达到目的。到了约定上船的那天夜晚，三姐妹打开父亲的钱柜，偷出很多金钱首饰，悄悄溜出家门，她们的情人早就在半路相候，汇合在一起，来到岸边，赶紧上船，命令摇桨上路。那快船一路也不曾靠岸，第二天晚上，直接到达热那亚，三对情人在那里第一次尝到爱情的滋味，真是甜蜜快活。

准备充足之后，他们休息了一阵，又登船上路，过了一港又一港，第八天时便到了克里特岛。在那里附近的坎迪亚地方，他们买了一大片很好的地产，盖起了奢华的住宅，从此过起了国王般的生活。他们养了很多仆人、狗、猪、骏马和猎鹰，每天像节日一样，一起作乐寻欢，这六个人真是世界上最快乐的人了。

就这样他们过着快乐的日子。但正如我们经常碰到的情况那样，物极必反。想当初雷塔尼奥内是何等的爱着尼内塔，现在拥有了她，可以随心所欲，就对她不满意，渐渐看不上眼了，爱情也就冷淡下来。其真实情况是这样，在一次平常的宴会上，他喜欢上了当地一位美丽的贵族小姐，就千方百计地追求她，讨好她。尼内塔发现之后，醋意大发，时刻紧盯他的行踪，跟他又骂又吵，弄得两人都很尴尬。

尼内塔的指责反而叫他燃起了对新欢的巨大情焰。也不管那位小姐对雷塔尼奥内是否有意，反正尼内塔一看他们来往，就断定他们发生了不正当的关系。一开始，她异常痛苦，后来痛苦发展成了愤怒。也不管从前两人是怎样恩爱，满脑子只是现在对他的恨之入骨，一心想报复，欲置其于死地而后快。当地正好住着一个希腊老妇人，是配制各种毒药的大师，尼内塔专门去找她，许以重金，让她配了一剂能致命的毒汁。一天夜晚，正好雷塔尼奥内感到又热又渴，尼内塔便把毒汁当茶给他喝，他也没有考虑，就一口气喝了。

那毒汁实在厉害，第二天不到，他就已经一命呜呼了。佛尔科和乌盖托，还有她的妹妹也不清楚他是中毒而死的，陪着尼内塔大哭了一场，然后很隆重地安葬了他。

但没过多久，那个为尼内塔配制毒剂的老太婆因其他罪行被捕，严刑拷打后，便把为尼内塔配毒剂的事与所有其他罪行都招了出来。对此，克里特公爵表面不露声色，却在一天晚上悄悄地让人带着士兵围住了佛尔科的住宅，不费吹灰之力，便把尼内塔抓走了。证据确凿，也未对尼内塔用刑，她就把毒死雷塔尼奥内的事一五一十地招认了。

佛尔科和乌盖托私下托人从公爵那里打听到尼内塔被捕的原因

之后，回来便告诉了他们的情人，大家都十分难受，虽然他们想尽一切办法去救尼内塔的性命——因为根据当地的法律，她是要受到应得的惩罚的——但都未成功，公爵坚持要秉公处理。

玛达莱娜是三姐妹中最漂亮的姑娘，公爵很长时间以来一直在追求她，但她坚守贞洁，没有一点想满足他的举动。这时她就想，假如她满足了他，他也许能让她姐姐免受死刑之灾。于是她暗地里派了一个心腹仆人去告诉公爵说，如果他能答应她两个条件，她就任他支配。第一个条件是必须先把她姐姐释放，并安全地送到家里来；第二个条件是，他必须对他们的关系严守秘密。公爵听了仆人传达的话，十分高兴，经过一番考虑和准备之后，终于答应了她并立即着手办理。

于是，在得到玛达莱娜本人的同意之后，一天夜晚，他把佛尔科和乌盖托传唤过去，借口说是想查问案情，自己就悄悄来到他们家里，和玛达莱娜过了一夜。他对佛尔科和乌盖托假装说要把尼内塔装入麻袋，扔到海里，其实当夜就把她交给了她妹妹，作为他一夜之欢的补偿。第二天早晨他离开时，他求她和他继续来往，保证那晚不是最后一晚，同时还要求玛达莱娜让她那有罪的姐姐逃亡到别处去，免得他受人指责，否则她姐姐将有被重新严办的危险。

第二天早晨，佛尔科和乌盖托被放了回来，听说尼内塔那天晚上受到处罚，被扔到海里给淹死了，都深信不疑。回到家里，他们安慰各自的情人，劝她们不要为大姐的死过于悲伤。玛达莱娜虽然将尼内塔藏得很好，可最终还是让佛尔科给发觉了。佛尔科见尼内塔还在家里，十分惊奇，很快就对玛达莱娜起了疑心（因为他已经听说过公爵爱慕玛达莱娜），他问他的情人，尼内塔怎么逃过惩罚的？

玛达莱娜胡扯了一阵，想骗过他，但他十分聪明，根本不相信她的谎言，非逼着她讲出事情的真相不可。在他的再三追问下，玛达莱娜只得照实说了。

佛尔科一听，先是万分痛苦，后来难以遏制愤怒的烈火，最后拔出剑来，不管玛达莱娜怎样苦苦哀求，就把她杀了。他闯下这大祸之后，害怕公爵报复与法律的惩罚，就把情人的尸体留在房中，来到尼内塔躲藏的地方，装出十分高兴的样子，对她说：

“你妹妹让我赶紧带你逃到别处去，以免你再落到公爵手里。”

惊魂未定的尼内塔也想早点逃离这块地方，自然就相信了他的话。此时天色已黑，她也顾不上和妹妹道别，就跟佛尔科匆匆逃跑了。佛尔科身上带的钱不多，但他顾不上回去取，便带着尼内塔逃到海岸，上了一只小船，从此再也没有人知道他们的去处。

第二天，人们发现玛达莱娜被杀，有些对乌盖托不满的人便立刻把这事报告了公爵。公爵一听他所爱的女人被杀，非常震怒，急忙赶到她家，把乌盖托和他的情人抓了起来。这一对可怜的情侣当时还不清楚佛尔科和尼内塔已经逃之夭夭，可公爵硬说是他们和佛尔科串通一气，要他们承认谋杀玛达莱娜的罪名。

他们知道，要是招认了这事，必死无疑；好在他们比较聪明，事先在家里藏了一笔钱以备不时之需。现在他们就用这笔钱买通了他们的看守，也来不及回家收拾生活用的财物，就趁着夜色，和看守一起登上了一条小船，逃到了罗得岛，在那里，他们在苦闷和贫困中度过了余生。

故事四

劳蕾塔讲完她的故事，就沉默不语。可听故事的人却为这三对不幸的情人感到难过。有的人指责尼内塔的愤怒，有的人说这，有的人说那，终于国王从沉思中惊起，抬起头来对埃丽莎示意，叫她赶紧接着讲述下一个故事，于是埃丽莎温文尔雅地开始讲了起来：

根据西西里的传说，古列尔莫二世生有一男一女，男的叫鲁杰里，女的叫作戈斯坦莎。鲁杰里比其父先过世，遗下一子，名叫杰尔比诺，由祖父悉心抚养，长成了一个十分英俊的青年，以作战勇敢和彬彬有礼著称。

他的声名不仅传遍整个西西里，而且还散播到世界各地，特别的是西西里当时的属地巴巴利更是流传着他的英名。在很多听到杰尔比诺的美德与勇敢的人们中间，有一位是突尼斯的公主，据那些瞻仰过她容貌的人说，她可真是天赐的宝物，绝代佳人，不但如此，她灵魂高洁，气质高贵。她十分喜欢听有关英雄的故事，对众人传诵的杰尔比诺的英雄事迹听得更是百遍不厌。事情发展下去，她居然疯狂地爱上了他，常常想瞻仰他的相貌，经常把他挂在嘴边，恨不得天天听人讲有关他的事迹。

另一方面，她才貌双全的美名也传到了西西里，自然也叫杰尔比诺知道了。他听到有如此一个美女，便把她牢记在心，十分高兴，竟也像公主对他一样，对公主燃起了爱情的火焰。

为此，他总想找一个借口，以取得他祖父的同意，到突尼斯去跟公主见上一面，但他一直没有找到这样的机会。他的任何朋友中，凡是有去突尼斯的，他都托他们代他向公主转达他的仰慕和爱意，他觉得这是带回她的消息的最好办法。他朋友中的一个，果然凭着机智将这事办到了：他假装成一个珠宝商，假言给公主送来了珠宝，进宫见到了她，乘机把王子对她的仰慕之情告诉了她，说是王子愿意把他和他的一切都送给公主。公主听了使者的口信，非常高兴，便告诉使者，她也像王子一样，燃烧着爱情的火焰，作为爱情的见证，她托使者把她最贵重的一个珠宝转送给王子。杰尔比诺收到这样一件珍贵的礼物，非常高兴。从此便常常托那位朋友传书信，捎带礼物，并和公主商量好许多计划。要不是命运弄人，也许他们早就见面并且相伴在一起了。

可是正当他们用这样的方法相恋时，却发生了一件未曾料到的事情：突尼斯国王要把公主嫁给格拉纳达国王。公主一听这件事，心似刀割，她想从此她将要与她的情人天各一方，永远不能再见面了。为了和爱人生活在一起，她真想找个方法逃出父亲的王宫，渡海投奔到杰尔比诺那里去。

杰尔比诺听到公主要嫁到格拉纳达的消息后，与公主一样，也非常悲伤，想凭借武力在海上截住送亲的船只，把公主劫走。

突尼斯国王也听到了杰尔比诺爱着自己女儿和他打算抢亲的风声，想到他的力量与勇敢，难免有些担心害怕；等到女儿的嫁期临近时，他便派了一位使者去见西西里国王古列尔莫，请求他保证既不让杰尔比诺，也不让其他人拦截送亲的船只，叫公主安全抵达格拉纳达。这时西西里国王已是个年迈的老人，也没听到过杰尔比诺与公主的恋爱的事，因此也就没有想到突尼斯的请求有什么用意，很随便地答应了，并且为了表示信义，还把自己的一只手套送给了突尼斯国王。突尼斯国王得到了安全通行的保证，就立刻在迦太基的一个港口造了一艘华丽的大船，把送亲需要的东西装配齐全，装饰好船身，配好海员，一切都准备成功，只等着把公主送往格拉纳达完婚。

年轻的公主一看这种情况，心中非常焦急，赶忙私下派一个仆人去巴勒莫见杰尔比诺，代她致意，通知他不出几天她就会被送往格拉纳达去了，并问他是否像他多次表白的那样爱她，他是否像人们传说的那样是个勇敢的男子汉。

公主派去的仆人圆满地完成了任务之后，就回突尼斯复命去了。杰尔比诺听了那番话，急得像热锅里的蚂蚁，不知怎么办才好，因为他知道了古列尔莫国王——他的爷爷已经向突尼斯国王做了保证。但他终于抵挡不住爱情的力量，又受到了情人言语的激励，担心失去以往的声名，所以他立即奔向墨西拿。在那里，他配置好两只武装快艇，召集了一些勇敢的武士上船，扬起风帆，直奔撒西岛去，因为他知道，送亲的船必须要从那里的海面经过。

果然不出所料，他们在那里守候了没几日，公主的船便乘着微风出现在离他们不远的地方，而且正渐渐地朝他们的船驶来。杰尔比诺见此，便对他的朋友们说：

“同胞们，假如你们还是我原先认为的那些男子汉，那么我相信你们中的任何一个人都感受过或能感受到爱，没有爱，任何男人是不足以被称为男子汉的，每个男子汉的心里都有着这种道德上的冲动和向善的欲望。假如你们有过恋爱的经历和正在恋爱，就不难理解我的欲望了。我爱着一个女人，是爱使我含辛茹苦地来到这里。我的情人就在前面的那艘船上。那上面不但有我最期望得到的人，还有许多财宝。如果诸位是英雄，是好汉，就让我们齐心协力，勇敢进攻，用不了多少力气，我们就能把船劫持过来。我是为了爱才战斗的，那船上的战利品，我只要一件东西，那就是我的情人，其余的所有财宝，由你们随意分。来吧，让我们进攻那艘船吧，你们瞧，连天主都在助我们成功，让风停下来，使那艘船停在那里不动了。”

就算是杰尔比诺不讲这番挑动的话，和他在一起的那些墨西拿人由于他们想着那船上的众多财宝，也急于劫持那艘大船，所以他的话音刚落，大家就高声欢呼，奏起号角，拿起武器，众桨齐发，向突尼斯的大船猛攻过去。

大船上的人看到远处有两条快艇急驶过来，自己的船又无机动能力，无法躲避，只得仓皇应战。杰尔比诺在靠近大船时，要挟大船上的统领到快艇上来谈判，要不然的话，就会有一场厮杀。

大船上的人认出是杰尔比诺率领的人袭击他们，拿出古列尔莫国王的那只手套，指责他们违背了国王的许诺，对他们的要求根本不予理睬，并说只有打胜他们，才能叫他们投降，或取走船上的任何东西。杰尔比诺看到公主站在甲板上，光艳照人，比他原来想象的要漂亮得多，爱情之火就燃烧得更猛烈了。船上的人举起那只手套的时候，他回答说，这里无猎鹰，用不着什么手套，还是把他的情人交出来，否则他们就准备应战吧。对方对此毫不理会，于是双方刀来剑去，开始了一场混战，双方都各有伤亡。

后来，杰尔比诺看到战事进展小，就把从撒丁岛弄来的一条小木船点着了火，夹在两条快艇中间，径直往大船边上送去。

船上的人看到这种情形，明白非降即死，就把已躲进船舱哭泣的公主押到船头，喊来杰尔比诺，在他面前，把公主杀死了，然后把尸体扔进海里。那可怜的公主，在临死之前还哭喊着乞求饶命呢。

“你把她带走吧，这是我们送给你的战利品，无信无义之人，就该得到这样的报偿。”他们喊。

杰尔比诺看到他们的暴行，再也不顾性命，冒着飞箭流石，靠近大船，也不管船上有多少人，就一跃而上。他就像一头雄狮一样，冲进人群，左冲右撞，见人就大撕大咬，完全是为了泄恨，而不是为了战斗。只见他手舞宝剑，向人的头上挥去，有如斩菜切瓜，杀死了许多人。这时候，被点着的大船上的火势越烧越猛，他让他的英雄好汉们尽情地劫掠一番，好满足他们的欲望，然后大家放弃大船而去，就这样结束了一场凄惨的战斗。

过后，他叫人把公主的尸体从海里捞出，抱着尸体痛哭了好长时间，又把她运回西西里，在和特拉帕尼小岛隔海相望的乌斯迪卡将她隆重地安葬了，之后回到家中，悲痛欲绝。

突尼斯国王听到这样的噩耗，派了使者，穿着黑衣，去见古列尔莫国王，对他讲了事情的经过，并埋怨他不守信誉。国王一听，怒火中烧。他知道对方要求的是公义，自己无法否认，就派人把杰尔比诺捉来。许多大臣都替王子求情，可他还是判了王子斩首之罪，而且他本人要亲自监斩，就算他没有子孙，也不愿做背信弃义的国王。

故事五

埃丽莎讲完她的故事，国王表扬了几句，然后就叫菲洛梅娜接着再说下一个故事。菲洛梅娜正沉浸在可怜的杰尔比诺和他的情人的不幸遭遇的悲痛之中，听到国王的命令，就长叹一声，摆脱悲痛，开始讲她的故事：

在墨西拿城，有三个年轻的兄弟，经商为业，父亲原是圣吉米尼亚诺人，死后留给他们一大笔财产，因此他们十分富有。他们还有一个妹妹，叫作伊莎贝塔。她年轻漂亮，又很能干，但不知出于啥理由，她的哥哥们没有让她出嫁。

在三个哥哥的店铺中还有一个年轻伙计，他是比萨人，叫作罗伦佐，负责照顾店里的所有杂务。他相貌堂堂，人品端正，伊莎贝塔见过他几次之后，竟深深地喜欢上了他。罗伦佐也发现了这一点，就不再想着追求其他的女人，一心一意地把她当作自己的爱人。他俩就如此互相爱慕着。过了没有多久，就把彼此的心里话都向对方倾诉，并满足了他们的那种强烈的欲望。

这一对情人就这样一直来往，享受了一段难以名状的快乐时光。可他们却不注意自己的言行，有一天夜晚，伊莎贝塔到罗伦佐卧房去幽会时被她的长兄发现了，而她却全然不知。那位长兄是个做事稳重的青年，见这种事情发生，虽然十分恼怒，但是强行控制自己，没有当场发怒，思前想后过了一夜，决定去找他的兄弟们商量怎么处理。

翌晨，他就去找那两个兄弟，把伊莎贝塔和罗伦佐昨夜做的不光彩的事向他们说了。大家商量了好长时间，最后决定暂不声张，装作什么也没有看到，啥也不知道，免得传扬出去，大家脸上无光。等时机一到，他们再动手雪耻，把他除掉，而且要做得神不知鬼不觉，以免陷入麻烦。

他们有了这种打算，就仍同往常一样，和罗伦佐同样说说笑笑。有一天，兄弟三人假装要去城外郊游，把罗伦佐也带去了。

他们来到一个偏僻没人的地方，乘罗伦佐毫无防备的时候，把他杀死，埋在了一个没人能发觉的地方。回到城里，他们对外散布说，他们派罗伦佐到外地料理商务去了。因为以前罗伦佐常到外面办事，人们也就相信了他们的话。

因为罗伦佐一去未归，伊莎贝塔心里很着急，就常去催问她的哥哥，为什么他办事去了这么久，还不回来。

有一天，她的哥哥们被问急了，便对她说：

“你这是什么意思？你这样关心他，到底跟他有啥关系？如果你再问下去，我们回答恐怕让你受不了。”

年轻的妹妹听到这种回答，又难过又着急，不知道罗伦佐到底出了啥事，可由于害怕，也不敢再问她的哥哥们。只是每天夜里，她常常流着眼泪，喊着他的名字，希望他能早日归来。之后，她彻夜难眠，以泪洗面，心情十分悲伤，但仍苦苦地等待罗伦佐的出现。

终于一天夜里，她又为久久不归的罗伦佐哭了一场，哭着哭着，最后竟迷迷糊糊地睡着了。此时，罗伦佐突然出现在她的梦中。他面带愤怒，身形憔悴，衣服被扯得粉碎，好像对她说：

“噢，伊莎贝塔，你不要再叫我的名字了，不要流着泪儿埋怨我了，不要再苦苦地等我了，你清楚，我不能再回到世上来了，因为在我离开你的那一天，你的哥哥们把我给害死了。”

接着，他将自己被埋的地点指给了她，叫她以后不要再喊他和等他，然后就消失了。

伊莎贝塔醒过来后，对梦中所闻所见深信不疑，因此又伤心地哭了一场。第二天清晨起来之后，她也没有跟她的哥哥们说要去干什么，就径直去罗伦佐指给她的地点，看看梦里的预兆是不是真的。于是她便带着一个贴身女仆，离开了墨西拿城。那女仆对她和罗伦佐的爱情知道得很清楚，她也用不着向她掩盖什么。她们急匆匆地赶到郊外，找到那个地点，她用手扒开地面上的干树叶，便露出不太坚硬的土地，在那里动手挖了起来。

挖了没有多长时间，她就找到了她那可怜的情人的尸首，他面目依旧，尸体还未腐烂，可见梦并非虚幻。她虽然极为痛苦，可也知道应找个更好的地方来哭祭死去的情侣。假如可能的话，她真想把他的整个尸首带走，埋在一个更合适的地点，但又无法做到，只得拿出一把刀子，将她情人的头颅从脖子上割下来，用一块方巾包好，放到女仆的衣襟上，又把无头尸体重新埋好，趁没人发现，就离开那里，回到了家里。

她把自己关在闺房里，抱着那颗头颅失声痛哭，泪水刷刷地落在上面；她又拿着它，千百遍地吻着，吻遍了每个地方。然后找来一个美丽的大花盆，这花盆原是种茉蚕栾那或罗勒用的，她把情人的头颅用一块上等的绸缎包好，放进花盆，埋好土，上面栽了几株美丽的罗勒的幼枝，也不浇水，只用玫瑰水、香橙水和眼泪浇洒。她整天坐在这盆花的旁边，依依不舍，因为它里边埋藏着她的罗伦佐；有时在痴痴地望着它时，她突然会凑到花盆上，放声大哭起来，流的眼泪把罗勒花全都弄湿了。

这盆罗勒花，因为长期不断地受到泪水的浇灌，而且人头渐渐腐烂使泥土变肥，长得异常美丽茁壮，香气四溢。伊莎贝塔的邻居们看到她整日痴望着花盆流泪，非常奇怪，就把眼见的事告诉了她的哥哥们。他们说：“我们看到她天天都是对着花盆落泪。”

她的哥哥们听到这些话，也注意了这一点，批评了她几次，见一点也不起作用，便偷偷把花盆拿走了。她找不到花盆，就不断问花盆哪里去了，恳求把她的花盆还给她。她的三个哥哥只是假装什么也不知道，也不把花盆还给他。她一直哭泣着，最后一病不起，在病中还不断询问她的花盆到哪儿了。

三个哥哥见到这种情景，非常奇怪，就想知道花盆里到底有什么宝贝东西。他们扒开花盆里的土，看见一个用绸缎包着的人头，还没有完全腐烂，认出了那上面的鬈发是罗伦佐的，大为恐慌，害怕他们干的杀人罪行败露，就把它埋到了别处，也没有将这件事告诉任何人，便打点好盘缠，离开墨西拿，悄悄逃到那不勒斯隐藏起来了。

那年轻姑娘只是不停哭泣，不断追问她的花盆到哪儿了，最后悲痛而亡。不久，这件事水落石出，在人们中传开了，有的人还为此编了一首歌，那歌至今还在传唱。它的前两句是这样的：

哪一个坏人，

他竟偷走了我的花盆……

故事六

菲洛梅娜把她的故事说完之后，女士们都非常感兴趣，因为她们虽然多次听到这首歌，但不知道它还有这样一个来历。国王见她把故事说完了，就命令潘菲洛按照订下来的顺序，接着再说一个故事。潘菲洛讲道：

从前，在勃莱西城，有一位绅士，叫作内格罗·达蓬泰卡拉罗。他膝下有几个子女，其中有一个女儿叫安德莱奥拉。她年轻漂亮，只是还未许配人家。安德莱奥拉的邻居家有一个小伙子，叫作加勃里奥托，他虽家境贫寒，但举止高雅，一表人才，讨人喜欢；安德莱奥拉爱上了他。通过她的女仆的帮助，加勃里奥托不仅知道安德莱奥拉爱上了他，而且多次被女仆引到她父亲的大花园里与小姐幽会，两人一直十分快乐。

除了死亡，没有其他任何原因能把他们的美好姻缘拆散，因为他们暗地里早已有夫妻之实了。他们就这样不断来往。有一天夜里，安德莱奥拉做了一个梦。在梦里，她看到自己和加勃里奥托正在她家的花园里幽会，她让他躺在自己怀里，两人十分亲热。正在他们这样躺着的时候，她觉得好像看到了一个黑黑的令人恐怖的东西从他的身体里走了出来，她也不知道那是什么，只见它抓住加勃里奥托，不顾她高声叫喊，将他从她怀里捉起就走，沉入地下，一会儿就不见了。她看到情人被它夺走，伤心至极，不由得醒了。醒来之后，她庆幸这不是真事，但对所做的梦还是心有余悸。

正在这时，加勃里奥托捎口信来说第二天晚上要来看她，她因为那场噩梦，竭力劝他改日再来，但加勃里奥托坚决要求第二天来，她又怕他有所怀疑，只好第二天晚上在花园里等待他。当时正是百花开放的季节，她摘了很多红玫瑰和白玫瑰，就和他来到花园里一个清凉美丽的喷泉边坐了下来。两人一起交谈了好长时间之后，加勃里奥托就问她为什么不想让他晚上来看她。

她就把昨夜做的噩梦告诉了他，还说是个凶兆，心里非常不安。

加勃里奥托听她这么说，觉得可笑，说相信梦中的事也有点太迂腐了，我们做梦往往是因为吃得太少或吃得过饱，任何一个白天都可证明，晚上所有的梦都是虚幻而不可信的。然后，他又说：

“我要是也相信梦，我今日就不会来这里了。昨夜，我跟你一样，也做了一个噩梦。我梦见我在一座可爱的树林里打猎，捕获了一头十分美丽的雌鹿，它浑身雪白，可爱极了，真是世间罕有，它一会儿就和我搞熟了，再也不想离开我。我看它非常珍贵，又怕它离开我，就用一个金圈套在它的脖子上，手拿着圈链牵着它。

“正当那头雌鹿把头埋在我的胸口偎着我的时候，不知从哪个方向突然冒出一条黑如煤炭的凶恶的母猎狗，向我跑来。我还没来得及防备，它就扑向我的左胸，锋利的牙齿直咬住我的心脏，掏走了我的心脏。这时我十分难受，梦也结束了。我醒后，赶紧用手去摸胸口，觉得什么事也没有发生，可我却急成那个样子，不由得笑起我自己来。

“一个梦又算啥呢？事实上我曾做过比这还要可怕的梦，可世上的一切和我本人也都毫无影响呀。我说，让噩梦去吧，让我们享受眼前的大好时光吧。”

安德莱奥拉因为做了个噩梦，仍然心惊胆战，现在听说他也做了个噩梦，就越发害怕了。但她不想让他忧虑，只好尽量把她的恐惧藏在心里。

他俩互相拥抱着，吻了又吻，但也不清楚是为什么，她总是有点提心吊胆，一会儿看看他的脸，一会儿又向花园四处张望，生怕有个黑色的东西忽然出现。

他们就这样拥抱着，突然加勒里奥托长叹一声，抱紧她说：“哎哟，我的心肝宝贝，拯救我吧，我要死了。”说完之后，他就倒在草地上。

姑娘见此，把他扶到自己膝上，几乎哭着说：“噢，天主呀，我的宝贝，你怎么了？”

加勒里奥托已不能回答，他气喘吁吁，浑身发冷汗，不多久便命归黄泉。姑娘爱他胜过自己，我们每个人可以想象得到，她该有多么悲痛了。她哭喊着他的名字，但这又有什么用呢？她摸着他的全身，发现他开始变冷，知道他已无法挽救，泪如雨下，哭成一个泪人，不知该怎么办才好。最后，她去找她的女仆（那女仆知道他们的私情），把这不幸告诉了她。

两人为加勒里奥托哭泣了一会儿，安德莱奥拉就对女仆说道：

“天主把他召了去，我也不想活了。不过在我自杀之前，我想既保住我的贞洁，不想让人清楚我们的私情，而且想把我情人的尸体隆重地埋葬了。”

女仆说：“我的孩子，你莫要提什么轻生的事，你在尘世上已经失去了他，假如你自杀的话，你在冥界也会失去他，因为自杀是要下地狱的。可我看得出，他是善良的青年，他的灵魂是不会到地狱里去的。你还是不要太难过，想办法做做祈祷帮他往生吧，也许他生前犯过罪，正需要祈祷赎罪呢。说到埋葬尸体，我想，最好把他埋在这个大花园里，因为没有别人知道这件事，也不会有人来这里。假如你不乐意这样，我们可以把他抬到园外，明天早晨被人发现之后，会有人把他抬回他家里，他的亲属会把他好好埋葬的。”

安德莱奥拉虽说悲痛欲绝，哭个不停，可还是听从了女仆的建议。但她不同意女仆出的第一个主意，对第二个主意也不满意，她这样回答说：“如他这样连天主都要妒忌的可爱青年，我的情人和我的丈夫，如果把他像狗一样在这里简单地埋葬了，或者把他扔到路边不管，我于心何忍？我已经为他哭了一场，做到我所能做的，他的亲属也应当为他哭泣。我已经想好了一个处置这件事情的办法。”

她随即叫女仆从她的箱子里拿出一块绸缎，取来之后，将它铺在地上，再把加勃里奥托的尸体抬到它上面，在他头下放上一个枕头。她又哭了一场，替他合上眼睛和嘴巴，编了一个玫瑰花环戴在他的脑袋上，把刚才采到的各种玫瑰花撒在他身上，然后对仆人说：

“从这里到他家的路不远，你和我就这样把他抬去放到他家门口吧。不一会儿天就亮了，他的亲属发现后会把他抬进去的。虽然说他的亲属对他这样死去不会感到任何安慰，可对我来说，他是死在我怀里的，总算是不幸中的万幸吧。”

说完，她又俯下身去，贴在他的脸上，哭了好长时间。天快亮了，在女仆再三催促之下，她才站起身来，从自己手上取下那枚她和加勃里奥托私订终身那天戴的戒指，套到他的手上，哭着说：

“我最敬爱的夫君，如果你的灵魂现在还能看到我的眼泪，或者你的灵魂虽然升天，留在你身体内的感觉还能认出我，请你接受我这最后的礼物吧，我是你生前最喜爱的人呀。”

说完这些，她又晕倒在地。过了好一阵，她才苏醒，站起身来，和女仆一块儿提着上面躺着加勃里奥托的绸布，将尸体抬出花园，朝他家走去。

不料在路上走时，她们碰到一队正好当时要去办别的案子的巡警，连人带尸一同被他们抓走了。

安德莱奥拉本来就对死毫无畏惧，又认识本城长官的家，于是她坦然地说：

“我清楚你们是干什么的，我也知道跑是没有用的。我愿意跟你们去见你们的长官，把实情告诉他。但假如我跟你们走，你们胆敢对我动手动脚，或者碰一下尸体，弄乱了上面的东西，我可要到法庭状告你们。”那些巡警果然没敢冒犯她和加勃里奥托的尸体，只把她们两个连同尸体一起带到了公署。长官听了报告，立即起床，将她传进公堂盘问。他听了安德莱奥拉的讲述，就让人叫来几个医生，让他们检查一下死者是由于中毒而死还是被谋杀的。检查后，所有的医生都否定了上面说的两点，最终一致认为他是因心脏附近长的一个脓肿忽然迸裂，窒息而亡的。

长官听了医生的话，虽知道她至多犯了点轻微的过失而已，罪行不重，却想方设法地诬她犯了重罪，认为她会为求释放而答应他的求欢。但安德莱奥拉坚决不允许，那长官见此，竟不顾廉耻，想要用强迫手段。安德莱奥托一见，怒火中烧，力气倍增，奋起抵抗，并大骂他是衣冠禽兽，斥责他的小人行径。

天亮后，她的父亲内格罗老爷听到女儿被捕，十分焦急，赶忙带着很多朋友，直奔官府，去找长官询问案由，想把女儿从他那里带走。

那长官害怕安德莱奥拉控告他曾想对她用强，感觉还是先下手为强。他先赞扬她的忠贞，接着又承认自己曾有不太规矩的举动。现在看到她这样冰清玉洁，对她更是爱慕。还说如果她的父亲和她同意，他愿意娶她为妻，不管她是否已跟一个平民有过什么。

正当他们谈到这里时，安德莱奥拉走了过来，在父亲跟前哭着说：

“父亲，我想，我不必向您再讲我的所作所为与我的不幸，我相信您已经知道了。我现在唯一能做的是求您饶恕我所做的事，就是我不该瞒着您，和我喜爱的人已成了夫妻。我求您饶恕，并不是为了保住性命，我只希望到死还是您的女儿，而不是您的仇人。”讲着讲着，她就哭着跪倒在父亲的脚下。

内格罗老爷也是个秉性善良、待人宽厚的老人，听到女儿的话，不由得掉下了眼泪。他哭着把女儿慢慢扶起，对她说：

“我的女儿，假如你选的丈夫是根据我的意见选的，我会高兴，如果你选的丈夫是你喜爱的人，我也高兴。你让我难过的是，你完全不相信我，不把他和你的事告诉我，等我知道时，他已经不在人世了。但事已至此，我还是为你高兴，我愿意把死者当成我的女婿，我要告诉其他的子女与亲属，让他们体面地把加勒里奥托安葬。”

回去之后，老人就让他的儿子为加勒里奥托准备葬礼。听到这个消息，小伙子的所有亲属及城中差不多所有的男女都赶来了。那小伙子的尸体安放在安德莱奥拉的绸缎上，身上撒满了她的玫瑰花，停放在公署庭院的中央。不仅两家的亲属，甚至城里的所有男女都来为他哭泣。出殡时，他不像一个平民百姓，倒像是一位贵族，遗体由显赫的人物抬着，穿过公署的院子，直抬到墓地。

几日之后，那长官来说亲，内格罗便把他的话跟女儿说了，她怎么也不同意，内格罗也不强迫她。后来她与她的女仆到一个以圣洁而闻名的女修道院当了修女，度过了余生。

故事七

潘菲洛说完她的故事后，国王对安葬安德莱奥拉并未表示同情，而是看着埃米莉亚，示意她赶忙接着讲下去。埃米莉亚不敢怠慢，便开始说道：

故事发生在不久之前，在佛罗伦萨有一位漂亮的姑娘，名叫西莫娜，若论家境，她只不过是个穷人家的女儿。虽说为了赚得面包度日，她每天不得不用双手纺织羊毛，不过她的精神思想并不贫乏，早就期盼着爱神丘比特之箭射中她了。恰巧有个小伙子，名叫巴斯奎诺，家境和她相仿。他按照他师傅——一个羊毛商的要求，送要纺的羊毛到她家来。这个小伙子不论行为举止还是说话谈吐都非常讨人喜欢，所以也就打动了她的心。

于是她便时常惦记那小伙子的漂亮身影。即使这样，可她仍不敢心存奢望，只能在纺织时，随着锭子上绕着的羊毛线的转动，发出像火一样热的千吁百叹来，想借此让小伙子知道她的心，因为她纺织的羊毛都是那位漂亮的小伙子给她带来的。而那个小伙子，对她也特别关照，借口说为了让他师傅的羊毛纺得更好，常常到她家来看她纺织，而不去别的女工家，似乎所有的羊毛都该归她而不是别的女工来纺织似的。

如此，一个常来看望，另一个又希望能常相见，时间一长，双方增进了感情，他的胆子变得比平常大了，她也消除了平日胆怯与害羞的心理，两个相处得越发亲密了。他们已达到心心相通的程度，只要有一个提出，另一个人肯定会答应的。

日子一天天过去，他们之间的感情也越来越深厚了。有一天，巴斯奎诺对西莫娜说，他非常希望能和她到一个公园里去散散心，在那里，他们可以单独待在一起，无拘无束地谈话，而且也不会引起别人的怀疑。西莫娜很高兴地同意了。

星期日，吃过早餐，西莫娜对父亲说要去圣加罗参加一个节日，就带着一个叫作拉吉娜的女伴赶往她和巴斯奎诺约定好的一个公园去了。在那儿，巴斯奎诺和他的一个同伴已经在等候。这个同伴名叫普奇诺，但人们都叫他“斯特兰巴”。没想到这位斯特兰巴与那位拉吉娜第一次见面，一经介绍，竟彼此一见钟情，谈起恋爱来。原来的那一对情侣只得离开他们，另找地方谈心。

巴斯奎诺同西莫娜来到花园里一个长着一大片鼠尾草和茂密树丛的空地，便在树丛底下坐下来交谈，谈了好长时间情话，接着商量着在花园里舒舒服服地共进野餐。此时巴斯奎诺回头转向树丛，顺手采了一片鼠尾草的叶，拿它开始擦牙和牙床，还说吃完饭后用它擦牙可以清洁牙齿。

说完之后，他又谈该怎么野炊，还没说上几句话，脸上就显出极度痛苦的表情，不一会儿，眼睛便啥也看不见了，连话也不会说了，很快就死了。

西莫娜看到这番情景，就哭喊起来，叫斯特兰巴和拉吉娜赶快过来帮忙。他俩跑过来一看，巴斯奎诺脸上布满黑斑，浑身肿胀，已然死去了，于是斯特兰巴便不分青红皂白地叫喊起来："你这个邪恶的女人，是你把他毒死的。"他大叫大喊，公园里的人听到喊声，都赶过来看是怎么回事。

只见巴斯奎诺浑身肿胀，已然气绝，又见斯特兰巴号啕大哭，指责西莫娜毒死了他的主人；而这时的西莫娜因为情人突然死了，目瞪口呆之际，竟然不晓得该赶快为自己辩解；这一来，大家就相信了斯特兰巴所说的话，也不管她哭得多伤痛，上前扭住她，把她押往官府。

在官府里，斯特兰巴与巴斯奎诺的另外两个朋友（他们是听到消息后赶来的）阿蒂恰托及玛拉杰活莱便指控西莫娜谋杀了巴斯奎诺。法官根据围观者所提供的材料，便开始接手这个案子。审来审去，法官依据这不像个谋杀案，西莫娜也不像一个行凶杀人的罪犯，便带着她去查看死尸与出事的地点，因为他也怀疑西莫娜说的话。

一行人左拥右挤地到了公园，见巴斯奎诺的尸体涨得像个酒桶，还躺在那里。法官见此也十分吃惊，就问西莫娜到底是怎么回事。她走近长着鼠尾草的树丛，将事情的经过一五一十地对法官说了，同时为了让他明白事情的真相，她如巴斯奎诺一样，从鼠尾草上摘下一片叶子来擦牙。

旁边的斯特兰巴、阿蒂恰托和巴斯奎诺的其他一些朋友都当着法官的面讥笑她，说她胡说八道，妄图逃脱惩罚，坚持要控告她为凶犯，还说只有判她火刑才足以惩罚她。可怜的姑娘已经为情人突然地不明不白的死亡而忧伤了，现在又听斯特兰巴等人嚷嚷要判她火刑，非常害怕，一时竟神志昏迷，也像她的情人一样，用鼠尾草擦牙，倒地而死，在场的人无不吓得目瞪口呆。

噢，幸福的人儿，你们深厚的爱情，你们的人生竟在同一日结束了！如果你们的灵魂到了同一个地方，你们应该感到幸福！假如在那个地方还会有爱情的话，你们就像在人世间彼此相爱，岂不更幸福吗？从我们这些还苟喘于世的人看来，西莫娜比我们可要幸福多了，虽然斯特兰巴、阿蒂恰托、玛拉杰活莱这些纺毛工人或这一类的人诬陷她，她仍保持住了自己的清白，找到了人生的正路，逃脱了诋毁，像她的情人一般死去了。让她的灵魂和她所爱的巴斯奎诺的灵魂相伴吧。

再说那法官和所有在场的人，都惊得一时说不出话来，呆若木鸡。过了好一会儿，那法官才缓过神来，找到了原因。他说：

“很明显，这丛鼠尾草是有毒的，一般的鼠尾草不会毒死人的。应当把它连根拔掉放在火中烧了，免得有人再受其害。”

法官说完之后，叫来一些园工当着他的面把灌木砍倒，将草拔掉，这一来，这两个薄命情人的死因便一清二楚了。

原来在那片长着鼠尾草的灌木丛的地底下，有一只无比巨大的癞蛤蟆，它吐出的毒气沾染了鼠尾草的根须，使草变成有剧毒的毒草了。由于害怕癞蛤蟆吐出的毒液，没有人敢走近它，人们就在它周围打了个大篱笆，连癞蛤蟆带草，一起烧掉了。巴斯奎诺之死的案子处理完之后，法官吩咐斯特兰巴、阿蒂恰托和玛拉杰活莱抬着西莫娜及巴斯奎诺两人肿胀的尸体，来到圣保罗教堂，就在那儿的墓地把他们合葬了，因为他们是那里的教民。

故事八

埃米莉亚的故事说完以后，内伊菲莱便遵照国王的命令，开始讲了起来：

有一个女人，她自以为天底下她最聪明，想尽诡计，妄图阻止一段天造地设的姻缘，结果却是她的亲生儿子成了爱情的殉葬品。从前，在我们的这座城市里，传说有一个十分富有的大商人，名叫莱奥纳尔多·西吉耶利，他有一个儿子，名叫吉洛拉莫。孩子出生后不久，他便离开了人世，好在对他留下的家产他都做了详细的安排。

而且孩子的保护人和他的母亲替他尽心地管理着财产。

那孩子慢慢长大，常和邻居的小孩子们一起嬉玩。在他的伙伴中，有一个裁缝的女儿，年纪和他相仿，青梅竹马，而且他最喜欢她。后来，两人的年龄也慢慢大了，童年的爱慕竟使他们产生了爱情。吉洛拉莫如果有一天看不到那个女孩，就坐卧不安，而那个女孩子对他也同样情深义重。

那孩子的母亲看到这样的情形，很不高兴，觉得很不合适，时常责骂他，甚至动手打他，但他毫不畏惧，从不把她的话放在心上。她就把这件事和他的保护人说了。她认为只要有钱，什么都能办到，甚至能把李子树变成橘树了。她对保护人说：

“我的这个儿子仅仅十四岁，却过早地跟邻居裁缝的女儿撒尔韦斯特拉恋爱起来。如果我们不早点把他们拆散开来，他早晚有一天会背着我娶她为妻的，到时还不把我气死。否则，如果他看到她嫁给了别人，他也会难过，影响他的前途。所以我认为，为了避免这类事发生，你们应该把他送到远处去学学做生意，也好让他离开那个女孩子，忘了她，到时不怕找不到一个好人家的女儿完婚。”

保护人说她说的话很有道理，愿意尽力照她的话去办。他们中的一个就让人把那孩子叫到店铺里，态度平和地对他说：

“孩子，你现在年龄已经不小了，该学会料理你的生意了。如果你能去巴黎待上一段时间学做生意，我们会很高兴的，因为你财产的大部分都在那里。假如你到了巴黎，还可跟贵族和绅士来往，学习他们的谈吐礼仪，比待在这里强多了，这样你就会变成一位更加优秀、更有教养的青年。最后，你还可以回来。”

那孩子认真地听完他说的话，不假思索地回答说他不愿意，因为他觉得佛罗伦萨的环境相当好，没有必要到别处去。

那些能干的保护人听他这么说，就热心劝导他，煞费苦心地说了一大堆话，最终还是没法让那孩子改变主意。他们只得把这事告诉了他的母亲。他母亲一听，气得火冒三丈，她生气倒不是他不去巴黎，而是他竟这样迷恋着那个裁缝人家的姑娘，骂过之后，她又好言好语哄他，安慰他，求他听从保护人的意见；跟他说了半天道理，他终于同意了，但提出只在巴黎待上一年，一年后必须回来。

这样，吉洛拉莫就离开了情人，去了巴黎，可没想到，他在那里却因为各种原因一住就是两年，但他在那里无时无刻不在思念着他的撒尔韦特拉。回家以后，他去找她，发现她已经嫁给了一个做帐子的诚实的年轻人，心里难过极了，但毫无挽救的方法。他想，为了安慰自己，唯一能做的是打听到她住在哪里，像小时候的情人一样，在她家门口徘徊，他相信她跟他一样，不会忘掉以往的感情。但出乎他的意料，她已经不记得他了，好像从未见过他似的；要不可能就是她还记得一切，却故意不肯与他相认。不久，他就看出，她是不会念旧情了，因而心如刀割，万般痛苦。但他仍想尽一切办法，叫她记起他来，可一切努力都是石沉大海，就决定当面跟她提出，就算死了也在所不惜。

于是他从她邻居那里打听到她屋子里的布置。一天夜晚，他趁她和她丈夫出去到邻居家聊天，就悄悄溜进她家，躲在她卧室的一卷卷帐布后面藏好，耐心等候。等他们回来上了床，她丈夫熟睡之后，他走到她睡的那边，将一只手放到她的胸口，低声说：

“我的宝贝，你睡着了吗？”

那姑娘还没入睡，见有人躲在房中，就想叫喊，他慌忙说：

“看在天主的面上，请你不要喊叫，我是你的吉洛拉莫呀。”她听到这话，浑身发抖，赶紧说：

“吉洛拉莫，看在天主的面上你赶紧走吧！我们孩子时的那段恋爱已经是过去的事了，时间已然磨去了我们的感情，你知道，我已嫁人了。除了我丈夫，如果我再想其他的男人，那可是不合伦理道德的呀。所以我恳求你，为了天主，请你离开这儿吧。再说，我的丈夫听到你的声音，即使不出什么乱子，我也不能再和他一起像以前那么平静和睦地过日子了。现在，他是这样爱我，我准备和他度过安静的光阴。”

小伙子听她说出这种话来，心里无比疼痛。他请求她回想他们当初在一起时美好快乐的情形，还对她说，他虽然和她分开过，但仍深深地爱着她，此外，他还求她，应允给她好处，可都于事无补了。为此，他真想死去。最后他求她一件事，让她看在如此痴情的份上，允许他在她身边躺上一会儿暖暖身子，因为他等她都等得快要冻僵了，并向她保证，不再和她说话，也不骚扰她，暖和过来之后就走。

撒尔韦斯特拉不禁对他有了怜惜之情，又听了他的保证，便答应了。

于是他上了床，躺到了她身边，果然没有碰她。他想起了以往他们之间甜蜜的爱情，而她现在却如此的冷酷，因此对生活失去了任何希望，一心不想活了，于是他屏住呼吸，握住拳头，一言不发，竟在她身边死去了。

过了一段时间，那姑娘见他一点儿也没有动静，不免奇怪，又怕她丈夫醒来，便对他说：

“喂，吉洛拉莫，你怎么还不走呀？”

没料到他一声不响，她还以为他入睡了，就用手想把他推醒。可她一碰他，竟像碰到了冰块一样，她就更奇怪了，再用力推他、摇他，他还是一动不动，这才知道他已然死了。她又害怕又难过，可不知怎么办才好。

最终，她想出了一个主意，决定问问她丈夫，如果这种事发生在别人身上，他会怎么办。她推醒了丈夫，把刚才发生在她身上的事当作发生在别人身上的事那样跟他说了，还问他，如果这事发生在那女人身上，她该怎么办。

她那位好心的丈夫说，他认为应当把死者偷偷抬到他家的门口，放在那里。至于那女人，因为她没有什么过失，不应该受到责备。

于是她说："这正是我们目下应该做的。"说完，她拉着他的手，让他摸那小伙子的尸体。

这一下，他极其吃惊，赶紧下床，点上灯，也没跟妻子说什么，赶紧动手替死人穿上衣服（因为他没有犯罪，所以毫不犹豫），扛起尸体就跑出家门，将它放到了死者的门口。

第二天早晨，吉洛拉莫的尸体在他家门口被发现了，家人哭喊成一团，他的母亲更是悲痛欲绝。医生赶来详细地检查了全身，没有发现一点伤痕和创伤，一致认为他是因忧愤而死的，跟实际发生过的事情一样。

他的尸体被抬到了教堂，他的母亲痛哭流涕，他的亲属女眷与女邻们，也按照当时的习俗，陪她一起哭泣。

当她们俯在尸首上，为吉洛拉莫哭丧时，撒尔韦斯特拉的丈夫，那个好人，对她说：

"你戴上块头巾，到停放吉洛拉莫的尸首的教堂去，混到女人们中间，听听她们对这件事有啥议论。我也到男人们中间去打听一

下，看看人家说了些啥对我们不利的话。”

在吉洛拉莫死后，那姑娘却也回忆起旧情，后悔起来，在他活着的时候，她没有让他亲过一口。她接受了此建议，匆忙赶往教堂去了。

多么奇怪呀，爱情的力量真是让人难以捉摸！过去吉洛拉莫富有都没能打动她的心，现在却被他的不幸感动了。撒尔韦斯特拉蒙着头巾，挤过人群，一望见死者的脸，便柔肠寸断，过去的爱情之火立即燃烧起来。只见她一下子扑到尸首面前，发出一声深情的呼喊，把脸俯在死者的尸体上，也没有哭出几声，就一动也不动地死去了。原来，在碰到他的尸首之前，她的心就已然碎了。

旁边的女人们并没有认出她是谁，而且她又一直不起来，便走过去安慰她，劝她起来，可她却趴在那里一动也不动。她们便将她扶起，一看原来是撒尔韦斯特拉，可她已经死了。那里的所有女人，更是加倍地同情他们，哭得越来越伤心了。

消息传到了教堂外的男人那里，撒尔韦斯特拉的丈夫听到了，他也哭了，哭了很长时间。大家劝他，安慰他，他都不听，最后，他才止住泪水，将昨天晚上吉洛拉莫和他妻子的种种情况讲了出来，这时人们终于明白了他俩死亡的原因，都为他俩这对永远的情人惋惜。

那些女人就按当时的习俗，将姑娘的尸首妆扮好，放到了停放吉洛拉莫尸首的同一个尸架上，又哭了一阵，把他们两人合葬在一个墓里。多美好啊，他们活着的时候，不能生活在一起，死亡倒使他们成为永不分离的夫妻。

故事九

内伊菲莱说完故事，她的女伴们个个都很悲伤。国王不愿意侵占迪奥内奥的时间，因为除了他俩，别人都已经讲过了。于是他开始说道：

据普罗旺斯人的传说，在普罗旺斯曾有两位有名的骑士，他们都有各自的城堡与属地。其中一个叫圭列尔莫·夸尔塔斯达尼奥，另一个叫圭列尔莫·罗西里奥内。两人都武艺超群，因而相互仰慕，每逢有啥武艺比赛或马上比武，两人总是穿着相同的盔甲参加。

尽管两人的城堡相距很远，有三十余里，却经常来往。夸尔塔斯达尼奥发现罗西里奥内的妻子长得十分漂亮，便得意忘形，不顾两人之间的兄弟情谊，热烈地爱上了她，私下里经常用言语勾引她，那位夫人倒也看出了这回事，又认为他是个勇敢的骑士，来来往往，便也喜欢上了他，后来竟朝思暮想，一心只等他开口挑明。没过多久，他就向她求爱，两人干柴逢烈火，爱得难舍难分。

可他们做事不周全，不久就让她丈夫发现了他们的私情。他气得怒火中烧，过去亲密无间的朋友一下子变成了你死我活的仇敌。他决意非杀掉他不可，但是他隐藏起他的敌意，比那两个情人隐秘的私情还要严密。

碰巧在法国要举办一次马上比武大会，罗西里奥内得到消息，知道千载难逢的机会到了，就马上通知夸尔塔斯达尼奥，如果后者乐意，就上他家一起讨论是否愿意去，而且怎么去才好。

夸尔塔斯达尼奥非常高兴地回复他，他第二天准时去他家吃晚饭，到时再议论这件事。

罗西里奥内听了，心想杀他的时机终于来了。第二天傍晚，他全副武装，带了几位随从，骑马来到了离他城堡有三里远的一座树林，埋伏在那里，等着夸尔塔斯达尼奥。过了好长一阵，他看到夸尔塔斯达尼奥与他的两个侍从，没带武器，骑着马而来，而且他一点也没防备，更不知大祸就要临头。等他走到近处，罗西里奥内手持长矛，骑马飞快地冲上前去，大叫一声："你的死期到了。"话还没说完，一枪便刺进了他的胸膛。

夸尔塔斯达尼奥连说话和躲避都没来得及便被刺穿了胸膛，从马上摔下来，不一会儿就气绝身亡。那两个侍从也不知是怎么回事，吓得调转马头，没命地往主人城堡方向落荒而逃。

罗西里奥内从马上跳下来，取出一把尖刀，剖开他的胸膛，挖出他的心脏，扯下长矛上的三角军旗，用军旗把心脏包好，吩咐一个随从拿着，并告诉他们不得走漏一点风声，就重新上马赶回城堡。这时天已快黑了。夫人听说夸尔塔斯达尼奥晚上要来吃晚饭，就满心欢喜地等着，可他这么久还不来，非常奇怪，看到骑马回来的丈夫就问："夫君，为什么他没有来？"

她丈夫回答："夫人，他已派人通知我，说今晚他有急事不能来了，明天再来。"夫人听了十分失望。

罗西里奥内跳下马，叫来厨子，对他说："这是颗野猪的心，你拿去做出一道菜肴，一定要做得十分美味，等我上桌时，用银碗把它送来。"

厨子接过，使出了全身的本领，非常小心，把它切碎，加了许多作料，终于做出一道好菜来。

晚饭时，罗西里奥内和夫人坐在餐桌旁，菜肴摆了上来。但他干了杀人的勾当，心里惶恐不安，所以吃得很少。

不一会，厨子把做好的那颗“野猪心”端来，罗西里奥内推说今晚胃口不好，不能多吃，让厨子把它放到夫人面前，劝她多吃。夫人也没起疑，先吃了几口，觉得味道很好，就把它全部吃光了。

罗西里奥内看到这样，就问：

“夫人，你感觉这道菜怎么样？”

夫人回答：

“夫君，说实话，味道不错，我十分喜欢。”

“感谢天主，”他说，“你的回答在我的预料之中，我一点也不觉得奇怪，因为就算这颗心死了你都喜欢，更不用说它活着时你多喜欢了。”

夫人听了，愣了半天，然后问道：

“这是怎么回事，你叫我吃的这个东西到底是什么？”

他回答说：

“你吃的是夸尔塔斯达尼奥的心，你那个不懂羞耻的情人的心，没错，就是他的心。我实话告诉你吧，在我回来之前，是我用这双手把这颗心从他的胸膛里剜出来的。”

夫人正深情地等待着夸尔塔斯达尼奥，听到此话，其痛苦无以复加。过了一阵，她说：

“你的所为，只有那些不讲信义、心存邪恶的骑士才能做得出来。他并没有强迫我爱他，而是我将爱情献给他的。你这样做也太过分了，如果你要惩罚，就惩罚我好了，为什么要牵涉上他呢？天主啊，像他那样勇敢、有礼的骑士，我竟吃了他那颗高贵的心。从此，我不会再吃其他东西了！”

说完，她站起身来，向窗户跑去，毫不迟疑，从那儿跳了下去。

罗西里奥内看到这种情形，惊呆了，觉得自己做的事太过离谱，由于担心普罗旺斯伯爵和当地居民的指责，便让人备马，骑上马逃之夭夭了。

故事十

此时国王已经讲完，只剩下迪奥内奥还未讲了，但他早有准备，也用不着国王吩咐，便开始讲了起来：

在很久以前，在萨莱尔诺城有一位非常出名的外科医生，名叫玛泽奥·德拉·蒙太涅。在他的晚年，他娶了城里一位漂亮可爱的姑娘为妻，为了讨她的喜欢，他给她买来了许多高雅贵重的衣服和首饰，使她打扮得比城里的任何女人都好。可说真心话，自从嫁给医生之后，她却经常感到非常失望，因为在他的床上，她很难体会到夫妻之间应有的快乐。

我们的这位医生，跟我昨天讲过的那位里卡尔多·迪秦泽卡先生教他太太的相同，也对他的太太讲了一通高论，说什么和女人睡上一夜，得好几天才能恢复元气等等，这能让那位少妇满意吗？幸而她心胸开阔，并且善于察言观色，看到这位医生这么吝啬，就只有另想别的途径找别的汉子来满足需要了。于是她就开始留意街上的青年。竟看上了一个，便把她的希望、心神的安宁和全部的幸福都寄托在他的身上。这位青年也看明白了她的想法，觉得跟像她这样漂亮有钱的女人谈情说爱也不赖，就对她大献殷勤。

青年人叫作鲁杰里·德阿叶罗利。他原是贵族出身，却吃喝嫖赌，挥霍无度，最终坐吃山空，连他的亲戚朋友都讨厌他，甚至连见都不想见他，而整个萨莱尔诺，都把他看成是窃贼，简直成了臭名远扬的坏人；可这位太太为了自己难以满足的需求，竟还是爱上了他，并叫自己的使女去做联系人，和他混在一起。在他们成了情人之后，那位太太便责备他过去的荒唐生活，说假如他真心爱她，就该改邪归正，并告诉他该怎么做，还常常拿出一笔又一笔的钱资助他。

两人就这样经常偷偷地幽会着，因为行事非常周全，倒也没被外人看出。有一天，一个病人的一条腿烂了，来找医生诊治，医生看过之后，对他的亲属说，腿里有根骨头断了，假如不把它取出来，不但整条腿难保，而且恐怕还会危及性命；可要把骨头取出来，他也没有很大的把握，不过会尽力而为做手术的，手术结果只能听天由命了。病人的亲属一听，商量了半天，同意让他开刀。

医生知道假如不用麻药，病人肯定会非常疼痛，不能保证手术正常进行，所以就决定晚上再做手术，白天先配好一剂麻药，然后手术前让病人喝了睡觉，好使手术顺畅。他拿着那剂麻药回家之后，放在在他卧室的窗台上，也没对别人提起它是做什么用的。

到了黄昏，医生正准备到病人那里去，忽然在阿玛尔菲的好友派来一个人对他说，阿玛尔菲出了骚乱，许多人被打得头破血流，叫他立刻动身赶往那里。

医生只得把做手术治腿的时间推到第二天早晨，慌慌张张地登上一只小船，赶往阿玛尔菲去了。他的太太听说他走了，夜里不能回来，便如往常一样，悄悄把鲁杰里找来，带到卧室，把门锁上，想等其他人去睡觉之后，就来和他享乐。

鲁杰里就在她的卧室里等她，可能因为白天过分劳累，也许由于吃的东西太咸，或者由于习惯，总之他觉得非常口渴。偏偏这时候他看到窗台上放着那个装有麻醉剂的瓶子，他觉得是清水，便拿起它来，把它一饮而尽。没有多久，他就倒在一个木箱上，昏昏地睡着了。

那位太太等到她有机会回卧室时，就匆忙赶了回来，看到鲁杰里睡着了，就开始推他，低声地叫他，想把他叫醒，但毫无反应，他不回答，也纹丝不动。

太太有点气恼，就使劲儿推了他一下说：

“懒虫，要睡觉就回家去睡，不要到这里来。”

鲁杰里给她如此一推，从箱子上重重地摔到地下，不省人事，犹如死了一般。这时，她才害怕起来，开始拉他，拖他，又是扯胡子，又是捏鼻子，可是一点也不管用，他躺在地上，如同根木头似的一点感觉都没有。

她怕他真死了，就用指甲挖他的肉，用蜡烛的火苗烤烧他，他还是一动也不动。虽然说她的丈夫是医生，可她却一点也不懂医道，以为他死了。她见心爱的情人这样，其痛苦就难以言表了。但她不敢声张，只能趴在他身上低声地哭泣，哭诉她的不幸。

过了一会儿，这位太太怕这事暴露出去，叫她受牵连，惹上官司，就想应该赶快想个办法，从她家里把尸首搬走。可这事她又能让谁去帮忙呢？她只得把她的一个贴身使女悄悄找来，将她的不幸告诉她，叫她帮忙出个主意，摆脱困境。

使女见鲁杰里这样，也非常吃惊，但仍和那位太太一样试着去掐他，见他毫无动静，便对女主人说他死了，建议把他抬出去。

太太便问：

“可我们能把他抬到哪里去呢？第二天清晨让人家在门口发现了尸首，会怀疑是从我家抬出去的吧？”

使女回答说：

“主人，今晚天黑前，我看到邻居的工匠铺门口放着一个不太大的木箱子，假如他没有把它收进去，我们倒可以利用上。我们把尸首装到箱子里，往尸体上面再扎上两三刀，就别管了。即使等人发现了尸体之后，谁又会想到是从我们家抬出去的？人们会想，他本来就是个不安分的小伙子，大约是做了什么坏事，被仇人所杀后才放到箱子里的。”

女主人一听，感觉这主意合情合理，但她不想在他身上扎几刀，因为她觉得如果这样做，她的灵魂会不安。然后她就派使女去看看那个箱子还在不在，不久，使女回来告诉她还在。

那使女年纪轻，身子灵巧，在女主人的帮助下，将鲁杰里扛上肩背出家门，女主人在前面放哨，慢慢地挪动到了箱子那里，就把鲁杰里放了进去，关好箱盖，不再理会。

再说离木匠家不太远的几户人家的一个房子里，新近搬来两个放高利贷的青年，他们心中只想着赚钱，又不太舍得花钱置买家具，那天也注意到木匠门口的那个木箱子，就一起商量着等到夜深，将它搬到他们家里来。

过了半夜，他们悄悄地从家里出来，看到箱子还在那里，不管三七二十一，扛上肩，抬着就走；搬到了他们家中，就往他们老婆的房中一放，回床睡觉去了。

鲁杰里昏沉沉地睡了很长时间，第二天清晨，药性已过，就迷迷糊糊地苏醒了过来。他醒来之后，头重脚轻，身子昏沉沉的，大脑无论如何也不清醒。再说他在箱子里睁开眼睛，什么也看不清，用手再一摸，才明白自己被关在箱子里了，就左思右想，自言自语："这是怎么回事？我在哪里？我是醒还是睡？我记得昨夜我到我情人家里去了，大约是她把我关进了箱子。可这是怎么回事？是她丈夫回来了，还是出了什么变故，我的情人才把我藏进这里？我想可能就是这么回事。"

于是他不敢出声，听着外面的动静，可因为箱子不太大，他又待了很长时间，想活动活动身子。刚一转身，屁股便撞到箱子上，这箱子本来就没有放到一块平坦的地上，他一动，箱子就朝一旁倾斜，接着砰的一声，滚倒在地，把正在睡觉的两个女人惊醒，吓得屏住气，听有啥动静。

鲁杰里随着箱子滚翻，心里也大吃一惊，不过他见箱子盖已被打开，就想不管出了啥事，总比关在箱子里好，便爬了出来。但他不知这是在啥地方，只得暗中乱摸，想找个台阶或门什么的，赶紧逃跑。

两个女人听到有人的动静，就问："是谁？"鲁杰里听到不熟悉的问话声，也不敢回答。于是她们就叫丈夫过来，可那两位小偷忙了半夜，睡得正香，竟没听见。

这时，两个女人更害怕了，就跳下床来，走到窗口边，开始大喊："抓贼呀，抓贼呀！"左邻右舍听到喊声，纷纷从床上爬起来，从四面八方跑到她们的房子里，到了这时，两个女人的丈夫才被吵闹声惊醒。

鲁杰里看到这种场面，竟被吓呆了，哪儿也跑不了，便被他们抓住了。正好几个衙吏听到喊叫声也跑来了，他们就把他交给了衙吏，押到官府受审。到了衙门，大家都认为他是个坏人，于是官家便严刑拷问，他只得承认他夜入民宅是为了行窃。法官也不继续深究，就判了他绞刑。

第二天早晨，鲁杰里到放高利贷者家中行窃被捕的事便传遍了萨莱尔诺城。医生的太太与她的使女听到这个消息，十分恐慌，觉得她们昨夜干过的事好像一场梦。特别是那位太太，听到鲁杰里要被处以绞刑，非常难过，几乎发疯。

教堂的晓钟刚刚打过不久，医生就从阿玛尔菲回来了。一到家中就询问他的麻药到哪里去了，因为他急着给病人做手术用。他看到那个瓶子已经空了，就吵吵嚷嚷说家里什么也藏不住。

他的太太正在难过，便回答说：

"你吵些什么呀？医生，值得为打翻的一瓶水发这么大的火吗？在世界上你就找不到水了吗？"

医生说："夫人，你认为那是一瓶清水吗？那是使人睡觉的麻药。"接着，他便把要用它为病人开刀的事讲给她听了。

听到此，那位太太才明白是鲁杰里把它给喝了，所以才沉睡得像死人一样，就说：

“我们不清楚那是药水，你就再配制一瓶吧。”

医生见此，没有别的办法，只得又配制了一瓶。

过了一会儿，被女主人派去探听案情的使女回来了，她告诉她说：“夫人，所有的人都说鲁杰里是坏人，我还未听说有他的哪个朋友或亲戚愿出面帮他一把，一到明天，法官肯定要把他绞死。

“此外，我还想告诉您一件相关的事，我已然知道了他是怎样跑到放高利贷的人家里去的。您仔细听，原来是这么回事。您知道，我们把鲁杰里藏进了邻居木匠的那个箱子里，可刚才那个木匠却在跟另一个人吵架，好像另一个人才是箱子的主人。他要求木匠赔他的箱子钱，那木匠坚持不承认把他的箱子卖了，说它是夜间被人偷走了。另一个就说：‘这就是撒谎了，你明明是把它卖给了两个年轻的放高利贷的人，在昨晚捉着鲁杰里的时候，我在他们家看到了那个箱子，是他们亲口跟我说的。’木匠说：‘他们在说谎，我根本不会把箱子卖给他们，一定是他们昨天深夜把箱子偷走的，我们到他们那里去看看。’如此，他们就去了放高利贷的那家，我接着回来了。现在我知道鲁杰里是怎样到了放高利贷的那家了，至于后来他怎么又活过来的，以及如何被抓的经过，我就不知道了。”

那位太太这时才真正明白了事情的来龙去脉，她告诉使女医生刚才对她说的话，又求使女赶快想办法救鲁杰里的性命，因为她想既救出鲁杰里，同时又保住她的名誉。

使女说：“夫人，您让我做什么，我就做什么。”

在这紧要关头，那位太太急中生智地要求使女如此这般去做。使女听过就去找医生，哭着对他说："老爷，我得求您饶恕，我做了对不起您的事。"

医生问："什么事呀？"

使女一边哭一边说："老爷，您清楚有一个叫鲁杰里·德阿叶罗利的小伙子吧。他看上了我，我对他呢，有些爱，又有些担心，最后还是变成了他的女友。昨夜您不在家，他来纠缠我，要和我睡觉，我就把他引到了我的卧室。他忽然感到口渴，我一时没法去给他弄水或弄酒来喝，客厅里倒是有，可您太太在那儿坐着，我又不敢去拿。我想起您在您卧室的窗台上放了瓶清水，就拿来让他喝了，又把空瓶放回了原处，这可害得您跟夫人吵了起来。我承认，做错了事，但一生中谁会不做一两次坏事呢？现在，我对我做的事非常悔恨，难过的不仅是为了这个，而且还因为错上加错，竟闯下了大祸，眼看鲁杰里被判绞刑，明天就要执行了。因此我无论如何也得请您原谅，还得求您帮助我设法把他救出来。"

医生听了她的话，原来的满腹牢骚现在也没了，反而取笑地说："你真是自作孽，不可活。昨晚你还以为请来一个男人来放松你的皮肉，谁知竟请来一个贪睡鬼。你还是快救你的爱人吧，以后你不许领他到家里来，我饶了你这次，下一次叫我逮住，决不饶过你们。"

使女看到计谋取得了初步成功，就赶忙离家朝关着鲁杰里的监狱奔去，到了那里，奉承了半天，看守终于放她进去见他。她告诉他，假如他还想活命，法官重审他时该如何应答。然后她就去求见法官。

法官老爷看见一个漂亮年轻妖艳的姑娘，哪还顾得上先听她说什么，上来就一把抱住这个小妞乱摸，摸得不亦乐乎。使女为了叫他能重审案情也就没表示反抗，最后才从他的怀里挣出来说：

“老爷，听说您把鲁杰里当窃贼给抓到这里来了，这实在是冤枉好人了。”

于是她又把编好的话从头说了一遍，她作为他的情人怎样把他引到医生家，他又如何喝了麻药，她又怎样以为他死了，把他藏进箱子；然后又把她在街上听到木箱主人和木匠吵架的情况告诉了法官，向他说明鲁杰里是怎样到放高利贷的人家里的。

法官想这事不难核证，他先传问医生是否有麻醉药水的事，医生回答得跟使女一样；接着又传问木匠、箱子的主人和两个放高利贷的青年，审讯了半天，那两个青年只得招认是他们在夜晚偷了木箱并抬到了家里。

最终，法官又提审鲁杰里，问他昨晚住在哪里，鲁杰里回答说他也记不清楚，只记得他约好了和医生家里的使女去睡觉，一时口渴，喝了一个卧室里的一瓶水，后来怎样就不清楚了，等到醒过来时，已经在放高利贷的人家里了。

法官老爷听了这些事，觉得十分有趣，就一遍又一遍地让使女、鲁杰里、木匠和放高利贷的青年说了半天。

最后鲁杰里无罪开释，两个偷箱子的高利贷者被罚以十个金币。鲁杰里的高兴自不用提，他的情人也极其喜悦。后来，他们两个人还是经常不断地偷偷幽会，你亲我爱；每当他们谈起那个使女要在他身上扎上几刀时，总是笑个不停。希望能有这样的好事发生在我的身上，不过，我可不愿被关到那个箱子里呢。

第五天

女王登上宝座，笑眯眯地盯着潘菲洛，嘱咐他带头讲一个有美满结局的故事。潘菲洛也不推辞，欣然应命，就开始讲了起来。

故事一

以前塞浦路斯岛上有一位绅士，名叫阿里斯蒂波。说到尘世间的荣华富贵，全岛谁也没有他富有。若不是命运作弄人，有一件事使他伤透脑筋，那他真是万事如意了。这件事不是别的，是他有个名叫加列索的儿子，尽管长得仪表出众，一表人才，别的小伙子谁也比不上他，可是头脑极其愚笨，简直无可救药。他本名加列索，尽管有良师谆谆教诲，父亲好言相劝，甚至鞭笞相加，别的人也为他出谋划策，却无法教会他一点儿学问和教养。他说起话来声音沙哑，举止又常常有失体统，与其说他像一个人，倒不如说他像一头畜生。出于嘲笑他，大家给他起了个绰号，叫奇莫内。在他们的语言里，“奇莫内”就相当于我们语言里的“畜生”。他父亲看他呆头呆脑地过日子，十分烦闷，对这个儿子再也不抱有任何希望。他一辈子都不想看到这个儿子，免得伤心，就赶他到庄园里去和那伙庄稼汉住在一起。奇莫内一听喜出望外，由于他和那班不知礼仪的人合得来，喜欢他们的生活习惯，而与城里人却反而格格不入。

就这样奇莫内到了庄园，在那里服服帖帖地干着活。有一天刚吃过午饭，他从一个农庄去另一个农庄，肩上扛一条棍子，途中进入了一个小树林。这一带的树林本来就很美，这时正好是五月的天气，树上的枝叶十分繁茂。也是命运安排会有这段经历，在命运之神指引下，他走到一块小草地上，草地四周长满了高大挺拔的树，草地的一个角落里有一处清澈阴凉的泉水。他看到泉旁的绿草地上睡着一位十分美丽的女郎，她身上只穿了一件很薄的衣裳，白皙的肌肤几乎全部露了出来，只有一条薄薄的白被单齐腰盖在下半身。在她的脚跟前还睡着两个女人与一个男人，他们都是女郎的佣仆。

奇莫内一见到这位女郎，就停住脚步，拄着棍子，不吭一声，用无限爱慕的眼光凝神注视着她，似乎一辈子都没有见过女人似的。他本来粗野成性，虽然人家千方百计地开导他，仍旧不懂得半点男女风情，可是这会儿却茅塞顿开，感觉自已从没有见过这样一个绝顶漂亮的女郎。于是他仔细察看她身体的各部分，将她黄金般的发丝、额头、鼻子、嘴儿、喉咙和手臂都一一欣赏过了；她那一对稍微隆起的乳房，更让他看得出神。他一刹那间就从一个不明世情的粗人变为一位鉴赏家了。他尤其想看她的眼睛，可是那漂亮女士睡得正沉，此刻眼睛仍闭得紧紧的，他好几次想把她叫醒，可是感觉自己以前从未见到这样一个美丽的女郎，难道她是仙女下凡吗？他一下子变得有礼貌了，竟懂得仙女不比常人，需要倍加尊敬才是。因此他耐下心来，等仙女自己苏醒再说。尽管等待的时间似乎很长，可是他被她的美丽迷住了，舍不得马上离开。

这位女郎名叫埃菲杰妮亚，睡了很久才醒过来，但比她的几个侍仆醒得还早。她睁开眼睛，看见奇莫内正倚着一条棍子站在她的眼前，十分惊讶，不由对他说：

“奇莫内，你这个时候到林子里干什么呀？”

原来奇莫内是一个又粗鲁又英俊的男子汉，而且他的父亲家财巨大，因此当地几乎没有一个人不认识他。

奇莫内没有回她的话，只是直勾勾地瞅着她那一对张开的眼睛，感觉那双眼睛似乎向他送来一股柔情，他生平从未领略过这样一种感觉。姑娘以为他那样盯住她看，他粗鲁的脾气可能要发作，会对她做出啥不正当的事，便喊醒两个女仆，站起身来说：

“看在天主份上，奇莫内！”

不料奇莫内说：“我要跟你在一起！”

虽然姑娘非常怕他，不愿同他在一起，可是怎么也摆脱不了他的纠缠，只得让他陪送到自己家门口。

从此之后奇莫内就回到城里他父亲家，说是再也不回庄园了。他父亲和家里人虽然不高兴，但拿他没办法，也只好随他，他们倒想等着看，究竟是啥原因，使他这次忽然改变主意。

奇莫内的心本来听不进任何教导，如今看见了埃菲杰妮亚的美丽，爱神的箭射穿了他的心。没有多长时间，他的头脑便转变了，他父亲、家人和相识的许多人都不免大为惊异。

他开头第一件事，就是请他爸爸重新给他做些衣服，还要给他挑选不少装饰品，让他打扮得像他的兄弟们一样，做父亲的十分乐意。然后他又结交了一批有身份的朋友，从他们那里学会了绅士应有的礼仪，尤其学会了一套结交情人的办法，这使众人均惊异不止。不多时，他不但略通文字，而且成为一个出色的学者了。由于对埃菲杰妮亚的爱情的感化，他说起话来不但由粗声粗气变为温文尔雅，而且精通音乐与骑术，还练得一身不寻常的武艺，陆战海斗都无比勇悍。他的多才多艺，这里且不必全部道来。总之，自从他第一次堕入情网，不到四年的工夫，就显得很有教养，才艺出众，塞浦路斯岛所有的小伙子，没人能比得上他了。

可爱的女士们，奇莫内的转变究竟是怎么一回事呢？那无非是由于天主本来赐给奇莫内以聪颖的资质，但遭到妒忌的命运女神的暗算，将他这些天质紧紧捆在他心田里最狭窄的一角，幸亏爱神来给他松绑；爱神比妒忌的命运女神威力强大得多，又执行了他启蒙点化的职能，把奇莫内原有的才能从那荒僻的暗处解放出来，使它重见天日；凡是爱神所主宰的生灵，他都能用他的光芒照引你走到完美的境界，这是人所共知的。

奇莫内为了埃菲杰妮亚，有些地方也如热恋中的任何青年一样，显得过于放肆；可是父亲阿里斯蒂波见这个原本粗俗的人在爱神指引之下，已变成一个有模有样的人，不但宽容了他的一切行为，而且还竭力推波助澜。因为奇莫内记得埃菲杰妮亚叫过他一声“奇莫内”，于是，他一直不愿让人家叫他加列索；为了要实实在在地实现自己的心愿，他一再恳求埃菲杰妮亚的父亲齐普塞奥把女儿嫁给他。谁知齐普塞奥总是回答他说，他已经将女儿许配给罗得岛上一个有身份的小伙子帕西蒙达，不能失信于人。

终于埃菲杰妮亚所定的婚期到了，新郎前去迎娶。这时奇莫内心里想道："哦，埃菲杰妮亚，此时我必须向你表白，我是多么爱你呀！因为你，我才变得像个男子汉，假如一旦我得到了你，我肯定比天上的神仙还让人羡慕呢。要么我把你娶来，要么我就去死，决不后悔。"

于是他暗地里请来了几位高贵的年轻朋友，又私自做了一条设备齐全的战船，然后下海，只等男方接埃菲杰妮亚到罗得岛的船开过来。新娘的父亲隆重地宴请了男方的宾客之后，将新娘送上了船，朝罗得岛开去。奇莫内不分昼夜地观察动静，第二天便开船追上来，站在船头上，对埃菲杰妮亚那条船上的人大声喊道：

"停下，收起帆来！要不投降，就把你们打败，叫你们沉到海里去！"

奇莫内的对手听了，马上要拿起武器，站在甲板上，准备反抗。奇莫内说完这些话后，抓起一只铁叉，向罗得岛那条飞驶的船头上扔去，铁叉钉在船上，再用力一拉，那条船就被拉到自己的船头跟前。他如一头凶猛的狮子，不待同伴们上前，就奋不顾身地跳上罗得岛人的那条船，在爱情之神的鼓舞下，以万夫不当之勇向敌人猛扑过去。他手持一把短刀，如宰羊一样杀伤了不少人。渐渐地无人能抵挡，罗得岛人一见情形不妙，只好把武器扔在地上，齐声表示愿意屈服。

于是奇莫内对他们说道："年轻的朋友们，我这次带领武装人马，离开塞浦路斯岛，到海上来攻击你们，既不是由于和你们有仇，也不是为了抢劫。我到这里来，是因为我想得到一件无价之宝，而你们假如好好地把她让给我，一切都会安然无恙。我要的东西，就是埃菲杰妮亚，我爱她胜过一切。我曾好言好语向她父亲求过婚，可是他坚决不答应。我只得听从爱情的驱使，跟你们做对，前来抢亲。我想说的是，我要代替你们的帕西蒙达娶美丽的埃菲杰妮亚，你们赶紧把她交给我，托天主庇护平平安安地赶路吧。"

那些青年人并不怎么愿意听从命令，只是慑于武力，才把哭哭啼啼的埃菲杰妮亚交给了奇莫内。奇莫内看她泪流满面，就说：

"高贵的女士，别难过。我是你的奇莫内。我爱你爱了这么久，而帕西蒙达只是跟你有了个婚约而已，所以我比他更有资格得到你。"

于是奇莫内把埃菲杰妮亚抱上了自己的船，放走了那些护送她的罗得岛人，对别的任何东西连碰也没有碰一下。奇莫内终于得到了他的爱人，简直比谁都高兴。他花了很长时间安慰这位哭哭啼啼的姑娘，然后和伙伴们商量一番，决定不立刻回塞浦路斯岛。大家都一致同意掉转船头，驶向克里特岛，由于那边每个人都有不少曾经结识颇讲情谊的亲友，奇莫内的就更多了。大家都认为，带了埃菲杰妮亚到那边去是十分安全的。

但命运女神经常作弄人，她一时高兴，让奇莫内得到那位高贵的女士，转眼又来戏弄这位热恋中的小伙子，让他的满腔喜悦顿时重又化作无限悲痛。

他放走罗得岛人不到四个钟点，天就黑下来了。奇莫内本来指望能度过生平最开心的一个夜晚，谁知此时海上狂风怒号，天上阴云密布，很明显暴风雨就要来了。大家急得手足无措，不知把船开往哪儿才好，也不知怎样控制住那条船。奇莫内这时的苦恼，更不在话下。他觉得天主满足他的愿望，只是为了让他死时更加痛苦，否则也太便宜他了。他的伙伴们也都非常忧伤，而埃菲杰妮亚比谁都难过，她痛哭流涕。每一个浪头打来，她都十分害怕，一边哭，一边狠狠责备奇莫内不该爱上她，还谩骂他不该如此无法无天，又说这场暴风雨的来临，只不过是神明的报应，神明不许他违背他们的意志而强夺她；神明不容奇莫内自作主张，享受这个福分，要叫她自己先死，然后叫奇莫内也悲惨地死去。

大家悲叹不已，而狂风也愈吹愈猛。水手们不知所措，既辨不清航向，也不识航道，竟阴差阳错地将船开到罗得岛附近。他们自己并不知道这就是罗得岛，为了顾全性命，他们想尽办法，费尽力气，叫船儿着陆。幸亏他们运气好，好不容易来到一个小海湾里。奇莫内放走的那批罗得岛人，也是不久前才驶着他们的船在这儿登陆的。第二天清晨，天色渐渐亮了起来，奇莫内他们才知道自己的船停泊在罗得岛，看见昨天释放的那条船离他们只有一箭之地。奇莫内非常苦恼，怕那些罗得岛人报复，便下令尽一切努力把船开走，听凭命运女神把他们带到任何地方，因为，无论哪里都不会比这里差。大家用尽力气想把船开走，可是无济于事。狂风好像有意跟他们做对，向他们迎面刮来，他们不但不能开出海湾，反而不由自主地向岸靠近。

他们靠岸不久，那些刚刚离船上岸的罗得岛的水手就把他们认出来了。其中有个水手立刻跑到附近的一个村庄里去通信，因为刚刚下船的那些罗得岛青年士绅都已经去那边了。那水手告诉他们说，因为命运的安排，奇莫内和埃菲杰妮亚像他们自己一样，让船带到这里来了。他们听到这个消息，十分高兴，带了一大群村民，立即赶到海边去。这时奇莫内已经带着自己的一行人上了岸，商量好逃到附近一个林子里去，可寡不敌众，不幸连埃菲杰妮亚在内一个个都被捉住，带入村里去了。消息传到帕西蒙达耳朵里，他马上到岛上的官府里去告了奇莫内等人一状。这一年的官长是利西马科，他立刻答应受理这件事，并率领一大群衙吏，出城把奇莫内一行人押进大牢。

到此，奇莫内这个不幸的、陷入情网不能自拔的人，刚抢到了埃菲杰妮亚，却又失去了她。他只是吻过她几下罢了。至于埃菲杰妮亚，虽有罗得岛的许多高贵女士们安慰她、接待她，不过因为她被劫后非常痛苦，而且海洋上的风暴又使她劳累难忍，所以她也走不了，只能一直待在她们那儿，直到结婚大典的那一天。

帕西蒙达上下疏通，想将奇莫内和他的那伙人全部处以死刑，但官府念他们前一天在海上释放了那批年轻的罗得岛人，所以死罪能饶，活罪难免，判以终身监禁。狱中生活可想而知，十分惨淡，毫无乐趣可言。帕西蒙达呢，却正在赶紧筹备即将举行的婚礼。

这时命运女神看到奇莫内吃了亏，仿佛有些后悔，就又给他开了一次恩。原来帕西蒙达有个弟弟，名叫奥尔米斯达。虽然他比他哥哥小几岁，可是说到长相与能耐，却并不比做哥哥的逊色。他早就与城里一位名叫卡桑德拉的高贵而美丽的小姐订婚了，可利西马科也热恋着这位小姐，因为种种原因，弟弟的婚期一再拖延。如今帕西蒙达眼见自己的婚期将到，准备大事庆祝，他想，最好与奥尔米斯达同时举行婚礼，如此就可以节省一些费用，免去一些排场。于是他就向卡桑德拉的父母去征求意见，结果得到应允。他又和他的弟弟谈妥，就在帕西蒙达与埃菲杰妮亚结婚的那天，让奥尔米斯达同时把卡桑德拉娶过来。

利西马科听到这个消息，眼见自己爱情的希望就要落空，不由万分沮丧。他想，若不是奥尔米斯达立即要娶她，那他一定能打破婚约，将她娶过来的。不过他是一个有心计的人，虽然一肚子怨气，可并不发泄出来。他左思右想，看啥办法可以阻挠这门婚事，最终得出，除了把卡桑德拉劫走以外，别无其他方法。

他感觉这个办法十分稳妥，因为他可以利用自己的职权；可是他又想到，既然自己身居要职，这样的做法未免有损于自己的名声。他考虑再三，最终还是爱情占了上风，不顾一切困难抢回所爱的人，于是他横下一条心，无论如何非把卡桑德拉劫走不可。接着他便考虑需要哪些伙伴来帮忙，以及这事应当如何进行。这时他想起了奇莫内和大牢里的一伙人，认为这件事除了奇莫内以外，再也找不到更好更可靠的人了。

第二天夜晚，他偷偷地把奇莫内召到自己的房间里，对他说：

“奇莫内，神明仁慈而慷慨，把多少事物赐给人们，但神明也异常贤明，总要考验受赐的人有没有这个福分享受。在每件事上，谁能够勇敢坚定，坚贞如一，神明就认为他配受他的赏赐，对他无比爱护。我清楚你父亲家资富裕，因此神明对你的考验更加严格，看看你是不是配得上享受更大的福分。据我看来，他们先叫爱神来开导你，使你一下子从无知无识的粗人变为一个知书达理的绅士。接着又让你饱经沧桑，在得到你的意中人欢乐了一番之后，又坐进监牢。这无非是看看你有没有奉献精神。假如有的话，他们就会赐给你莫大的幸福。我和你说这些话，只是为了要叫你振作精神，鼓起勇气来，重新面对生活。

“埃菲杰妮亚本是你的，命运女神先将她赐给你，后来中途想考验你，突然从你手里把她抢走。帕西蒙达幸灾乐祸，千方百计想判处你死刑。他现在正急于筹备着与她举行婚礼。如果你当真像我想象的那样爱着她，对此自然会心痛万分。我和你有同样不幸的遭遇。他的兄弟奥尔米斯达也将在同一天结婚，新娘就是卡桑德拉，我爱她甚于世界上的一切。目前我们没有别的办法来逃避这么大的屈辱和不幸，只有凭借我们的胆量和力气，拿起刀剑，闯出一条路来，把我们钟情的两个姑娘劫走。这在我生平中将是第一回，而你已经是第二次了。我相信如果你失去你的意中人，自由对你也是无足轻重的；你只要按照我的办法做，就一定能重新得到神明赐给你的意中人。”

奇莫内本来已心灰意冷，听他这么一说，顿时精神百倍，不假思索地回答道：“利西马科，这件事除我以外，你再也找不出第二个更得力、更忠心的朋友了。只要按你今天所说，事成之后能让我得到埃菲杰妮亚，我一定尽最大努力去做。”

于是利西马科和他说：“再过两天，那两位新娘第一回走进她们丈夫的家门。那时你可以带领你的朋友们，拿着武器，我也带领我的几个心腹，趁着夜色，走入他们家，冲开众宾客，把我们的心上人抢走，如果有谁敢阻挡，就杀了谁。我会事先叫人备好一条船，人抢到手以后，就立即送上船去，离开这里。”

奇莫内很赞同这个计划，于是在牢里静待约定时间的到来。

转眼婚期已到，两兄弟家中张灯结彩，大摆筵席，富丽堂皇，盛况空前。这时利西马科已把一切准备就绪，时机一到，便叫奇莫内一伙人与他自己那批心腹身上都藏了兵器。他先对他们讲了一通话，说明原因，鼓动他们为他效力，把受鼓动的人分成三队。派了一队人小心地驻守在港口，这样在任何情况下，船都不会有人阻挡了。他又派另外两队人和他一起到帕西蒙达家里，让一队人守住门口，这样外面的人就不敢为难他们，或截断他们的出路。他和奇莫内带了其余一队人直奔楼上。当他们来到客厅里时，两个新娘正与别的许多女人恭恭敬敬坐在桌子旁喝酒庆祝，于是他们一拥而上，推翻桌子，各自抱起自己的心上人，交给手下，命令他们火速上船。

两个新娘不知道出了什么事，哭天抢地，别的女人和奴仆都哭哭嚷嚷，整个屋子突然哭声震天，闹成一片。利西马科一伙人立刻拔出宝剑，往楼梯口逃去。众人见了，只好给他们让路。帕西蒙达听到哭喊声，立刻拿起一根大棒走了出来。碰巧这伙人下楼，双方碰了个正着。奇莫内对准他的头猛一刀劈去，把对方劈成两半，当场倒地而死。可怜的弟弟奥尔米斯达赶来搭救哥哥，也被奇莫内一刀砍死。另外几个人想走近抵挡，不是受伤就是挨打，都被奇莫内和利西马科的伙伴们杀退了。

他们带着劫来的爱人，离开这个鲜血满地、乱作一团的屋子，没有碰上一点阻碍。他们聚在一起，带着两个新娘上了船。他们在船上把姑娘安顿好后，又出来了，但这时岸上已站满了人，个个手执兵器，他们是前来营救两位姑娘的。于是他们立刻划桨开船，扬扬得意地离去了。

他们来到克里特，受到很多亲友的款待。不久他们又大摆筵席，和两位抢来的新娘成了亲，十分幸福。

塞浦路斯岛和罗得岛上的人，都为这件事争斗不休，好久不得安宁。最后，两个岛上的亲友们到两边调停，做出了如此的安排：在异地住了一段时间后，奇莫内可以带着埃菲杰妮亚回到塞浦路斯，而利西马科也可以带卡桑德拉回到罗得岛。从此，他们各在自己的故乡与妻子幸福地生活，白头到老。

故事二

女王听完潘菲洛说的故事，连声赞扬，命令埃米莉亚接下去说。于是埃米莉亚开始讲道：

在西西里附近，有一个名叫利帕里的小岛。不久以前，那岛上有一个名叫戈丝坦扎的女郎，长得非常漂亮，是岛上的富有人家之女。岛上又有一个小伙子，名叫马尔图乔·戈米托，生得英俊潇洒，富有涵养，而且才能出众。他爱上了戈丝坦扎，女的也喜欢上了他，只要一天见不到他，就感到不安。马尔图乔朝女方的父亲表明心意，要娶她为妻，但那父亲嫌他穷，始终不肯答应。马尔图乔心里想，因为自己家境贫寒，人家就瞧不起，不愿意结亲，于是和他的亲友们一同备了一条小船，决心离开利帕里。他发誓说，如果不变得富有，便再也不回家乡了。从此他就当上了海盗，开始在巴巴里沿岸抢劫船只，谁的力量及不上他，他就向谁行劫。他的运气也不错，可惜就是过度贪心。他和伙伴们在短时间里都攒下不少钱，可是富了还想再富。有一次遇上了几条强大的船，他和他的伙伴们都被抓住了，虽然抵抗了好久，可物资被劫，船也被击沉了，大部分船员都被扔到海中去，马尔图乔则被押到突尼斯，关入大牢，受到非人的待遇。

这消息传到了利帕里。流言在社会上各式各样的人中传散开来，都说马尔图乔一伙人连人带船都沉到海里去了。那个姑娘自从马尔图乔一走，就非常悲痛，如今听到他和别的人都死了，伤心欲绝，简直不想再活下去了。她想过用某种残暴的手段自尽，却又下不了决心，便另想一种特别的办法，让自己去死。

一天夜里，她偷偷走出家门，来到港口，碰巧看到有一条小渔船，和别的几条大船相离不远，帆桨等用品一应俱全，船主刚才上岸去了。她立即上了船，向大海划去。这个岛上的妇女大多能划船，她也并不例外。她扬起了帆，又将舵、桨都扔掉，让自己的一切听任风浪摆布。她原以为会发生啥意外死去，或是这条小船因轻而且无人掌舵，会被风吹翻，或是在岩石上撞得粉碎，这样她即使想逃也逃不掉，肯定会淹死在海里。她将头埋在船底，哭泣起来。

可是一切都出乎她的意料。那天吹的是北风，而且风力很小，几乎没有什么波涛，小船很平稳，第二天接近晚祷时分，漂流到苏沙城附近的一个沙滩上，离突尼斯大约有一百里。

这位姑娘躺在船底，既不曾抬起过头来，也不想抬起头来，所以根本不晓得自己在海上还是在陆地。无巧不成书，船搁浅在沙滩上时，有一个给渔夫们帮佣的穷苦女人在海边收渔网。她看见这条船张着满帆搁浅在沙滩上，非常惊讶，还以为渔夫们在船上睡得正熟。她前去一看，一个渔夫也没有，只有一个姑娘睡得正熟。她叫了她很久，才把她弄醒。从姑娘的装饰看来，可以断定是一个基督徒。她便用意大利语问她，为什么孤零零地一个人乘船来到这里。姑娘听见她说的是意大利语，禁不住起了疑心，怕是有一阵逆风将她吹回到利帕里来了。她顿时一跃而起，四处观望，只见自己身在陆上，不知道这是什么地方，便问那位大娘她这是在哪儿。

“姑娘，你现在在巴巴里的苏沙城。”大娘回答。

姑娘听了这话，明白没有死成，很是悲痛。她唯恐会遇上不规矩的待遇，不知如何是好，便坐在船尾，哭了起来。大娘见此情形，不由产生了怜悯之心，再三劝她到她的一间小屋里去歇一会儿。进屋后，又再三好言相劝，姑娘终于向她说清来到此地的根由。大娘听罢，明白她已很久没吃过东西了，便拿出自己的干面包，还有一些鱼和水，坚持要请她吃一些。

戈丝坦扎听到那位大娘说的是意大利语，就问起她的姓名来。她回答道，她是特拉帕尼人，名叫卡拉普蕾莎，在这儿为几位信奉基督教的渔夫打杂。姑娘虽然非常伤心，但一听到卡拉普蕾莎这个名字，也不知是什么打动了她，总觉得这是一个好兆头，灭去了轻生的念头。她并没说自己的姓名，来自何方，只是请求那个大娘，看在天主的份上，看在她年轻无知的份上，给她一些指点，怎样才能免于受人欺凌。

卡拉普蕾莎不愧是一个好心肠的女人，听完这些话，便把姑娘留在自己的小屋里，一面赶快出去收渔网，回来后又用自己的斗篷，将姑娘从头到脚裹住，亲自送她到苏沙城去。到了那边，那位大娘对她说："戈丝坦扎，我要把你送到一个当地的大娘那里去，她年纪已大，人又老成，富有同情心，我经常帮她干活。我尽力去替你说情，她一定很愿意收留你，把你当作亲生女儿看待。如果你与她住在一起，应当全心全意服侍她，讨她的欢心，直到天主赐给你好运气时再说。"说完后，她就带她去老大娘那儿去了。

那个老大娘年事已高，一边听她说，一边眼睁睁地看着姑娘哭了起来，就拉住她的手，吻了吻她的额头，然后将她带到屋里。屋子里除了老大娘外，还住着别的几个女人，一个男人也没有。她们干着各种手工活，她就与大家一块儿干起活来，而那位老大娘和其他的人也都很喜欢她。不久，她又学会了她们的语言。

姑娘就这样在苏沙住了下来。她家里人认为她失踪了，或者已经死了，都伤心不已。且说突尼斯有个国王，名叫马利亚布台拉，当时他正遭受格拉那达地方一个很有权势的世家子弟的威胁，那人扬言突尼斯的土地是属于他的。并派大批人马前来进犯国王，要将他推翻。

马尔图乔·戈米托在监牢里听说了这个消息。他精通土语，听说突尼斯国王正在竭力防御外敌入侵，就对狱吏说道：

"假如我能够跟国王谈谈，献上一计，他必定能打胜仗。"

狱吏把这话报告了上司，上司立即奏禀国王。国王下令将马尔图乔带来，问他有啥必胜的计谋。他回答道：

“陛下，过去我曾多次来到贵国，如果我没有说错的话，您指挥作战时似乎多倚重弓箭手。因此，只要想方设法使敌军缺箭，而您军队里的箭源源不断，那么这一仗就能打胜。”

国王听了说：“如果这样办，那么我相信当然会取胜。”

马尔图乔说：“陛下，俗语说：‘有志者事竟成。’现在你只要去定做一些弓，这事必须做得非常机密，不让您的敌人知道，否则他们就会找到对付的方法。我为什么要用这个计谋，理由是：我军和敌军交战时，双方弓箭一起发，敌军把我军射过去的箭捡起来，我军也要捡他们的箭，但敌军捡来我军的箭，因为箭小，配不上他们粗弦的弓，不可以使用；而我军捡来敌人的箭，箭大，配上我军的细弦弓，更是妙极了。这样一来，我军的箭绰绰有余，而对方却逐渐缺乏。”

国王生性聪慧，听了马尔图乔的计策，非常高兴。他完全依照他的方法去做，果然打了胜仗。因此马尔图乔深受国王器重，名声显赫，享受荣华富贵。这消息不胫而走，到处都传开了，不久戈丝坦扎也明白了这件事。她原以为马尔图乔早已死了，如今思念比以前更加热烈，绝望又成了希望。她把这件事告诉了那位好心的老大娘，将自己的经历原原本本说给她听了，又说想要亲自到突尼斯去一趟，亲眼看看这些传闻是不是事实。老大娘极力赞成她的心愿，于是像亲娘一般陪她乘一条小船到突尼斯，并与戈丝坦扎一起住在她的一位女亲戚家里，受到殷勤的招待。卡拉普蕾莎也与她们同行。到了那儿，大娘派卡拉普蕾莎出去打听马尔图乔的下落。结果得知他真的还活着，而且权势倾国，便把情况告诉了老大娘。老大娘非常喜欢，要亲自去见马尔图乔，告诉他戈丝坦扎已来这里找他。

有一天，她到他那里去，对他说："马尔图乔，你有一个仆人从利帕里到我家来，想跟你私下聊聊。但她信不过别人，所以我答应了她的要求，亲自到这里来和你通报一声。"马尔图乔谢了她，就跟着她到她家里。

姑娘一见到他，真是无比高兴，她再也无法控制自己，连忙张开双臂扑向他，搂住他的脖子，一句话也说不出来。想起多年的凄怆，今天的欢乐，她不由地轻声哭泣起来。

马尔图乔一见到这个姑娘，一时惊得回不过神来，过了一会儿，才叹了一口气说："哦，我的戈丝坦扎，你还活着吗？好久以前，我就听说你失踪了，乡亲们也不知你的下落。"说着就抱住她亲吻，眼泪也扑簌簌地落了下来。于是戈丝坦扎把自己经历的磨难，以及这位好心的大娘对她的种种帮助，都一一说给他听了。

马尔图乔与她互相倾诉了一番衷肠之后，就向她告别，到国王那里，把这事的一切细节，也就是说他自己和那位姑娘的种种经历启奏国王，希望国王允许他按自己家乡里的风俗和她结婚。国王听了他的叙述，非常惊奇，立即把那个姑娘叫来，听到姑娘的话和马尔图乔的完全一样，就对她说："这么说来，你这个丈夫真挑得不赖呀。"

他吩咐手下人备了很多贵重的礼物，一部分给姑娘，一部分给马尔图乔，又允许他们爱怎样处置就怎样处置。马尔图乔对那位收留戈丝坦扎的老大娘十分尊敬，感谢她对姑娘的种种照顾，送给她许多礼物，还祈求天主保佑她，然后向她告别。临别时，戈丝坦扎还哭了许久。接着，国王又准许他们带着卡拉普蕾莎上了一条小船，他们一帆风顺地回到了利帕里，真是说不尽的幸福。马尔图乔在利帕里与姑娘结婚，举行了隆重的婚礼，从此两人恩恩爱爱，过着永久快乐的生活。

故事三

埃米莉亚说的故事，大家都无比称赞。女王见她说完，便转过身去命令埃丽莎接着讲，埃丽莎立即毫不迟疑，讲起下面这个故事来：

从前罗马这个地方尽管冷冷清清，但确也曾是世上首屈一指的都城。不久以前，那里住着一个青年，名叫皮耶德罗·博卡马扎，是罗马一家豪门之子。他爱上了一个非常美丽的姑娘，名唤阿妮约莱拉。姑娘的父亲季利奥佐·绍洛是个平民，然而很受罗马人尊重。皮耶德罗十分爱她，便费尽心机，勾引得那位姑娘也倾心于他。皮耶德罗堕入情网，不能自拔，再也受不了相思的煎熬，意欲与她结婚。亲友们闻讯，都前来重重地责备他一番，叫他千万不可做出这种不合体的事来，同时又去警告季利奥佐·绍洛，叫他千万不要听从皮耶德罗的话，要不然，他们绝不会和他做朋友了。

皮耶德罗本来以为，即使有这么多的亲人反对这门婚事，只要季利奥佐愿意将女儿嫁给他，一切都可以克服；如今眼见这唯一能如愿的可能性也没有了，不由异常难过。可是他终究想出了一个办法，只要姑娘可以同心协力，这段姻缘依旧可以成功。于是他托朋友去试探她，知道她也有这种想法，便决定带她一起逃出罗马城。

皮耶德罗将一切事情都准备妥当之后，那天一清早就起了床，和那个姑娘一起上马，向阿那尼进发，那里他有几位知己朋友。他们匆匆骑着马，根本来不及举办婚礼，生怕有人追来。一路上两人情话绵绵，有时还要亲吻。

谁知皮耶德罗对这条路不很熟悉，出城才走了八英里路，在一交叉路口本当向右打弯，他却拐到左边去了。走了两英里多路，来到一座小小的城堡附近，被城堡里的人发觉了。突然，城堡里跳出了十来个面目不善的人，姑娘见这些人就要来到跟前，立即喊道：

“皮耶德罗，快逃，有人来攻击我们了！”

说着，她就赶着马儿朝一座大树林奔去。她紧紧扶住马鞍，使劲儿策马前进，马被打得痛了，飞快地奔进树林里。

一路上，皮耶德罗的眼睛并不望着道路，只是盯着阿妮约莱拉的脸，因此不像姑娘那样一下子就注意到这些汉子。等他听到她的话，要看看这些人是哪里来的，可还没有发现他们，就被他们赶上，并且给逮住了。他们将他拉下马来，问明了他的姓名，大伙儿商量了一下，说：

“这人是我们敌人的一个朋友，我们只有剥掉他的衣服，牵走他的马，将他绑在那边的一棵橡树上才行，这样，我们才能向奥尔西尼泄恨！”

大家一致同意这个办法，就命令皮耶德罗解下衣服。眼见一场灾难即将到来，不料这时草木丛中突然窜出二十五条汉子，向这一伙人大喝道："杀呀！杀呀！"这伙强盗惊惶失措，立刻放下皮耶德罗，准备自卫。但一看对方人多，知道寡不敌众，只得逃走，而那二十多个人就在后面紧追不舍。

皮耶德罗见了这番情形，立刻穿上衣服，上了马，奋力向刚才阿妮约莱拉逃去的方向追赶。可是跑了一阵，在林子里不但找不到道路与小径，连一个马蹄的脚印也找不到；他认为那些抓他的强盗和袭击强盗的那批人都走远了，可以放下心了，可是始终找不到爱人的影子，于是边走边喊，非常伤心。就这样，他在林子中走来走去，喊了一阵，始终没有人答应。他不敢回头走，往前去又不知是什么地方；此外森林是野兽常栖之地，除了担心自己以外，还一直担心着他的女郎，生怕她会遭到大熊或野狼的攻击。

不幸的皮耶德罗整天就这样在树林里转来转去，边喊边叫。他自以为是在向前走，其实却是在向后退。他就这么叫喊着，哭号着，既害怕，又饥饿，最后筋疲力尽，不能再往前走了。眼看天色将晚，他真不知该如何办，只得下了马，把马系在一棵大橡树上，然后自己爬上了树，这样夜里就不会被野兽吃掉。不久，一轮明月升起，夜色清朗。皮耶德罗纵然能睡也不敢睡，一方面怕从树上跌下来；另一方面为了意中人，他忧心如焚，怎么也睡不着。他唉声叹气，伤心地哭泣起来，为自己不幸的命运而埋怨，所以整整一夜没有合眼。

前面已经讲过，那位姑娘当时只顾逃跑，也不知往哪里走才好，只有听凭她的马将她带到任何地方。她一直往树林深处走，后来再也找不到原来林子的入口了，于是也像皮耶德罗一样，只得在那块荒无人迹的地方绕来绕去。整整一天，她一会儿等待，一会儿又往前走一阵，一路走，一路哭喊，悲叹自身的厄运。最后暮色降临，皮耶德罗仍没有踪影。这时她不觉来到一条小路，马儿往小路上走去。大概骑了两英里多路，只见远处有一座小屋。她快马加鞭，急忙赶到那里，看到屋子里住着一个慈祥的老头儿，他妻子的年龄都不小了。他们见她孤单一个人，便说："哦，姑娘，天已经很晚了，你独个到这儿来干什么呀？"

姑娘哭泣着回答说，她在树林中走失了同伴，又问从此处到阿那尼还有多远。

慈祥的老头儿回答道："你要往阿那尼去，这条小路是到不了的，离开这里去阿那尼还有不短的路呢。"

姑娘又问："这里附近有没有啥地方可以住一宿？"

慈祥的老人说："天黑之前，随便哪个地方你也赶不到了。"

于是姑娘说道："既然赶不到，那么请看在天主的面子上，让我今夜在这儿借住一下吧？"

仁慈的老人说："你今晚要在我们这儿借住，那很好，只有一件事，我要向你说清楚：这一带，不论白天还是黑夜都有一些坏蛋来来往往，他们有的是同党，有的是死对头，常常干坏事，把我们害得好苦。你住在这儿，万一厄运临头，遇上了这班人，看到你这么年轻美貌的姑娘，不排除要对你有所冒犯，那时我们可帮不了你呀。这我们要向你预先交代明白，万一有什么意外，别责怪我们。"

姑娘听了老人的话，虽然很害怕，可是眼看着天色已黑下来，就说："但愿天主保佑我们平平安安。万一有什么意外，受这些人欺侮，总比留在外面林子里被野兽吃了好些。”

说罢她就下了马，走进这对穷苦老人的屋子里，同他们一同凑合吃些素菜淡饭，然后跟这一对老夫妇挤在一张小床上，和衣而睡。她整夜不是叹气，就是哭泣，恨自己与皮耶德罗时运不济，又怕皮耶德罗也凶多吉少。天快亮时，她听到一阵杂乱的脚步声，赶紧起了身，走到小屋后面的一个大院子里，看到院子一角有一大堆干草，就马上往干草堆里一钻，心想，如果真有什么歹徒前来，也可以躲一下，不致立刻让人发现。她还来不及躲好，一群歹徒已经来到小屋门前，用力把门打开，走进屋来，看到姑娘那匹马的鞍辔俱全，就问谁来过这里。

好心的老人见姑娘不在，便说：

“除了我们两口子，并没有外人，这匹马昨天夜里来到这里，主人可能逃跑了。我们将它牵进屋里，免得被狼吃掉。”

他们的头目说道：“马既然没有主人，那就归我们吧。”

这伙人一进小屋，就东搜西找。有些人走到院子里，扔下长矛和木盾。其中一个人无所事事，随手把矛向干草堆上扔去，差点儿戳到躲在草堆中的姑娘身上。那根长矛正好摔在她的左胸附近，铁矛头把她的衣服戳破了一大块，她怕自己受伤，差点儿失声喊了起来。可是她马上想起了自己的处境，所以尽管吓得狠，还是镇静下来了。然后这伙人三三两两地煮肉烹羊，开怀畅饮，完了就牵着姑娘的马，各干各的坏事去了。

等到他们走远了，好心的老人问他妻子道：

“昨晚到我家来的那位姑娘，不知怎么样了？我们起床之后，我就没有见过她呢。”

他的老伴也说不清楚，就去找那个姑娘。

姑娘暗中听得歹徒已经走了，便从干草堆里走出来。老人见她并未落入强人之手，真是喜出望外，当时天色已晚，就对她说：“现在天已亮了，离这里五英里的地方，有一个城堡，我们陪你到那里去，那边非常安全。不过你只能步行，你的马已经被那伙坏蛋牵走了。”

这时姑娘也不把什么马儿放在心上，但求他们看在天主份上，把她带到那个城堡去。于是三人即刻启程，到晨祷过半，就赶到了那里。

这个城堡的主人原本是奥尔西尼族的一个子弟，名叫列洛·迪卡姆波·迪菲奥雷。他的妻子又善良又虔诚，这时正好在家，看到这个姑娘，一眼就认出了她，并且用盛情接待了她，问她怎么会到这里来的，姑娘就把事情的经过统统向她说了。夫人也认识皮耶德罗，因为他是她丈夫的朋友，她听说皮耶德罗落难，非常难过，又怕他可能遇害，便对姑娘说：

“你既然不明白皮耶德罗的情况，就先住在这儿再说，等我有机会时，再把你安全地送到罗马。”

再说皮耶德罗待在橡树上，痛心之极，天黑下来的时候，他看见大约有二十条狼，团团围住他的马。马一闻到狼的气息，便摆动脑袋，挣断缰绳，企图逃脱，可是四面都是狼，没处可逃，于是设法自卫，猛踢狼咬了一阵，终于抵挡不住，被狼群扑倒在地，咬得血肉模糊，五脏六腑也顿时被它们吃了个干净，只剩下一堆骨头，狼吃完后就跑了。对皮耶德罗来说，这匹马无异是一个伙伴，一个精干的助手，现在他非常害怕，怕一辈子也逃不出这个林子了。

清晨，他在橡树上冻得快要死了，就不住地向四下眺望，看见在大约一英里开外的地方，有一大堆火焰。天亮时，他诚惶诚恐地爬下橡树，向那堆火焰走去，只见一群牧羊人正围着火吃吃喝喝，载歌载舞。大家见他十分悲惨，就让他与众人待在一块儿。

他吃了些东西，身体暖和以后，便把自己不幸的遭遇讲给他们听，说他怎样独自一个人来到这里，又问他们，这里往前走是否有啥乡镇或城堡。

牧羊人告诉他说，离这里大约三英里的光景，就是列洛·迪·卡姆波·迪菲奥雷的城堡，女主人现在恰好在家。皮耶德罗听了十分高兴，请求他们派人带他前去，当时有俩人爽快地接受了这个请求。到了那里，皮耶德罗找到了几个熟人，正要想方设法到树林里去找寻姑娘，城堡的女主人恰好派人来请他，他立即应召前往。看见阿妮约莱拉也在那里，真是无比欢喜。他恨不得上前紧紧搂住她，可是女主人在旁边，不方便这么做。至于那位姑娘的高兴，当然不亚于他。

这位慈祥的女主人欢迎他、款待过他以后，就请他讲讲自己的经历。听完以后，她责备他不该违背家人的心意，独断专行地做事。后来见他主意已定，姑娘也与他心心相印，心想：“我何必伤了他们的感情呢？他们彼此相爱，心心相印，两个人都是我丈夫的朋友，他们的行为是真诚的。我看这可能是天意：一个在绳索中逃了命，另一个在长矛下幸存，两人都险些被树林中的野兽吃掉。我还是成全他们吧。”想罢，她就转身朝他们说：

“如果你们真想结为夫妻，我也同意，你们就在这里成婚，一切费用都由我们列洛家来负担。等你们办完婚事以后，我再去向你们家人说情。”

皮耶德罗听了高兴万分，阿妮约莱拉更是欣喜。于是两人在这里成婚，夫人为他们举行了华丽的婚礼，凡是山里能做得到的事，都件件办到。两人甜甜蜜蜜地尝到了幸福的果实。

故事四

埃丽莎的故事说完了。她的同伴们听了她的故事非常称赞，于是女王叫菲洛斯特拉托接着讲一个故事，他就笑吟吟地说了起来：

罗马涅有一位名叫里奇奥·迪·瓦尔博纳的绅士，此人出身高贵，富有涵养。他娶了一位妻子，名叫贾科米娜。人近晚年时他竟交上了好运，妻子生下了一个女儿。女儿长大后，十分美丽，当地没有谁能与她相比。她的父母只有她这个女儿，非常疼爱她，对她的照管体贴至微，巴不得将来能攀上一门称心如意的亲事。

再说布雷蒂诺洛地方有一个年轻人，名叫里奇亚尔多，是当地马纳尔第家族的富贵子弟。他容貌俊秀，风度翩翩，常到里奇奥先生家里来作客。里奇奥先生与他的夫人对他像自己儿子一样，毫无半点戒备之心。那小伙子因此能好多次见到这位容貌姣美、举止得体的姑娘，姑娘青春焕发，正值出嫁的年龄，他不由深深爱上了她。不过他想方设法地掩盖自己的爱情，不敢露出一点痕迹。姑娘却觉察到了他的那份心意，她对这件不公开的事不但一点也不怨恨，反而也深深地爱上了他，这使里奇亚尔多十分高兴。

小伙子屡次想向她表明爱意，但顾虑重重，不敢开口。有一次他终于抓住机会，鼓足勇气对她说：

“卡泰丽娜，我求求你，别让我因相思病而死去吧！”

姑娘立即接着道：“求老天爷也别让我因相思病死去！”

里奇亚尔多听了这话心花怒放，心中的顾虑顿时烟消云散了，便对她说：“为了让你快乐，我啥事都愿意去做，不过你得想想办法，让我们能都活在世上才好。”

于是姑娘说：“里奇亚尔多，你明白，爹娘管得我多严，所以我也不知道你怎么才能接近我；可是如果你有什么办法，让我做时不会败坏名声，那就讲给我，我一定照办。”

里奇亚尔多想了又想，忽然灵机一动，连忙说：“我亲爱的卡泰丽娜，我只有一个办法，别的什么也没有了。你父亲的小花园附近有一个阳台，假如你能睡在阳台上，或者到阳台上去，那就好了。只要我事先知道你夜间上那儿去，那么不管阳台有多高，我一定想方设法到达你跟前。”

卡泰丽娜答道：“如果你有胆量上那儿去，那么我相信我一定会想办法到阳台睡觉的。”

里奇亚尔多发誓他会上阳台，说罢两人只匆匆吻了一下，就分手了。

那时已快到五月底，第二天，姑娘来母亲跟前撒娇，说昨天夜里特别热，一直睡不着。

母亲说："孩子啊，怎么会热呢？这天可一点儿也不热呀。"

于是卡泰丽娜说道："母亲呀，您应该说：'照我看一点儿也不热。'也许您的话是对的，不过您该知道，年轻的姑娘和上了年纪的女人相比，体质更好，因而要热得多呢。"

做母亲的说道："我的孩子，你的话倒也很对，不过我无这能耐，要老天热就热，冷就冷，让它像你希望的那样。季节的变化年年有，天气总有冷有热，还是忍耐些吧。可能今夜会凉爽些，你会睡得好一点了。"

"那只好随老天爷了，"卡泰丽娜说，"可是夏天既然将到，夜里照例不会凉快起来的！"

"那么，"夫人说，"你要我如何办呢？"

卡泰丽娜答道："要是爹爹和您同意，我很想在他房附近小花园上面的阳台里搭一张小床，我睡在那里，既可以听夜莺歌唱，地方又凉快些，这比睡在您房里要凉爽多啦。"

于是母亲说："女儿，你放心吧，我会跟你爹去说的，只要他同意，我们就这么办吧。"

可是里奇奥是个老头儿，老头儿可能总有些生性怪僻，听了夫人的话，说道："夜莺是什么东西呀，她要听它唱歌才能睡觉？我倒要叫她听着蝉儿的歌声睡觉呢！"

卡泰丽娜听到父亲说的话，当夜不但自己不睡，也不让母亲睡觉，只是一个劲儿地埋怨天气太热，其实不是天气热，而是她心中烦闷。母亲听了女儿的一夜牢骚，次日一早就对里奇奥先生说：“老头子，您也太不疼爱自己的女儿了，她在阳台上睡觉，与您又有什么相干呢？昨日，她整夜找不到乘凉的地方，她还是一个孩子，爱听夜莺歌唱，您又何必大惊小怪呢？年轻人自有年轻人那一套莫名其妙的怪事。”

里奇奥听后就说：“好吧，就照你的意思在那边放一张床，再挂上一个青纱帐，让她去睡，让她称心如意听夜莺歌唱吧。”

姑娘听说父亲同意，便急忙在那边搭起一张床来。她准备天一黑就睡在那儿，等着和里奇亚尔多相会。等他一到，她就准备向他发一个预先约定的暗号，让他明白下一步该怎么办。

里奇奥先生听到姑娘上床，就把卧室通向阳台的那扇门锁上，自己也去睡了。

等到夜深人静，里奇亚尔多利用一架梯子爬上墙头，接着又紧紧抓住另一座墙头的凸起部分，翻到了阳台上，也顾不得身体多么疲劳，假如掉下来又会有多么危险了。姑娘在那里悄悄地、十分热情地拥抱住了他。

他们吻了又吻，以后就一起躺在床上，两人整夜未眠，夜莺也唱了很多歌曲。

夏天的夜，他们男欢女爱，十分欢喜。也不知道天色即将破晓，却觉得身子热乎乎的，一部分是因为天气，一部分是因为自己的缘故。他们一丝不挂地睡着了，卡泰丽娜的右臂挽住了里奇亚尔多的脖子。

他们就这样睡着了，天色大亮时还未醒来。里奇奥先生起了床，想起女儿睡在阳台上，就悄悄推开门说："让我去看一下，昨天夜里卡泰丽娜听夜莺歌唱后睡得怎样。"

他走到那边，轻轻揭开床上的青纱帐一看，原来里奇亚尔多与女儿正像上面所描述的那样赤条条地抱着睡觉。他认识里奇亚尔多，于是退了出来，走到他妻子的卧室里叫醒她，对她说：

"老婆子，快快起床，到那边去看看嘛！你的女儿已迷上了夜莺，竟将它留住了，现在还握在手里不放呢。"夫人说，"怎么会有这样的事？"

里奇奥先生说："你赶快去，还看得着夜莺呢。"

夫人匆匆穿好衣服，悄悄跟着里奇奥先生来到女儿床边。夫人贾科米娜揭开纱帐一看，顿时明白女儿怎样捉住夜莺不放，而她又多么喜欢听它歌唱呀。

夫人觉得里奇亚尔多欺骗了她，十分气愤，很想大声叫喊，责备他一番，但里奇奥先生对她说："夫人，假如你珍惜我对你的爱，那就别闹了。说句实话，既然她把他抓到了手，他就应当属于她。里奇亚尔多是富家子弟，出身又好，我们认他做女婿，也是求之不得。他如果想从我家平安无事地出去，就必须先得娶她为妻。那时他会明白，是他把夜莺放进了自己的笼子，而不是别人的笼子。"

夫人见丈夫对这事并不十分恼火，也就宽心了。她想女儿既已度过了一个良宵，如今好梦正酣，还捉住夜莺不放，她也就无话可说了。

刚讲完这些话，里奇亚尔多就醒来了，看到天已大亮，不由得吓得惊惶失措，就弄醒了卡泰丽娜，说道：

“哎呀，我的宝贝儿，我们该如何是好？天已亮了，我还走得了吗？”

话音刚落，里奇奥先生已走了过来，揭开纱帐应声说道：“你们干了好事！”

里奇亚尔多一看到他，惊得心都似乎要从身体里分裂开来，他起身坐在床上，说道：“先生，看在天主的份上，原谅我吧。我知道，我是一个不守信义的坏蛋，罪该万死，所以一切听凭您发落；只是请求您要是有可能同情我，就可怜我这条命，饶我一死吧。”

里奇奥先生听了就说：“里奇亚尔多，我一向很信任你，想不到你竟辜负了我的情义！不过你们年轻人既然已干了这样的糊涂事，那么你在离开这间屋子之前，要正式娶卡泰丽娜为妻，这样才能保全你的性命，挽回我的面子。如此，她不仅仅在昨夜是属于你的，而且一辈子将成为你的人。也只有这个办法，我的心才能得以抚慰，而你也就平安无事；要是你不愿这么做，那就将你的灵魂交给天主发落吧。”

在两人说话的时候，卡泰丽娜的手不再捏住“夜莺”，拿着衣服遮住自己，嘤嘤啜泣地哭了起来。她一面请求父亲原谅里奇亚尔多的行为，一面请里奇亚尔多按照里奇奥先生的愿望去做，这样，他们两人以后就可如昨夜那样永远地、毫无顾虑地一起欢度良宵了。

里奇亚尔多又惶恐又羞惭，既想弥补自己所犯的错误，又想幸免一死，何况他又深深爱着自己的心上人，而且一心想永久占有她，因此他也心甘情愿，毫不迟疑地欣然顺从了里奇奥先生的要求。

此时里奇奥先生从夫人贾科米娜那儿取下手上的一枚戒指，里奇亚尔多就当着他们的面，在床上娶卡泰丽娜为妻。于是里奇奥先生与夫人走了，临行时说：

“现在你们休息吧，也许你们还不想起来，需要再睡一会儿呢。”

他们一走，两个年轻人又拥抱在一起了。这对情侣夜里只走了六海里路，现在还得再走两海里，第一天的快乐旅程才算结束。

休息完以后，里奇亚尔多同里奇奥先生更为庄重地谈论起今后的事来。几天后，他十分体面地跟姑娘结了婚，至亲好友都来参加婚礼。他用隆重的仪式把新娘接到家里，婚礼十分热闹隆重。

故事五

女王等大家笑了一阵子后，就开口说：

“昨天你确实给我们吃足了苦头，今天可叫我们乐透啦，所以再也没有啥理由来责备你了。”她吩咐内伊菲莱接下去讲一个故事，内伊菲莱就愉快地讲述起来：

菲洛斯特拉托讲的故事发生在罗马涅，话说法诺城里住着两个伦巴第人，一个叫圭多托·达·克雷莫纳；另一个叫贾科明诺·达·帕维亚。他们两人年轻时曾经历过一番戎马生涯，目前都上年纪了。圭多托临终时没有儿子，除了贾科明诺外，再也没有任何亲友可以托付的。留在世上的，只有一个十岁左右的女儿，于是他将许多财产和女儿都一起托付给贾科明诺，嘱咐了一番，就去世了。

贾科明诺本住在菲恩扎城，因那里长年兵荒马乱，不得不离开家乡。现在形势已好转起来了，凡愿意回来的都可以回来，不受任何限制，由于他对菲恩扎城一直怀有深厚的感情，所以他带着所有家当与圭多托托付给他的小女孩，一起回到那个城市生活了。

他对待这个小女孩像自己亲生女儿一般。姑娘长大后，长得十分美丽，同城里别的姑娘相比毫不逊色。她不但容貌美丽，人品也好，而且很有涵养，因此有许多小伙子都前来向她求婚，不过其中有两位财产相当的英俊少年十分爱她，以致彼此争风吃醋，结下梁子。他们一个名叫姜诺尔·迪·塞韦里诺，另一个唤作明尼诺·迪·明戈莱。如今姑娘已经十五岁，两人都巴不得把她娶过门来，可是两人的家长都不同意。他们眼见光明正大的途径无法把她弄到手，就只好暗地里争斗，另想更妙的办法。

贾科明诺家里有一个年老的女仆和一个名叫克里韦洛的男佣人，后者善于交际，爱好玩乐，姜诺尔同他关系很好。他认为现在时机已经成熟，可以把心事向那仆人披露，便请求他如何才能成全他的心愿，并答应事成后必定重重酬谢。克里韦洛听后就说：

“我能帮你忙的就只有这么一点儿，那就是在贾科明诺出去到别人家吃饭时，让你来到她栖身的地方。因为即使我想替你说些什么动听的话，她也绝不会听进去的。这个办法要是你喜欢，我就答应替你办，这之后，你想怎么办就怎么办吧。”

姜诺尔以为这个办法再好不过，两人就这么决定了。

另一方面，明尼诺也巴结上了那个女仆，好几次叫她捎情书给那个姑娘，几乎将姑娘的芳心打动了。此外女仆还答应等某一天晚上贾科明诺有事离开家里，替他同姑娘安排一次约会。

这事过后不久，在克里韦洛的精心安排下，贾科明诺要到朋友家里吃晚饭，于是他将这一消息通知姜诺尔，并告诉姜诺尔按照某一约定的信号进屋，那时门会替他开着。而女仆方面对此却一无所知，她告诉明尼诺，贾科明诺今日不在家里吃晚饭，让他在屋子附近等着，看到她发出的信号就立刻进屋和姑娘约会。

暮色降临，死心塌地爱着姑娘的这两个人互不知情，彼此只是怀着猜疑戒备之心，各自带着一批武器与随从，企图进屋把姑娘搞到手。明尼诺一伙人躲藏在姑娘家邻近的一个朋友家里等待信号，姜诺尔隐伏的地方则离屋子稍近一些。

等贾科明诺一走，克里韦洛与女仆就立刻动脑筋，都想把对方打发走。克里韦洛对女仆说：

“现在你怎么还不去睡觉？干嘛老在屋子里转来转去？”

女仆对他说：“你为什么还不快去找老爷？你既然吃过了晚饭，此刻还等在这里干什么？”

两人就这样相持不下，各不相让。克里韦洛眼见跟姜诺尔约定的时间快到，心中暗想：“我何必担心这个女佣人呢！要是她不安静，她会自食其果的。”于是他打出约定的信号，上前开了门，姜诺尔就赶紧同两个随从一起进屋，在客厅里找到了姑娘，抱住了想将她带走。姑娘开始挣扎，并且大声叫喊，女仆也叫了起来，明尼诺听到声音，立刻同伙伴们赶来，看见姑娘已被抱到门外，就拔出刀剑，齐声喝道：

“呸，混账东西！你们真是无法无天！不许这样胡闹了，快将人放下，你们简直横行霸道！”说完这话，他就向对方挥剑砍去。

左邻右舍听到这叫嚷声，都走出屋来，带着武器，拿着火把，纷纷谴责姜诺尔，还帮着明尼诺说话。经过长时期的争斗，明尼诺才将姑娘从姜诺尔手中夺了过来，送回贾科明诺家。一场混战尚未结束，负责当地治安的衙吏赶了上来，逮捕了他们中间的许多人，其中包括明尼诺、姜诺尔和克里韦洛，并将他们押进了监狱，把这场风波才平静下来。

贾科明诺回家后，得知了这场变故，非常气愤，便查问此事的经过，知道姑娘与此事并无任何过错，便稍稍平静下来，暗想不如趁早把她嫁出去，免得再发生类似的情况。

第二天早晨，两个年轻人的家长得知了此事的全部情况，知道小伙子们闯了祸。他们只怕贾科明诺会通过法律手段来应对，便亲自上他家，说了不少好话，请求他饶恕他们由于年少而没有头脑，以致干出这样的蠢事，并请他发发慈悲，对此不要计较；对于小伙子干的坏事造成的损失，不管他提出什么赔偿要求，他们都心甘情愿。

贾科明诺是一个阅历丰富而通情达理的人，听后就简单地答道：

“各位先生，即使过去我隐在家乡也好，如今在贵地作客也好，我对各位都是友好的，决不会做出任何让你们难堪的事。除此以外，既然你们引咎自责，我也只好顺从你们的心意。至于这位姑娘，可能许多人都不知道她不是克雷莫纳人或帕维亚人，而是菲恩扎人。不过不管是我，是她，还是把她托付给我的人，都不知道她究竟是谁家的女儿，所以不管各位有什么要求，我都不能照办。”

这些大人先生听说姑娘是菲恩扎人，都很惊奇，同时向他致谢，认为他刚才的一席话非常宽宏大量。他们还要求他谈谈他是怎样收养这位姑娘的，而且如何知道她是菲恩扎人的。于是贾科明诺说：

“圭多托·达·克雷莫纳是我的朋友与战友，临死时他对我说，当腓特烈皇帝占领本城时，士兵们把所有东西都劫掠一空。有一回他与他的弟兄们走进一座屋子，看到里面满是居民们丢下的财物，屋子里没有大人，只有一个两岁左右的小娃娃，看见有人上楼，就叫他爸爸。他动了怜悯之心。就带了小娃娃与屋子里所有财物一起到了法诺城。他后来在那里死了，临终前把娃娃交给我托管，嘱咐我到适当时候将她嫁出，她的财物都用来做嫁妆。现在她已到了婚配的年龄，不过我还没有替她找到一个如意郎君。我想不久就将她嫁出去，免得再发生昨晚那样的事。”

当时在场有一个人，名叫圭列尔米诺·达·梅迪奇纳。当年他曾与圭多托一起参加劫掠，清楚地知道圭多托劫的是哪一家。看到被劫的人也正好在场，就走到那人面前说道：

“贝尔纳布乔，你听见贾科明诺的话了吗？”

贝尔纳布乔说：“是的。我还在想这件事呢。我记得在那动乱的年代里，我丢失了一个小女孩，年龄跟贾科明诺说的差不多。”

圭列尔米诺说："那准是这位姑娘了。我以前曾和圭多托待在一起，听他说起过抢劫的确切地址，知道那一回被抢的就是你家。你再回忆一下，姑娘身上有没有什么标记，可以把她辨认出来。想办法找一找，这样你一定能知道，她到底是不是你的亲生女儿。"

贝尔纳布乔想了一会儿，记起了姑娘左耳上方应该有一个十字形的伤疤，因为在遭难以前不久，她曾生过疮，动过手术。看到贾科明诺仍旧在场，他就毫不迟疑地走上前去，请求对方带他到屋子里，让他认认那个姑娘。贾科明诺欣然领他前往，并叫姑娘出来与他相见。贝尔纳布乔一见到她，就仿佛看到她母亲那年轻时风韵犹存的样子，不过他感觉仅仅这点特征还不够，于是请贾科明诺帮忙帮到底，允许他把她左耳上方的头发撩开一点，贾科明诺高兴地答应了。那时姑娘正羞涩地站在那儿，贝尔纳布乔走向前去，用右手掠开她的头发，果然见到了那个十字形伤疤。他断定她就是自己的亲生女儿，就哭了起来，而且去拥抱她，不过她却对他横眉冷对。

于是他转身对贾科明诺说："老兄，她就是我的女儿。圭多托抢劫的就是我的家。忽然发生这件意外事情，我们夫妇俩都惊惶失措，一时竟忘了自己的女孩儿。当天我家就被烧毁，洗劫一空，我们一直认为她留在屋子里被烧死了。"

姑娘听了这番话，又见他是一个老人，才相信他的话是实话。骨肉之情让她感动，她接受了他的拥抱，而且和他一起哭了起来。贝尔布乔立即把她的母亲与其他亲属以及姐妹兄弟一一找来，向大家讲明她的身份；大家与她拥抱了好久，他再把事情的来龙去脉说清楚。他们欢天喜地热闹了一番后，才将她接回家去，贾科明诺也十分欢喜。

本城的官长是一个通情开明之人，知道在押的姜诺尔就是贝尔纳布乔的儿子，又是那位姑娘的兄长，就通知手下对他所犯过错做了宽大处理，并亲自过问此事，向贝尔纳布乔和贾科明诺说情，使姜诺尔与明尼诺两人又重归于好。同时他无比欢喜地做主将姑娘嫁与明尼诺为妻，给姑娘取的芳名是阿涅萨，这让明尼诺喜出望外，于是办了盛大而体面的婚礼，将姑娘接回家去，以后同她和睦幸福地生活了很长时间。

故事六

内伊菲莱说完了故事，女士们个个听得很高兴。女王命令伯姆皮内娅接着讲下去，于是她和颜悦色地说了起来：

话说那不勒斯附近，有一个伊斯基亚岛，岛上住着一个美丽而活泼的姑娘，名叫蕾丝蒂图塔，她是这个岛上绅士马林·波尔加罗的女儿。伊斯基亚岛附近有一个名叫普罗奇达的小岛，岛上有一个名唤季安尼的小伙子，他爱上了这个姑娘，把她看得比自己生命还珍贵，而姑娘也深深地爱上了他。

在他们狂热地沉浸于爱河时，发生了一件事。

有一个夏日，姑娘独自去海边散步。她从一块岩石走到另一块岩石，用一把小刀把石缝间的贝壳挖出来玩。后来不知不觉地来到一个荒僻的地方，周围都是悬崖峭壁，非常阴凉，有一泓清凉无比的泉水潺潺而流。这时正好有几个西西里青年，乘三桅的小船从那不勒斯来到此处，他们看到姑娘如此美貌，而且又是独自一人，而姑娘还没有发现他们，顿时起了歹意，决定把她劫走。

这些家伙想干就干——他们不顾姑娘大喊大叫，一齐把她捉住，把她架上了船，扬长而去。到了卡拉布里亚，他们为了这姑娘彼此起了内讧，你抢我夺，各人都想占为己有，后来怕这样僵持下去会把事情弄糟，为了她将一切都毁了，便一致同意把她献给西西里国王腓特烈。国王青春年少，颇爱女色。

他们到了巴勒莫后，果真将她带进宫里。国王见她这般如花似玉，十分欢喜，不过目前身体有些虚弱，就吩咐下人把她暂时安顿在库巴御花园，让她住在园内一座豪华的行宫里，并叫他们悉心侍奉，等身体好些时再做安排。下人一切照办了。

这个姑娘被人劫走，在伊斯基亚岛引起了很大的轰动。最叫人着急的，就是人们竟不知道是谁把她劫走了。季安尼比什么人都焦急，由于他在伊斯基亚岛找不到线索，就不再等待，进而去调查那条三桅的小船的去向。他自己也装备了一条船，开着船以飞快的速度沿着海岸行驶。从明内尔瓦一直到卡拉布里亚的拉斯卡莱亚，到处打听姑娘的下落。在拉斯卡莱亚，他总算打听到她被几个西西里青年劫到巴勒莫去了。

季安尼立即赶到巴勒莫，在那里经过多方面打听，才知道他们已将姑娘献给国王，正在库巴御花园里供养着。他气愤得很，只怕今后他不但一辈子不能占有她，而且连见面的希望也没有了。

不过他还是深深地眷恋着她。他将三桅船打发走后，就在这里住了下来，因为他认为此地谁也不认识他。

他天天从库巴御花园前走过。有一天，他凑巧看到姑娘倚在窗口上，姑娘也望见了他，两人心中暗暗欢喜。季安尼看到这块地方很冷僻，就尽可能地同她接近，还跟她谈了一些话；姑娘告诉他，如果他以后还想和她见面谈天，应该如何行事。临走时，他把那里的方位地形都一一记在心里。他焦急地等着天黑，快到下半夜时，他又来到这里，从连啄木鸟也没法上去的地方爬进了花园，在园子里找到一根竹篙，将它支撑在姑娘指给他看的窗子前面，然后轻手轻脚地攀缘而上。

姑娘觉得做这等事已经有失身份，假如在以前，她一定要保全自己的名誉，不致做出这种丢人的事。可是事到如今她又觉得除了他以外，再也找不到第二个更称心的人可以许身，同时也希望他可以把她营救出去，所以决定样样都依从他。正因为如此，她早打开了窗户，让他一上来就能直接进房。季安尼见窗户开着，就悄悄进入室内，躺在她的旁边。这时姑娘还没有睡，她在靠近他之前，先将自己的心意向他和盘托出，坚决要求他带她逃出去，离开这个地方。季安尼说，这是他非常高兴的事，这次离开她后，一定将事情安排妥当，下次来时就能带她走。接着两口子搂抱在一起。

再说国王本来对姑娘一见钟情，对她总是念念不忘，这天他觉得精神好多了，虽然天色快亮，他还是想上她那儿去一阵子。于是他信步来到库巴御花园的行宫里，叫人轻轻把姑娘卧室的房门打开。侍从手擎点着蜡烛的大烛台，领着国王走入室内。国王往床上一看，只见姑娘和季安尼两人一丝不挂地搂抱在一起睡着。他不禁勃然大怒，气得话也说不出来，恨不得当场抽出宝剑将他们杀了。但转念又想，这一对男女手无寸铁地睡着，现在杀了他们，对任何人来说都是再卑鄙不过的行为，何况他是一个国王。于是他抑制住怒火，准备将他们当众烧死。

他转身对一个侍从说："我本来对这个女人诚心诚意，原来她是如此下贱的女人。你看应当如何发落她？"

他又问侍从是否认识这个小伙子，此人色胆包天，竟敢闯入宫中干出这样过分而令人不快的事来羞辱他。侍从听了答道，他从来没见过这样的人。

国王怒气冲冲地走出房间，命令下人将这对情人赤条条地捉住，然后绑起来，天一亮就送到巴勒莫，在广场的刑柱上背对绑好，等晨祷钟响后执行死刑。这样，大家都将看到他们的丑态，然后再将他们给活活烧死，这叫作罪有应得。国王说完这些话，就怒火冲天地回至巴勒莫的宫中去了。

国王一走，众人立即扑向这对情人，不但把他们弄醒，而且毫不留情地把他们捉牢捆好。两个青年男女见此情况，悲伤万分，他们哭哭啼啼，这时性命难保。侍从们遵照国王的命令，把他们押到巴勒莫，并且绑在广场的一条刑柱上，面前预备着木柴堆和火把，只待国王一声命令，就将他们活活烧死。

他们就这样被捆绑在柱上，时辰一到，就要执刑。他们所做的风流韵事，目前已传遍城里各处，消息也传到当朝的海军大将鲁季埃里·迪洛里亚的耳朵里。此人德高望重，深受人们爱戴。现在他也赶到他们被绑的地方来看个究竟。他到此处后，先看看那个姑娘，盛赞她确实长得美艳，后来又瞧瞧那个小伙子，一下子就认出了他大概是个熟人，于是上前一步，问他是不是普罗奇达岛的季安尼。

季安尼抬头一看，认出他是海军大将，于是答道：

“大人，您问得对，我就是季安尼，可是再过片刻，我就不在人世了。”

海军大将问他啥会落得这样的地步，他回答说：

“为了爱情，触怒了国王。”

海军大将叫他把情形详细地说清楚。大将听完所有情节，正要离去，季安尼却叫住了他，向他说：

“大人，请您发发慈悲，帮我向国王求一个情，求他开恩，允许我一个请求吧。”

鲁季埃里问他有什么请求，季安尼说：

“我知道自己非死不可，而且死就在当前。现在我要请国王开恩，我爱这位姑娘，把她看得比自己的生命还珍重，她也非常爱我，可现在却背对背地绑着。能不能叫我们面对面绑在一起，这样临死前我就能看她的脸，我死也甘心了。”

鲁季埃里笑着说：“我很乐意替你转达。我一定让你能经常看她，直到看得不想再看为止。”

海军大将离开了季安尼，嘱咐执刑的衙吏，在接到国王下一步的命令之前不得执刑。接着他立刻毫不迟疑地去见国王。他虽见国王仍怒气冲冲，但还是陈述了自己的看法，说道：

“国王啊，那两个青年人到底什么地方冒犯了你，你要下令在广场上将他们活活烧死？”

国王说明了情由，于是鲁季埃里又说：

“他们确实罪有应得，可是处罚他们的不应当是你。犯过罪的应该受罚，立过功的也应当受赏，何况一国之王应该宽宏大量，慈悲为怀。你可清楚，你要烧死的两个人是什么人吗？”

国王回答说不知道，鲁季埃里又继续说下去：

“让我来说给你听吧，这样你就清楚你在一气之下做出的事是多么‘得体’。这个小伙子是兰多尔福·迪·普罗奇达的儿子，也就是季安·迪·普罗奇达大人的亲弟弟，你今日能做上这个岛的君王，应当归功于这位大人。那位姑娘是马林·波尔加罗的女儿，由于她父亲的帮助，你今天才能统治伊斯基亚岛，不被人家驱逐出去。再说，这一对年轻人已相爱很长时间，如果年轻人做了这样的事算是犯罪，那么他们犯的罪也只是因为彼此相爱，而不是有意要冒犯陛下。如此看来，陛下倒应当非常隆重地接待他们，赏赐他们，怎么反而要把他们处死呢？”

国王听了这一席话，感觉鲁季埃里说得很有道理，不但急忙收回成命，制止了自己气愤之下所下的命令，而且对所做的事感到十分内疚。因此他立即下令为两个年轻人松绑，并且带来见他。手下人当即照办。

国王把他们的情况查问清楚后，感觉应当好好优待他们，并赏赐一番，以补偿他们所受的委屈。于是当即让他们穿上华丽的衣服，又见两人情投意合，就叫季安尼名正言顺地娶了这个姑娘。

故事七

女王听完了伯姆皮内娅说的故事，就吩咐劳蕾塔接下去讲一个，于是她开开心心地说了起来：

在善良的圭列尔莫王统治西西里岛时，岛上住着一位绅士，名叫阿梅里戈·阿巴泰·达·特拉帕尼。他不仅家产殷富，而且儿女成群，因而需要许多仆役，那时热那亚的海盗们在亚美尼亚沿岸行劫，捉到了不少儿童，用船从莱万泰运到西西里。阿梅里戈将他们当作土耳其人，买下了几个孩子，这许多孩子一个个看上去都像牧童，不过其中有一个长得比别人英俊，温文有礼，名叫泰奥多罗。虽然他的身份是一名奴仆，却和阿梅里戈先生的子女一起长大成人。泰奥多罗这孩子很有志气，并不因身份低和环境不利而丧失自己高贵的秉性，要不了多久，他就变得文质彬彬与富有教养，因而阿梅里戈先生十分器重他，让他恢复了自由人的身份。这时阿梅里戈仍然把他看成是土耳其人，就给他施行洗礼，教名皮耶德罗；又让他掌管家务，对他十分信任。

阿梅里戈先生有一个女儿，名叫维奥兰蒂，长得美丽动人；

她和其他兄弟姊妹一样，在父亲抚育下成长起来。由于父亲迟迟没叫她出嫁，因此也是缘分，她暗中爱上了皮耶德罗，对他的一举一动、一言一语都十分倾慕，只是羞于向他吐露而已。不过爱神并没有辜负她的一片相思之情，因为皮耶德罗也好多次悄悄偷看她，对她怀着很深的爱意，以致只要一刻没有看到她，心里就觉得很不自在。皮耶德罗觉得这只是一种奢望罢了，深恐自己的秘密被别人看出。姑娘始终喜欢留神看他，她如今可看穿了他的心事，为了让对方更加放心，姑娘对他特别青睐，而心里也非常欢喜。两个人就是如此心照不宣，尽管男的或女的都有满腹心事，都有许多话要倾吐。

阿梅里戈先生家有一个十分美丽的花园，离特拉帕尼大约有一英里左右，阿梅里戈夫人常带着女儿、女仆和别的女人去那边游乐。有一天，天气酷热，她带着皮耶德罗一同到园子去。像我们生活中经常遇到的那样，天气变幻无常，空中一下子乌云密布，夫人和女伴们怕遇上暴风雨，就急忙动身回特拉帕尼去。不过皮耶德罗与姑娘年纪轻，走起路来快，不久就一起超前走了一大段路，把姑娘的母亲和别的女伴远远抛在后面，与其说这是害怕暴风骤雨，倒不如说是受到爱情的驱策。当他俩远远地走在前面，几乎看不到后面的夫人与别的人时，忽然雷声大作，接着下起鸡蛋大的冰雹来，倾盆大雨接踵而至，于是夫人与同伴们一起到一家农舍去避雨。皮耶德罗与姑娘因为找不到合适的避雨的地方，只好走到一个破烂得快要倒塌的小屋子里去。小屋里没有人住，只剩下一角小小的屋顶可以勉强遮雨。由于遮雨的条件差，他们两人不得不靠得很近，两人紧紧挨在一起，由于彼此接触到对方身体，胆子就稍微大了起来，以致吐出了满腔相思。

皮耶德罗先开口说：“求求天主，叫这场冰雹不要停息吧，我可以一直待在这儿！”

姑娘说：“我也希望如此！”

说完了这些话，两人就彼此抓住了对方的手紧紧握起来，接着由握手到拥抱，由拥抱到接吻，此时冰雹还继续下个不停。其中的细节琐碎，我不必细说。待他们尝尽了爱情至高无上的快乐，还安排好日后的幽会后，天气才开始好转。

暴风骤雨总算过去了，他们在附近的城门口等待夫人，与她一起回了家。以后，他们就三天两头在这里幽会，行动十分隐秘小心，你欢我爱，说不尽的欢乐。此事之后不久，姑娘不小心怀了孕，双方为此都焦急不安。她用许多办法堕胎，结果都没有用。

皮耶德罗眼见此事发展下去，自己有杀身之祸，就打算逃走，将心里话对姑娘说了，姑娘听后回答他：

“如果你走了，我也只有自杀。”

皮耶德罗本来十分爱她，哪里忍心，就改口说：“我的小姐，你叫我怎么能留在这里呢？你怀了孕，我们的私情很快就会败露。你很容易得到别人的原谅，可是我真不幸，我得一个人承担你和我两个人的过错。”

姑娘听后就说：“皮耶德罗，我的罪将来谁也瞒不过，不过只

要你不说我不说，人家一辈子也不会清楚这事是你干的，这点你可放心。”

于是皮耶德罗说：“既然你同意这么做，我就不走，不过你可要说到做到呀。”

此后姑娘总是想尽办法，不叫人家看出自己已经怀孕，可是肚子越来越大，眼看再也瞒不住了。一天，她来到母亲跟前，痛哭流涕地将真实情况说了一番，求她开恩，帮她遮掩过去。夫人听了无比难受，骂她真是一个贱人，还盘问她是怎么做出这件事情来的。姑娘为了不拖累皮耶德罗，就胡乱地编造一些情节，把真相隐瞒过去了。

且说夫人竟然对女儿的话信以为真，就把她送到一个庄园里去住，以免她丢丑。分娩的一天终于到了，姑娘也像一般女人那样尖声叫喊起来。事不凑巧，阿梅里戈先生平时差不多从不到那个庄园里去，偏偏那天他打鸟回来，路过女儿住的卧房，听到女儿哭喊声，非常惊异，便立刻走进房间，问这究竟是怎么一回事。夫人万万想不到丈夫会上这儿来，一见之下，大惊失色，就伤心地把女儿的遭遇一五一十地对他说了。可是做丈夫的不像妻子那样容易蒙蔽过去，他说女儿怀孕而不知父亲是谁，在情理上是根本不可能的，因此他一定要清楚那个男人究竟是谁，只有待女儿招出之后才能获得他的宽恕，不然就要把她处死，毫不留情。

夫人竭力劝他别再深究这件事，叫丈夫姑且相信她的话再作他想，可他哪里肯听。就在老夫老妻争辩的时候，女儿已经生下一个男孩。阿梅里戈先生怒气冲冲地拔出剑来，三脚两步走到女儿跟前，说道：

“要是你不快讲出孩子的父亲是谁，我就马上要了你的命！”

姑娘怕死，也顾不上了向皮耶德罗作的保证，将两人之间的风流韵事全部供认了出来。

阿梅里戈先生听后怒不可遏，恨不得立刻把她杀了。然而他在盛怒之下只是随口骂了几句，就立即上马回到特拉帕尼，拜见当地总督库拉多，将皮耶德罗损害他家名誉之事告诉了他。总督趁皮耶德罗还没有得知口信，就连忙下令派人逮捕了他，严刑拷打，逼得他将奸情一一招供出来。

过了几天，总督作出判决：先在地上用鞭子抽打皮耶德罗，然后处以绞刑。

不过阿梅里戈先生的怒气并不因皮耶德罗被判处绞刑而完全平息，他要在同一时间内将这一对情人和他们的儿子全部杀死，不让他们留在世上。于是他在一杯酒里放了毒药，将毒酒和一把没有鞘的剑一起交给一名仆役，吩咐他说：

“把这两件东西交给维奥兰蒂，并以我的名义传话给她，让她在宝剑和毒药之间选择一个死法，而且别磨磨蹭蹭；要不，我就当着这么多市民的面把她活活烧死，让她自作自受。她选择完后，你就抓起她前几天刚生下来的那个儿子，将他的脑袋向墙头砸去，砸死后再扔给狗吃。”

那名仆役本是一个心地不正的小人，听了这个铁石心肠的父亲所作的残酷判决后，便前去执行了。

皮耶德罗这个罪犯被衙役用鞭子打了一顿后，便由他们押送到绞刑架去受刑。凑巧这伙人押着他由一家旅馆面前经过，旅馆里住着三位亚美尼亚贵宾。他们都是亚美尼亚国王派到罗马去的使节，准备同教皇商谈有关十字军的重大事务。他们在此处下榻休息，想恢复体力。三名使节受到特拉帕城一些绅士的隆重款待，阿梅里戈先生对他们非常殷勤。

此时，这三个人听到衙役们押着皮耶德罗闹闹嚷嚷地从门前走过的声音，就来到窗口去看。只见皮耶德罗的上身给剥得精光，双手反绑在后。三位使节中有一名德高望重的老先生，名叫菲内奥。他看到犯人胸口有一颗朱红色的斑点，这标识不是涂上去的，乃是娘胎里带来的大朱砂痣，当地女人们都称它是“玫瑰痣”。菲内奥一见到它，立即想到自己有一个儿子十五年前在拉齐斯坦海岸被海盗劫走，至今杳无音讯。他看看这个被鞭子抽打得可怜的青年，心想假如自己的儿子现在还活着，恐怕也有这般年纪了。再看到这个胎记，他不禁怀疑这个小伙子莫非是自己的儿子？继而又想，假如真是他的儿子。那小伙子肯定记得自己和他的名字，也懂得亚美尼亚的语言。

于是当犯人靠近窗口时，他就喊了一声：

“泰奥多罗！”

皮耶德罗听到这一喊声立刻抬起头来。菲内奥又用亚美尼亚语说：

“你是哪一国人？你是谁的儿子？”

押送囚犯的衙役们为了尊重这位贵宾，便停了下来，于是皮耶德罗答道：

“我是亚美尼亚人，父亲的名字是菲内奥。我打小就被身份不明的人拐卖到这儿来了。”

菲内奥听了，清楚他肯定就是自己当年丢失的那个儿子，于是泪流满面，跟同伴们一起下楼，并且支开众衙役向他跑去，紧紧抱住他失声痛哭。接着，他把自己身上一件极其华丽的缎子大衣披在儿子身上，请求监刑官把囚犯交给他处理，等上面命令下来后再带回去，监刑官满口答应。

“总督先生，那个被您看作是奴隶而判处死刑的人，其实是个自由人，而且是我的儿子。听说他毁了一个姑娘的贞操，现在他准备正式娶她为妻，因此我请求您暂缓执行死刑，等我了解姑娘是否愿意嫁给他再说；假如她肯嫁，那么把他处死就是违法的了。”

库拉多先生听说犯人原来就是菲内奥的儿子，不禁大惊失色。他怪自己时运不济，铸成大错，感觉十分惭愧，就承认菲内奥说的句句是真，立即派人把皮耶德罗送回家去，同时将阿梅里戈先生召来，将一切情况告诉了他。阿梅里戈先生只道女儿和孙子都已经死了，万分悲痛，他想如果女儿还活在世上，万事都可以补救，获得美满的结局。他立即派人赶到女儿那里，如果他的命令还没有执行，那就立即收回。使者看到阿梅里戈先生以前派去的那个仆役已把剑与毒药放在姑娘面前，但姑娘迟迟不愿选择，最后那家丁破口大骂，她迫不得已，正要拿起其中一件东西，使者恰好赶到了。仆役得悉主人的命令，只好赶回去向阿梅里戈汇报情况。

阿梅里戈知道后，喜不自胜，急忙赶到菲内奥那里，差不多快要流出泪来。他朝菲内奥道歉，并请求对方原谅，又说如果泰奥多罗愿娶他的女儿，他非常乐意许配给他。

菲内奥开心地接受了他的道歉，回答他说：

“我非常希望我的儿子娶令爱为妻，要是他不愿意，就按开始的判决执行吧。”

菲内奥与阿梅里戈先生就这样一言为定了。泰奥多罗固然为重新见到父亲而高兴，但又担心自己难逃一死。他们将商定的事向他说了，问他是否愿意。泰奥多罗听说只要他愿意，就可以娶维奥兰蒂为妻，开心得好像一下子从地狱升上了天堂，连忙说只要二位老人家高兴，那就等于赐给他莫大的恩宠。

他们又派人去看姑娘，听她的意见怎样。她本在那儿提心吊胆地等死，自认为命比世上任何女人都苦，如今听得泰奥多罗前前后后的遭遇，一下子愣住了，好一会儿以后才相信他们说的原来是真话。她回答说，假使她能称心如愿，天下的幸福莫过于嫁给泰奥多罗为妻，不过此事也得顺从父亲的旨意。

各方面既然都已同意，一对有情人终于喜结良缘。婚礼隆重豪华，全城居民都欢天喜地。

故事八

劳蕾塔一说完，菲洛梅娜就遵照女王吩咐，开始说道：

在罗马涅的古城拉文那，以前有不少贵族与绅士，其中有一个青年，名叫纳斯塔焦·奥内斯蒂，因父亲与叔父相继去世，遗产多得数也数不清。因为尚未娶妻，他像许多年轻人那样，谈起恋爱来。他爱上了保洛·特拉韦尔萨里先生的女儿，不过那位小姐的门第比他高得多。他原希望靠自己的那番求爱的方式，一定能赢得小姐的好感，尽管他送去的礼物又多又好，价值连城，但对方不仅看不上眼，而且感到反感。他所追求的那个姑娘对他十分冷酷无情，粗野无礼；也许正由于她美艳绝伦，出身高贵，才使她如此骄横，目空一切，无比厌恶他，甚至凡是他所喜欢的东西，她都觉得厌恶。

这一类的无情打击接连不断，纳斯塔焦忍受不了，这使他十分悲痛；由于伤心到极点，有时竟萌起自杀的念头，只是他感觉下不了手，没有寻死。他几次三番地想，还是让一切听其自然吧，既然她讨厌他，为何他不能反过来恨她呢？可是这样的想法也于事无补，因为对他来说，希望越渺茫，爱情反而越热烈。这个小伙子就如此陷在情网里不能自拔，而且挥霍无度。

他的一些亲友们觉得他这么下去，既白白摧残了自己，又徒自耗费财产，因此再三开导他，劝他离开拉文那到别的地方去住一阵子，这样他的这片痴情就会冷些，也不至于挥金如土。

不过纳斯塔焦对这样的劝告往往付之一笑，当成耳边风，有时甚而嗤之以鼻。后来他拗不过亲友们苦口婆心的劝说，总算勉强同意了。他郑重其事地整理好行装，似乎要去法国、西班牙或其他国家远行似的，准备妥当之后，骑上了马，同许多朋友一同离开了拉文那，来到离拉文那三英里光景的一个地方。

这个地方名叫基亚西。他在此处搭下了大帐篷，并对同来的亲友们说，他打算在这里住下来，叫他们回到拉文那去。

纳斯塔焦在此处安顿下来后，生活比往日更加浪费，一会儿邀这个吃午饭，一会儿又请那个用晚餐，比以前有过之而无不及。

五月初的一个星期五，天气晴朗，他想念那个无情的姑娘，便吩咐仆人全都退下，让他独自一人，随心所欲地想入非非。他一面沉思默想，一面神思恍惚地向前走去，最后不知不觉地来到一座松林。

此时已经过了白昼的第五个时辰，他走入松林已有半英里路，可是他既想不到吃饭，也记不起别的事，仍然信步而行。此时，他忽然听到一阵尖厉凄惨的哭喊声，声音似乎是一个女人发出的，使他从甜蜜的沉思中惊醒过来，看看到底发生了什么事。

他发觉自己正在松林之中，不由怔了一怔。再往前一看，更吃惊了，只见荆棘丛生的矮树林中，有一个容貌娇美的姑娘飞跑而出，正向他站的地方跑来。她赤身裸体，披头散发，皮肉被树枝与荆棘挂破，顾不得痛楚，只是没命地跑，一面痛哭，一面高喊救命。此外，他又瞧见有两条凶猛的大狗正在后面紧追不舍，一追上就要恶狠狠地咬她。在两条恶狗后面，他又看到一个身穿黑色甲胄的骑士，骑着一匹黑色的战马向前奔来，他手持短剑，满面怒容，朝那个女人破口大骂，骂的话非常恶毒，还口口声声要她的命。

这一幅既令人惊骇又非常可怖的景象使他心动。他对那个不幸的女郎顿时动了恻隐之心，很想尽力搭救她，使她免遭痛苦与死亡。可是他手里并没有武器，只得折下一根树枝握在手里当作棍棒，随即跑去准备与那两条大狗和那个骑士厮杀一场。

可是骑士看到他，就从远处大声喊叫：“纳斯塔焦，不要管闲事！这个贱女人罪有应得，叫我的两条狗和我来处置吧！”

他话音未落，两条狗就扑到姑娘的腰肢上，使她前进不得，骑士接着赶到，从马上跳下来。纳斯塔焦走上前去说道：

“我不认识你，而你却一眼认出了我。可是我只想对你说，一个全副武装的骑士，竟想杀死一个赤身裸体的女人，还把她看作野兽一般，放两条凶猛的恶狗来咬她，这真是太卑鄙无耻了。我一定要尽我最大努力保护她。”

骑士答道：“纳斯塔焦，我跟你同乡，名叫圭多·阿纳斯塔季。当你还是一个小孩子时，我就爱上了这位女人，爱的程度比你对特拉韦尔萨里家的姑娘还要狂热。可是这女人对我冷酷无情，不屑一顾。我不幸极了，绝望之下，就拿起我手里这把短剑自杀了，从此坠入地狱，永世不得超生。那女人见我死了，居然拍手称快，可是要不了多久，她自己也呜呼哀哉。她不仅残忍，而且对我的痛苦幸灾乐祸；对于这样的罪孽，她丝毫无忏悔之意，反而认为自己做得好，做得对。因此她跟我一样，死后给打入地狱，承受各种痛苦。

“她一入地狱，就同我一起受到判决——她得在我面前逃跑，我呢，由于我生前把她看得比生命还宝贵，就得在后面追她。我得将她看成是死敌，而不是情人那样追逐她。每当我追上她，就要用我刺死自己的那把短剑来杀死她，剖开她的胸脯，将她那颗又冷、又硬，无法容纳情爱和怜悯的心脏挖出来，连同她的五脏六腑一股脑儿喂那两条大狗吃，这番景象你立刻就可以看到。

可是不一会儿，她好像没有死透似的，又从地上跳起身来，重又仓皇地奔逃起来，两条大狗与我重新又在后面追赶，这似乎是天主的判决和旨意。每逢星期五的这个时辰，我总在这里追上她，然后在这里百般折磨她，过一会儿你就能看个明白。别以为在别的日子里我们两人就能相安无事，不，那时我是在另外的地方追赶她；她生前在啥地方憎恨过我，跟我作过对，我就在哪儿追上她，捉住她。你看，情人就此变成了冤家，以前她折磨过我多少岁月，我就要追赶她多少年头。因此，叫我按照天主的旨意行事吧，对你无法拦阻的事，你也不要来唱反调了。”

纳斯塔焦听了这番话，吓得毛发直竖。他倒退几步，眼睁睁地看着那个可怜的姑娘，生怕骑士会下起啥毒手来。骑士说完了话，就手持短剑，像疯狗那样向姑娘身上冲去，她当时被两条大狗咬住，脱不了身，只跪下来高声求他饶命。他使出全身力气朝她的胸膛中央刺去，剑从胸口一直穿透到背后。姑娘经此一击，顿时倒地，不曾死去，还在挣扎哀号。骑士又拿起一把匕首，剖开她的胸膛，将心脏和脏腑内其他各物一起挖出，扔给那两条大狗吃，这两头畜生立刻狼吞虎咽地把它们吃得一干二净。

不一会儿，姑娘又霍地站了起来，似乎刚才根本没有这么一回事。她拔脚没命地朝海边逃去，两条狗在后紧追不舍，一面追，一面东一块、西一块地咬她的皮肉。这时骑士上了马，重新拿起短剑，像先前那样在后面追赶她，眨眼之间，他们消失得无影无踪，纳斯塔焦再也看不到啥了。

纳斯塔焦看了这一幕惨剧，又是害怕，又是伤感。过了一会儿，他才想起由于这种事在每星期五发生，也许对他大有用处，因此在这个地方做了记号，就回家去了。

第二天，他请了很多亲友前来，对他们说：

“好久以来，承蒙各位关切，劝我别再迷上那个仇人一样的姑娘，也别再为她耗费财产，我诚心诚意接受你们的好意，而且很愿意照办。不过我也求各位答应一个事，那就是在下星期五，请你们把保洛·特拉韦尔萨里先生与他的妻子、女儿以及他家所有女眷一起请来，在我家便宴，你们如果还请别的女士一起光临，也悉听尊便。我此次款待你们原因何在，到那时你们自然会明白的。”

那些人以为这只是小事一桩，而且义不容辞，便满口答应下来。他们回到拉文那后，就选定一个适当的时间按纳斯塔焦的意愿将有关的宾客都请了来。尽管纳斯塔焦所爱的那位小姐百般推托很不愿意，终于与其他人一起来了。于是纳斯塔焦大摆宴席，地点就在松林下面以前那位冷酷的姑娘被横遭折磨的地点附近。宾客就席的时候，故意叫他所爱的姑娘坐在出事地点对面的地方。

当他们吃到最后一道菜肴时，只听得一阵阵惨叫声：这是一个少女被人追逐时发出的绝望的哀号声。大家都非常惊愕，问究竟出了什么事，可谁也答不上来。于是大家都站了起来，向林子望去，看看到底是怎么一回事；只见前面是一个仓皇奔逃的姑娘，还有一个骑士与两条狗。他们刚站起身，陌生人和狗就迫近他们身边。

大伙儿发出一片鼓噪声，斥责骑士与那两条狗，有些人甚至冲上前去，想搭救那个姑娘。可是骑士喝住他们，将以前对纳斯塔焦说过的话又讲了一遍，他们不仅往后退，而且吓得毛骨悚然，心惊肉跳。看了以前纳斯塔焦见过的那幅惨剧，那些跟可怜的姑娘与骑士沾有亲戚关系的人们都记起了他们昔日的爱情和夭亡之事，于是失声痛哭，仿佛亲身遇到这惨事一般。

当这幕惨剧结束，女士和骑士离开了现场时，看了这场戏的众人都议论纷纷。不过他们中间最害怕的，要数纳斯塔焦所爱的那个冷酷无情的姑娘了。刚才这一切她都清清楚楚地看在眼里，记在心中，认识到这事的场景。这时，她仿佛感到自己在奔逃，而怒气冲冲的纳斯塔焦与两条大狗则追了上来，想到这里，她害怕极了。

姑娘心里明白，她与纳斯塔焦这门亲事之所以没有成功，责任在于自己而不在别人，就托人传信，说自己愿意嫁给他。因此她不靠媒人撮合，亲自开口向父亲提这门亲事，说自己心甘情愿做纳斯塔焦的妻子，父母听了不胜欢喜。

到下一个星期天，纳斯塔焦就将她娶了过来，举行了婚礼，后来两人一直过着幸福的生活。

故事九

菲洛梅娜说完了故事，女王看看只有自己和迪奥内奥没有讲，而迪奥内奥又有特权最后一个说，于是她自己便神情安详地讲了起来：

话说从前佛罗伦萨有一个青年，名叫费德里科，是菲利波·阿尔贝里吉先生的儿子。他武艺超人，风度文雅，托斯卡纳境内没有一个小伙子比得上他。像一般绅士一样，他也需要谈情说爱，爱的是一位名叫莫娜·焦万娜的贵妇人，在那时佛罗伦萨的女流中，她是最美丽的一个。

费德里科为了博取她的欢心，经常举行马上比武，而且大摆宴席，慷慨捐赠，挥金如土，毫不吝惜，但那位女人不但长得美丽，而且很守节操，他为她做的这些事，没有一件能打动她的心。

就这样，费德里科超过他的能力任意挥霍，而且有出无进。他的财产就此很快地花完了，变得十分贫穷，只剩下一个小庄园，靠它的收入勉强维持生计。此外他还养着一只猎鹰，是世上最好的品种。这时他比以前更深陷于爱情无法自拔，但眼见自己不能随心所欲地在城里过着体面的生活，便搬到小庄园所在地名叫“卡姆皮”的乡间去。他在那儿一有机会就去放鹰，不与外界来往，甘心安于贫穷。

现在，费德里科变得一贫如洗。有一天，莫娜·焦万娜的丈夫一病不起，眼见即将去世，就立下遗嘱。他有万贯家财，身后拟将所有财产传给已成年的儿子，儿子死后如没有合法的后嗣，则由爱妻莫娜·焦万娜继承遗产。立下遗嘱后，他就离开了人间。

莫娜·焦万娜就这样成了孤孀。

每年夏天，焦万娜总按当地妇女们的惯例带着儿子到乡间一个庄园里去。她的庄园恰好与费德里科的小庄园挨在一起。因此这个大孩子就同费德里科交上了朋友。孩子对鸟儿与狗很感兴趣，他多次看到费德里科的猎鹰在空中飞翔，非常喜爱，想据为己有，但看到对方把这只飞禽当作至宝，一直不敢开口。

由于得不到想念的东西，思念过度，孩子终于生起病来，这使母亲十分焦虑。她只有这么一个独生子，爱如掌上明珠。她整天站在儿子床前陪着，不断安慰他，还几次三番问他需要些啥，叫他只管说就是，只要办得到，她肯定想方设法把它们弄给他。孩子听母亲多次说了这样的话，就说：

“母亲呀，假如你能把费德里科的猎鹰弄来给我，我看我的病马上就会好。”

太太听了这话，思量了一番，琢磨这件事该如何办才好。她知道费德里科早已爱上了她，可她对他连一点也没回报过。她想：“我听说那只猎鹰是天下最好的飞禽，我怎么可以前去向他要呢？现在那位先生除了那只鸟儿外，别的啥乐趣也没有了，如果我再把它剥夺掉，岂不是太不近人情了吗？”

虽然她明知如果向他去要那只猎鹰，她一定能拿到手，但总觉得十分为难，因此不知如何回答儿子才好。她沉默不语，不知所措。

最后爱子之心占了上风，她决定要满足儿子的愿望，于是打算硬着头皮亲自——而不是托人说情——去要那只猎鹰。她向儿子说：

“孩子，你放心好了，你无论如何要将病养好。我答应你，明天早上我要做的第一件事，就是去将那只鹰讨来给你。”

孩子听了非常高兴，当天病情就减轻了几分。

第二天早晨，太太带着一个女伴，假装闲逛来到费德里科的小屋里作客。因为近日来天气不好，他无法外出去放鹰猎鸟，只得待在园子里，监督一些工人干些零星活儿。他听见莫娜·焦万娜登门拜访，不由得惊喜交集，连忙赶上前去迎接。

焦万娜见费德里科来了，就站起身来温文有礼地招呼他，待费德里科恭恭敬敬地问候了她后，她就说："费德里科，你最近过得好吗？"接着又说，"以前承蒙你错爱，以致你为我受累，我今天想来做一些补偿，略表心意。补偿的办法是这样的：我准备和我的女伴今天上午在你家里吃饭，以示歉意。"

费德里科当即非常恭谦地答道："夫人，我从来没有因为您而吃过什么苦，只觉得得益很多。我此生无足轻重，承您垂爱，我才不虚此生。您屈驾光临，我真是十分荣幸。虽然我已十分贫穷，但仍愿意像过去一样，再为您耗尽资财，就是倾家荡产也毫不吝惜。"

说罢，他就非常羞惭地迎她进屋，而且领她到小花园里，眼见没有别人在场，就开口说：

"太太，此刻没有别人，就让这个女人陪着您吧，她是长工的妻子。我得去安排饭菜。"

他虽然很穷，直到现在才清楚地看出钱对他来说是多么重要，但并不后悔以前他对自己的家财确实挥霍过度。从前，他为了爱这个女人，曾经宴请过数不尽的宾客，今天上午却拿不出一点儿像样的东西来招待她了。他万分苦恼，暗自诅咒天地不公，像疯汉子那样一会儿跑到这儿，一会儿走到那儿，既寻不到一点钱，也找不到啥可以去典当的东西。

时间已经不早了，他忙着想找一些像样的东西款待这位太太，可是他既不愿向外人借钱，又不愿向自己庄园里的长工开口，自然目光就落在小客厅木杆上面他那只心爱的猎鹰身上。他目前已经毫无办法了，只好捉起那只猎鹰，感觉它长得还挺肥，心想这倒是给夫人吃的一道佳肴，因此毫不迟疑地把它勒死，立即吩咐一名婢女褪毛洗干净，放到一条烤杆上小心烤炙。他又把仅剩的几块洁白餐巾放在桌子上，不一会就笑容可掬地回到小花园里，告诉太太午饭已经准备妥当，只是他的能力有限，略表一片心意而已。

于是夫人和女伴起身，与费德里科一同就餐，费德里科十分高兴地招待她们吃，而她们却不知吃的竟是鹰肉。

夫人离席后同主人开心地交谈了一会儿。此刻她觉得是说明来意的时候了，便转过身去殷切地对费德里科说：

“费德里科，我记得在过去的日子里，你为我不惜冒任何风险，而我却一点儿也不动情，你一定在责备我这人冷酷无情。假如你知道我今天来这儿的主要动机，那你一定会奇怪我是多么不明事理。不过要是你膝下有儿女，你就会清楚父母爱子女的情感有多深，这样你或多或少会理解而同情我。你没有子女，而我却有一个儿子。我的心与其他做母亲的不可能不一样，爱子之心让我不得不违背我自己的意志，也顾不得什么伦理，向你求讨一件东西。

“我知道这件东西你特别珍爱，而且也难怪你喜欢它，因为你交上歹运，除它以外，再也没有啥消遣，再也没有什么乐趣，再也没有什么可以安慰你了。我请你送给我的东西，就是你的猎鹰。我的孩子对这只鹰着了迷，竟因此生了病，假如他弄不到手，我怕他的病势就会加重，我可能因此而失去他。因此我请求你把它赏给我，别因为爱我才如此做，其实你对我并不欠什么，而是本着你崇高的本性，它在礼仪方面的表现更突出。你给我的礼物，就好比救我的儿子一条命。我会永远感激你的。”

费德里科听完太太提出的请求，知道那只猎鹰已经被杀着吃了，无法满足她的要求，不但什么话也答不上来，而且在她面前失声痛哭。夫人起初认为他的哭是因为舍不得割爱那只上等猎鹰，差不多要脱口说出，她已不要那只鹰了。可是她竟控制住自己，等待费德里科哭泣完了后怎样回答。只听得费德里科说道：

“太太，天主有心要我爱你。无奈命运之神在很多事情上都跟我作对，我真伤心透了。然而以前的种种不幸要是跟这一回相比，根本算不了什么，我一辈子也不会饶恕它。想当年我富裕的时候，您从来不曾来过寒舍，今日您屈驾前来，朝我要一点小东西，命运却又跟我过不去，害我无法赠送给您，现在让我将其中原因仔细地讲一下。

“我一听说您愿意屈尊在我家里用餐，心里就想：以您这样高贵的地位和身价，理应尽我所拥有的一切珍馐佳肴来招待您，这样才显得得体，至于别人，我就不会这样招待了。因此我就想起您刚才要的那只猎鹰，觉得它倒不错，可以为您佐餐，算得上是一盆像样的菜肴。今日早晨，我就把它烤好，放在盆子里，事情办得十分仔细，不料如今您需要把它活着带给令郎。无法奉献给您，这将叫我心里永生永世无法安宁！”

说完这话，他就把鹰毛、鹰爪和鹰喙都放到夫人面前，表明他的话千真万确。夫人看了这些东西，听过他说的一番话，起先还暗自责怪他不该为女人而宰了这样一只上好的鹰佐餐。但转而想到他那贫穷不能使其屈膝的宽大胸怀，不由暗自赞叹不已。如今，她想得到那头猎鹰的希望已没法实现，担心儿子的病也许因此不能好转，就感谢了费德里科的盛情款待，心事重重地朝他告别，回家来到儿子身边。那孩子呢，不知是得不到猎鹰忧伤过度还是得了啥不治之症，没过几天就离开人间，做母亲的真是伤心欲绝。

虽然她因失子而悲痛不已，泪流不断，但毕竟是一个年轻的富孀，兄弟们好多次都劝她改嫁。她起先不肯，后见他们纠缠个不停，就想起费德里科品德高尚，上次杀鹰款待她之事又气度宽宏，就对她的兄弟们说：

“假如你们勉强我，我就不想再嫁了。如果你们还是希望我再嫁，我只愿嫁给阿尔贝里家族的费德里科，别人谁也不行。”

兄弟们听这话都讽刺她说：“傻女人，你为何说出了这种话来？你怎么会要嫁个身无分文的穷光蛋？”

她回答说：“兄弟们，我清楚地知道你们讲的是真话，不过我要嫁的是支配钱财的人，而不是被钱财所支配的人。”

兄弟们见她主意已定，而且费德里科虽然穷困，品德却很高尚，就同意她的要求叫她带着所有家财嫁过去了。费德里科娶了这样一个他所倾心的女人，而且最后又变得非常富裕，从此合理地安排开支。同她幸福地过了一辈子。

故事十

女王说完故事，命令众人齐声称赞天主，叫费德里科好心有好报。迪奥内奥始终是不用别人命令的，当即说了起来：

且说不久以前，佩鲁贾地方有个富人，名字叫皮耶德罗·迪·温奇奥洛。他喜欢男色，佩鲁贾全城人对他们的印象很坏，他娶了个妻子，倒不是因为贪图那女子的美色，而是为了遮人耳目，使自己的名声能够更好些。说来也真是天不从人愿，他娶的是一个十分风骚的姑娘，要有两个丈夫才能满足她的需求，而她遇上的那个汉子却是另有所爱，不将她放在心上。

时间一长，妻子就看清丈夫是怎么回事了，心想自己年轻貌美，身体健康，不由恼火起来，有时就和丈夫吵架，之后两人几乎一直争吵不休。过些日子，她感觉这样只是白费力气，而丈夫根本不会改邪归正，心想："这个变态狂撇下我不管，干那不要脸的勾当，走的是违背人性的歪路；假如我想法子另找新欢，于情于理都是说得过去的。我嫁给他，还带给他一大笔嫁妆，原以为他是一个男子汉，心想男人喜欢给他的。他清楚我是女人，既然他本来就不喜欢女人，那又为什么要娶我？这真是不能容忍。假如我看破红尘，我就不如当修女去；可我是一个凡人，而且愿意做一个凡人，假如要等他来给我快乐或欢悦，我只能白等一辈子，而青春却浪费了。等我老了，就会后悔莫及，徒然为自己失去的青春伤心。现在他给我做出一个榜样，叫我去像他寻欢作乐那样去寻找快乐，我也问心无愧。我自找乐趣是值得饶恕的，受责备的应该是他；我只是触犯法律，他呢，不但触犯法律，而且违背天理。"

她结识了一个老太婆，这人表面上一本正经，宛如当年舍身喂蛇的圣人威尔迪亚娜，手中老是拿着念珠去赎罪，整天讲的是教皇的生活与圣方济各的创伤，大家几乎都把她看成是一个女圣人。后来她认为时机成熟，就将自己的心事向她一一表白。

老太婆听后说："我的女儿呀，天主对世界上的事都看得明明白白，这件事你尽管做吧。假如你和每一个姑娘，只是为了不使青春埋没而这样做，没有别的目的，那是正确的。每个知天命的人都清楚，人生最伤心的事就是浪费青春。我们年纪大了，除了待在厨房干活外，还能做什么呢？我就是这么活过来的。我已是一个老太婆了，一想到过去的光阴已白白浪费掉，不免非常伤心。虽然我并没有完全浪费青春，可当时有多少美好的心愿没有实现哪。不过也别认为我年轻时不晓风月，你看，现在我已老到这般地步，谁也不会向我献一点儿殷勤了。上苍明鉴，我现在是多么难受啊！

"男人的处境可不同了。他们生来就有很多种事情可做，不光是干这个，何况大多数男人老来比年轻时更受欢迎，可女人们生来就是干这件事的，生男育女，而不是干别的，这正是她们能够珍惜的地方。别的事你不明白也罢，有一点你总该懂得，那就是我们女人随时可以干这件事，而男人却不行。此外，一个女人能够同时把许多男人搞得精疲力竭，而好几个男人却无法使一个女人退缩下来。这是天赐给我们的本领。我再对你说一遍，你对丈夫一报还一报准没错，尽管干吧，这样你老了的时候，那颗心再也不会为肉体而后悔了。

"人活在世界上，每个人都在及时行乐。特别是女人，应该比男人更加珍惜光阴。你要清楚，等我们女人老了，丈夫也好，别的男人也好，都再也不看我们一眼，反而把我们赶到厨房里去跟猫聊天，数点锅子与盆子；更糟糕的是，他们还要编出一首小调来，说什么'给姑娘们吃的是珍馐，给老太婆吃的哽喉头。'还有很多难听的话。

“我不想再举例了，现在只想告诉你，你把自己的心事说出来，谁也不能像我那样能帮你的忙。任何男人不管他多么规矩文雅，我也可以用一番大道理去打动他；不管是一个硬汉子还是粗汉子，我总会叫他软下心来，乖乖听我的话。只要你告诉我喜爱谁，接下来的事就让我办吧。可是我要提醒你一件事，我的女儿呀，我是一个穷苦人，以后啥都要信仰你了，我每天求我主宽恕也好，念经文也好，只想请你帮帮忙，这样天主就会好好照顾我，直到我去寻找死去的亲友。”

她的话到此才告结束。

女人同老太婆讲妥了条件，就说她经常看到有一个小伙子在这一带地方经过，并把相貌特征告诉了老太婆，叫她伺机行事。女人送给她一块咸肉，朝她祝福后，就打发她走了。

过不了几天，老太婆就将那女人所要的小伙子偷偷送到她的房间里。不久少妇又看中了别的汉子，老太婆也照样给她弄到手。尽管她做起这种事来始终有些害怕丈夫，但总不肯错失良机。

一天晚上，她丈夫到一个名叫埃尔科拉诺的友人那里吃晚饭去了。少妇叫老太婆带一个佩鲁贾城数一数二的风流美男子上门，对方立即照办。不料那女人与小伙子刚坐在桌子边吃晚饭，皮耶德罗就在外面叫她开门。女人听得敲门声，吓得魂飞魄散，感觉放他走也不甘心，也没有安全的地方躲藏，终究还是想让那小伙子躲一下。

他们吃饭房间隔壁的小屋中有一只鸡笼，她就叫他在鸡笼下面躲起来，又把刚空出的那只草褥子袋盖在上面。安排好后，她立即替丈夫去开门。

丈夫一进屋，她就问："这顿晚饭你们可吃得真快呀。"

皮耶德罗说："我们连汤也没尝过呢。"

"究竟怎么回事？"女人问。

皮耶德罗说："让我给你一一道来吧。埃尔科拉诺夫妻俩与我刚坐下来吃饭，忽听得附近有人在打喷嚏。开头一两声我们不在意，但接着又是第三、第四、第五声，以后喷嚏声还接连不断，大家不免感到奇怪。本来埃尔科拉诺有些生妻子的气，因为她叫我们在门外站了好久才开门，于是怒火冲天地说：'怎么啦？是谁在打了如此多喷嚏？'

"说罢他起身离开桌子，走到近旁的楼梯口去。楼梯脚下有一个堆放杂物的小间，通常人们建造房屋时，楼梯下总是留有这样的一块场地。

"他感觉喷嚏声就是从那个地方发出来的，就把那铁门打开。一打开，突然冲出一股刺鼻的硫黄气味，刚才我们也闻到过臭气，曾经发过牢骚，原来臭气是从此处发出来的。这时他女人说道：'这是因为刚才我在用硫黄漂白面纱，后来把硫黄液放在铜锅里，叫它熏出烟来，再把那只锅子放在楼梯下面，所以还有一股臭气。'

"等埃尔科拉诺打开门时，臭气已散了一些，只见里面一个人还在接二连三地打喷嚏，原来他是受了硫黄的刺激，非打不可，他每打一次喷嚏，胸口就叫硫黄气闷一次，过不了多久，不但喷嚏打不动，连身体别的器官也要出毛病了。

"埃尔科拉诺一见此人，大声喊叫：'呸！你这个女人，怪不得我们回来时，你叫我们在外面站这么久，不开门！我今天不给你一点儿厉害看看，我今后不做人！'女人听得他的骂声，知道奸情已经败露，她一句话也不辩解，连忙离席逃之夭夭，不知跑到哪儿去了。

"埃尔科拉诺没有注意到妻子已溜走，只是叫打喷嚏的那个汉子出来，可是那人已打不动喷嚏了，不管埃尔科拉诺如何喊他，他都不能动弹了。

"于是埃尔科拉诺抓住他的一只脚，将他拖出来，然后跑去拿了一把刀，想杀死他。可是我怕官府找上门来，就站起身来劝他别杀了他，也别伤害他；这还不算，我又高声大叫，庇护着他，因此左邻右舍都赶来了，把那个已经吓坏了的年轻人抬出屋子，我也不知他被带到哪里去就回来了。为了此事，我们的晚饭就吃不成了。这顿饭我不但没有开怀畅饮，而且根本不曾尝过一口，这个我已对你说了。"

他女人欣赏完这件事，知道有的女人和她一样明白事理，尽管她们有时命运不济。她本想为埃尔科拉诺的妻子说几句好话，后来觉得还是将别人的过错痛斥一番掩饰自己才好，于是说：

"她干的好事！真是一位又圣洁又规矩的夫人！我看她是多么忠心，好一个正经女人，我得向她忏悔才是！现在她是一个老太婆了，还给姑娘们做出一个好榜样来。她出世时真是一个倒霉透顶的时辰！亏她竟然还能厚着脸皮活下去！她确实是一个最不讲情义的坏女人，全城女人的脸都给她丢光了。她把自己的贞操和对丈夫的山盟海誓都抛在脑后，连面子也不要啦。她丈夫倒是个好人，多么正派，待她又那么好，可她因为另一个男人，不惜出丈夫的丑，丢自己的脸！天主保佑我，这种女人我怎么也不会怜悯她！她该杀，应该把她放在火里，活活烧死才是。”

这时她想起躲在近旁鸡笼下的那个野汉子，不知情形如何了，就怂恿皮耶德罗上床，说是该睡觉的时候了。可是皮耶德罗只想吃饭，不想睡觉，还问她可有啥吃的。

他妻子答道：“啥晚饭！你不在家的时候，我们不是照样吃晚饭吗？难道我成了埃尔科拉诺的女人了？嗨，你今天晚上干嘛不去睡？睡觉多舒服！”

真是无巧不成书，那天晚上，皮耶德罗的几名帮工从乡下运来一些东西，将几头驴子关在小屋隔壁的一个小马棚里，很久没有给它们水喝。其中一头驴子口渴极了，就挣脱缰绳，溜出马棚，在每件东西上嗅来嗅去，想找些水喝。这样它走来走去，刚好来到了小伙子躲在下面的那只鸡笼。我们不想说是好运还是歹运，趴在那里的小伙子一只手正好伸在外面，那头驴子一脚踩在他的手指头上，他痛得要命，猛然大叫一声。

皮耶德罗听到叫声十分惊奇，觉得声音是屋子里发出来的，于是走到房间的隔壁。此时他听到那人还在叫痛，原来驴子的脚不但没有从他手指上挪开，反而踩得更紧了。他问道：“谁在那儿？”随即他飞快地来到鸡笼跟前。

他提起鸡笼，就看到了那个小伙子。小伙子被驴子踩着，手指痛得非常厉害，如今看到了皮耶德罗，吓得浑身发抖，只怕对方对他不利。

皮耶德罗一下子认出这个人，连忙问：“你躲在这里干什么？”小伙子一下子被问得愣住了，什么也答不上来，只是央求他看在天主的份上，别伤害他。

皮耶德罗说：“起来吧，别担心，我不会伤害你。不过你得告诉我，你怎么到这儿来的，来干啥？”

小伙子把和他妻子的事原原本本地向他说了。这时皮耶德罗非常高兴，而他的女人却非常难过。他拉住小伙子的手，进入屋内，只见妻子脸色苍白，在那里等着他。皮耶德罗在她对面坐了下来，开口说：“你刚才在狠狠咒骂埃尔科拉诺的老婆，说她应当被火烧死，说什么她把你们女人的脸都丢尽了。你为何不骂骂你自己呢？你没有勇气骂自己，却骂起别人来！其实她干的事，你不是也一样干了吗？要是你们这些女人不是这样下贱，就肯定不会生出这种事来。你们在用别人的毛病，来掩盖你们自己的过错，但愿上天能一把火将你们这些贱货统统烧死！”

那女人见丈夫开始时只是责备而已，没有存心要跟她作对，而且得悉全部实情以后还面有喜色，就挽住那个漂亮小伙子的手不放，鼓起勇气来说：“你希望天上掉下一把火，将我们所有女人统统烧死，我以为你这话是千真万确的。你们男人渴望我们女人，好比狗渴望骨头一样。可是我能在天主的十字架面前起誓，你的愿望不会实现。我倒要跟你说道理，看你究竟有什么好埋怨的。要是你真把我跟埃尔科拉诺的老婆做番对比，那我一定比她好。她是一个假装正经的女人，丈夫对她百依百顺，对她十分关怀体贴，可她却仍要到外面偷汉子，而你待我却不是这样。哪怕你给我穿好的衣服，用好袜子好鞋子，可是你心里却明白，我的感受怎样，你已多久没有跟我同床了。我宁可穿得破破烂烂，光着脚，让你在床上好好用功夫，也不愿穿戴得整整齐齐，如你现在待我的那样。皮耶德罗，你要清楚，我是一个千真万确的女人，我的欲望和别的女人没有区别。我既然不能从你那儿得到满足，就得自找出路，这点你可怨不得我。至少我还给你面子，没有勾搭上小孩子与生癣生疮的汉子。”

皮耶德罗见妻子讲得没完没了，好像那些话通宵也说不完，只好装得对妻子的行为若无其事地说：

“好了，你别再说了，就算我对你的话有所赞同行了吧。还是行行好，替我们快弄些吃的东西来当晚饭，我看这个小伙子也如我一样，还没有吃过晚饭呢。”

女人说：“他当然还没有用过晚饭呢。我们凑巧坐下来准备吃饭时，你却愣头愣脑地撞回家来”

“去吧，”皮耶德罗说，“给我们弄些吃的东西来，晚饭以后，我肯定把这件事商量妥当，你也不会再发牢骚了。”

女人见丈夫不发脾气，就站起身来，随即把饭桌重新放好，摆出了已准备好的饭菜，同她不正派的丈夫和那个小伙子一起兴高采烈地吃起晚餐来。晚餐之后，皮耶德罗究竟想出什么办法使他们个都称心如意，我可记不得了；我只记得第二天早上那个小伙子走到广场之前，真是想不起上一天夜里是跟那女人做爱的次数多呢，还是满足她丈夫的次数多。因此我要对你们说，亲爱的女士们，人家怎样待你，你也该怎样回报人家；假如一时报不了，就得牢记在心，以后时机成熟再回报。